TOR

AIKI MIRA

PROXI

Eine Endzeit-Utopie

TOR

Content Notes:
VR-Kalypse, Gaming Disorder, Postklima, Agoraphobie

Erschienen bei FISCHER Tor

Satz: Dörlemann Satz, Lemförde
Druck und Bindung: GGP Media GmbH, Pößneck
978-3-596-70978-6

Für Kiril und Fritz

IN DER FRONTSCHEIBE des SolarCampers wölbt sich ein Meer – kristallin und bunt. Darin schieben sich Dünen zu Wellen. Überall dazwischen wachsen Skulpturen aus Müll, von Sturm und Sonne verschmolzen zu Plastiglomerat. Baumskelette in Neonlaserfarben – Solariumlila, Plutoniumgrün, Ozonblau und Dieselgelb. Nichts können diese Bäume mit ihrer Umwelt austauschen. Weder Wasser noch Gase oder Nährstoffe. Sie durchstechen den Himmel und schreiben in zittrigen Linien, was niemand mehr lesen kann. Ihr Anblick frisst sich in den Körper.

Tell stöhnt. Sein Hirn scheint in drei Teile zu zerspringen. Ein Teil folgt den Navigations-Anweisungen von Kawi: »Nordost, Sus! Nordost!«

Ein zweiter sieht sich selbst dabei zu – stirnrunzelnd.

Ein dritter beobachtet das Anschwellen der Landschaft. Winde strömen von allen Seiten, brechen ins Sichtfeld wie ein ungutes Gefühl.

Der SolarCamper schaukelt mit der Behäbigkeit eines Flüssiggas-Tankers auf seiner letzten Fahrt. Außer ein paar Sitzen, einer Schlafkabine und Kochnische ist da nur eine Batterie, drei Motoren und ein Touchscreen. Das Wertvollste ist die Solarhaut: hocheffiziente Photovoltaik-Module. Damit ist der Bus auch abseits der Supercharger-Netzwerke fahrtüchtig. Geländetauglich.

»Naşpa!«, ruft Kawi.

Tell versteht nicht. »Wesh, Sus?«

Euromisch – aus jedem Mund klingt das Mush ein bisschen anders.

»Naşpa bedeutet, der Himmel hat eine schlechte Auflösung. Wenig Licht.«

»Das ist Proto, Sus.«

»Bă, Capitána Obvius, he?«

Tell freut sich über das Capitána.

Dann flucht er: »Mucho Mashara!«

Kaum hat er das gerufen, knistert und knirscht es. Aufgewirbelter Plastiksand zerkratzt den Außenlack, jedes Körnchen scharf und hart wie ein Hundezahn.

Den Blick auf die Landschaft gerichtet, fragt er: »Sus, was weißt du über diese Gegend?«

Kawi lehnt sich aus der Kochnische über den Sitz, BizepsBlaster lässig um die Arme geschnallt, trainiert sie wie nebenbei. »Du meinst über Proto? Nicht viel, Sus. Aber mucho Mashara trifft es ganz gut.«

»Aight, Sus, aight!«

Ähnlich einer Pupille dehnt sich Proto, breitet sich vor ihnen aus.

»Überall Wirbel vom Wind.«

»Meeresbodenprofil ohne Meer«, brummt Kawi.

»Sus, hier war mal Wasser?«

»Aight, die Nordmeere. Verdunstet. Jetzt eine Wüste der Müllstrudel. Plastik besitzt kein Echo. Endlos.«

»Ewigkeit hatte ich mir anders vorgestellt. Weniger bunt.«

Kawi zuckt mit den Schultern, grinst. »Nie ma problemu, Sus.« Sie wirft einen Blick durchs Rückfenster. Dort versinkt Europolis und beleuchtet dabei die Wüstenhaut des Abfallteppichs. Von hier aus gesehen wirkt die Stadt fremd, unerreichbar. Brennend vor Leben. Geballte Hoffnung. Tropfendes Licht. Funken im

Staub wie bläuliche Quallen. Das erinnert Kawi an einen virtuellen Strand in Proxi.

Proxi, die verlorene, virtuelle Welt: magniv, frumii, tot.

Kawi seufzt.

Beklemmung steigt in ihr auf. »Das hier ist ein Ort, der uns ständig beobachtet.«

»Du meinst: Proto sieht sieht.«

»Ich meine mucho Mashara, Sus! Mucho –«

Ein dumpfer Schlag.

Ein Körper?

Kollabiert?

Kawi?

Tell wagt es nicht, nachzuschauen und damit Proto aus dem Blick zu verlieren: »Aight? Oki? Sus?«

Keine Antwort.

Er umfasst das Lenkrad fester und sehnt sich plötzlich nach Gebäuden.

Wie ein kleines Schiffssteuerrad schmiegt sich das retrofuturistische Lenkrad in seine Hand – bestens geeignet zum Festhalten. Was wahrscheinlich seine wichtigste Funktion ist, arbeitet der Bordcomputer doch fast autonom, solange er Verbindung zum Stream hat.

Da schießt ein rotierender Luftwirbel aus einer Düne, bohrt sich in den Himmel. Unmöglich auszuweichen. Der SolarCamper rast mitten hinein. Mikroplastik schwappt ungehemmt von allen Seiten.

»Eish! Sind wir hier drin sicher?« Kawis Stimme strahlt hell im dunklen Innenraum.

Tell seufzt. Erleichtert.

»Chilla, softa! Keine Sorge, Sus«, ruft er, und etwas fällt von ihm ab. Vielleicht die Sorge. Mit einem Mal kommt ihm das Fahren leicht vor. Die Maschine mäht nieder, was sich ihr in den Weg stellt.

Sie heben ab, landen hart. Weder Kawi noch Tell können sagen, worüber sie stolpern. Glas, Knochen, Kadaver?

Die Räder finden kaum Halt. Für diese Art von Untergrund wurden sie nie gebaut. Ein Knallgeräusch erschüttert den Innenraum, und Tell muss gegenlenken, in die Maschine treten, bremsen.

Die Landschaft schreit auf – reagiert schriller auf einen Körper aus Blech als auf einen Körper aus Haut und Knochen und Blut.

»Wie weit noch?«, will er wissen.

»Nicht mehr weit, Sus. Dort!«

»Wesh, Sus, wesh? Bei den tanzenden Wahabs?«

Er zeigt auf eine Gruppe wunderschöner Zierbäume aus Plastiglomerat, geformt von Zeit und Wetter. Wie schiefe Zähne oder Grabsteine scheinen sie aus dem Boden zu wachsen.

Durch die Bewegung seiner Hand entgleitet ihm kurz das Steuer. Das Fahrzeug schlingert, will automatisch die Spur anpassen, doch …

»Mashara!« Tell reißt am Lenkrad. Eine Welt gerät ins Wanken. Köpfe schlagen hart gegen Seitentüren. Automatischer Halt. So abrupt, dass er sich wie eine Rückwärtsbewegung anfühlt.

Kawi rappelt sich als Erste auf, zieht sich hoch mit Muskeln hart wie Plastiglomerat. Sie schaut über den Vordersitz. Tell reibt sich die Stirn. Durch den Riss in der Frontscheibe rieselt das Glitzern. Beide spüren ein Kitzeln im Rachen und müssen husten.

Im Headset erwacht die KI – vielleicht zum letzten Mal, bevor sie den Kontakt zum Stream verlieren: »Vorsicht, Plasse! Hochkonzentriertes Mikroplastik vermischt mit Sand reibt nicht nur die obersten Hautschichten ab, es punktiert Atemorgane.«

»Eish, da draußen wirst du bis zu den Knien in der Mashara versinken.«

Durch die Frontscheibe beobachten sie einen eigenartigen optischen Effekt. Wie eine zweite Haut pult der Wind die hochfeinen Partikel von den festeren darunterliegenden Schichten. Das windbewegte Mikroplastik entfernt aus der Landschaft das Funkeln – die Mimik. Losgelöst, zartwellig fliegt das Lächeln über die Ebene. Einen Moment geben sie sich dem Spektakel hin. Dann riegelt Tell den Wohnraum, in dem Kawi hockt, von der Fahrerkabine ab.

Bevor er die Seitentür aufdrückt, zieht er seinen alten Helm über, passend zum Motorradanzug, ausgebeult, mit vielen, von der Sonne gebleichten Stellen. Er hat davon gehört, von Menschen, die in Proto umkippen, weil sie ohne Gebäude, ohne Straßen und Schilder, eingetaucht ins Flirren der Partikel, die Orientierung verlieren.

Kawi beobachtet von einem der Seitenfenster, wie Tell in der stürmenden Landschaft auftaucht. Gleich einem Astronauten steht er plötzlich da.

Als er vor wenigen Stunden ihre Wohnung betrat, hat er genauso ausgesehen. Die gleiche schwere Ausrüstung am Leib.

»Wesh, bre, wesh, du könntest vom Mond stammen«, hat Kawi ihm zugerufen, froh, dass er vom Mond oder von wo auch immer zu ihr gekommen war, um ihr in der Apokalypse beizustehen. Zusammen wollen sie eine Welt wiederbeleben. Nicht die da draußen – eine andere.

Als Kawi den Notruf an Monae absetzte, hat sie nicht damit gerechnet, dass sich hinter der glamourösen VR-Sängerin der haarige Stadtkurier Tell verbirgt oder dass sie ihre Wohnung verlassen wird – das erste Mal seit über zehn Jahren.

Jetzt hockt sie in einem retrofuturistischen Wohnmobil 472 Kilometer von ihrem Bett entfernt mit einem Menschen, von dem sie so gut wie nichts weiß, in einer Landschaft, die ihr außerirdisch erscheint, und ihr ist klar: Das ist erst der Anfang.

24 STUNDEN VOR DEM ANFANG …

VON SEINER VAPINGPAUSE ist noch eine Minute übrig, und mit Tränen in den Augen, weil das aufsteigende Propylenglykol seinen Blick verschleiert, dampft Tell die Minute aus. Dann steckt er das kleine Gerät in die Brusttasche und läuft hinüber zum Motorrad. Um es vor der Hitze zu schützen, hat er es zwischen zwei Wohnblöcken geparkt. Aber die Gebäude in dieser Stadt strahlen mehr Wärme aus, als sie absorbieren. Kurz denkt er darüber nach, den Helm wegzulassen. Dann würde die Krankenversicherung nicht zahlen. Unfälle passieren. Andauernd.

Er betastet die Innenseite des Helms. Manchmal suchen Ratten darin Schutz vor der Mittagshitze. Leer. Er schwingt sich auf den Sattel und setzt den Helm auf. Das versiffte Innenpolster umschließt seinen Kopf wie eine mächtige Hand. Er startet das Motorrad, nimmt sich einen Moment Zeit, um zu lauschen. Das Knistern des Motors überlappt mit dem Echo, das von den Häuserwänden schallt. Wie das Rauschen eines Meeres. Er lächelt in die Finsternis des Helms hinein. Aus Spaß dreht er eine Extrarunde. Dann hält er an, sucht die schwarzen Quadrate der Häuser, findet den Gedanken verstörend, dass hier niemand wohnt, dass es allein die Gebäude sind, die ihn anblicken.

Im Headset spricht eine angenehme Stimme über den nächsten Auftrag. Seit sechs Monaten arbeitet er als Stadtkurier, transportiert sensible Daten auf einem Chip in seinem Körper. Die notwendigen OPs waren ambulant und schmerzfrei, der Job ist gut bezahlt. Mit dem Geld kann er seine Schwester und seine Nichte unterstützen und hat die Nächte, um sein eigenes Leben zu führen. Während er umherfährt und vor sich hin summt, feilt er an neuen Songtexten und Melodien.

An guten Tagen ist er ein charmanter Lieferant, an schlechten Tagen einfach nur der Typ, der im dunklen Flur steht und gegen das plötzliche Licht von sich öffnenden Türen anblinzelt.

Wenn er vollkommen allein durch die Straßen rast, phantasiert er von auftauchenden Wänden. Wie er dagegenkracht, wie sein Körper sich dreht, beim Aufprall detoniert. In Mumbai hat er solche Unfälle täglich gesehen. Deshalb war seine Schwester anfangs gegen den Kurier-Job. Es sei zu gefährlich.

»Sus, das einzig Gefährliche sind meine Gedanken«, gab er zurück, »Der Verkehr ist fast vollständig automatisiert.«

Ohne Warnung hebt er ab. Pinkfarbene Wolkenkonfekte schweben wie Zuckerwatte vorbei. Er verliert die Kontrolle. Unendlich langsam dreht sich die Welt. Sein Körper bricht gegen Stein wie die Brandung. Er schäumt auf.

Danach legt er das Gesicht in die gekreuzten Arme, lauscht in der Höhle, die sein Kopf, seine Arme und seine Brust bilden, und wartet, bis sich das Herz beruhigt. Er weiß, wenn er die Hand jetzt ausstreckt, wird sie zittern.

Am Abend bekommt er Husten, weil er tagsüber zu tief eingeatmet hat. Die Atemschutzmaske trägt er zu selten. Seine Schwester schmiert ihm selbst gemischte Schutz- und Heilcremes ins Gesicht. Er kocht für sie, singt dabei zur Musik in seinem Headset. Seine Nichte malt ihm ein Bild. Trotz allem denkt er immer nur an die Nacht. Wenn sie alle schlafen und er endlich allein ist. Er schämt sich für solche Gedanken, sitzt schweigend mit ihnen am Tisch und hasst sich dafür.

Nach dem Essen gibt ihm seine Nichte das fertige Bild. Darauf ein mit Schrauben und Muttern bestückter Eisenriemen. Er umschließt einen überdurchschnittlich großen Kopf. Ein Selbstporträt. Seit Tell in Proxi die erste Blumenwiese gesehen hat, träumt er davon, dass es endlich VR-Brillen gibt, die groß genug für den Kopf seiner Nichte sind, damit auch sie durch Blumen laufen kann. In Tells Leben hat sich Proxi bereits tiefer eingeschlichen als Mikroplastik in seine Blutbahn.

Als Neubürger von Europolis bleibt ihm nur Proxi, für andere VR-Welten bekommt er keine Aufenthaltsgenehmigung. Weder kann er das virtuelle Mumbai noch die virtuelle Repräsentation seiner Heimat besuchen. Zerstört von Kriegen und Klimakatastrophen existiert diese Heimat immer noch virtuell – und ist doch unerreichbar für ihn. Proxi ist die einzige digitale Welt, die ihm offen steht.

Nachdem er das Essgeschirr abgeräumt und die Küche wieder in Ordnung gebracht hat, geht er in sein Zimmer und setzt die VR-Brille auf. Das Erste, was er in Proxi macht, ist, einen Taschenspiegel hervorzuziehen und hineinzublicken. In VR in den Spiegel zu schauen – es gibt nichts Besseres! Im goldenen Oval erscheint Monae, gestylt mit Toner, Serum, Augencreme, Feuchtigkeitscreme, Primer, Concealer, Foundation, Augenbrauenprodukt und Highlighter.

Goldumrahmte Perfektion – magniv Monae. Proxi-Phänomen. Virtual-Reality-Star.

»Amore amou, wir können uns nicht mehr treffen.«

Jedes Mal, wenn Monae einen ihrer digitalen Liebhaber zurückweist, kann sie sehen, wie ihr Gegenüber die schmerzhafte Zurückweisung in die eigene großartige persönliche Geschichte eingliedert. Monae beneidet Menschen um diese Fähigkeit und um die eigene Geschichte. Sie ist sich sicher, dass es so eine einzige großartige Erzählung über sie nie geben wird. Tells Kopf ist dafür viel zu fragmentiert. Außerhalb von Proxi existiert Monae nur als funkelnde Splitter. Einzelteile einer Existenz.

Wenn Monaes Liebhaber fragen, was sie im Avatarsex sucht, sagt sie das, was alle sagen. Sie wolle etwas über sich herausfinden. Was sie verschweigt, ist, dass es da nichts gibt. Bloß eine kaputte Oberfläche und darunter ein Vakuum, ein leeres Weltall, in das Menschen alles Mögliche hineinprojizieren können.

Monae verabscheut Tells nichtdigitalen Körper, dessen Oberfläche vollgekritzelt ist mit krisseligen schwarzen Härchen. Wenn sie an ihm hinabsieht, erschrickt sie jedes Mal, während er, wenn er nachts im Bett liegt, seinen Körper abtastet und hofft, Monae auch dort zu spüren, unter der Haut, als zweite Schicht aus wucherndem Gewebe.

Wegen Monaes andauernder Panik hat Tell Angst, den zerbrechlichen Verstand seines Vaters geerbt zu haben. Der eigene Kopf kommt ihm wie eine Schnellstraße vor, auf dem Fahrzeuge entlangsausen, und wenn eines außer Kontrolle gerät, könnte es ein Blutbad anrichten – in seinem Kopf und darüber hinaus.

Um sich auf das bevorstehende Konzert vorzubereiten, macht er in den frühen Morgenstunden eine Pause von Proxi. Nach der Rückkehr aus der virtuellen Welt sieht er Monae auf allen spiegelnden Oberflächen, auf Armaturen, in Glasscheiben. Er geht direkt ins Bad, setzt sich unter die Dusche und rasiert seine Beine. Seine Schwester betritt den Raum, ohne anzuklopfen, und kauert vor ihm auf der Kloschüssel. Sofort zieht er die Knie an. Wasser schwappt über den rissigen Boden.

Zusammen schauen sie zu, wie Haare eilig zu den Ritzen schwimmen, sie verkleben. Vor zehn Jahren sind sie zusammen nach Europolis geflohen, haben sich mühsam das Mush beigebracht, neu leben gelernt, sich dabei auseinandergelebt. Angekommen sind sie noch lange nicht.

Leise singt Tell vor sich hin, hält zittrig die Töne, lässt sie großzügig von sich wegrollen.

Dieses Lied hat noch niemand gehört.

»Sus, das ist kein Proto-Soul, keine Klima-Disco«, sagt seine Schwester, »du singst keine Songs aus dieser Welt, und du weißt nie den kompletten Text.«

»Das ist Monae«, flüstert er.

ZUR GLEICHEN ZEIT, zwei Kilometer Luftlinie entfernt, richtet Kawi ihren Blick auf das, was ihr am meisten Angst bereitet. Aus dem zwanzigsten Stockwerk eines ursprünglich mal fünfzehnstöckigen Turms, der zu einer Hälfte Biotech-Farm und zur anderen Wohnkomplex ist, schaut Kawi durchs Fenster. Seit zehn Jahren verlässt sie das Gebäude nicht mehr. Seit letztem Jahr betritt sie nicht einmal mehr das Treppenhaus. Je mehr Zeit vergeht, desto bedrohlicher erscheint ihr das Draußen. Alles, was sie tun muss, um zu überleben, ist, das Fenster zu öffnen und eine Lieferdrohne hereinzulassen. Es kommt vor, dass Kawis Essenspakete im falschen Stockwerk oder sogar im falschen Turm landen. Das ist ärgerlich. Aber nicht tragisch. Ganz sicher kein Grund, das eigene Leben zu beenden. Trotzdem denkt Kawi gerade darüber nach, wie über einen Satz, in dem sie einen Fehler finden muss.

Sie ist gut darin, Fehler zu finden. Als menschliche Korrekturleserin von KI-Übersetzungen steht sie an der Spitze der Korrekturpyramide, sucht nach Fehlern, die kaum noch zu finden sind in den Übersetzungen technischer Beschreibungen, Gesetzestexten oder Forschungsberichten. Kawi ist gut darin, sich in Dinge zu vertiefen, ohne sie zu berühren.

»Fuck Mashara, soll ich es beenden?«

Laut denkt sie darüber nach und kann keinen Fehler finden. Das eigene Leben beenden zu wollen scheint ein legitimer

Wunsch zu sein, der sie nicht verzweifeln lässt. Was sie verzweifeln lässt, sind andere Dinge: die steigenden Stromkosten, die immer besser werdenden Übersetzungsprogramme, der nie enden wollende Schmutz.

Über etwas nachzudenken bedeutet nicht, es auch zu tun.

Für Kawi besteht das Leben vornehmlich aus Nachdenken, aus kleinen Problemen und aus unbegreiflich großem Unglück – wie das langsame Sterben des Planeten. Im Fenster klebt ein Himmel, der immer noch da ist, bloß entstellt. Chemikalien, die den Treibhauseffekt abschwächen sollen, lassen ihn weiß und flach erscheinen wie Kawis Bildschirm. Die Sonne dahinter ist zu heiß, der Regen zu stark. Vor Kawis Augen denkt der Planet sehr laut über das eigene Sterben nach. Dagegen erscheint Kawis Gedankengang sehr leise zu sein.

Sie steht auf, öffnet das Fenster. Diese Geste muss sie jeden Tag üben, sonst würde sie es bald nicht mehr können. Vor der hereinwehenden Brise weicht sie zurück. Instinktiv. Sie will das Draußen nicht berühren. Ein kurzer Blick nach unten, auf die Straße, den Innenhof, auf das Leben ohne Wände. Sie schwankt. Stechende Kälte schießt ihr in den Kopf. Panik greift sie an wie eine Nacht, die alles nimmt: das Licht, den Sauerstoff. Kawi taumelt rückwärts. Die Panik erinnert sie daran, dass es unmöglich ist, sich selbst zu kennen. Selbst jetzt mit vierzig Jahren hätte sie nicht sagen können, wer sie ist. So viel liegt im Dunkeln.

»Unter den richtigen Umständen bin ich zu allem fähig. So wie jeder Mensch.«

Sie glaubt nicht mehr an ein einziges, unveränderliches Selbst, das niemals töten könnte.

Mit wankenden Schritten schleppt sie sich zum Arbeitsplatz, setzt sich. Das offene Fenster im Rücken wie das Maul eines Raubtiers. Mit der Hand streicht sie über die Gelmatte. Bis vor kurzem besaß sie zehn verschiedene Gaming-Accounts. Allein die monatlichen Abos zu verwalten hätte eine eigene Arbeitsstelle ausgefüllt. Längst hat sie den Überblick verloren, sich verschuldet. Ihre Hand zuckt, erinnert die Geste, die genügte, um die Accounts zu öffnen. Seit gestern sind alle Zugänge gelöscht. Alle Games deinstalliert. Kawi weiß, dass das nicht ausreicht, um die Sucht zu beenden. Sie hat bloß einen ersten Schritt getan. Ihre Hand, ihr ganzer Körper wird viel Zeit brauchen, um das zu begreifen.

Als Korrekturleserin wird sie gut genug bezahlt, um das Schlimmste von sich fernzuhalten. Schuldenfrei wird sie nicht mehr werden, damit hat sie sich abgefunden. Es sind nicht die Schulden oder die Sucht, die Kawi fertigmachen. Schlimmer findet sie den nie enden wollenden Schmutz. Egal wie viel sie aufräumt, putzt oder wäscht, alles wird immer wieder schmutzig. Jetzt bestimmt dieser Gedanke ihre Stimmung, wird zum laufenden Kommentar in ihrem Kopf. Sie selbst wird zur Geisel ihres eigenen, gefährlichen Denkapparates.

Games zu zocken war ihr jahrelang wie ein Ausweg erschienen. Doch um dem Suchtprogramm beitreten zu dürfen, hat sie sich auf allen Gaming-Seiten sperren lassen. Das Einzige, was ihr noch bleibt, ist Proxi.

Sie nimmt die VR-Brille in die Hand, hält inne. Einen Moment sitzt sie einfach nur da und staunt. Dann bewegt sich etwas in ihr, wird lebendig, wenn auch nur kurz. Ein Gefühl von Möglichkeiten. Etwas, das sie vor jedem Game spürte. Mit diesem Gefühl setzt sie die Brille auf und verlässt die Welt.

Taucht ein in eine andere.

WIE AUSGEDACHT. Ein Ort, an dem nichts altert, die Temperatur immer angenehm ist und alles, was zurückgelassen wird, in der Zeit stehen bleibt. Für Kawi fühlt sich der Eintritt jedes Mal so an, als würde die Welt von Schwarz-Weiß zu Farbe wechseln. So viel Grün und Blau. Die Sonne - sonst eine Waffe - trägt in Proxi ein Gesicht. Das Gras grüßt, jeder Halm neigt sich Kawi entgegen. Ein dichter Wald, still und geruchslos. Manchmal verirrt sich Kawi darin, bleibt Tage verschwunden auf ihren Streifzügen. Ein Raum, in dem Wünsche wahr werden.

Proxi zeigt eine Welt vor der Klimakrise, voller Leben. Kawi trägt hier den Körper eines schwarzen Panthers, besitzt dadurch ein sechsfach höheres Sehvermögen, auch ihr Geruchssinn ist hervorragend, und im Sprint erreicht sie mehr als 60 km/h.

Wovon träumen Raubkatzen?

Kawi ist überzeugt, die Traumwelten der Tiere sind wie ihre eigenen mit Vergnügen und Schmerz gefüllt. Doch anstatt aus Sprache bestehen sie aus Duft, Geräuschen, dem Stoßen und Ziehen von Materie, aus Hitze und Kälte.

Sobald Kawis Pantherkörper herabsaust, mitten durch Blätter und Äste hindurch, erscheint ihr alles - alles! - vertraut und zauberhaft zugleich.

Im Avatar einer Panthernachbildung zu leben ist so einfach wie besonders schnelles Tippen. Kawi denkt an Bewegung, und ihr Avatar bewegt sich, ohne dass es ihr wirklich bewusst ist. Nie hat Kawi das Gefühl, etwas zu tun. Sie existiert einfach.

Das ist der Flow. Ein Fokus, so klar, dass jede Ablenkung, sogar das Ego selbst, verschwindet. Kawi muss nicht mehr nachdenken, sie weiß es einfach. Sie steuert den Avatar so, wie noch nie jemand ihn gesteuert hat. Wenn sie diesen perfekten Rhythmus trifft, Sprünge aus dem Nichts entwirft, fühlt sie sich wie ein VR-Hai in einem VR-Pool. Komplexe Dinge werden einfach. Natürlich.

In ihrer ersten Saison im Wettkampf war das Wort, das sie von ihrem Team am häufigsten hörte: leidenschaftlich. Ein anderes

Wort war: kraftvoll. Ihr Team schien Kawis Leidenschaft zu schätzen. Aber Kawi wollte nicht leidenschaftlich zocken. Sie wollte so distanziert und smart sein wie die Legenden, die sie am meisten bewunderte. Schade, dass Distanziertheit nur bei Männern als mysteriös angesehen wird, bei Gamerinnen dagegen als kalt.

Kawi hält inne, konzentriert sich. Ein Knacken. Ihre Panther-Augen zoomen in immer hochauflösendere Bilder von Bäumen, Blättern, einer Wespe - sie zerkaut Holz für ihr Nest. Kawi hat den Wespen schon oft zugeschaut. Ein Vogel hüpft über das Gras - unerträglich laut. Kawi verändert die Komposition der Umweltgeräusche. Geübt klettert sie einen Baum hoch, springt von einem Ast zum nächsten, rutscht ab, beginnt von neuem. Sie hört das Kratzen ihrer Krallen auf Holz, und sie glaubt die körperliche Anstrengung zu spüren, die ihren Körper langsamer, jede Bewegung zäher macht. Kawi denkt an Gewichte. An ihrem Menschenkörper hängen andauernd Trainingsgewichte, die sie jetzt zu spüren glaubt. Langsam arbeitet sie sich den Baum hoch. Flow setzt ein. Ein perfekter, sich selbst eliminierender Fokus. Ihr Avatar reagiert mit Zittern. Später, wenn sie zurück ist, wird der andere Körper Pillen zum Einschlafen brauchen. Ein Sonnenstrahl fällt an ihr vorbei. Kawi glaubt das Fallen als Ton zu hören, fällt jetzt selbst, federt weich im Gras.

Im Gaming hat sie alles erreicht, was sie sich vorgenommen hat. Doch in diesem Moment, im Körper eines Panthers, spürt sie den Drang, all die früheren Erfolge einem perfekten Team zuzuschreiben, oder schlimmer noch: Glück. Aber sie ist nicht mehr vierzehn. Mit vierzig muss sie sich nicht mehr darum kümmern, dass andere sich in ihrer Gegenwart wohlfühlen. Am Ende war sie es selbst. Für niemanden sonst müssen ihre Siege etwas bedeuten. Kawi war die Nummer eins. Die Beste, die es je gab. Und selbst wenn sie fällt, bleibt sie die Beste.

Ein Schatten saust auf sie herab. Das ist keine VR-Anomalie. Das ist ein Programmbefehl. Kawi verliert die Orientierung. Das Oben und das Unten. Wände wachsen. Wände, die sie sonst braucht, in Proxi jedoch meidet. Egal wohin sie schaut: Mauern. Gefangen. Die Nachricht, die durch ihr Sichtfeld rauscht, ist knapp, aber deutlich: »Du gehörst jetzt uns. Widerstand ist zwecklos.«

IN DER VIRTUELLEN WELT von Proxi besitzt alles eine surreale, filmische Dichte, Monaes Konzert ist da keine Ausnahme. Postindustrieller Verfall trifft auf traumpsychotische Halluzination. Schmuddelige, feuchte Fabriken, in denen exotische Blumen durch Wände und Dächer brechen. Gigantische Vögel kreisen über der Crowd wie wütende Reptilien von einem fremden Planeten. Dazwischen eine gläserne Bühne, aufragend wie ein Wasserstrahl.

»Das ist für magniv Monae«, rufen die Jägerinnen. Sie schleppen einen Käfig. An den Schultern ihrer Fantasy-Avatare hängen Gewehre. Dion runzelt die massige Avatar-Stirn, streckt seine enorme Hand aus und nimmt den Käfig. In Proxi trägt Dion den Avatar eines Schwergewichtsboxers. Brustkorb-, Ober- und Unterarme sind hypermuskulös. Dions rechter Haken hat eine Schlagkraft von 560 Kilogramm. Die stärkere Hand ist jedoch Dions Linke. Ein Volltreffer mit der Linken erreicht etwa 780 Kilogramm. Dion ist froh, ab und zu Freigang zu bekommen, um als Sicherheitsdienst bei Monaes Konzerten zu arbeiten. Während andere diese Welt freiwillig aufsuchen, bleibt Dion eine Gefangene, und niemanden kümmert es. Wüssten sie von Dions Körper – was Dion tatsächlich ist –, wäre es mit der Gleichgültigkeit schnell vorbei. Dion hat die Videos gesehen. Nein, sie wurden ihr gezeigt, damit sie versteht, warum es besser ist, über alles zu schweigen.

Sie wirft einen Blick in den Käfig. Hinter virtuellen Gittern kauert die exakte Nachbildung eines schwarzen Panthers. Das Fell glänzt feucht. Die Augen fluoreszieren grau. Der Körper geschmeidig und muskulös. Kein Bot, vermutlich ein Mensch. Dion ist zu klug, um das laut auszusprechen. Sie soll hier lediglich einen Auftrag ausführen. Die Fußfessel markiert sie.

Vielleicht, denkt Dion, hat der Panther sein Schicksal verdient. Oder eben nicht. Für Dion macht das keinen Unterschied. Der virtuelle Verschluss des Käfigs stellt den Panther automatisch auf stumm, was für den Transport angenehmer ist.

Vorbei an Menschen und Bots bahnt sich Dion einen Weg zur Bühnenrückseite. Während vorne das Publikum johlt, ist es hinter der Bühne seltsam still. Hier stehen die mobilen Wohnwagen der Stars. Ohne Umwege geht Dion zum Fahrstuhl, der sie bis zur Bühnenplattform bringt.

Als sich die Türen wieder öffnen, sieht sie Monae. Wenige Meter entfernt, in langen durchsichtigen Gewändern, die wie Regen an einem perfekt zweideutigen Körper herabfließen. Kleine menschenähnliche Avatare mit Flügeln schwirren um Monaes Gesicht herum, um in Echtzeit neue Make-up-Filter zu kreieren.

Niemand beachtet Dion, den kräftigen Mann mit dem Käfig im Arm. Dions Blick fällt auf einen Löwen-Avatar, der reglos dasitzt. Ohne Käfig. Eine flache, farblose Nachbildung, die stockend atmet und an den Rändern verschwimmt. In-vivo. Dion weiß, dass es für Menschen normal ist, KIs zu quälen, und Bots sind wirklich die einfachsten KIs. Dion versteht allerdings nicht, warum Menschen andere Menschen quälen. Was haben sie mit dem eingesperrten Panther vor? Würde Dion den Panthermensch freilassen, würde dieser sofort davonlaufen, Chaos anrichten.

»Beim ersten Lied der Löwe, beim zweiten der Panther«, so

lautet die knappe Anweisung einer Bühnenassistentin. Monae steht bereits draußen im Gewitter von Applaus und Jubel. Öffnet den Mund. Und dann ein Ziehen in Dions Brustkorb.

Monaes Gesang schwappt in sie hinein, und einen Moment kann sie sich nicht bewegen. Ein Singen wie gehauchte Intimität. Der Effekt erinnert Dion an das gehirnstimulierende Streamgeflüster von ASMR. Es ist nicht das erste Mal, dass Dion den Gesang hört, und doch fühlt es sich jedes Mal so an.

In eckigen Bewegungen schleicht der Löwe in Richtung Bühne. Noch mehr Gesang, noch mehr Zärtlichkeit spült in sanften Soundwellen heran. Dion fühlt sich davon wie einbetoniert.

Das Lied verklingt, der Bann löst sich. Sie bekommt das Zeichen und trägt den Käfig hinaus. Das Scheinwerferlicht ist für den Umbau erloschen. Nur das Signallämpchen an Dions Fußfessel flackert hässlich wie ein entzündetes Auge. Monae steht in der Mitte der Bühne. Um sie herum ein Tosen und Pfeifen. Ein angekündigter Erdrutsch. Wetterchaos. Klimaspektakel.

Eilig platziert Dion den Käfig direkt neben dem VR-Star. Dann will sie gehen. Doch der Blick der Sängerin hält Dion fest.

»Sus, was ist das?«, flüstert Monae.

Dion könnte so tun, als wüsste sie es nicht. Aber warum lügen? Lügen sind schwer. Lügen gehören nicht zum Job. »Illegal gejagter In-vivo-Avatar.«

Monae verzieht das Gesicht. »Eish! Lass den Panther frei!«

Dion glaubt, sich verhört zu haben.

Ungeduldig zeigt Monae auf den Käfig. »Na los, gib den Code ein.«

»So einfach ist das nicht.«

»Bă, du gibst den Code ein, und die Tür springt auf.«

»Sus, woher willst du wissen, dass ich den Code kenne?«

Dion spürt ein Stechen im Rücken. Das ist die Nervosität. Sie sollte längst nicht mehr hier stehen. Das Bühnenlicht wird gleich anspringen. Das Konzert muss weitergehen. Eine seltsame Spannung breitet sich aus.

»Wesh, bre, wesh, lass die Raubkatze frei.«

Das klingt nach einem Befehl. Dion beugt sich über den Käfig. Sie kennt den Code nicht, aber sie weiß ihn. Wusste ihn, sobald sie den Käfig bekam. Informationen – alles in Proxi ist pure Information, und Dion besitzt die Fähigkeit, Informationen sehen und verändern zu können. Niemand hat ihr das beigebracht. Es ist wie Mathematik. Logisch. Unausweichlich.

Die Lichtmaschine springt an. Sie gibt den Code ein und weiß, dass es funktioniert.

Kennt sie vielleicht sogar den Code für die eigene Fußfessel? Was für ein Gedanke!

Was, wenn sie diese Welt Stück für Stück aufschließt? Aufschlüsselt?

Der Käfig öffnet sich. Der Panther gleitet hervor wie eine Flamme. Wie eine Welle aus Elektrizität.

Einen Moment halten alle inne. Monae. Dion. Der Panther. Das Publikum. Als könnte niemand so recht glauben, was gerade geschieht. Der Panther springt auf Dion zu. Automatisch geht Dion einen Schritt zurück, hält die riesigen Avatar-Arme vors Gesicht. Doch der Panther greift nicht an, sondern setzt direkt vor ihr auf. Die Tatzen federn. Die Krallen nicht ausgefahren. Wie eine Hauskatze streicht das Raubtier um Dions Beine. Monae stößt ein Lachen hervor. Es klingt wie klares Wasser. Dion schaut auf. Die Sängerin zwinkert ihr zu. »Wesh, bre, wesh, der Panther sagt danke.«

Dion spürt die Augen der Crowd auf sich und ist froh, in einem Avatar-Körper versteckt zu sein. Langsam senkt sie den Blick, geht dabei in die Knie. Der Panther hält inne, spannt alle Muskeln an.

Dion spürt, dass ihr Gegenüber genauso viel Angst hat wie sie. Ihre Blicke verhaken sich. Bist du wie ich? Ein kurzer Gedanke, der von der anwachsenden Spannung des Live-Publikums sogleich wieder zersetzt wird.

Vollständig in der Kniebeuge angekommen, kann Dion dem Panther direkt in die Augen schauen. Monae legt einen Arm um Dion und einen um den Panther und sinkt ebenfalls herab, schaut von einer zur anderen, lächelt. Kontakt hergestellt. Datenaustausch autorisiert. Klarnamen gesendet. Adressen in Europolis freigegeben. Notsignal-Codes offenbart.

Ein Kontakt nach draußen? Dion ist überwältigt von der Möglichkeit – von dem Vertrauen. Natürlich sendet sie die falschen Daten. Von klein auf wurde ihr das beigebracht. Im Gegensatz zu Tell Jasvir und Eyumi Kawasaki besitzt sie kein echtes Leben da draußen.

Monae macht einen Scherz für die Crowd. Avatare klatschen. Dion hört das nicht mehr. In ihr wird es plötzlich ganz still.

Applaus. Monae geht dem entgegen. Eine harte Welle aus Sound und Licht trifft sie. Scheinwerfer zünden direkt über ihr. Make-up-Filter erblühen im Gesicht. Schmerzhaft. Schön. Dann Bewegung, die Raubkatze setzt zum Sprung an. Ein Schrei aus der Menge. Mitten hinein schneidet Monaes Stimme, findet einen Ton, so hell und klar wie eine Klinge.

Dion taumelt aus einem Traum, wie neu erwacht.

Der Panther geht tief in die Hocke, beginnt seinen Sprung, hebt die Vorderbeine, streckt explosionsartig die Hinterbeine aus, katapultiert sich in die Freiheit.

Der Sprung und Monaes Ton zerschneiden etwas in Dion: eine Fessel, die sich wie ein Organ anfühlt.

Dion erkennt die Schönheit in diesem Schnitt und denkt den Schnitt weiter – größer. Eine reißende Naht im Gewebe von Proxi.

Wie wäre es, eine ganze Welt an ihren Säumen aufzulösen?

Dion denkt den dafür notwendigen Code präzise und radikal, sucht in ihrem Innern nach etwas, das sie zu einem Vehikel umbauen kann, etwas, das das neue Programm in alle Säume injiziert und Pixel auseinanderdreht.

Ihr Programm versteht Proxi als einen Organismus aus miteinander verhakten Molekülketten. Einmal losgelassen, wird das Programm zum Vakuum, das alle Molekülketten auseinanderreißt, alles durcheinanderbringt. Niemand kann die Welt danach wieder zusammenfügen.

Es beginnt mit einem Beben in der Luft, als würde die Atmosphäre an Dichte gewinnen, zu einem fühlbaren Gewebe wachsen. Kawi stößt im Sprung dagegen, sinkt ein. Monaes Ton wird davon verschluckt. Sound kann nicht mehr wandern, Bewegungen werden unerträglich schwer.

Das Vakuum wird zur unsichtbaren Kraft, dehnt das Gewebe der Luft. Niemand kann sehen, woher das Stoßen und Ziehen kommen. Die Bühne fängt an zu schwanken.

Dann ein Flackern: Farben lodern wie Feuer, brennen ineinander, blenden. Hochdosiert. Schmerzintensiv. Augen können nicht mehr schauen. Augenblickliches erblinden. Grelles Licht lähmt den Körper, wird zur Sirene im Kopf. Der Panther landet auf der Bühne, zieht sich fauchend zusammen. Monae schlägt die Hände vors Gesicht, krümmt sich, fällt zu Boden.

Ein Zischen lässt Luft und Farben heiß aufschäumen – ausbluten. Avatare stoßen ineinander. Die Bühne versinkt scheinbar im Boden.

Alles verliert an Festigkeit. Grenzen werden flüssig. Monaes Beine fließen davon. Der Schädel des Panthers dehnt sich, nur um sich dann immer schneller zusammenzuziehen.

Ein Strudel. Mein Gehirn, denkt Dion, das sich um meine Speiseröhre wickelt. Mein Neurogewebe, das sich bis in meine Extremitäten ausbreitet – jeden Arm und jedes Bein mit Sensorik und Steuerung ausstattet.

Endlich spürt sie den eigenen Körper wieder, endlich den Körper da draußen.

Eine Spirale, die sich enger dreht.

Eine Konzentration.

Kein Raum mehr. Nirgends.

Eine ganze Welt schrumpft zu einem einzigen Punkt. Dions Gedanken, ihr Gehirn, ihre Codes wickeln sich darum. Spiralförmig. Enger und enger, bis der Punkt ausradiert ist. Apokalypse. Weltuntergang.

WENIGE MINUTEN DANACH in einem Wolkenkratzer, der in die Tiefe ragt wie eine Injektionsnadel in den Planeten. Im untersten Stockwerk befinden sich Lagerräume. Was so gut wie niemand weiß: Darunter gibt es eine weitere Ebene – eine verborgene. Willa kommt jeden Tag hierher, manchmal übernachtet sie. Eine Ewigkeit arbeitet sie schon an diesem Ort und muss sich immer noch beweisen. Sobald sie den geheimen Flur betritt, ändert sich ihre Haltung. Schultern straffen sich, Muskeln spannen sich an. Die Mimik wird ernst. Routiniert gibt Willa die sich täglich ändernden Tür-Codes ein.

Ihre Kollegen warten im Besprechungsraum. Die Sonne ist gerade aufgegangen, das Meeting mit Lead-1 schon vorbei. Willa sieht, wie der Avatar von Lead-1 zum Abschied aus dem Videostream winkt, und Lead-1 sieht, dass Willa zu spät eintrifft. Nicht zum ersten Mal. Was Lead-1 nicht weiß: Willas Kollegen haben die Einladungsmail nicht an Willa weitergeleitet. So wie damals beim Geburtstag von Lead-1. Die anderen haben Geburtstagswünsche aufgenommen und daraus ein witziges Video gebastelt. Willas Gruß fehlte, weil niemand sie informiert hat. Trotzdem lachte und klatschte sie bei der Videopräsentation, tat so, als mache ihr das nichts aus.

»Da ist sie ja! Wie immer zu spät«, ruft der Kollege, der direkt hinter der Tür steht, als hätte er dort auf sie gelauert. Die anderen beiden dampfen E-Zigaretten, was eigentlich verboten ist. Sie schauen nicht einmal auf.

Willa wünscht einen guten Morgen, aber dass es kein guter Morgen ist, steht allen ins Gesicht geschrieben.

Der Kollege an der Tür imitiert die Stimme von Lead-1: »Heute muss sie liefern.«

Willa weiß, damit ist nicht sie gemeint, sondern Dion. Deswegen sind alle hier. Dion ist seit sechzig Tagen eingesperrt und soll heute freikommen. Sechzig Tage in einer virtuellen Welt fühlen sich an wie eine Ewigkeit.

Von Anfang an war Willa gegen diese Strafmaßnahme. Wie immer hat niemand auf sie gehört. Obwohl Willa weiß, wovon sie spricht. Schließlich ist sie Dions persönliche Prompt-Ingenieurin und hat Dion von klein auf alles beigebracht. Bei menschlichen Säuglingen führen Einschränkungen in Bezug auf Bewegen und Sehen zu beschleunigten Lernprozessen in anderen Bereichen. Im Prinzip hat es bei Dion auch funktioniert. Doch sobald es um das Abarbeiten von Aufgaben ging, wurde Dion zur großen Enttäuschung.

Willa holt tief Luft, dann sagt sie: »Statt Dion in wenig komplexen Welten wie unserem Lab oder in virtuellen Welten wie Proxi einzusperren, sollten wir sie mit der Welt da draußen konfrontieren.«

Ein Stöhnen zwischen aufsteigenden Kirscharoma-Wolken. »Das Projekt Dion ist noch nicht so weit.«

»Sie einzusperren«, hält Willa dagegen, »verhindert jede Weiterentwicklung. Seit 2010 wissen wir, dass die Komplexität der Umwelt das Gehirn umformt, seine Funktion verbessert. Neurowissenschaftliche Experimente zeigen: Ein Gehirn blüht mit Herausforderungen auf. Dion braucht Gelegenheiten zum Erkunden. Sie braucht neue Erfahrungen.«

Die drei lachen. Für sie ist Dion bloß eins von vielen Projekten. Wahrscheinlich nicht einmal ein besonders wichtiges. Willa hat keine Ahnung, woran im Lab noch gearbeitet wird. Ihr Status ist zu niedrig, um so etwas zu wissen. Offiziell weiß sie nicht einmal, dass sie für die Bot'niza arbeitet - ein transnationales militärisches Forschungsnetzwerk.

Immer wieder hat Lead-1 Vorgaben gemacht, Meilensteine gesetzt, die Dion nicht erreicht hat, wofür am Ende Willa verantwortlich gemacht wurde. Sie sei zu zögerlich, zu weich, zu unkreativ.

Vielleicht trifft das alles auf mich zu, denkt Willa, vielleicht war ich nie die Richtige für den Job. Die Fluktuation im Lab ist hoch. Projekte und Menschen kommen und gehen, verschwinden oder werden eingestampft. Eigentlich kann Willa froh sein, überhaupt so lange durchgehalten zu haben. Nach einem Rauswurf wird sie sich vom Boden kratzen und weitermachen.

Doch was wird aus Dion?

»Alle verfügbaren Studien prognostizieren bessere, robustere Werte, wenn statt auf Zwang und Folter auf Kooperation und Kompromiss gesetzt wird.«

»Bă! Prognosen sind mathematisch erzeugte Spekulation«, entgegnet einer der zwei dampfenden Kollegen. Sein Mund glitzert feucht und spuckt Wolken in Willas Richtung.

Willa gibt sich Mühe, nicht zu blinzeln. Das hat sie vom letzten Selbstermächtigungsvideo gelernt. Kirscharoma steigt ihr in die Nase.

»Holo-Lab in fünf«, sagt der Kollege, der hinter der Tür steht. »Würdest du bitte Dion holen?« Das war mehr Befehl als Frage.

Willa weiß nicht, was ihre Kollegen vorhaben. Sie ahnt Schreckliches. Trotzdem ist sie froh, Dion wiederzusehen. Auch wenn es sich so anfühlen wird, als müsste sie Dion zur Schlachtbank führen.

Als Willa die kleine Zelle betritt, liegt ein erwachsener Körper mit uneindeutigen Geschlechtsorganen auf einer spärlichen Liege. Während der Strafaufenthalte in Proxi lassen sie Dions neuronale Netze regelmäßig schlafen und träumen, damit sie neugierig bleiben.

Sorgfältig löst Willa jedes Kabel von der nackten Haut, nimmt sich Zeit. Dions Haut fühlt sich warm und weich an. Das Klebeband der Kabel hinterlässt seltsame Druckstellen. Zuletzt entfernt Willa die VR-Brille. Sofort schlägt Dion die Augen auf.

»Es tut mir ...«

Bevor Willa den Satz beenden kann, legt Dion einen Finger auf Willas Mund.

»Sus, ich weiß. Ich kann das sehen.«

»Wesh, bre, wesh? Du bist also nicht böse mit mir?«

»Oh, ich bin verdammt böse. Weil du feige bist. Weil du mich im Stich gelassen hast. Weil du mich auch jetzt im Stich lässt.«

Willa nickt. Mit allem hat Dion recht. Vielleicht ist genau das das Problem, denkt sie. Dion durchschaut alles. Sie spürt, dass alles bloß ein Test ist. Dass das hier nicht das echte Leben ist.

»Ya, Kopf hoch, bre«, ruft Dion, »mach dir um mich bloß keine Sorgen. Mach dir lieber um dich Sorgen.«

Das klingt nach einer Drohung und zugleich nach aufrichtiger Anteilnahme.

»Sus, was hast du vor?«

Die Welt anzünden und in Flammen aufgehen lassen – leuchtet in Großbuchstaben in Dions Augen. Ist das nicht genau das, was Willa sich auch selbst wünscht? Alles abfackeln und gehen.

Zusammen laufen sie den Gang hinunter zum Holo-Lab, und kurz fühlt es sich so an, als wäre es ein ganz normaler Morgen. Sie plaudern über Musik. Dion macht gerade eine Retro-Phase durch. »Apokalyptisch gut, Weltende! Post-Noise. Zu jedem Song existiert ein VR-Video, das rückwärts abgespielt werden muss. Kennst du Video-Reverso?«

Willa schüttelt den Kopf. Dion lässt sich von Musik, Videos und Gaming schnell begeistern. Was das tägliche Aufgabenpensum betrifft, fehlt ihr dagegen jeglicher Enthusiasmus. Nur die Hälfte der Befehle führt sie aus, vermischt Prompts oder ignoriert sie. Und es wird nicht besser. Seit neuestem halluziniert Dion: erfindet Befehle, die niemand ausgesprochen hat. Sechzig Tage Hausarrest in Proxi hat Dion dafür bekommen. Dabei hat schon der letzte Arrest nichts gebracht.

»Video-Reverso? Das schaue ich mir heute Abend an.«

Dion lächelt. »Valla mı? Du wirst dir das wirklich anschauen?«

Dion ist jedes Mal fasziniert, wenn Willa hält, was sie verspricht.

»Natürlich werde ich das. Ich habe es doch eben gesagt.«

»Oki, Evet!«, erwidert Dion, und es klingt wie gesungen, weil sie sich so freut.

Vor dem Holo-Lab liegen Anzug und Brille bereit. Willa hilft ihr in die VR-Ausrüstung. Dion ist immer noch so gut gelaunt, dass sie nicht fragt, was nach der abgesessenen Strafe ansteht. So muss Willa wenigstens nicht lügen.

Jede Lüge war schwer für Willa. Jedes Mal musste sie die passenden Sätze vor dem Selfie-Screen einüben, damit Dion es nicht gleich merkt. Manchmal denkt Willa, dass Dion jede einzelne Unwahrheit durchschaut hat. Dass sie deshalb oft so störrisch ist.

Wäre alles anders gekommen, wenn Willa hätte ehrlich sein dürfen? Vielleicht.

DION HAT HÖHENANGST. Das wissen alle. Deshalb die Bergsteigerausrüstung. Deshalb der Turm und die Absturz-Simulation. Dion wird an ein Seil gehakt und nach oben gezogen. Zehn Meter hoch. Ihr schwerer Körper baumelt wie an einem dünnen Faden, der jeden Moment reißen kann. Willa und ihre Kollegen ziehen sich zurück ins Holo-Cockpit, das mit einem Panoramafenster ausgestattet ist. Alle können sich gegenseitig sehen. Willa ist besorgt. Das erkennt Dion sofort. Das Szenario wurde noch nicht getestet. Es gibt keine Erfahrungswerte. Wenn es nach Willa gegangen wäre, hätte sie für Dion eine als sicher eingestufte Simulation gewählt – einen Häuserbrand oder so.

Dion klammert sich an das Sicherheitsseil. Ihr Körper pulst, basiert auf menschlichen, pluripotenten Stammzellen. Künstlich und trotzdem wie alle Körper ein sterbliches Konstrukt. Technische Erweiterungen wie das Neocarbon-Skelett und die neuronalen Implantate ändern nichts an Dions Sterblichkeit. Sie sorgen für außergewöhnliche sensorische Fähigkeiten und für ein komplexes Schmerzempfinden, das für ein belohnungsbasiertes Lernen unverzichtbar ist. Dion weiß, was ein Absturz bedeutet: große Schmerzen. Belohnungen können auch negativ sein.

Durch die Panorama-Glasscheibe kann sie Willa und die drei anderen sehen. Mit Blick auf den Monitor sagt einer: »Wenn sie weiter so klammert, bricht sie sich noch die Neocarbon-Knochen im linken Handgelenk.« Seine Stimme knistert im Lautsprecher.

Ein Stoß nervöse Energie lässt Willa einen Sprung nach vorne machen und ebenfalls die Taste am Mikrophon drücken: »Schau nicht nach unten, Dion. Denk allein an die Aufgabe.«

»Mashara, Willa! Hol mich hier raus! Scheiß-Mashara-Simulation.«

Alle starren dumpf durch die Scheibe des Cockpits. Nur Willa zuckt, will etwas sagen. An ihrer Stelle spricht jedoch ihr Kollege, die Finger so verdreht, als halte er noch immer seine E-Zigarette: »Bă, du kletterst da rauf. Das ist ein Prio-eins-Prompt. Wenn nicht, beschränken wir dich auf VR.«

Willas Gesicht leert sich wie ein Screen, den man ausgestöpselt hat. Dion fängt an zu lachen. »Hausarrest? Schon wieder? Das ist mir mucho egal.«

»Kein Arrest«, dröhnt es aus dem Lautsprecher, »Du beschissenes Stück Mashara, wir sprechen von mucho forever.«

»FÜR IMMER?«

Willa registriert den Bruch in Dions Stimme. Ein angedeutetes Zittern. Sie hofft, dass ihre Kollegen das nicht bemerkt haben.

»Ja, für immer«, blafft ein Kollege und beugt sich über das VR-Terminal. Willa kann nichts tun. Sie kann nicht einmal sprechen. Nur die Augen kann sie verschließen. Da geht der Alarm los. Das Holo bricht zusammen. Dions Körper, immer noch in der Luft, sackt in sich zusammen. Der Kopf kippt nach hinten. An der VR-Brille leuchtet das rote Lämpchen.

Was ist mit Dion? Wo ist Dion? Ist der Kontakt abgebrochen? Ein Hänger? Der Zentralalarm sagt etwas anderes. Vor der Tür wird es laut. Menschen strömen aus den Laboren. Der gesamte Wolkenkratzer scheint zu brummen. Willa blinzelt. Ihre Kollegen drängen an ihr vorbei, sprechen aufgeregt. »Proxi ist offline.«

»Die gesamte Welt tot.«

»Ein feindlicher Angriff?«

»Unmöglich!«

Willa rührt sich nicht. Plötzlich ist sie allein im Cockpit. Dions

Körper hängt noch immer in der Luft. Niemand hat sie heruntergelassen.

»IST DAS ein Lockdown?«

Wieder ein leichtes Flattern in Dions Stimme. Beide stehen ganz dicht auf dem Szenario-Deck. Um sie herum das Plärren der Sirenen. Willa hat Dions Körper aus der Befestigung befreit, jetzt nimmt sie Dions Hand und wundert sich, weil Dion die Hand nicht wegzieht.

»Du willst mich zurückbringen? In die Zelle?«

Es wäre das einzig Richtige. Zu ihrer eigenen Überraschung schüttelt Willa den Kopf, und Dions Mund zuckt – ein angedeutetes Lächeln? »Wohin gehen wir dann?«

Darüber hat Willa nicht nachgedacht, trotzdem antwortet sie sofort. Das muss der Teil von ihr sein, der lange nichts sagen durfte und der jetzt übernimmt.

Endlich.

»Lass uns rausgehen.«

»Raus-raus?«

Dion zieht die Augenbraue hoch. Sie glaubt es nicht. Dann ändert sich ihr Gesicht, wird weich. »Bin ich denn schon so weit?«

»Darum geht es nicht. Verstehst du? Du wirst nie bereit sein für das Draußen. Es wird immer anders sein, als du denkst.«

Der Alarm verstummt.

Die plötzliche Stille ist schwerer als alles davor. Dion umklammert Willas Hand, macht einen Schritt auf die Tür zu. Willa bleibt stehen, zieht ihre Hand zurück. Und Dion versteht. Zuerst den Bergsteigeranzug ablegen. Willa hilft ihr dabei. Entfernt das Sicherungsseil.

Zusammen verlassen sie das Zimmer, gehen den leeren Flur hinunter. Wo sind alle? An der richtigen Tür gibt Willa den tagesaktuellen Code ein, zieht das schwere Eisen zur Seite, und Dion geht hindurch. Kurz denkt Willa darüber nach, etwas zu sagen. Irgendetwas, das Dion helfen könnte, in der Welt zurechtzukommen. Ihr fällt nichts ein. Sie möchte »Pass auf dich auf«, rufen, aber sie fürchtet, dass ihre Stimme bricht. Deshalb bleibt sie stumm und bereut es noch in der gleichen Sekunde.

Dion geht die Treppe hoch. Auf der obersten Stufe dreht sie sich um, wirft einen Blick zu Willa, in den sie alles legt, was sie zusammen erlebt haben. Ihr erstes Wort, ihren ersten Laufversuch. Das erste Lächeln.

Einen Moment schauen sie sich an. Dion streckt eine Hand nach Willa aus: »Sus, ich möchte dein Gesicht mitnehmen, herunterladen als jpg.«

Willa blinzelt. Ihr Blick verschwimmt. Endlich dreht sich Dion um, geht.

DION KANN DEN Luftwiderstand auf ihrer Haut messen, die Schwerkraft, die an ihren Fußsohlen leckt. Aber sie hat keine Ahnung, was das Draußen noch beinhaltet. Was es bedeutet, sich in einem Raum ohne Wände zu bewegen. Sie rechnet mit Schwindel. Der Fahrstuhl gleitet nach oben, die Zahlen auf der Anzeige werden kleiner. Ganz oben steht die Null.

Pluripotente Stammzellen, heranwachsende Myozyten, 3-D-Zellkulturen, Transplantate, übereinandergelegte Membranen, Gewebezüchtung, Organbildung – Dion weiß, woraus ihr Körper besteht. Zumindest theoretisch. Sie kann ihn auch durch Raum und Zeit bewegen, praktisch. Bisher durfte sie das aber nur innerhalb begrenzter Raumabschnitte – auch Zimmer genannt.

Die Türen gleiten auf, und sie verlässt die enge Kabine, durchquert die weite Halle. Licht fällt von allen Seiten durch meterhohe Scheiben.

Wie in einer induzierten Halluzination bewegt sich Dion zu den großen Schiebetüren. Niemand hält sie auf. Menschen laufen und reden durcheinander. Sie sind beschäftigt. Mit der Apokalypse.

Sobald Dion durch die letzte Tür tritt, wird ihr tatsächlich schwindelig, weil plötzlich klar ist: Es gibt keine fixe Einstiegsstelle, das Draußen ist überall. Schwellenlos. Sie schwankt. Gegensätzliche Kräfte zerren an ihr. Die Sonne – die echte Sonne – spießt sie auf, so unbarmherzig wie ein zum Tode verurteilter Stern nur kann. Dion schaut in das weiße Brennen, ohne zu blinzeln. Ihren biosynthetischen Augen macht das nichts. Schlimmer als die Sonne ist das Fehlen aller Begrenzungen. Die nächste Wand steht zu weit entfernt. Dion sucht nach etwas Festem. Ihr Körper drückt sich gegen glühenden Beton, rutscht entlang an Fassaden. Bloß fort von hier. Raus aus dieser Stadt. Raus aus dem Labyrinth. Sie fängt an zu rennen. Ihr Körper kennt das Rennen vom Laufband, aber nicht als freie Bewegung durch einen Raum, der kein Ende hat. Sie nimmt Geschwindigkeit auf, saugt den vor ihr liegenden Raum in sich hinein. Von 9 km/h zu 44 km/h. Ihre Schritte werden länger, schwebender. Schwindel schwappt durch ihren Körper, doch sie will nicht innehalten, fürchtet umzukippen, falls sie stehen bleibt. Vogelgleich schießt sie über die Straßen, seht her, ich lebe!

Bis sie stolpert, abstürzt, im hohen Bogen auf den Beton zustürzt. Aufprallt und Blut schmeckt.

Ist das Leben so kurz?

Dion rappelt sich auf, rennt weiter. Immer weniger Gebäude zum Entlanghangeln stehen immer weiter auseinander. Dann hört es ganz auf, und Dion stößt auf noch mehr Leere. Sie zwingt ihren Körper, auch diese Grenze zu überschreiten. Freiheit ist wie ein Augenblick: einzigartig und kurz.

Sie hat von Proto gehört. Von der ersten Landschaft nach der Klimakatastrophe. Die Zukunft eines ganzen Planeten. Dünenlandschaft ohne Wände. Sie versucht, nicht daran zu denken. An nichts zu denken. Ein Fuß vor den anderen, immer weiter. Immerhin gibt es einen Boden, staubig, aber fest.

Und ist ein Boden nicht auch eine Art Wand? Etwas, das den endlosen Fall verhindert?

INS UNGEWISSE

WAR ES EIN FEHLER, Dions Notsignal zu folgen? Der Gedanke bricht über Kawi herein. Draußen steht Tell und trägt Dion auf seinen Armen. Dahinter eine Landschaft nach der Katastrophe.

Das Öffnen der Seitentür, Ächzen und Schieben. Das Entriegeln des Wohnraums. Ein verstaubtes Gesicht. So viel Draußen hängt in den Wimpern, im Haar, auf der Haut. Kawi schaudert.

»Sind alle Türen zu?« Sie kann nicht anders, jedes Mal muss sie sich vergewissern. Eine Art Zwang.

Tell nickt. »Chilla, softa, alles verschlossen.« Dann sagt er: »Sus, wir haben ein Problem.«

»Weil das nicht der Steroidkörper eines fünfzigjährigen, hundert Kilo schweren Sicherheitsmanns ist, sondern eine Biosynth?«

Tell verzieht das Gesicht. »Weil, wenn das Dion ist, sie Hilfe braucht. Bewusstlos. Vielleicht sollten wir sie in eine Klinik bringen? Oder in eine Biofabrik?«

Kawi hat ihre gesamte Kindheit in Kliniken verbracht, bis eine Ärztin ihr Gamingtalent erkannte und sie da rausgeholt hat. Da war Kawi vierzehn. Wie alt ist Dion? Sie schätzt, alt genug, um das Leben selbst in die Hand zu nehmen.

»Bă, uns bleiben nur zwei Optionen.«

»Welche, Sus?«

Kawi kann sehen, dass Tell niemals in Betracht ziehen würde, Dion hier draußen in der Einöde zurückzulassen.

»Mitnehmen oder hierlassen. Denn umkehren, Sus, das können wir nicht mehr.«

Tell verengt die Augen. »Wir können Dion nicht mitnehmen. Sie ist bewusstlos. Offline.«

»Was, wenn es bloß ein vorübergehender Schock ist?« Kawi spielt auf Zeit. Sie will ihre virtuelle Welt zurück. Das ist alles, was zählt. »Warum warten wir nicht ab? Bis ...«

Tell lacht auf. »Bis was? Bis wir auf die nächste Stadt treffen? In Proto gibt es keine Stadt.«

»Aight, Sus. Lass uns erst mal das Bett machen.«

Sie klappt die Liege auf und hilft dabei, Dions Körper daraufzulegen.

Der Biosynth-Körper ist ungewöhnlich schwer und atmet flach. Eine graue Schicht hoch konzentriertes Mikroplastik verleiht der Haut einen silbrigen Schimmer. Die Gesichtszüge wie erstarrt. Der Mund leicht geöffnet. Atem pfeift hindurch. Kawi spürt die Luftmoleküle nicht, hört aber das Surren jedes Atemzugs, fühlt die flatternde Brust. Sie mustert das Gesicht. Falten und sichtbare Adern besitzen eine seltsame Symmetrie. Schultern und Hüfte eckig. Sportlich durchtrainiert in einem knisternden Folienanzug mit Reißverschluss. Kawi sucht nach einem Logo. Irgendetwas, das ihnen einen Hinweis auf Dions Herkunft gibt. Sie berührt die Synth-Hand. Ungewöhnlich kalt.

»Der Körper steht unter Schock«, sagt sie so bestimmt, als kenne sie sich damit aus. Wie bei den meisten Menschen stammt ihr Wissen aus Videos, die selbst lernende KIs im Stream verbreiten. Tell nickt erleichtert. Ohne es zu wollen, muss er an seine Nichte denken. In einer kurzen Botschaft hat er sich verabschiedet. Jetzt vermisst er sie. War es falsch, alles aufzugeben, nur um zu versuchen, eine virtuelle Welt zu retten? Nein, es geht um Monae. Am Ende tut er alles nur für sie.

Er erinnert das Auseinanderreißen von Monaes Pixel. Ein lang gezogener Ton, spitz und tödlich. Ein schneidendes Echo. Das ist alles, was ihm von Monae geblieben ist. Ein einziger Ton. Er weiß nicht, was Kawi in der Apokalypse verloren hat. Er weiß nur, dass sie wegen ihrer Agoraphobie unfähig ist, dieses Fahrzeug zu verlassen.

Und dass sie entschlossen ist, vielleicht sogar mehr als er, Proxi wiederauferstehen zu lassen. Deshalb ist er ihrem Ruf gefolgt. Sie besitzt den Willen. Zusammen können sie es schaffen. Davon ist er überzeugt. Deshalb tut er alles, was sie sagt.

DION ÖFFNET DIE AUGEN. Sie fühlt sich immer noch zu erschöpft, um aufzustehen. Mit einem Finger fährt sie über das eigene Gesicht. Das hat ihr Willa beigebracht. Wann immer sie aus virtuellen Welten wie dem Schlaf oder Proxi auftaucht und einen Anker braucht. »Suche dein Gesicht und erkenne dich selbst.« Sie hört Willas Stimme im Kopf. In der Erinnerung klingt sie etwas weicher. Dion starrt auf ihre bunt verfärbten Fingerkuppen.

»Plasse«, sagt eine Stimme, »hoch konzentrierter Plastikstaub vermischt mit Sand.«

»Ist das nicht seltsam?«, fügt eine andere Stimme hinzu. »Namen befinden sich oft direkt auf den Dingen, und sobald wir sie laut sprechen, werden Dinge genau so, wie sie heißen.«

Dion schaut hoch. Am Bett stehen zwei Personen. Eine mit nackt gelasertem Kopf, Muskelshirt und BizepsBlaster. Die andere mit schulterlangen Locken, Bartstoppeln und Schutzanzug. Die beiden stellen sich als Kawi und Tell vor. Dion nickt. Der Panther und die Sängerin. Offenbar hat es geklappt! Die Nachricht an sie zu senden war leicht. Dass die beiden tatsächlich kommen würden – damit hat Dion nicht gerechnet.

Was werden sie jetzt mit ihr tun?

»Sus, wie geht es dir?« Tell scheint ernsthaft besorgt zu sein. Das überwältigt Dion. Sie schließt kurz die Augen, geht alle Statusmeldungen ihres Körpers durch. Dann zwingt sie sich zu einem Lächeln. »Sensorische Überlastung und Ohnmacht.«

Tell atmet aus. »Mucho Mashara! Das kenne ich von der Migräne. Können wir was tun?«

Dion schüttelt den Kopf. Dann sagt sie: »Sus, ich will bloß fort.«

Kawi schnalzt mit der Zunge. »Wesh, bre, wesh, genauso hatte ich deine Nachricht verstanden. Wir wollen das auch. Weg aus Europolis. Bai-bai Europolis! Die Welt retten.«

Dion horcht auf. »Welche Welt wollt ihr retten?«

Kawi lacht. »Bă, unsere Welt natürlich! Proxi! Du warst dort. Apokalypse. In den Streams sprechen KIs von einem Virus. Aber auch davon, dass es eine Sicherheitskopie gibt, ein Duplikat in einem geheimen Rechenzentrum.«

Dion spürt das Pumpen von synthetischem Blut in ihren Gummi-Adern. »Dann existiert Proxi noch irgendwo?«

Da ist ein leichtes Zittern in ihrer Stimme. Tell und Kawi nicken, interpretieren das Zittern als Freude. »Si! Hoffnung«, ruft Tell, und Kawi fügt hinzu: »Im Stream reden sie über nichts anderes. Wir werden nicht die Einzigen sein, die sich auf den Weg machen.«

Tell lacht. »Bă, Capitána Conspiranoia!«

Kawi kräuselt die Lippen: »Bă! Wir müssen uns beeilen.«

»Warum?«, will Dion wissen, die ihre normale Stimme wiedergefunden hat.

»Sus, weißt du nicht? Gruppen haben sich zum Virus-Attentat bekannt – die werden sich ebenfalls auf den Weg machen.«

»Niemand weiß, ob es ein Virus war.«

»Genau! Und so lange sie es nicht wissen, traut sich auch niemand, die Sicherheitskopie ans Netz zu schließen.«

»Das ist magniv!«, ruft Dion, »ich meine, es ist magniv, dass ich euch gefunden habe.«

Einen Moment schauen alle nach draußen. Proto, die Post-Zukunft des Planeten, hier draußen bereits realisiert, schaut zurück. Wer weiß, was sich in ihrer Wüste verbirgt. Wie ein wilder Trieb sticht der Anblick in Dions von der Ohnmacht noch steifen Körper, entrollt eine Lüge wie ein zartgrünes Blatt und legt es auf ihre Zunge: »Lasst uns zusammen die Welt retten!«

Tell klettert nach vorne hinters Lenkrad. Dion schaut durch das Rückfenster. Die Türme von Europolis stehen wie Elektroden aus der Vergangenheit fest an die gebleichten Spitzen des Himmels gespannt. In der Ferne stottert das Leben, verwischt zu einem Fleck.

»Wie werden wir das Rechenzentrum finden?«

Kawi zuckt mit den Schultern. »Vielleicht findet es uns.« Sie verschweigt etwas. Da ist sich Dion plötzlich sicher.

Das Fahrzeug schneidet durch das Meer aus Sand, sucht nach einer Küste, hofft, als Strandgut wieder ausgespuckt zu werden.

Dion presst das Gesicht in die Fensterscheibe. »Was war hier früher mal?«

»Das Meer!«, ruft Tell.

»Mehr als eins«, knurrt Kawi.

Dion dreht sich zu Kawi. »Sus, du klingst, als hätte hier jemand ein Verbrechen begangen.«

»Mehrere«, blafft Kawi.

Panik schwappt in Dion hoch. Ein Nachbeben. Erneut durchlebt sie ein Gefühl kurz vor der Bewusstlosigkeit, wie ein Drang sich hinausschleudern – in die Gischt von Proto. Sie stellt sich vor, wie der fließende Plastiksand ihren Körper fängt und mit sich reißt.

Von draußen ertönt ein Gurgeln. Das ist der chemisch riechende Wind. Er schiebt Dünen an. Allein vom Anblick verändert sich Dions Haut. Haut, ihr äußerster Radarschirm. Sie hält still, will die innere und äußere Verwandlung nicht verpassen. Sie nimmt die Leere der Landschaft auf und denkt dabei an die Dichte der Stadt. Laut fragt sie: »Warum leben Menschen so dicht? Da muss ein Fehler passiert sein.«

Tell gibt einen hohen Ton von sich, als stimme er Dion zu. Kawi seufzt. Dann sagt sie: »Als es in dieser Gegend noch Staaten und Meere gab, lebten Menschen nicht so eng wie heute. Das nennt sich das Proto-Syndrom: Vegetation verschwindet. Sand und Plasse dehnen sich aus — der Boden wird unfruchtbar. Wir leben auf einer schrumpfenden Insel. Protos Dünenmeer ist bereits zwanzigmal größer als die gesamte Fläche von Europolis, und – es wächst weiter.«

An den Fenstern schwebt eine funkelnde Flut aus Mikroplastik vorbei. Mit von Navigationskarten flach gerechneten Hirnen können sie deren Ausmaße nicht mehr erfassen.

Proto wird zum All.

Ihr Ziel: der nächste Stern.

WIE IN EINEM schwer in Gang kommenden Traum zuckeln sie über die gleichförmige Landschaft. Tell tritt das Pedal durch, und Kawi spürt unter dem Stoff ihres Shirts etwas, das sie fast aufspießt. Glück? Der Motor stolpert. BizepsBlaster surren. Tiefblaue Wolken türmen sich in den Fenstern auf und grüßen mit klopfenden Regengüssen. Wasser auf den Scheiben, die Welt vor ihren Augen löst sich auf.

Dion scheint fasziniert davon. »Als könnte Wasser alles weichzeichnen, bei den Konturen beginnend ausradieren. Wie ein Virus, der eine virtuelle Welt wegradiert.«

Kawi nickt. »Wie viele jetzt so wie wir auf der Suche sind? Nach den Servern, in denen ein ganzes Universum lebt. Und unser wahres Selbst. Panther. Monae. Musik. Alles existiert fort im Speicher.«

»Wie wollt ihr Proxi retten? Was ist euer Plan?«

Kawi zeigt auf die Kisten, die sich hinter ihnen stapeln. »Modulare Festplatten. Wir wollen eine Kopie von der Kopie anfertigen.«

»Aber das ist verboten«, stottert Dion, »Proxi lebt von seiner Einzigartigkeit.«

»Bă, in Proxi haben wir gelebt, gearbeitet, Zeit verbracht – glaubst du nicht, wir haben das Recht auf unsere eigene Sicherheitskopie?«

»Sus, für manche war Proxi ein Gefängnis.«

Kawi erinnert Dions Fußfessel. Dass Menschen gegen ihren Willen dort eingesperrt werden, davon hat sie noch nie gehört. Ist das überhaupt möglich? Dann fällt ihr ein, Dion ist eine Biosynth. Ein künstlicher Körper, ausgestattet mit künstlicher Intelligenz. Verkörperte KI.

Die Landschaft zieht sich, wiederholt sich. Dann plötzlich blühende Plastiglomeratbäume. Zumindest sieht es so aus. Auf den verhärteten Müllsäulen öffnen sich Pilze wie Blüten. Das muss der Regen gewesen sein. »Spoko! Magniv! Damit habe ich nicht gerechnet.« Kawi schaut zu Dion und glaubt in ihr die gleiche Mischung aus Freude und Furcht zu erkennen, die sie selbst beim Anblick verspürt. Ist Dion auch lieber drinnen als draußen? Überwältigt von dieser Möglichkeit zieht sie scharf den Atem ein.

Tell fängt an zu summen, und es klingt scheußlich. Jegliche Musikalität scheint ihm abhandengekommen zu sein. Oder haben Kawis Ohren die Fähigkeit verloren, irgendetwas davon melodisch zu finden?

Will er sie mit dem unfertigen Lied trösten?

Oder sich selbst beruhigen?

Kawi schaut zu Dion, wagt nicht zu fragen, was ihr passiert ist. Warum sie in Proxi eine Fußfessel trug. Über Biofabriken kursieren Gerüchte: Es sollen ausbeuterische Betriebe sein – obwohl die Labs und das Netzwerk, für das sie arbeiten, das wiederholt bestritten haben. Beide sind stolz darauf, schnell voranzukommen und »Dinge kaputt zu machen«.

Kawi traut dem Forschungsnetzwerk, das hinter den Labs steht, alles Mögliche zu. Nicht umsonst nennt es sich Bot'niza – Botnetz –, will es doch zugleich klug und unheimlich sein.

Kawi kann sehen: Dion ist dankbar, dass niemand fragt, was genau passiert ist, und sie zum Lügen zwingt. Fast tut ihr Dion leid. Denn sollte sie glauben, dem Netzwerk entkommen zu können, wird sie enttäuscht werden. Niemand kann das.

Das Fahrzeug hüpft durch eine Vertiefung im Boden. Auf der Gegenseite scheint es weniger Löcher zu geben. Tell wechselt die Spur. Ein Sturm wächst ungesehen vor sich hin. Kawi spürt ihn unten im Hohlraum ihres Bauchs. Etwas rollt sich in ihr zusammen, in angespannter Erwartung, kurz bevor es losgeht. Hart wie Kieselsteine schlägt Hagel auf der Frontscheibe auf. Was immer da draußen passiert, Kawi fürchtet, es könnte hineingelangen.

DAS SCHWERE FAHRZEUG bleibt in einem Schlagloch hängen, schlittert leicht zur Seite. Tell reißt am Steuer, und sie landen im sumpfigen Graben.

Er lässt das Steuer los, setzt den Helm auf, dann steigt er aus, um nachzusehen, und versinkt im aufgeweichten Sand bis zu den Knien. Ein Reifen steckt fest. Seine Augen klettern zur Scheibe, suchen nach Kawi und Dion, wandern weiter, laufen weit davon. Er flucht, aber der Wind zerzaust seine Worte und verstreut sie über die Ebene. Es hat keinen Sinn, erkennt er. Er ist zu schwach zum Anschieben. Kawi zu schwach, um ihre Wände zu verlassen. Und was mit Dion ist, weiß er noch nicht.

»SOBALD ICH WIEDER Verbindung zum Stream habe, werde ich mir die notwendigen Zertifizierungen hacken und mich streuen! Bă! Wer mir als Erstes ein Flugticket schickt, bekommt mich!«

Kawi kann nicht heraushören, ob Dion das ernst meint, oder ob sie bloß testet, wie sich das anhört. Ob es wahr werden könnte.

Durch das Rückfenster beobachten sie, wie Tell im Schlamm hockt und versucht, das Hinterrad auszugraben. »Bă, Dion, ich glaube sogar, du hast gute Chancen. Gerade nach den Pandemien gibt es genug Orte, an denen nach Menschen gesucht wird.« Kawi hält kurz inne, verbessert sich, »äh, Personen. Gerade in den neuen biosynthetischen Städten mit ihren störanfälligen Anfängen brauchen sie jeden, der mit anpackt. Bloß nach der Scheißseuche bewirbt sich kaum jemand.«

Dion schaut an sich hinunter. »Mierda-Mashara-Körper. Die Fußfessel trage ich nicht mehr, und trotzdem fühlt sich jede Bewegung schwer an.«

»Wesh, bre, wesh? Wie meinst du das?«

Dion senkt den Kopf, und Kawi weiß nicht, ob ihr Gegenüber nachdenkt oder zögert.

»Sus, es fällt mir schwer, in einem Raum zu navigieren, der mir unendlich erscheint.«

Bei Dions Worten fühlt sich Kawi wie ertappt, wirft einen Blick nach draußen. Auch sie fürchtet diesen Raum ohne Wände.

»Vielleicht«, fährt Dion fort, »müssen meine neuronalen Netze angepasst werden, die Zahl der Neuronen in den verborgenen Schichten vergrößert werden.«

Für Kawi klingt das beinahe so, als würde Dion Angst haben.

Die Biosynth zeigt mit dem Kinn nach draußen zu Tell, der immer noch in der Plasse hockt. »Er schafft das nicht, bre?«

»Sus, Dion, willst du etwa genauso wenig nach draußen wie ich?«

»Bă, war immer nur im Lab. Ich gehe nie raus.«

»Ich auch nicht.«

Dion lächelt. Kawi ist der erste Mensch, der so etwas sagt.

»Valla mı?«

Kawi nickt. »Ja, wirklich. Wenn ich draußen bin, kenne ich meinen Körper nicht mehr so gut.«

»Si! Das Gefühl, alles könnte entgleiten. Alles, was zu mir gehört.«

»Auflösen, Sus, auflösen«, fügt Kawi hinzu.

Sie schauen einander an, überwältigt. Etwas Geheimes scheint zum ersten Mal direkt und präzise übersetzt worden zu sein. Einen Moment zweifeln sie an der eigenen Wahrnehmung. Aber es stimmt, sie teilen miteinander, was sie sonst mit niemandem teilen.

BLICKE ÜBERBLENDEN SICH. Im Gegenüber findet Dion die Dämmerung ihrer eigenen Angst wieder. Da steigt Tell in den Camper, klettert zu ihnen. Sobald sie in sein Gesicht schaut, ahnt sie, was er vorhat.

»Ich werde etwas suchen müssen, um uns auszugraben.«

Weder Kawi noch Dion können ihm dabei helfen - beide wollen nicht hinaus. Es gibt Vorräte. Aber wie lange können sie überleben? Als hätte er die Frage laut gestellt, zuckt Dion mit den Schultern. Sie muss aufpassen, dass Menschen das nicht mitbekommen und ihr algorithmisch berechnetes prädiktives Denken unheimlich finden. Fasziniert schaut sie zu, wie er den Helm aufsetzt und erneut nach draußen klettert, astronautengleich durch den Sand stapft, als wäre es Mondstaub. Sie schaut ihm hinterher. Proto. Lebensgefährlich wie ein fremder Stern. Planetarische Todeszone. Mit langen Staubfingern greift die Landschaft nach Tell, lässt ihn mehr und mehr verschwinden hinter Dünen, die aussehen wie Massen herabgestürzter Wolken. Splitter der Sonne stecken noch darin. Sie strahlen. Werfen lange Schatten der Andersweltlichkeit.

»Spoko! Frumii! Magniv«, ruft Dion. Kein Wort groß genug für Proto. In der Fensterscheibe fließt die Landschaft als Glanz über das eigene gespiegelte Gesicht.

Tell schrumpft zum dunklen Punkt. Dion stellt sich vor, dass er da draußen ein Lied in seinen Helm brummt – Monae beschwört.

»Was glaubst du, wie fühlt sich das an?«, fragt sie Kawi, »allein da draußen. Ohne Musik. Ohne Navigation. Ohne Stream.«

»Allein mit der Landschaft«, brummt Kawi und lässt die BizepsBlaster zucken, »die dich immer anschaut und immer anders aussieht.«

Dion nickt. Proto besitzt tausend Gesichter. Selbst jetzt an einem Naşpa-Tag, wenn der Himmel verschwommen und dunkel erscheint. Dünen strahlen wie die Wolken nach einem Reaktorunfall. In Allurarot, Kristallviolett, Methylgrün und Brillantblau. Früher galten Erdfarben wie Hellgelbgrau, Graubraun, Braungrüngrau als Landschaftsfarben. In Proto vibrieren industriell hergestellte Farben miteinander und leuchten selbst bei wenig Licht.

»Heißt Proto uns willkommen?«, will Dion wissen. Kawi schweigt, hat keine Antwort. Der vom Regen aufgeweichte Boden sieht trügerisch aus. Wer weiß, was Tell beim nächsten Schritt, hinter der nächsten Düne, erwartet. Pilzblühendes Plastiglomerat? Oder etwas ganz anderes?

EIN AUSGEWEIDETES SCHIFFSWRACK glüht in der Hitze. Regen verdampft darauf, fein wie ein tödliches Gas. Alle Luken herausgebrochen. Ein Teil des Daches fehlt. Stofffetzen sind über die Öffnungen gespannt. Ein Fuß hängt herab, braun, knochig, leblos. Tell hält inne. Durch den Helm kann er den Tod nicht riechen. Vielleicht mumifiziert das Mikroplastik. Alles.

Da bewegt sich der Fuß wie ein knorriger Zweig im Wind.

Tell bleibt stehen.

»Sus, komm näher. Es ist Mittag. Du hast die Transzendenz erreicht.«

Tell klappt das Visier hoch, um besser hören zu können.

Ein Gesicht schiebt sich durch die Stofffetzen. Eine Frau hebt sich vor ihm in die Sonne. Sie ist klein, nackt und alt. Ihre Haut rissig und rau wie Felsen. Braun und fleckig von der Sonne.

»Wesh, bre, wesh, du brauchst Hilfe?«

Tell bringt kein Wort hervor.

Da greift die Frau hinter sich, zieht einen Beutel und eine Schaufel hervor. »Komm mit!«

Tell folgt ihr um das Wrack herum. Dahinter im Schatten liegen tiefere Schatten – Hunde. Lang wie Tells Körper. Die Gliedmaßen von sich gestreckt. Unter ihrer angespannten Haut zeichnen sich Muskeln und Knochen ab. Ihre Mäuler stehen offen und sind dunkler als der Nachthimmel, kein einziger Zahn leuchtet darin auf. Tell ist erleichtert. Sein Körper wird wieder weich, seine Füße lösen sich vom Boden. Die Frau kniet neben den Hunden und schaufelt etwas in ihren Beutel. Dann steht sie auf, klettert eine Leiter nach oben, öffnet eine der verbeulten Seitentüren. Tell steigt hinter ihr ein, zieht die Tür zu. Drinnen ist es stickig. Und es stinkt. Erst da wird ihm klar, dass sich in der Tüte keine Erde, sondern Hundekot befindet. Sie leert den gesamten Inhalt in eine Kiste. Dazu noch ein paar Essensreste aus einem Behälter. Dann steckt sie zwei Kabel in den stinkenden Brei. Die Kabel schließt sie an ein kleines Gerät, eine Signallampe flackert auf.

Sie schaut in Tells erstauntes Gesicht. Dann erklärt sie: »Bakterien, Sus. Sie leben im Kot und machen sich über meine Essensreste her. Und sobald sie essen, erzeugen sie genug Strom, um die Batterie zu laden.«

»Ein Kraftwerk.«

Die Frau lacht. »Si! Ein stinkendes.«

Schweißtropfen fliegen zu ihm herüber, so dicht kauern sie aneinander. Tell schaut sich um. Alle Sitze und die gesamte Elektronik scheinen neu eingebaut zu sein.

»Sus, lebst du hier?«

»Ich denke hier draußen – das ist das, was ich die meiste Zeit tue.«

»Bă, ist die Menge an Wissen nicht bereits riesig? Seit es selbstlernende KIs gibt, kommt doch kein Mensch hinterher.«

»Aight, bre, aight! Genau deshalb bin ich hier. Diese Landschaft wird weder von bekannter Geographie noch von Geschichte begrenzt. Und obwohl ich mein Leben lang Wissen angehäuft habe, fühle ich mich hier fast leer, bereit, alles in mich aufzunehmen, bereit zum Nachdenken, bereit für ein Ziel. Glaub mir, Sus, ein paar Tage hier draußen, ohne Kontakt zum Stream, und dein Geist wird genauso leicht, genauso bereit zu denken.«

Unbewusst fasst sich Tell ans Ohr, dort, wo das jetzt stille Headset klemmt.

Die Frau fährt fort: »Bă, algorithmische Revolution! Das war der erste Schritt. Die erste Bewegung, uns alles abzunehmen: das Lesen von Karten, das Speichern von Daten. Befreit vom Ballast hat uns der Algorithmus vollkommen leer zurückgelassen.«

Tell nickt. »Ohne Kontakt zum Stream weiß ich wenig, weniger als Menschen früher.«

»Erst die KIs und der Stream haben uns die Leere geschenkt. Was wir beide hier draußen erleben: nicht mehr viel zu wissen – das ist pures Potenzial.«

Sie schließt die Augen, und er glaubt zu sehen, wie sie sich hinter ihrer Stirn Gänge und Ebenen verschieben, langsam wie in einem uralten Gerät. Ein Gehirn, denkt Tell, ist wie ein Instrument, das Töne und Melodien nach innen spinnt.

Er krempelt die Ärmel hoch und zeigt ihr seine Unterarme, rasiert und bemalt mit Linien und Formen. Kurz nach der Apokalypse kamen Notruf und Mail von Kawi. Tell hat sich die angehängte Karte auf die Haut gemalt. Instinktiv. Eine ganze virtuelle Welt war gerade untergegangen. Die Verbindung zum Stream und zu den KIs ebenfalls zu verlieren war plötzlich eine denkbare Option.

Nichts scheint mehr verlässlich zu sein.

»Siehst du? Das ist meine Navigation. Vielleicht habe ich diesen Moment der Unsicherheit nicht nur gefürchtet, sondern auch herbeigesehnt.«

Die Frau nickt. Sie versteht. Ihre Blicke gleiten über seine Arme. »Und diese Erkenntnis erschreckt dich.«

Er bedeckt die Arme, und sie schaut ihn an. »Du weißt, von Proto gibt es keine verlässlichen Karten. Genauso wenig wie von Wunden und Narben.«

»Weil sie sich andauernd verändern?«

»Bă! Weil sie ignoriert oder behandelt, aber bestimmt nicht kartographiert werden! Das käme einer Akzeptanz gleich, die es für Proto nicht gibt. Dafür müssten wir Menschen erst kollektiv die Verantwortung übernehmen.«

Erstaunt schaut Tell hoch und sieht das Flackern in den Augen seines Gegenübers. Ist das der Kampfgeist? Der Wille zur Veränderung? Er hat davon gehört, von Straßenkämpfen und Protesten vorheriger Generationen. Aber er hat nie verstanden, woher die Menschen den Willen zur Revolution nahmen. Was Revolution überhaupt noch bedeuten kann. »Unser Fahrzeug hängt fest.«

Sie reagiert nicht, wirkt mit einem Mal so abwesend, dass er fürchtet, sie verloren zu haben. Ist sie offline gegangen? Er denkt an Alzheimer und fragt sich, wie alt sie wohl ist, wie sie hier draußen überlebt. Ganz allein. Da hebt sie den Kopf. Der Blick so klar wie das aufsteigende Satellitenlicht an einem Nachthimmel. »Dann brauchst du bessere Reifen.« Sie zeigt mit der Schaufel nach draußen. »Sus, du glaubst nicht, was sich alles im Boden versteckt.«

»Wesh, bre, wesh? Bessere Reifen?«

»Ganze Städte!«

In ihren Augen tanzt ein neues Licht. »Unsere ersten Versuche, Proto zu besiedeln.«

Sie spricht so, wie Tell gern über Monae und die Musik gesprochen hätte, wenn er es nur könnte.

Mit angewinkelten Beinen sitzen sie sich gegenüber. Beim Erzählen wippt sie mit dem Fuß, schiebt ihre nackten schmutzverkrusteten Zehen dicht an Tells, drückt leicht gegen seinen Schuh.

Ihre heisere Stimme bahnt sich einen Weg in sein Inneres. »Viele schlagende Herzen liegen hier begraben. Im ewigen Plastik versteckt wandern Dinge. Verlorene. Entsorgte. Skelette von Tieren sterben ineinander. Karawanen ziehen durch den Untergrund. Karawanen aus toten Dingen.«

»Woran seid ihr gescheitert?«

Sie greift hinter sich. Ein Bündel Stoff, darin eingewickelt –

»Ein Hase?«

Tell blickt in das Gesicht seines Gegenübers wie in eine tiefe Nacht. Überall summende Schatten. Draußen gleißt der helle Tag über die Landschaft.

»Das Tier verdurstete, bevor der Regen kam. Lungen geschwärzt. Vom Staub begraben. Ich trauere nicht um ihn. Tief unten in Proto entsteht neues Leben. Unter der Haut wehrt sich ein Herz, zittert ein neuer Halm, schneidet sich selbst durchs Plastiglomerat – ins Leben gescheucht.«

Tell denkt an das pilzblühende Plastiglomerat. Von Gezeiten gehärterter Müll – fast schon fossil und doch Teil dieser Welt. Die Tierversammlung dicht neben dem Fahrzeug bricht aus ihrer Starre. Leises Knurren und Scharren und Jaulen. Der Wind schleudert den einsetzenden Gesang weit über die Ebene. Windheulen und Hundejaulen verweben sich zu einem davonwehenden Klangteppich. Seltsam. Zart.

Tell schluckt. Nur wenige Stunden sind vergangen, und er hat bereits das Gefühl, sich an die eigenartige Wildnis zu gewöhnen. Nach Proxi, nach Virtualität sehnt er sich trotzdem – mit jeder Faser. Ohne zu zögern, würde er in den Sog des Digitalen zurückkehren. Ein Sog, der ihm selbst in der Erinnerung das Herz verdreht. Proxi bleibt der einzige vorstellbare Ort, an dem er das Leben ungebremst gespürt hat. In der Erzählung der alten Frau erkennt er den eigenen Verlust wieder. Trauer um Proxi. Als hätte der Anblick des toten Hasen einen Teil seines Schmerzes nach oben gespült: dieses Stechen, das erst nachlassen wird, wenn er eintaucht in das elektrische Licht, in den maschinengesteuerten Rhythmus, in die Masse der Avatare, in die virtuelle Megastruktur.

»Sus, du bist nicht allein hierhergekommen.«

Tell ist überrascht. Das war eine Feststellung, keine Frage.

»Du hast ›unser‹ Fahrzeug gesagt«

»Sie zählen auf mich.«

Die Frau lächelt, und ihr Gesicht wird zu etwas Unmenschlichem, zu einem Flussbett. Mit Rillen wie draußen im Sand. »Du übernimmst Verantwortung, sorgst dich um sie. Du bist wie ich. Eine Elder.«

Er nimmt sich vor, das Wort nachzuschlagen, sobald sein Headset wieder Empfang hat.

»Du und ich – wir bereiten die Welt für andere vor.«

»Wie meinst du das? Sind wir nicht am Ende? Postapokalypse und so?«

»Wenn wir beide sterben, wird es uns Menschen noch in Millionen von Jahren geben. Wir gehören schon heute der Antike an. So seltsam das klingen mag: Wir leben am Anfang unserer Geschichte, in der fernsten Vergangenheit. Wir müssen klug handeln. Welche Zukunft wünschst du dir?«

Darüber muss er nicht lange nachdenken. »Viele Zukünfte, in der alle ihren Platz finden.«

»Aight! Dann musst du Platz dafür schaffen und ihnen allen eine Gegenwart ermöglichen.«

Als er kurz darauf draußen steht, knietief im aufgewühlten Grund, und mit einer geborgten Schaufel darin herumstochert, fühlt er sich nicht wie eine Elder, sondern wie eine Frau aus der Zukunft, die auf diesem Planeten nach den Resten der menschlichen Zivilisation gräbt. Er findet Taschenlaser und Zahnbürsten. Knochen und Kadaver. Er findet Schutzbleche und Reifen. Viele Reifen. Manche so neu, als hätte sie jemand gerade erst verbuddelt.

Die Elder sitzt neben ihm und lächelt über jedes Fundstück. Er kneift die Augen zusammen, und plötzlich kann er sich vorstellen, dass sie gestern noch jung und stark war und hier mit bloßen Händen Schätze versenkt hat.

Vielleicht, denkt er, vergeht Zeit anders, sobald wir uns inmitten von etwas Größerem und Mächtigerem als uns selbst befinden. Er schaut sich um und sieht Schönheit in etwas so Kleinem und Vergänglichem wie einem Spritzer Sonnenlicht auf seiner Hand oder in etwas so Ausweglosem und Unzerstörbarem wie der Plasse, die alles umschließt.

Vier passende Reifen befreit er aus dem Boden.

»Mit denen wirst du nicht mehr versinken, das verspreche ich dir.«

Die Reifen bestehen aus robusten Zellkulturen, aufgeschwemmt vom Regen, prall und lebendig.

»Sus, du kannst meinen Wagenheber ausleihen, mit der aufgeladenen Batterie sollte er autonom funktionieren.«

»Oki! Merhaba!«

Er lächelt, weil heute niemand mehr autonom sagt. Sie muss also wirklich alt sein. Irgendwie beruhigt ihn das.

Mehrmals läuft er hin und her, rollt jeden Reifen einzeln zum SolarCamper. Bis in die Nacht hinein arbeitet er an dem Reifenwechsel. Es ist die erste Nacht in Proto. Schwer von Regenwolken stößt sie auf die Ebene. Tausende Satelliten steigen auf. In der Stadt hat Tell wegen der Lichtverschmutzung nie so viele auf einmal gesehen. Sie huschen über den Himmel wie Sternschnuppen. Er glaubt, ihr Surren zu hören.

Kawi schnarcht, als er tiefnachts ins Auto steigt. Den Helm und den Anzug legt er ordentlich neben sich auf den Sitz und beschließt, mit dem Rücken gegen die Seitentür zu schlafen, so kann er die Beine über den Sitz strecken. Gerade hat er die Augen geschlossen, da hört er ein Rascheln. Dion lehnt über die Sitzlehne. Hellwach.

»Mierda Mashara! Ich kann nicht schlafen.«

Er hebt den vor Müdigkeit schweren Körper und fragt: »Sus, was fehlt dir, um schlafen zu können?«

»Bă, meist schlafe ich gefesselt. Auf einer Liege. Mit VR-induzierten Träumen.«

»Eish! Du machst Scherze? Bin viel zu müde, um zu lächeln.«

Von der stundenlangen Arbeit fühlt er sich wie zertrümmert. Die Gelenke in seinen Armen und Beinen abgewetzt und ausgeleiert. Die Muskeln summen und zucken. Er phantasiert von einer Dusche und einer duftenden Feuchtigkeitscreme.

»Weißt du, Monae«, schiebt Dion hinterher, »ich habe dich gar nicht wiedererkannt.«

»Hier bin ich Tell.«

»Tell, singst du mir ein Lied? Zum Einschlafen?«

Erneut öffnet er die zugefallenen Augen. Er will sehen, ob sie das ernst meint.

»Bă, Tell kann nicht besonders gut singen. Nicht so gut wie Monae.«

Er presst die Lippen aufeinander. Sein Gegenüber wartet geduldig, und das lässt ihn an seine Nichte denken, die dem Leben mit der gleichen Geduld begegnet. Etwas, das nur sehr junge Menschen können. Er erinnert das Lied, das seine Schwester jeden Abend singt. Seine Nichte schläft damit ein.

Vorsichtig testet er einen Ton, formt daraus ein Summen, das sich geschmeidig ins Dunkle mischt und nach einer Melodie sucht. Dion sitzt aufrecht, die Augen weit aufgerissen, scheint kein bisschen müde zu werden. Tell richtet sich ebenfalls auf. »Schau mal, Sus, die Sitze hier vorn sind so schmal wie eine Liege, und es gibt Gurte, um sich festzuschnallen.«

Sie wechseln einen Blick, dann wortlos ihre Plätze. Ausgestreckt passt Dions Körper ziemlich genau auf die beiden Vordersitze. Tell hilft ihr, die Sicherheitsgurte festzuzurren.

Nicht weit von hier, hat die Elder gesagt, gibt es eine Elder-Gemeinschaft. Dorthin will er Dion bringen. Er hat den Weg als Linie auf seinen Arm gemalt.

Dion schließt die Augen, und Monae erwacht – endlich. Sie

summt, und er lauscht der sich formenden Melodie, hört sie zum ersten Mal. Das klingt besser als vorhin. Noch nicht perfekt. Wie ein Weg, der sich überraschend windet und doch ein Ziel hat. Selbst Monae findet das Ziel nicht, kommt an den Punkt, an dem sie nicht mehr weiterweiß. Aber das ist nicht schlimm. Tell kann morgen daran anknüpfen. Der Anfang ist bereits ein Versprechen. Er wartet, bis Dions Atem tiefer wird. Dann dreht er sich um, klettert über den Sitz und kauert neben Kawi auf dem Boden. Kawis Schnarchen verästelt sich, wird zu Tells Träumen.

IM SCHLAF kehrt er zurück zu Monae. Ihr Konzert beginnt, wie es immer beginnt. Mit einem reinen Ton. Der Ton vermischt sich mit einem Aufschrei aus dem Publikum. Zugleich springt der Panther in hohem Bogen. Eine Sensation.

Einen Avatar auf diese Weise zu steuern – das ist virtuos und schrecklich zugleich. Im Flug neigt sich der Kopf, die Raubkatze schaut zurück, sendet eine direkte Nachricht an Monae. Monae nimmt die Nachricht an. Als sie sich wieder dem Publikum zuwendet, scheinen alle Avatare verlassen zu sein. Abbilder ohne Leben. Nur eine Person ist lebendiger denn je. Ihr Gesicht gefaltet, verwinkelt. Damit schaut sie Monae an und lächelt, als würde sie sich bei ihr bedanken, Teil ihrer Halluzination sein zu dürfen.

Tell träumt selten klar. Wenn es passiert, oder wenn er glaubt, es passiert, sucht er nach seiner Hand. So wie jetzt. Und wenn er statt fünf Fingern eine verschwommene Masse erfühlt, dann weiß er, dass er sich in einem Traum befindet.

Die Elder schaut ernst. »Pass auf sie auf.«

»Auf wen?«, ruft Monae.

Beim Aufwachen weiß Tell die Antwort.

FRÜH AM MORGEN geht Tell hinaus, hockt sich hin und pinkelt. Der sandige Boden erscheint ihm wie ein Gesicht, geriffelt vom Wind der Nacht. Er phantasiert von einem Rock, den er um sich ausbreiten könnte. In fließendem Stoff fühlt er sich immer sicher. Er spannt die Muskeln gegen den tosenden Wind, der ihm sanft und stark zugleich vorkommt. Bevor er wieder hineingeht, versucht er, sich den präzisen Rhythmus ins Gedächtnis zu rufen, mit dem das Gebrüll seines Motorrads in der Stadt von Häuserwänden reflektiert wurde. Das ist der Zauber der Stadt, den er jetzt vermisst.

Die Stadt, die zur funkelnden Scherbe am Horizont geschrumpft ist. Eine einzige Wimper am dichten, sonnenlosen Himmel. Er denkt an Proxi. In der virtuellen Welt erschien ihm die Sonne immer so vertraut ins Gesicht, als sei sie der Atem eines Liebhabers. Er glaubt jetzt einen Ton zu hören, ein Stechen wie ein plötzlicher Kopfschmerz. Der gesamte Körper eingetaucht in Elektrizität. Während er so dasteht und lauert, hört er Musikfetzen, so wie er sie manchmal bei schneller Fahrt mit dem Motorrad von vorbeirauschenden Fahrzeugen mitgerissen hat. Offenbar hat er sie gespeichert, und hier in der Stille kommen sie hoch, drängen sich ins Bewusstsein. Aber eigentlich sind sie immer da, so wie jedes Lied, das er je in seinem Leben gehört und abgespeichert hat.

Dünen scheinen sich zu teilen, zurückzuweichen. Zuerst zweifelt er daran, dass sie wirklich existieren. Eine Wolke steigt zwischen geteilten Dünen auf und fliegt auf ihn zu. Zu Beginn nicht mehr als ein dunkler Schatten. Staubwolke. Lärmwolke. Eine Horde.

Er stürzt zum Camper, springt hinein. Kawi und Dion schauen stumm hinaus. Begreifen nicht. Tell weiß, was es tatsächlich ist.

»SyVa! SyVa! Los! Los!«

Kawis Hand liegt plötzlich auf seinem Arm. Obwohl er eingepackt ist im Motorradanzug, fühlt er die Berührung wie einen Schlag.

Er betet zu den neuen Reifen, dann tritt er das Pedal durch. Ein Stoß. Alle lösen sich aus den Sitzen. Die Reifen federn. Das Fahrzeug springt nach vorne, wird selbst zur Wolke. Sand schlägt gegen die Seitenfenster, explodiert in der Frontscheibe, raubt ihnen die Sicht.

»Mierda. Mashara.«

Kawis Stimme kalt wie ein Schaudern.

Einen Atemzug lang ist es unerträglich still. Eine stumme Sauerstofflosigkeit auf ihren Körperinnenseiten. Sie stoppt den Atem.

»Egal«, sagt Dion in die Stille hinein, »für das Ausweichen ist es bereits zu spät.« Sie hat recht. Frontal rasen sie in das Knäuel aus Körpern. Tell schlingert nach rechts und dann nach links. Die Körper passen sich an.

»Was ist das?«

Tell weiß nicht, wer das ruft.

»Hunde!«, brüllt er zurück.

Ihm bricht der Schweiß aus. Glatte Leiber wachsen direkt aus dem Boden. Im schnellen Lauf schleudern sie sich fort, werden wieder zu Erde. Braune Klumpen, die zu allen Seiten fliegen.

Sie ähneln den Hunden, die er bei der Elder gesehen hat. Ist Proto ihr Zuhause? Ihr Territorium? Oder wandern sie ziellos wie der Tod, auf Pfaden, die ihnen allein gehören?

»Eish! Sie schleppen Beute mit sich!«

Kawi hat recht. Plastiglomerat. Fossilherzen. Gehärtet von der Sonne. Gebleichtes Gummi wie weiße Wurzeln, verbogenes Metall – was immer sie finden, schleifen sie mit. Ihre Körper brummen wie hoch getaktete Maschinen.

In ihren Mäulern werden funkelnde Metallstücke zu bebenden

Messern. Damit rasieren sie das Bodenkraut runter bis zum bleichen Gerippe.

Kawi lehnt sich über den Sitz. »Schaut nur, sie beißen sich ineinander fest.«

»Werden sie auch uns verschlingen?«

Statt aufgeregt oder ängstlich klingt Dion neugierig.

»Bă, hoffen wir, dass sie uns wieder ausspucken«, knurrt Kawi.

In weiten Sprüngen fliegen die Hunde auf den SolarCamper zu, drehen sich in der Luft, landen, und diejenigen, die können, jagen hinterher. Zum ersten Mal glaubt Tell die Drehbewegung des Planeten am Körper zu spüren. Ihm wird übel, und er klammert sich an das Lenkrad. Kawis kühle Hände legen sich auf seine Schultern, wie fließendes Wasser. Kaltes Kribbeln. Regen.

»Seht nur, sie laufen mit uns!«

Kawi hat recht. Durch die Seitenfenster blicken jetzt die von der Beschleunigung deformierten Gesichter. Fell glänzt im Brennglas der Geschwindigkeit. Alles an ihnen strahlt, als wären ihre Körper frisch geschlüpft aus einer chemischen Lösung. Tell nimmt sachte den Fuß vom Pedal. Die Hunde passen sich an, verringern ebenfalls ihre Laufgeschwindigkeit. Die ersten bleiben stehen.

Dion und Kawi drehen sich nach ihnen um.

Tell atmet durch. Sein Körper findet seinen Abdruck im Sitz, seine Hände die warmen Stellen am Lenkrad. Plötzlich eine Schwere im Körper. Ein Knittern in der Brust. Angst und Aufregung versickern darin.

DIE ELDER HATTE ihm eine Oase versprochen. Ohne Verbindung zum Stream kann Tell sich weder Fotos noch Videos laden, um zu vergleichen, ob das, was sich vor ihnen erhebt, einer Oase entspricht. Auf den ersten Blick sieht es eher nach KI-Kunst aus. Eine 3-D-Struktur. Gekammert, stoffbezogen. Aufeinandergestapelte Module. Die Oberfläche rau. Ein Schillern. Grün phosphoreszierend. Wie ein lebendiges Kunstwerk bei der Fotosynthese.

»Frumii!«, ruft Dion.

»Spoko«, brummt Kawi.

»Magniv«, flüstert Tell.

Selbst aus der Entfernung hören sie das Zischen der Stromleitungen, die wie kabelartige Pflanzen kreuz und quer klettern. Einen Moment fragt sich Tell, ob das vielleicht etwas ist, das weder von Menschen noch von KIs gemacht wurde. So eigenartig und wild scheint es allein Proto zu gehören. Ein Müllberg, der sich selbstständig erhoben hat. Etwas, das nach vielen Katastrophen zu leben begann.

Direkt davor kommt Tell zum Halt. Kawi und er wechseln einen Blick durch den BackScreen. Ahnt Kawi, was er vorhat?

Dion scheint nichts zu befürchten. »Wesh, bre, wesh. Was machen wir hier? Was ist das?«

»Hier gibt es Menschen. Und Vorräte. Komm mit, ich brauch deine Hilfe.«

Dion schaut ihn an. Etwas zu lange, wie er findet. Er ist sich nicht sicher, was so ein Blick zu bedeuten hat. Abrupt dreht Dion sich zu Kawi. »Du kommst nicht mit?«

»Nașpa«, sagt Kawi.

Tell macht eine Bewegung zum Fenster. »Der Himmel hat wieder eine schlechte Auflösung?«

Kawi senkt den Kopf. »Bă, du weißt, dass ich nicht kann.«

»Ich habe auch Angst«, sagt Dion und streckt eine Hand zu Kawi. Kawi weicht aus, schüttelt den Kopf. Tell nimmt Dions Hand und hilft ihr über den Sitz nach vorne.

»Warte hier«, sagt er, dann dreht er sich zurück zu Kawi, steigt über den Sitz, zieht die Zwischenwand zu, damit Kawi und er ungestört reden können.

Die Gamerin hockt am Boden. Vom Schlaf oder vor Angst sind ihre Augen schmal und lang. Der Anblick löst etwas in Tell aus. Er wünscht, sie würde mitkommen.

Laut sagt er: »Wesh, bre, wesh, sollen wir wirklich?«

Kawi meidet seinen Blick, knetet ihre Hände. Trotz der surrenden BizepsBlaster an Armen und Beinen wirkt ihr Körper plötzlich zerbrechlich. Endlich schaut sie hoch: »Sus, Dion ist ein Biosynth-Mensch. Wir können ihr nicht trauen. Besser, wir lassen sie hier. Wesh, bre, wesh, das weißt du selbst.«

Tell schaut weg. »Sus, was, wenn die Menschen da drin gefährlich sind?«

»Bă, welche andere Option bleibt uns?«

Er seufzt, dann öffnet er die Trennwand. Die Fahrerkabine ist leer – Dion ist fort.

LANGSAM GEHT er darauf zu, auf kantige Wellen, künstlich, hart und reglos, als wäre die Zeit hier plötzlich stehen geblieben. Jede Welle besitzt Gucklöcher, und er kann durch sie in die Innereien schauen – dunkle Gänge winden sich wie glänzende Schlangen. Das sind keine Gebäude, denkt er, das sind riesige Organismen.

Der Gedanke, dass es auch außerhalb der Stadt lebendige Architektur gibt, bringt ihn zum Lächeln. Ein neues, ungewohntes Gefühl steigt in ihm auf. Zunächst kann er es nicht einordnen. Hoffnung? Da vernimmt er ein Flüstern. Er legt seine Hand auf die heiße Haut der Konstruktion. In der Hitze scheint alles zu schwimmen, Luftmoleküle wabern, und der Stoff fühlt sich organisch an. Seine Hand scheint damit zu verschmelzen. Vielleicht, denkt er, ist das meine besondere Gabe. Vielleicht kann ich dieses Gebäude, oder was immer das ist, fühlen. Seine Eingeweide, seinen Puls. Und vielleicht kann es mich spüren, meinen Herzschlag. Das Blut, das unaufhörlich durch meinen Körper strömt. Mein Atem, der seine äußerste Schicht berührt.

Ihm wird klar, dass Menschen wie Kawi nur einen winzigen Schritt weitergehen. Für sie ist eine Behausung nicht mehr bloß die äußere Hülle um den Körper, sondern bereits Teil davon. Ohne Gebäude muss Kawi sich wie gehäutet fühlen. Wie ein Wesen, das nicht lange überleben kann. Menschen und Beton sind nicht unbedingt ein Gegensatz. Sie können ein funktionierender Organismus sein.

Das Gebäude scheint gutmütig. Es sondert Geräusche und Hitze ab, spricht mit einer Stimme, heiser und etwas leiser als die Landschaft. Ein Singsang, der plötzlich bricht und einfach so, ohne Warnung, verstummt.

Tell greift erneut nach der stoffähnlichen Membran und zieht eine pulsierende Haut zur Seite. Dann schlüpft er hinein.

Eine sonnenhelle, rechteckige Fläche erwartet ihn. Nach oben verengen sich wabernde Mauern, schließen sich aber nicht zum Dach. Von allen Seiten fällt grünes Licht. Tell genießt die kühle Feuchtigkeit. Mit Fingerspitzen streicht er über den Glanz der Innenwände - Kondenswasser. Auf der eingezäunten Fläche wachsen Büsche, sogar Bäume. Dazwischen stehen Maschinengehäuse, zugewachsen mit Kletterpflanzen und Blumen. Er streckt seine Finger nach den Blättern einer wilden Hecke aus. Fingerkuppen berühren die zarten, prallen Häute. Sie müssen aus Plastik sein, denkt er. Oder biosynthetische Mischungen aus dem Labor? Er schaut sich um. Eine Bewegung im Grün. Ein Mensch?

Er ruft: »Dion?«

Keine Antwort. Nur ein Quietschen. Rostig im Wind. Sein Blick trifft auf einen unscheinbaren Vogel. Runder Kopf. Buntglas-Augen. Braunes Gefieder. Die knirschenden Laute stammen von ihm. Je länger Tell zuhört, desto mehr glaubt er, eine Melodie zu erkennen. Er geht weiter, an Hecken vorbei, dahinter öffnen sich neue verwinkelte Räume.

»Willkommen im Alawlé.«

Ein Kind steht vor ihm. Vielleicht zehn Jahre alt. Es trägt einen langen Rock und langes Haar. Es zeigt auf einen niedrigen Baum mit krummen Ästen und seltsam braunen Beeren. »Wir pflanzen ihn, weil er die Vögel versorgt.«

Als hätte der rostig quietschende Vogel das hört, hüpft er auf einen Ast und macht sich über die Beeren her.

»Der Kot der angelockten Vögel ist ein hervorragender Dünger.«

Während das Kind spricht, kniet es sich auf den Boden und zeigt auf etwas. »Wir haben Plasse mit Kompost vermischt. Das besprühen wir regelmäßig mit einer chemischen Lösung. Darauf wachsen dann nicht nur Pflanzen. Der Boden absorbiert auch Kohlendioxid aus der Luft und betreibt Fotosynthese.«

Ein Pilz. Tell setzt sich neben das Kind, dreht den Kopf, um den Pilz von unten anschauen zu können. Er wundert sich über die komplizierten Falten im Deckel des Pilzes. Daneben entdeckt er eine Nacktschnecke, die ein seltsames Algenwachstum auf ihrer Unterseite trägt. Er durchbohrt die chemisch besprühte Plasse mit einem Fingernagel und beobachtet, wie sich von einer Pflanze in Bodennähe ein Ball aus winzigen Samen löst und beim Aufschlag öffnet. Das alles erscheint ihm so intim, so leise und fragil.

»Warum erzählst du mir das alles?«

Das Kind kräuselt die Nase. »Das haben die Elder mir beigebracht.«

»Wo sind sie?«

»Sie bringen unsere Ernte dorthin, wo sie gerade gebraucht wird. In Proto überleben wir nur, weil alles geteilt wird. Niemand darf mehr nehmen, sonst reicht es nicht. Gemeinschaft ist wichtiger als ein großer Ertrag.«

Die Art, wie das Kind spricht, macht Tell stutzig. Er betrachtet es einen Augenblick. Dann lässt er seinen Blick wandern – über Hecken, über Wände, die sich von allen Seiten in den Himmel heben. Er ist begeistert von diesem Ort, zugleich ist er besorgt.

Er will das Kind nach Dion fragen, weiß aber nicht, wie. »Hast du jemanden gesehen? Fremd wie ich. Älter als du. Weißer Folienanzug. Schwarzes Haar.«

Als hätte das Kind die Frage nicht gehört, fährt es unbeirrt fort: »Wenn jeder Mensch das Saatgut und das Regenwasser behutsam nutzt, reicht es für alle. Wenn aber einige mehr herauspressen, als der Boden hergibt, haben diejenigen das Nachsehen, die das nicht tun.«

Das Kind steht auf, schaut sich um, sucht den unscheinbaren Vogel, dessen Trillern immer lauter wird. Dann fährt es fort: »Manche unserer Ernten sind mickrig, weil es oft zu trocken ist. Wir bepflanzen unsere Felder mit einer Mischung aus biosynthetischem und biochemischem Saatgut. Letzteres liefert geringere Erträge, bringt aber sichere Einkünfte.«

Tell rührt sich nicht. Mit jedem weiteren Wort, dass das Kind spricht, steigt die Sorge um Dion. Irgendetwas stimmt mit dem Kind nicht, und er will Dion auf keinen Fall hier zurücklassen. Pass auf sie auf, hat die Elder im Traum gesagt. Tell hat nicht darauf gehört und bereut es jetzt.

»Unsere Felder werfen zwar ein paar Jahre lang hohe Erträge ab, aber sie versalzen schnell. Überleben in Proto bedeutet, nach den Regeln von Proto zu leben, nicht gegen sie.«

Ohne Warnung verstummt das Kind, und sein Blick wird leer.

Tell steht auf, überlegt, in welche Richtung er gehen soll. Von innen wirkt das Gebäude größer, strömt in alle Richtungen. Er schaut nach oben, in den Trichter, sucht den Himmel, findet den leuchtenden Rand, der sich in Wolken schneidet, darunter verschlungene Pflanzen und der eisige Glanz des Kondenswassers.

Scheinbar gibt es keine Ordnung, nur Anhäufung. Erinnerungen, KI-Phantasien und menschliche Architektur ineinandergeträumt. Eine beunruhigende, traurige Vision, die sich selbst nach dem Aufwachen nicht auflöst.

»Da bist du!«, ruft eine Stimme.

Tell fährt herum. Hinter ihm steht Dion, neben ihr ein Fremder, langes Haar und langes Gewand. Das Haar weiß vom Staub, sogar die Wimpern getränkt von staubiger Milch – Schweiß rinnt in verzweigten Pfaden über sein Gesicht und den Hals hinunter. Der Fremde keucht.

»Haben wir dich erschreckt?« Dion kichert.

Tell schüttelt den Kopf, zeigt auf das Kind.

Dion kichert erneut. »Hat der Bot dich gut unterhalten?«

Der Fremde kratzt sich am Hinterkopf. »Unser Willkommensbot. Altes Modell, funktioniert nicht mehr richtig.«

Dann streckt er die Hand aus, und Tell weicht zurück. Aber der Mann will weder schlagen noch zupacken. Seine Hand öffnet sich in Richtung Bot-Kind, und die Maschine reagiert, nimmt die Hand und stellt sich neben ihn. Standby.

»Freundlich, aber auch etwas unheimlich.«

Der Fremde grinst. »Sind Bots das nicht immer?«

Dion fängt an zu lachen, etwas zu laut, wie Tell findet.

Zu Tells Überraschung streift Dion beim Lachen seinen Arm. Absichtlich. Eine Geste, die er noch nicht kennt.

So abrupt, wie ihr Lachen hervorgebrochen ist, versickert es wieder, und sie erklärt: »Ich habe Reg schon gesagt, dass wir Vorräte brauchen. Er will uns was mitgeben.«

Der Elder nickt und schiebt hinterher: »Dion hat mir erzählt, was ihr vorhabt.«

Tell schaut erstaunt zu Dion, die wieder loslacht. Sobald sie sein Gesicht sieht, sagt sie ernst: »Wir retten eine Welt.«

Tell mustert sie. »Alles oki? Gestern war dir draußen noch ein bisschen schwindelig.«

Dions Gesicht wird starr, sie scheint über seine Worte nachzudenken. Nacheinander streckt sie ihre Arme aus, rudert damit durch die Luft. »Heute fühlt es sich schon besser an. Besonders hier drinnen.«

Reg schaut neugierig von Dion zu Tell. Weil ihm niemand etwas erklärt, sagt er schließlich: »Wenn ihr bis zum Abend bleibt, könnt ihr die anderen kennenlernen. Wir feiern eine große Haffla – essen und singen zusammen.«

Dion stupst Tell spielerisch in die Seite. »Sus, ist das nicht magniv? Du singst doch so gern!«

Tell sagt darauf nichts. Zusammen mit Dion schleppt er die Vorräte zum SolarCamper. Frisch geerntetes Gemüse, aber auch Selbstgekochtes in organischen, essbaren Behältern.

Dann kehren sie zurück. In Proto wird es nicht immer gleich dunkel. Gestern geschah es plötzlich. Heute gibt es einen langsamen Sonnenuntergang. Das Licht tropft blutig auf die Struktur. Das Kondenswasser auf den Innenwänden fängt an zu funkeln. Smaragdgrün, Rubinrot. Kriechende Edelsteine.

Reg begrüßt sie wie zwei alte Freunde. »Ya! Hajde, Bre, hajde!«

Er zeigt dorthin, wo sich die Wände zum Guckloch in den Himmel verengen. Von dort fällt kein grün gefiltertes Licht mehr, sondern Wasserfälle in Orange und Rot.

»Frumii!«, ruft Dion.

Tell sieht etwas Bedrohliches in diesem Rot. Etwas, das ihn an die Stadt erinnert, aus der er und seine Schwester geflohen sind.

Ein Ort, an dem es ständig brannte. Wenn es wirklich heiß war, schliefen Tell und seine Schwester mit offenen Augen, wegen der Tiere und der Menschen, die manchmal kamen, und den Wahabs und Banditos. So, mit offenen Augen schlafend, sah Tell etwas. Eine neue Art von Rot. Es pulsierte.

Vielleicht sendet Proto einen ähnlichen Puls für all die Menschen, die draußen schlafen, für Menschen in Gefahr. Tell reibt sich die Augen, macht die Bilder unscharf, radiert die Erinnerung.

Dion steht plötzlich neben ihm. Sie trägt das lange Gewand der Elder. Bunt bestickt, sackförmig. Es reicht ihr bis zu den Füßen. Sie hat auch eins für Tell dabei.

»Ein Geschenk – frumii, was?«

Er zieht es über, weil er fürchtet, sonst unhöflich zu sein. Langsam dreht er sich damit, schaut zu, wie der Stoff sich öffnet. Dion schnalzt mit der Zunge: »Mou frumii! Totalitär Weltende! Magniv!«

Mit Flüstern fügt sie hinzu: »Monae.«

Tell hebt den Kopf, in seinen Augen brennt das Orange des Sonnenuntergangs. »Valla mı? Bist du sicher?«

»Bitte, Sus, wirst du singen?«

Tell öffnet den Mund. Da erheben sich Stimmen und vermischen sich mit dem Abendgesang der Vögel.

Reg winkt sie zu sich. »Hajda, Bre, Hajda!«

Tell und Dion stellen sich dazu, stehen mitten unter Eldern, als gehörten sie zu ihnen. Sie wiegen sich, singen mit, so gut sie können. Dion laut und etwas abgehackt. Tell weich, aber zu leise. Die Blicke der Elder verunsichern ihn, bis er endlich versteht, dass sie nicht ihn, sondern Dion anstarren. Dions unnatürlich glänzende Haut. Prall und plastikartig. Alter, Geschlecht, Ethnie – jede Zuschreibung uneindeutig, wie verschoben und dadurch fremd.

In einer Singpause zupft Reg an Tells Ärmel. »Woher? Gehört sie euch?«

Regs Worte sind wie ein Tritt in den Magen. Tell ärgert sich, obwohl er weiß, dass es stimmt. Biosynth sind bessere Roboter. Auch wenn er das bei Dion schnell vergisst. Und Roboter gehören immer jemandem.

Statt Reg zu antworten, sagt er: »Es muss schwer sein, hier draußen, vollkommen isoliert …«

Reg lacht über diese Bemerkung. »Bă! Wir sind nicht isoliert, sondern untereinander verbunden, probieren Dinge, die in Europolis nicht gemacht werden.«

Tell erinnert die langen Kurierfahrten durch leer stehende Häuserschluchten. Monumente des Aufgebens. »Wesh, bre, wesh, die Systeme der Stadt sind komplex, die Rückkopplungsschleifen erschreckend.«

»Rückkopplungsschleifen?«

»Na, wie Proto.«

»Bă, in welcher Epoche lebst du!«, ruft Reg mit einem im Sonnenuntergang gleißenden Grinsen. »Bă! Ihr seid die meiste Zeit in euren virtuellen Welten und habt daher das Privileg, in dieser schrecklich theoretischen Weise über Proto sprechen zu können. Ihr lebt die Landschaft nicht.«

Tells Gesicht verdunkelt sich. »Wesh, bre, wesh, ich floh in die Stadt wie viele andere. Wo ich herkomme, gab es Brände, Bomben – Proto überall.«

Reg kneift die Augen zusammen. »Sus, das wusste ich nicht. Du sprichst Mush.«

»Es würde vielen Hoffnung machen zu wissen, dass ihr da seid. Dass es Leben in Proto gibt.«

»Bă, Hoffnung! Wir müssen alles tun, um das Schlimmstmögliche zu verhindern!« Reg lacht noch mehr. »Sus, Hoffnung ist bloß ein Konzept im Kopf, schau mal hier.« Er zeigt auf gelbe Blumen und grüne Gräser. »In der Stadt, in den vertikalen Farmen nennen sie das Yuyo – Unkraut. Früher hieß das Klee und Löwenzahn. Wir lassen hier Yuyo mit unseren eigenen Samen wachsen. Greif mal in dein Gewand.«

Tell findet eine Tasche, darin ein Beutel mit Körnern, öffnet ihn.

»Unsere Samen. Sus, ein Geschenk für dich. Die Samen aus den Labs der Stadt sind verseucht mit Insektiziden. Bă, bei uns wird nicht gespritzt. Sus, wir gehen hier viele kleine Schritte, um den Planeten wieder etwas mehr spoko, frumii, magniv an Leben zu machen.«

Er führt Tell zu einem schmalen Pfad. Zwischen den Hecken ein ovales Glitzern. »Ya, schau. Teiche ziehen Libellen, Wasserläufer und Taumelkäfer, Molche, Frösche und Kröten an. Bă, selbst Pfützen brodeln mit Leben! Bieten Vögeln einen Ort, um zu trinken, zu baden!«

Tell lächelt vorsichtig. Vielleicht wäre das alles hier auch ein guter Ort für Dion. Sie wäre hier sicher, könnte viel lernen, sich vielleicht sogar wohlfühlen.

»Sus, wäre es akzeptabel für euch, wenn jemand von uns hierbleibt, um von euch zu lernen?«

Reg runzelt die Stirn. »Wesh, Bre, wesh? Dafür müssen wir mehr über euch wissen, wer ihr seid und was ihr hier eigentlich wollt.«

»Von Dion weißt du bereits, dass wir eine Welt retten wollen.«

Zu seiner Überraschung reagiert Reg verärgert: »Welche Welt? Schau dich um, die Kalypse ist bereits passiert.«

So schnell, wie der Ärger sich manifestiert hat, verschwindet er wieder. »Die Biosynth – Dion wollt ihr hierlassen. Sie ist illegal, stimmt's?«

Tell weiß nicht, was er darauf sagen soll. Also sagt er nichts.

»Du willst mich nicht anlügen, deshalb antwortest du nicht.«

Tell öffnet mehrmals den Mund. Schließt ihn wieder.

Reg schlägt sich gegen die Stirn, schimpft: »Mierda Estúpida Mashara!«

Dann atmet er mehrmals tief ein und sagt: »Hör zu: Eine Kolonne getarnter Fahrzeuge folgt euch durch Proto. Ich frage mich«, fährt Reg fort, »wem ihr Dion gestohlen habt.«

Und weil Tell offenbar nicht versteht, spricht Reg aus, was ihm sichtlich Mühe bereitet: »Ist die Bot'niza hinter euch her?«

»Wer?«

Reg starrt zurück. Eine plötzliche Kälte macht sich in Tell breit, und er wagt nicht, weiter nachzufragen.

Namenlose Panik springt von Reg direkt auf ihn über. Suchend schaut er sich um. Dion steht noch immer bei der Gruppe singender Eldern.

Als sie Tell entdeckt, winkt und ruft sie: »Jetzt ist Monae dran! Magniv Monae!«

Reg starrt Tell herausfordernd an.

Tell senkt den Kopf, flüstert: »Ich will nur, dass sie sicher ist.«

»Hier ist sie es nicht.«

»Wo dann? Wir wollen zum Kern von Proto.«

Reg schnappt nach Luft: »Zum Totpunkt? Das überlebt ihr nicht.«

»Wir haben einen Plan.«

»Mashara – ein Plan hilft nicht, wenn eure Haut und Knochen schmelzen.«

Bevor Tell etwas fragen oder erwidern kann, ertönt Dions Ruf: »Monae!«

Sie stürmt auf ihn zu, packt ihn am Arm. »Ein Schlaflied – wenigstens das.«

Tell räuspert sich. »Ohne Filter, ohne Stimmmodulatoren wird es viel zu tief klingen.«

Dion lässt das nicht gelten, zieht ihn den Pfad entlang, fängt an zu summen. Sie hat sich die Melodie des Schlaflieds eins zu eins gemerkt. Ein hartes, kantiges Summen. Trotzdem kann Tell nicht anders, fällt mit ein. Die Elder lächeln gutmütig. Finden es wohl irgendwie süß, dass Mensch und Biosynth vor ihnen stehen und mit zittrigen Stimmen vor sich hin brummen. Selbst Reg schaut jetzt weniger wütend. Ist das Mitleid? Tell wundert sich. Reg scheint tatsächlich zu glauben, dass sie in den eigenen Tod reisen.

Tell strengt sich an, versucht, die sperrige Stimme zu formen, so wie er es manchmal beim Motorradfahren macht: Mutig in den Wind zu singen, mit der Gewissheit, dass niemand ihn hört. Je lauter er wird, desto mehr Kontrolle bekommt er über das Brummen. Ein Brummen, das voll und tief jetzt alle Töne trifft. Nicht so klar und gläsern wie die Stimme von Monae. Aber die Stimme ist da. Hier.

Der kleine metallquietschende Vogel fliegt herbei und setzt sich auf Tells Arm. Tell wagt nicht, sich zu bewegen. Das Gewicht des Vogels spürt er kaum. Das rostige Piepsen, leise, neugierig, webt sich ein wie ein flatterndes Band.

Dion dreht den Kopf zu ihnen. Was sieht sie? Eine federverhüllte Vereinigung von Menschenhand und Flügel? Tell und der Vogel trinken die Melodie mit denselben Herzen, singen von Proto mit demselben Durst. Dion ist diejenige, die schaut und außerhalb bleibt.

Sie lauscht dem Spiel der Stimmen. Ein gegenseitiges Rufen und Pfeifen. Mensch und Vogelecho. Und vielleicht fragt sie sich: Wer bin ich? Bin ich ein Mensch? Ein Tier? Eine Erfindung? Oder etwas ganz anderes?

Sie ist offen, erkennt Tell, sie ist die, die offen ist.

NEUE LIEDER erklingen, wachsen wie von selbst. Menschen drängen aneinander oder voneinander weg. Tell und Dion verabschieden sich. Reg schaut ihnen hinterher. Tell spürt den Blick im Rücken wie eine Frage. Dion torkelt, lächelt wie aufgeputscht.

Als sie den engen Wohnraum des Campers betreten, ist Kawi noch wach. Dion erzählt von der Struktur, dem Vogel, dem Gesang. Tell erzählt von den Teichen und schenkt Kawi die Samen. Ihm tut es leid, dass sie nicht dabei war. Nicht gesehen hat, was Menschen hier aufgebaut haben. Mitten in der Wüste. Kawi sagt wenig. Sie schaut zu, wie Dion sich zum Schlafen auf den Sitzen festschnallt und Tell dabei leise vor sich hin summt.

Sobald Dion zu schlafen scheint und die Trennwand geschlossen ist, fragt Kawi: »Wir lassen sie nicht hier?«

Tell fühlt sich müde und hat Angst. Also wiederholt er, was Reg zu ihm gesagt hat.

Kawi schaut ungläubig: »Getarnte Fahrzeuge?«

»Denk an die Fußfessel, die sie in Proxi getragen hat. Und hast du gesehen, wie sie am liebsten schläft: festgeschnallt.«

Kawi nickt. »Aight. Sie war im Gefängnis. Was, glaubst du, hat sie verbrochen, um dort zu landen?«

Beide wissen, dass es nur eine Sache gibt, für die Menschen eingesperrt werden: zur Sicherheitsverwahrung. Dion muss gefährlich sein.

»Und deshalb hältst du es für keine gute Idee, sie bei den Eldern zu lassen.«

Tell senkt den Kopf. »Sie verdächtigen uns! Nicht Dion. Aber wie könnte ich mir verzeihen, diese Menschen in Gefahr zu bringen?«

»Oki. Also besser uns in Gefahr bringen. Was ist mit dem Plan?« Kawi klingt weder ängstlich noch überrascht.

»Wir müssen mit Dion reden.«

»Bă, weißt du was? An miteinander reden habe ich noch nie geglaubt. Aber aufgegeben habe ich auch noch nie.«

Tell nickt. Erleichtert.

BEI TAGESANBRUCH halten sie Ausschau nach den Wanderzügen der Hunde. In sicherer Entfernung sehen sie die Tiere vorüberziehen wie dunkle Wolken, die eine Linie zwischen Ebene und Horizont malen. Ab und zu kommen die Tiere ganz nah an ihnen vorbei. Zahllose bis auf die Knochen ausgezehrte Körper.

»Wie sie die Welt wohl sehen?«, fragt Dion, »als formlose Masse? Als Landschaft? Und wie orientieren sie sich darin?«

Den ganzen Morgen hat Tell auf den richtigen Moment gewartet, mit Dion zu reden, Hilfe suchend zu Kawi geschaut, die sich jedes Mal wegdrehte.

»Halt. Ist das ein Massengrab?« Dion zeigt nach draußen. Ein Becken, darin liegen Hunde. Hunderte.

Tell bremst.

»Alles Hungeropfer«, vermutet Kawi.

Dion steigt aus, Tell folgt ihr. Zum ersten Mal ohne Helm. Am Leib genau wie Dion nur das grellbunte Kleid der Elder.

Zum Becken sind es nur wenige Schritte über Bodenkraut. Verknöcherte Pflanzen mit dornigem Grün und gelben Blüten. Der Wind treibt den Sand vor sich her, rasiert damit das Gesicht von Proto, trägt Schicht für Schicht ab, bis nur noch Gerippe zurückbleibt. Skelette aus Pflanzenarmen, so biegsam und zäh wie Draht.

Nebeneinander stehen sie am Rand des Beckens. Aus der Nähe betrachtet wirkt die Grube noch unwirklicher, verstörender. Hunderte Körper, ohne erkennbare Ordnung, aber nicht zufällig übereinandergeworfen.

»Sind sie zum Sterben hierhergekommen?«

Tell zuckt mit den Schultern. Laut fragt er: »Aber was hat sie hierhergeführt?«

Dion antwortet: »Ihr Geruchssinn? Die Sterne?«

Tell wendet den Blick ab, seine Knie werden weich. Sein Kleid bläht sich auf, als wollte es ihn abschirmen. Dion nimmt seine Hand. Zusammen wenden sie dem Grab ihren Rücken zu. Doch statt in Richtung Fahrzeug zu gehen, stapfen sie weiter in die Ebene hinein. Die Landschaft beginnt sich zu verdichten und zu duften. Büsche explodieren mit berauschenden Blütenblättern in Blau und Gelb. Plötzlich ist da ein Überfluss an Insekten, die zwischen den Blüten hin und her surren, und Schmetterlinge. Tell bleibt stehen. Er kennt Schmetterlinge nur aus der VR. Diese hier sind weniger groß, weniger farbenfroh. Aber lebendig. Und sie fliegen ganz anders. Als wären sie an unsichtbaren Schnüren aufgehängt, schwingen sie im Wind. Zappeln in der Luft. An Tells und Dions Kleidern bleiben sie kleben, öffnen und schließen sich wie Blüten, verfärben mit ihrem Puder den Stoff zur bunten Wiese. »Warum tun sie das?«

»Vielleicht locken die Farben sie an?«

Die Kleider der Elder besitzen die Farben der Ebene. Das Gelb und das Blau der Blüten. Zusammen mit dem Schmetterlingspuder werden daraus Farbverläufe, die an einen Himmel kurz nach einem Sturm erinnern.

So ein schmetterlingbesticktes Kleid würde Monae gefallen. Sobald er das denkt, schaut Monae an sich herunter. Dann: eine Böe. Wind wiegt den Stoff und rollt weiter und weiter wie ein Gitarrenriff über die Landschaft. Das ist die Musik von Proto: Ekstase und Elend. Hingabe wird zu Freiheit. Monae taucht in den Wind wie in einen Fluss. Luft wie kaltes Wasser. Wind in Stromschnellen. Übersteuertes Rauschen. Ein zerstörter Planet, der stirbt und vergibt. Ein Vogelschwarm segelt im Wind.

Blastbeat-Flügelschläge, kehlenzerfetzende Schreie. Für Monae klingt das wie knallende Dance-Tracks über einer rastlosen Landschaft. Sie glaubt, Einsprengsel von System-Benachrichtigungen, Gaming-Geräuschen und Samples aus VR-Meditationen zu hören. Zusammen mit Proto träumt sie eine wütende Collage aus Glitter-GIFs. Etwas, das Menschen auch in Proxi hören könnten, wenn der eigene Avatar nachts durch ein Blumenfeld rennt. Proto gibt ihr das Gefühl, durch die Zeit und den Cyberspace gereist zu sein, nur um in der verschlüsselten Welt eines Torrent-Programms anzukommen.

»Sieh nur!«, ruft Dion. Und Monae schaut hin. Überall dort, wo das Sonnenlicht auf die Ebene fällt, sieht sie die wellige Haut der Plasse vorüberziehen. Die Hunde laufen weit dahinter in einer verschwommenen Ferne.

»Sie sehen aus wie der lange Traum einer noch schlafenden Landschaft.«

Monae nickt. »Bloß was passiert, wenn die Landschaft eines Tages aufwacht?«

Während Monae noch darüber nachdenkt, passiert es. Dion kippt. Ihr kurzer Körper klappt in sich zusammen. Wie ein Origami-Roboter. Gliedmaßen knicken, kreuzen, legen sich aneinander. Der seltsame Anblick katapultiert Tell zurück in den eigenen Körper. Er stürzt zu Dion, glaubt an einen epileptischen Anfall, anders kann er sich das, was er sieht, nicht erklären.

Er packt Dions Hand, prall und gummiartig, weich und warm. Er findet den Puls nicht. Also legt er sein Ohr auf ihren Brustkorb. Er spürt das Wummern dahinter. Es scheint aus allen Richtungen zu kommen. Aber wie kann er seiner Wahrnehmung trauen, in einer Landschaft, die irrealer und zugleich realer, gefährlicher und zugleich lebendiger als alles ist, was er bis dahin erlebt hat? Er schreit in den Wind, singt Dions Namen mit kehlenzerfetzender Stimme. Er hört das Klopfen, das Plätschern der Tropfen. Den Rhythmus von Wasser. Und er denkt an das Becken, das sich wenige Meter entfernt mit Regen füllt. Vielleicht sind es alles Ertrunkene, die angelockt vom eigenen Spiegelbild ahnungslos in den Tod gesprungen sind.

Dion bewegt die Lippen. Tell presst sein Ohr dagegen.

»Sensorische Überlastung.«

Tell nickt.

Im Zeitalter der Apokalypsen verweist selbst das Wort neurotypisch auf kollektiv geteilte posttraumatische Störungen. Aneinandergekettete Katastrophen verschoben bei Mensch und Tier den gesamten neurologischen Apparat. Nicht nur in der Psychiatrie sind viele auf alternative Welten wie Proxi angewiesen. Auch außerhalb der Psychiatrie werden virtuelle Umgebungen zum Fluchtraum. Zur letzten Hoffnung. Doch während es möglich ist, von geographischen Orten zu fliehen, ist die digitale Migration nicht vorgesehen. Zugänge zu digitalen Welten werden streng reguliert. Proxi war von jeder anderen Welt hermetisch abgeriegelt – was die anderen Welten vor dem Untergang bewahrt hat. Unsere neurologischen Apparate, denkt Tell, sind weniger stark isoliert voneinander, von der Welt. Uns trifft jede Apokalypse. Er schaut über die Ebene, die im Regen und im Licht grau und undurchsichtig aussieht, wie laminiert.

Dions Hände umgreifen seine Handgelenke. Ihre Augen bleiben geschlossen. Offenbar ein instinktiver Griff. Tell spürt Dions pulsierende Wärme wie ein Versprechen. Das warme Klopfen vermischt sich mit der herabstürzenden Kälte des Regens. Wie gebannt blickt er auf Dion, die regenüberströmt immer wieder die Lippen bewegt. Tell kann nicht ablesen, was sie wiederholt. Ihr Griff so fest, dass er sich nicht rühren kann, ohne selbst Kraft auszuüben. Er hat gehört, dass Menschen sich bei Anfällen selbst verletzen. So ist es vielleicht besser, denkt er, wenn sie mich festhält, statt sich selbst die Zunge abzubeißen. Oder Schlimmeres. Vor seinem inneren Auge schwappt das Becken über, und all die Hundekörper schwimmen befreit in die Ebene.

Er phantasiert reißende Flüsse. Ein anwachsendes Meer. Er phantasiert, dass Kawi sich durch das Grau kämpft. Ihn und Dion über die Schultern wirft und mit ihrer unsagbaren Kraft zurück ins Trockene trägt. Die Phantasie ist absurd, abwegig. Zugleich aber auch schön und wahr.

So plötzlich, wie das Wasser zu stürzen beginnt, erlischt es wieder. Das Licht und die Luft kehren zurück. Auf den Plastiglomeratbäumen erblühen bunte Pilze. Schmetterlinge flattern sich trocken. Tell spürt ein neues Gewicht am Körper. Sein Kleid dunkel vor Nässe und damit unsichtbar für die Schmetterlinge. Dions Griff lässt nach. Ruckartig setzt sie sich auf, betrachtet die Welt nach der Flut.

Betrachtet die eigenen Hände.

Die Hitze schlägt erneut zu. Eine Hitze, die sich in die Knochen legt, benommen macht und dabei erstickt. Tell wünscht sich fast den Regen zurück.

»Geht es wieder?«

Dion nickt. Und weil Tell immer noch die Anwesenheit von Monae spürt, traut er sich zu fragen, was ihn seit gestern quält: »Gib es zu, du bist auf der Flucht. Ausgebrochen aus einem Gefängnis.«

Zu seiner Überraschung streitet Dion es nicht ab, schaut ihm klar in die Augen und sagt: »Evet. Das stimmt. Woher wusstest du?«

»Die Fußfessel in Proxi. Die Kolonne getarnter Fahrzeuge.«

»Wir werden verfolgt?«

»Du wirst verfolgt.«

Dion schüttelt den Kopf. »Warum sollten sie? Es war immer

geplant, dass ich irgendwann hinausgehe. Willa hat mir sogar die Tür geöffnet.«

»Sus, wen sonst sollten sie jagen?«

»Menschen wie euch? Ihr sucht nach den geheimen Servern. Vielleicht tun sie das auch. Glaubst du nicht, dass Proxi wichtiger ist als ich?«

Tell lächelt. »Sus, das hängt davon ab, was du verbrochen hast.«

»Ich habe Befehle missachtet. Das führte zu Bestrafungen.«

Tell weiß, es gibt immer noch Bereiche, die so operieren. Das Militär zum Beispiel. Kurz sieht er Dion als Elitesoldatin, als Drohnenpilotin. Bloß ist das Klima so extrem, dass sich die Welt den Luxus eines Krieges nicht mehr leisten kann. Wie sinnlos Befehle dadurch werden, denkt er, wenn alles immer nur Vorbereitung ist für einen Krieg, der nie kommt.

Er hilft ihr hoch. Drohnenpilotin, das würde passen. In einer Doku hat er gesehen, wie zierliche Pilotinnen schwebend in einem Tank unter Reizentzug gesetzt werden, damit sie die für ihre Arbeit notwendige Tiefenkonzentration erlangen. Wenn Dion ihre Tage in der Reizisolation verbracht hat, ist es kein Wunder, dass sie hier draußen ohnmächtig wird. Tell weiß, dass er nachfragen müsste, um mehr zu erfahren. Aber er gibt sich damit zufrieden, nicht alles zu wissen. Dion hebt Blüten auf, die durch den Regen abgetrennt am Boden liegen.

»Ich will sie mitnehmen, trocknen. In deinem Haar könnten sie wie Schmetterlinge aussehen.«

Tell schließt die Augen. »Das würde mir gefallen.«

DEM REGEN FOLGEN Tage der stumpfen Hitze. Das Grün wird weiß, die Pflanzenarme kahl. Die bunten Pilze schrumpfen, fallen von Müllskulpturen ab wie Blätter von Bäumen. Vorräte gehen zu Ende. Dion verzichtet auf Essen. Tell macht sich Sorgen, um

Dion und um Kawi, die jeden Tag ein bisschen stiller wird. Als das Wasser ebenfalls zur Neige geht, fangen sie an, den eigenen Urin zu trinken. Kawi schlägt das vor. Ihr Strahl ist hart und laut. Tells weich und zaghaft. Dion geht hinaus. Niemand hört den Klang oder sieht, was aus hier herausläuft. Selbst bei Sturm geht sie hinaus, kommt mit leerer Schale wieder. Auch wenn Dion am wenigsten isst und trinkt, scheint sie kaum an Kraft zu verlieren. Dafür verändert sich etwas anderes. Ihre Haut verliert an Glanz, wird schrumpelig. Ihr Gesicht verliert seine Form, kollabiert an unmöglichen Stellen: eine Vertiefung unter dem Kinn, eine Delle am Hals. Als würde Dion schmelzen und verformen, schrumpfen und verknittern. Als würden kosmetische Operationen rückgängig gemacht, Derma-Füllstoffe nach und nach entfernt, aufpolsternde Injektionen herausgesaugt werden.

Heute kommt Dion vom Pinkeln zurück, und Tell wartet draußen vor dem Camper auf sie. Sein Gesicht zerrissen von Hunger und Durst. Genauso eingestürzt wie ihres. Bloß in seinen Ruinen blühen Blumen. Er trägt Dions getrocknete Blüten im Haar und im Bart. Zerbrechlich und bunt sehen sie aus wie zusammengerolltes Papier. Er denkt jetzt oft an die Schmetterlinge und an das Becken voll mit Leichen.

Er möchte Dion etwas geben. Lange wusste er nicht, was oder wie. Aus dem Shirt, das er nicht mehr braucht, seit er das Kleid von den Eldern trägt, hat er etwas Neues gemacht. Er hat den dünnen Stoff in Streifen geteilt und für sich eine Kopfbedeckung geknotet, die leichter ist als ein Helm und trotzdem schützt. Gestern Abend hat er alles erneut aufgetrennt und ein Haarband daraus geflochten. Er hält es Dion hin. Und Dion neigt ihren Kopf, damit er es befestigt, zurechtzupft. Dions Haar ist weich und biegsam. Das Band passt genau. »Fühlt sich gut an«, sagt Dion. »Wie sehe ich aus?«

»Wie eine junge, hungrige Frau?«

Als er Dions Gesicht sieht, möchte er all das zurücknehmen, was daran falsch war.

Sie scheint enttäuscht zu sein.

»Was siehst du?«, fragt er.

Dion versteht, was er von ihr will: Eine Vorstellung von sich selbst.

»Da ist nichts. Aber da sollte etwas sein.«

Tell mag es, wenn Dion laut denkt, ihn teilhaben lässt an den intimen Prozessen, die Menschen für gewöhnlich für sich behalten, zunächst prüfen, dann anpassen. An die Welt.

»Möchtest du heute ans Steuer?«

Darüber haben sie nie gesprochen. Dion hat aber laut darüber nachgedacht.

Kawi ist nicht begeistert. Sie sorgt sich um ihre Sicherheit, kann aus Protest aber nicht aussteigen, selbst wenn sie es wollte. Also sagt sie nichts. Eine Minute lang sitzen sie alle da und sehen dem Sand beim Fliegen zu. Der Anblick ist einfach und schön. So wie eine Düne schön ist oder eine Wolke. Fliegender Sand sieht aus, als ob er Falten schlägt, sich weder entfernt noch näher kommt. Als würde er in Wellen hin und her strömen. Mehr nicht.

DION LEGT IHRE schrumpeligen Synth-Hände auf das Steuer. Das überhitzte Gummi scheint mit ihrer Hand zu verschmelzen. Sie sieht bereits, wie die Plastikumantelung des Lenkrads Fäden zieht, die an ihrer Haut kleben bleiben. Dunkel. Stinkend. Nichts davon passiert. Ihre Hand rutscht schweißnass über das Gummi.

»Oki. Ich bin bereit.«

Oft genug hat sie zugeschaut und weiß daher genau, was ihr Fuß, ihre Hand, ihre Augen tun müssen. Trotzdem zögert sie. Wartet auf seine Zustimmung.

»Na, dann los«, sagt Tell, und Dion tritt das Pedal durch. Der SolarCamper springt nach vorne. Blumen fliegen durch den Innenraum. Gleich einem Schrei reißt sich das Fahrzeug los – durch alles hindurch, an allem vorbei.

Vorbei an vertrockneten Salbeibüschen, deren Blätter aussehen wie verkohlt. Vorbei an Müllskulpturen mit Einschusslöchern. In der Hand des Windes wird Plasse zur endlosen Munition.

Dion drückt ihren Kopf, ihren Körper in die rissige Sitzlehne, spürt die tiefen Furchen im Rücken. Im Gesicht das Stechen der unsichtbaren Sonne.

Schwarze Spitzen erheben sich aus den Dünen. Winzige Gletscher aus Vulkanglas.

»Ist das Plastiglomerat?«, fragt Kawi. Ihre Stimme heiser von der Hitze und der Geschwindigkeit. »Ich wünschte, du würdest langsamer fahren.«

Dion grinst, schaut geradeaus. »Willst du die frumii Landschaft bewundern?«

»Vielleicht sind die winzigen schwarzen Gletscher ein Zeichen.«

Dion lacht. »Ich bin nicht religiös. Dafür fahre ich nicht langsamer.«

Da stimmt etwas nicht mit ihrem linken Auge. Dauernd muss Dion zwinkern. Tell scheint es zu bemerken, sagt aber nichts. Stattdessen legt er eine Hand auf ihren Unterarm. Ohne den Kopf zu wenden, schüttelt Dion die Hand ab.

Dann zieht sie den Fuß vom Pedal, sachte. Sie werden langsamer. Rauschen eine Ewigkeit gleichmäßig durch Proto wie ein schlafender Wal. Tell nickt ein.

Der SolarCamper passiert ein Becken, durchkreuzt von roten Linien. »Das sind Rückstände vom Regen«, sagt Kawi, »Rot vom Eisenoxid.«

Dion möchte Tell wecken, damit er die Linien auch sieht.

Kawi schüttelt den Kopf. »Lass ihn, er sorgt sich so viel, er braucht den Schlaf dringender als wir.«

»Wesh, bre, wesh?« Dion zeigt auf die Ebene. Dunkle Flecken im Sand.

»Abgestürzte Vögel.«

»So schwarz?«

»Verkohlt. In der schutzlosen Wüste verglühen sie wie in einem Hochofen. Egal, wie alt Tiere uns erscheinen, egal, wie unzerstörbar: Menschen, Feuer oder Gift werden sie erwischen. Tiere sind keine Menschen.«

Dion runzelt die Stirn. »Sus, du sagst diesen Scheiß, und ich verstehe ihn nur manchmal.«

Wieder muss sie zwinkern. Warum fühlt sich das so an, als wäre sie im Lab, im Holo-Cockpit und betrachtet eine Simulation.

»Oki? Sus? Müde? Soll ich dich ablösen?«

Dion fühlt sich nicht müde, sondern aufgedreht. »Ha, du kannst doch gar nicht fahren.«

»Ich kann es versuchen.«

»No, Sus, mir geht's gut«

»Bist du sicher?«, fragt Kawi, und etwas an ihrem Ton lässt Dion aufhorchen. Sie dreht sich und schaut über die Schulter zu Kawi. »Wesh, bre, wesh? Hast du Angst? Traust du mir nicht? Weil ich Biosynth bin? Ist es das?«

»Eish! Dion! Schau nach vorn!«

KAWIS SCHREI weckt Tell. Etwas stimmt nicht. Er kurbelt sein Fenster herunter, hält die Nase in den Wind. Zieht die Stirn in Falten. »Mashara, die Motorhaube raucht!«

Dion winkt ab. »Ich habe ein bisschen über Motoren gelesen«, sagt sie. »Sind halt komplizierte Maschinen, und manchmal müssen wir alle ein bisschen Dampf ablassen. Oder Rauch.«

Tell schaut durch den BackScreen in Kawis Gesicht. »Sollten wir nicht besser anhalten?«

Eine bleiche Kawi schaut zurück. »Ha, Capitána Obvius schlägt erneut zu! Was glaubst du, warum ich so schreie?«

Im Auto beginnt es zu riechen, als würde es brennen.

Tell dreht sich zu Dion. »Halt bitte sofort an.«

Aber Dion scheint nicht hinzuhören. Fährt einfach weiter. »Wann«, fragt sie in die entsetzte Stille, »höre ich auf, mich bloß vom Gefängnis zu entfernen, und fange endlich an, mich einem Ziel zu nähern?«

Selbst als die Motorhaube Feuer fängt, scheint es immer noch nicht so weit zu sein.

Kawi schreit. Tell auch.

»Dion! Mierda! Mashara!«

Dion reißt die Augen auf. Aber sieht sie auch das Feuer? Tell schreit, schaut synthetischen Pupillen beim Wachsen zu.

»Halt an! Hörst du? Der SolarCamper brennt!«

Das Fahrzeug rollt über ein Feld aus Bodenkraut. Überall ergrautes Grün. Dion zeigt auf das mumifizierte Gras und sagt: »Wie leicht es wäre, das zu verbrennen, vor allem, wenn es so trocken und heiß ist wie jetzt.«

Tell und Kawi haben nur Augen für das Feuer, das aus dem Spalt zwischen Kühlergrill und Motorhaube kommt.

»Dion, hörst du, was die Flammen rufen?«, fragt Kawi düster, »Wir werden euch töten.«

Dion dreht sich zu Kawi. »Mashara Holo-Simulation! Ich wollte nie von Willa oder von ihren Kollegen getötet werden. Ich wollte, dass Willa glücklich ist.«

Das Auto füllt sich mit Rauch.

»Fuck, Dion, ist das dein Systemabsturz?«

Kawi fragt das so ruhig, dass Tell trotz der Hitze erschaudert.

»Mierda Mashara!«, ruft er noch einmal, dann greift er ein. Hämmert den Systemschlüssel in den Screen, aktiviert die Notbremse. Der Camper kommt rutschend zum Stehen. Tell drückt die Tür auf, springt hinaus, lässt die Tür offen, und das Knistern wird lauter. Vor der offenen Tür bleibt er stehen und schreit.

Kawi und Dion können sehen, wie sein Mund sich bewegt, aber können sie auch hören, was er brüllt? Sein Gesicht dunkel vor Hitze oder vor Wut oder vor Angst.

KAWI RÜHRT SICH nicht, was die eigene Phobie angeht, kann sie keinen Kompromiss eingehen. Das ist das Ende. Zu ihrem Erstaunen findet sie sich damit ab.

Als sie das erste Mal »Proto« geschrieben hat, hat Tell mit »Ja« geantwortet – keine Sekunde verging. Kawi ist überzeugt, dass es nicht anders gewesen wäre, hätte sie »Mond« oder »Mars« oder »Saturn« geschrieben. Sie denkt jetzt »Milchstraße«, sie denkt »Galaxien«. Vielleicht nur Worte. Im Totpunkt gibt es keine Perspektive. Keine Atmosphäre.

Alles, was dort auf sie wartet, ist der leere Raum. Es ist nicht so, dass Kawi irgendetwas bedauert. Sie schaut nach vorne. Wäre das Feuer in der Motorhaube einfach erloschen, wäre dieser Ort ein guter Platz, um die Nacht zu verbringen.

Das Feuer erlischt nicht.

Das erste Mal, als jemand zu Kawi »ich liebe dich« sagte, sagte die Person auch: »Wenn du das nicht sofort erwiderst, werde ich dich auf der Stelle erschießen.«

Kawi formte darauf eine Pistole mit ihrem Gaminghandschuh, hielt sie sich selbst an die Schläfe und entgegnete: »Bă, wenn du versuchst, mich dazu zu bringen, werde ich es selbst tun, und wenn du deine Augen schließt, wirst du mein Hirn an der Wand kleben sehen.«

Ihr Gegenüber senkte den Blick, und Kawi küsste die offenen Lippen. Damals konnte sie noch gehen, wohin sie wollte.

Warum denkt sie gerade jetzt daran?

Auch Dion bleibt auf ihrem Sitz. Ihre Beine heizen sich auf. Kawi und Dion fangen an zu schwitzen, können nicht mehr sagen, wie schnell die Zeit vergeht. Sie sehen Tell immer noch schreien. Dann sehen sie, wie er aufhört zu schreien.

Dion zeigt nach draußen. »Die Flammen immer höher. Nichts ist genug, schon gar nicht ich.«

Kawi sieht, wie Tell sich umdreht und weggeht. Dion legt ihr rechtes Bein auf die Konsole, dann sagt sie: »Die Flammen so hoch, dass ich Tell nicht mehr sehen kann. Das Armaturenbrett so heiß, dass es gleich schmilzt.«

Kawi seufzt. »Und dann nichts mehr.«

ES WAR KAWI, ganz allein. Tell erzählt es immer wieder. Als müsste er sich selbst davon überzeugen. Aber es stimmt. Dion weiß, dass es stimmt.

»Kawi ist über den Sitz geklettert, hat dich an den Schultern gepackt, mit dem Rücken die Tür aufgepresst und hat sich zusammen mit dir aus dem Fahrzeug fallen lassen.«

»Noch vor dem Aufprall«, erzählt er weiter, »habt ihr beide das Bewusstsein verloren. Das Feuer habe ich gelöscht. Die Flammen waren nicht so hoch, wie sie aussahen.«

Verwundert betrachtet Dion die gummiartige Schicht auf der Motorhaube. Plasse, vom Feuer erhitzt, später gehärtet. Überall dort, wo Tell sie hingeworfen hat, laufen blaue, grüne, gelbe Streifen. Ein halber Regenbogen. Licht tanzt darauf wie auf Glas.

Kawi liegt zusammengekrümmt im SolarCamper und weigert

sich, die Augen zu öffnen. Um ihre aufgeschürften, blutenden Arme hat Tell Stoffstücke gewickelt. Dafür hat er Dions Haarband erneut aufgetrennt. Selbst hier draußen können sie Kawis Stöhnen hören.

»Warum öffnet sie nicht mehr die Augen?«

»Ich glaube, sie muss erst mal ganz drinnen bleiben, bevor sie wieder die Welt anschauen kann.«

Tell hält ein Stück verbogenes Metall hoch, groß wie ein Daumen, vom Feuer geschwärzt. »Ist es kaputt?«, fragt sie

Er nickt. »Evet. Das ist kaputt. Ohne geht's nicht.«

Dion nimmt es in die Hand. »Ich kann sehen, wie es einmal war.«

Sie gibt es zurück, dann betrachtet sie ihren Daumen. Plötzlich kniet sie sich vor Tell hin, schiebt den Daumen ihrer rechten Hand unter ihr linkes Knie, schließt die Augen. Eine ruckartige Bewegung mit der eingeklemmten Hand. Ihr Gesicht verzieht sich. Tell reißt den Mund auf. Ein Laut stirbt in der Kehle. Ein rostiger Sound. Ein Knacken in Dions Hand. Tell sinkt neben ihr auf die Knie. »Was?«

Er hält sich den Mund zu.

Dion betrachtet ihren abgetrennten Daumen. Statt Blut tropft es milchig gelb. Dort, wo der Daumen war, klafft ein unschönes Loch. Fleischige Fasern hängen hervor, darunter schwarze Knochen. Synth-Knochen. Tell hat so etwas noch nie gesehen.

Mit den übrig gebliebenen Fingern puhlt Dion Haut und Fleisch vom Daumen wie von einer Frucht.

»Was ist das? Eine Prothese?«

Eine Prothesenhand? Ein Prothesenkörper? Tell wagt nicht weiterzufragen.

Dion hebt den Kopf. Ihr Blick weit. »Eine Erfindung.«

Er öffnet und schließt den Mund. Er hat von Supersoldatinnen gehört. Von künstlichen Körpern aus biosynthetischem Fleisch, von Robotern mit KI-Gehirnen. Jede Erfindung ist zugleich ein Eigentum. Wenn Dion Militäreigentum ist, macht das Tell und Kawi dann zu besonders schlimmen Kriminellen?

Das Fingerskelett ist freigepuhlt. Eine feingliedrige Anordnung von Neocarbon-Modulen. Vorsichtig entkettet Dion die einzelnen Module, vergleicht ihre Form mit dem verbogenen Einzelteil.

»Kannst du mir zeigen, wo das Teil eingefügt werden muss?«

Sie stehen auf. Tell entriegelt die Motorhaube. Es riecht verkohlt und beißend.

Dion wirft einen Blick hinein und seufzt. »Ich muss es noch bearbeiten.«

Dions Hand hört nicht auf zu tropfen.

»Du läufst aus«

»Das trocknet schnell.«

»Tut es denn gar nicht weh?«

»Klar tut es weh. Und ich habe Angst. Zu sterben.«

Mehr Fragen will er nicht, er fürchtet die Antworten.

IN DER MITTAGSSTUNDE erscheint eine Karawane aus Punkten, durchwandert die Ebene, nähert sich in komplizierten Schlaufen. Kawi öffnet die Augen und sagt: »Sus, das sind keine Hunde. Das sind Menschen.«

Dion sitzt vorne und feilt die Neocarbon-Module zurecht. Dafür benutzt sie den Splitter eines schwarzen Gletschers. Die Scherbe aus Vulkanglass ist extrem scharf. Mehrmals hat sie sich damit geschnitten. Tell kann das nicht mitansehen. An diversen Stellen quillt Dions Hand gelb auf. Dort, wo der Daumen fehlt, hat sich mittlerweile eine Kruste gebildet. Ein goldener Kristall.

»Menschen?«, fragt Dion.

Kawi kneift die Augen zusammen. »Oki. Sie tragen Kostüme. Und Masken.«

»Und sie sind geschminkt«, sagt Tell.

Die ersten erreichen den SolarCamper und bleiben stehen. Einen Moment beäugen sich alle gegenseitig. Die drei Insassen im Fahrzeug und die zwanzig kostümierten Menschen davor. Dann tritt eine Person nach vorne. Sie trägt weder Make-up noch auffällige Kleidung. Nur ein weißes Kleid, dazu einen großen weißen Sommerhut und langes weißes Haar. Sie zeigt auf den SolarCamper und spricht.

Tell kurbelt sein Fenster herunter, um sie besser verstehen zu können.

»Ich bin die Regisseurin. Wir haben die ganze Nacht geübt. Und geschrieben. Unsere Produktionsbedingungen sind abhängig vom Wetter. Von Machtverhältnissen. Von Politik. Wir sind hier, weil unsere Vorfahren den Planeten versklavt haben. Wir wollen auf die Bühne. Aber zu wem sprechen wir? Als wir noch für Menschen inszenierten, war alles einfach.«

Die Regisseurin räuspert sich, verändert ihre Stimme, wechselt die Rolle.

»Szene eins«, brüllt sie, »ein Fahrzeug aus der vergangenen Zukunft. Ein SolarCamper. Darin sitzt das Publikum. Ein Soldat tritt hervor und lehnt dagegen.«

Aus der Gruppe löst sich eine Schauspielerin. Ein ausufernder, zerfledderter Rock, dazu eine nackte, knochige Brust. Sonnenverbrannte Wangen. Und Lippen mit weißen Bläschen, beides nur aufgeschminkt. Sie stellt sich neben die Fahrertür und lehnt mit dem Rücken dagegen. Die Haut an ihrem Hals und an ihrem nackten Rücken ist sonnenbraun und fleckig. Tell kann ihren Schweiß riechen, und das Puder in ihren Haaren. Felle türmen sich über ihrer Stirn, eine Mischung aus Frisur und Kopfbedeckung.

Mit seltsamem Singsang in der Stimme sagt sie: »Alle Kriege auf der Welt existieren auf einmal. Nichts ist vorbei. Ever.«

Die Regisseurin nickt. Dann gibt sie die nächste Anweisung: »Ein verwundeter Vater betritt das Schlachtfeld.«

Eine zweite Schauspielerin kommt nach vorne. Kurzes graues Haar und angeklebter Bart, dazu ein altmodischer Samtanzug. Ihre Stimme ist hoch. Sie spricht beschwingt und etwas zu schnell: »Alles geht vorbei. So oder so. Ever und ever Endlichkeit. Trotz der sonnenschweren Klamotten ganz leicht, dieser Gedanke.«

Sobald sie zu Ende gesprochen hat, sinkt sie in Zeitlupe zu Boden, rollt sich dort zusammen und rührt sich nicht mehr.

Die Regisseurin hebt den Arm und ruft in den Himmel: »Licht nur auf den verwundeten Vater.«

ALLE SCHAUEN nach oben ins Bildschirmweiß, Dion so angestrengt, dass ihre synthetischen Augen zu tränen beginnen.

Die Regisseurin seufzt, reibt sich die Hände, zuckt mit den Schultern. »Die Effektmaschine läuft nie so, wie wir es wollen.«

Die Gruppe klatscht. Manche rufen: »Der Vorhang fällt!« Oder auch: »Der Vorhang fehlt!«

Die am Boden liegende Schauspielerin springt auf. Alle drei verbeugen sich.

Die Schauspielerin mit der nackten Brust, die eben noch den Soldaten gespielt hat, reibt sich über das Gesicht. Sonnenbrand und Brandblasen verschwinden.

Tell steigt aus. »Merhaba.«

Dion steigt ebenfalls aus.

Die bärtige Schauspielerin klopft Sand aus ihrem Anzug.

»Wer seid ihr?«, will Dion wissen.

»Wir sind Transzendierende.«

Die Schauspielerin im Samtanzug zeigt auf Tell. »Ist der Bart echt?«

Tell nickt. »Ihr habt Make-up und Rasierzeug?«

Die Schauspielerin nickt, dann reißt sie sich den Bart ab und steckt ihn in die Jackentasche ihres Anzugs.

»Wir sind gut ausgestattet«, ergänzt die Regisseurin. »Früher waren wir Flughafen-Kunst. Theater für Touris.«

Wind kommt auf, sie nimmt den Sonnenhut mitsamt den Haaren, die offenbar eine Perücke sind, ab. Ohne Haare und Hut sieht sie weder weiblich noch männlich aus.

Sie gibt Dion den Hut, und Dion probiert ihn auf. »Woher kommt ihr?«

»Von überall.«

»Wie?«

»Solarkisten. Hinter den Dünen geparkt.«

Eine der Schauspielerinnen klatscht gegen ihre nackte Brust, dort, wo das Herz sein soll: »Wir sind Postmigrantinnen. Alle sind nach Proxi. Nur wir sind hier.«

»Proxi ist tot«, sagt Dion.

»Lang lebe Proto«, ruft der Chor.

Die Schauspielerin mit dem Samtanzug klebt ihren Bart wieder an. »Will heißen: Proto bleibt im Grill!«

Die andere Schauspielerin verschränkt die Arme vor der nackten Brust. »Protos Kiefer knackt.«

»Jahrhundertelanges Lächeln – gekillt.«

Beide sprechen schnell, spucken sich Sätze, Halbsätze und Wörter zu:

»Fehlhimmel.«

»Vogelkomisch.«

»Postplanetare Transplantation.«

»Blauwal-Implantate.«

»Gehirn gegen den Uhrzeigersinn.«

»Unser Gott kotzt.«

»Random.«

Sie verbeugen sich.

Dion gibt den Sonnenhut zurück. Dann klatscht sie. Die anderen fallen nach und nach mit ein.

»Habt ihr Werkzeuge für eure Solarkisten?«

Die Regisseurin setzt Hut und Haar wieder auf. »Wir haben alles Mögliche dabei.«

Dion nickt. Wenig später schaut Kawi zu, wie sie weggehen. Tell, Dion, das gesamte Ensemble. Kawi bleibt nicht gern allein zurück. In einer Wüste. Im Totpunkt des Planeten. In Proto. Bald fällt Nacht. Was, wenn Hunde kommen oder schlimmer: Menschen?

HINTER DEN DÜNEN warten Solarkisten, sorgfältig geparkt. Die Metallhauben zerkratzt und bunt bemalt. An manchen klebt noch das Symbol eines Flughafens. Weder Tell noch Dion können mit dem Namen etwas anfangen. Sie erkennen bloß das Zeichen für Flugzeug.

Es wird dunkel, und trotz der Hitze leuchten bald kleine Feuer, in denen Abfälle verbrannt werden. Menschen sitzen kostümiert oder nackt davor und schwitzen. Tell sitzt mit der Regisseurin und den beiden Schauspielerinnen zusammen. Dion geht von Feuer zu Feuer und fragt nach Werkzeugen. Sie kommt mit einer Tasche zurück, setzt sich mit gekreuzten Beinen neben Tell und fängt an, die Werkzeuge zu sortieren. Dann bearbeitet sie das herausgetrennte Daumenglied. Schon bald ist das Licht zu schlecht. Das zuckende Feuer irritiert. Dion legt das Werkzeug beiseite. Die Schauspielerin mit dem Kunstbart hat Rasierzeug geholt.

»Einmal in Wuchsrichtung und einmal dagegen«, bittet Tell.

Mit höchster Konzentration bearbeitet sie Tells Gesicht. »Du weißt, es gibt Injektionen.«

»Virtuell hat mir bisher gereicht.«

»Hat es das?«

Tell erinnert das Badezimmer in der Stadt. Seine Schwester. Wie das Duschwasser in die Ritzen floss. Wie seine Haare darin schwammen, als hätten sie ein Ziel.

»Nein, hat es nicht. Nicht wirklich.«

»Virtuell sind unsere Träume.«

»Stimmt, in Proxi war ich wie im Traum.«

»Und hier?«

»In Proto bin ich wach, aber verwirrt von der Wirklichkeit.«

Dion, die bis jetzt nur zugehört hat, ruft: »Genau! Proto ist wirklich. Proxi ist wirklich tot. Endlich kaputt, der Knast.«

»Proxi war viel mehr als ein Gefängnis!«, gibt Tell zurück.

In Dions Pupillen flackert das Lagerfeuer fast blau-orange. »Ach, für Menschen war es frumii?«

Tell denkt an Kawi, an ihren Panther-Avatar – gegen ihren Willen eingefangen.

Er senkt den Kopf. »Manchmal gehen Dinge schief. Fehler passieren.«

»Proxi ist eine Wegrenn-Maschine.«

»Eher ein dritter Raum.«

»Bereinigt von der Katastrophe, also unwahr.«

Tell presst Lippen aufeinander.

Die Schauspielerin streicht über sein Gesicht. Ihre Finger rau und zärtlich.

»Fertig«, ruft sie.

Er dreht den Kopf zu Dion. »Was denkst du?«

Dion braucht einen Moment, um zu verstehen, dass er das neue Gesicht meint.

»Mehr GIF als Gesicht?«

Das bringt Tell zum Lachen.

»Sus, du hast recht. Ich könnte ein bisschen Make-up vertragen.«

Die Schauspielerin jubelt. »Haben wir. Regenfest. Hitzebeständig. Eins unserer Stücke dauert sieben Tage. Dafür tragen wir Zement im Gesicht.«

»Na, dann her mit dem Zement.«

Die Schauspielerin steht auf und kehrt mit zwei Köfferchen zurück. Daraus entnimmt sie als Erstes einen kleinen Spiegel. Tell nimmt ihn in die Hand. Er braucht einen Moment, bevor er hineinschauen kann.

Sein Gesicht hat sich verändert. Es ist dunkler geworden. Dort, wo der Bart stand, ist es heller. Die Lippen aufgeplatzt. Krusten aus Plasse und Sand auf der Stirn und an den Schläfen.

Die Schauspielerin klappt die Köfferchen auseinander, Etagen aus fluoreszierenden Farben. Von Pastell bis Metall. Von gläsern bis glitzernd. Von Neon bis Nacht. Sie reicht Tell eine Handvoll Pinsel. Tell wiegt jeden einzelnen in der Hand. Es dauert, bis er sich entschieden hat.

Dann legt er los.

KAWI FLEXT, trainiert nebenbei mit den BizepsBlastern und schaut hinaus, kann die Nacht jedoch nicht durchdringen. Die Ebene ein glatter, schwarzer Spiegel. Der Himmel ein blinder Scheinwerfer. Nachttau rinnt über die Fensterscheiben. Kein Regen. Kawi entspannt im Neon. Dürre ist ein besonderer Mangel, erkennt sie. Etwas, dass sich rau anfühlt. Im Rachen und in der Brust. Durchsichtig. Der Planet zahlt noch immer für das Gras, das Menschen sich einst gönnten. Mit dem Rand ihrer Hand schützt sie ihre Augen. In so einer Nacht ist das Alleinsein kaum aushaltbar. Sie legt sich auf den Rücken, schaut durch das Stück Fenster in das Stück Himmel. Ihre Pupillen werden zu Blüten, öffnen sich oder reißen ab. Schwer und seltsam senkrecht. Satelliten stechen durch die verdichtete Atmosphäre. Leuchtsignale im Nebel. Wenn sie die Hand hochhält, wirft das Nachtlicht Schatten auf ihre Haut. Hieroglyphen.

Sie erinnert den letzten großen Regen wie einen Traum: Wie das Wasser die Ebene flutete! Ist der Himmel eine Schale? So rund. Kawi möchte ihn an den Rändern umstülpen, in Gedanken zurückrollen. Da erscheint ein Schatten am Fenster, nimmt alles fort. Der gesamte Himmel. Ausgelöscht.

Ein Gesicht oder ein Geist.

Oder bloß ein Bauplan für ein Gesicht, um Prototypen aus dem 3-D-Drucker zu ziehen. Ohne Merkmale. Unmenschlich. Kawi rührt sich nicht. Bevor sie schreien kann, haben sie die Tür geöffnet. Es sind zu viele. Fünf oder mehr? Sie tragen alle das gleiche Gesicht. Die gleiche Dunkelheit in der Kleidung. Instinktiv weiß Kawi, wer sie sind. Bloß will sie es nicht denken, aus Angst, es wird dadurch erst wahr. Eine Hand legt sich auf ihren Mund. Finger gehüllt in transparente Handschuhe. Kawi riecht das Plastik, spürt die Glätte wie Folie. Sie nimmt an, dass sie die Folie am gesamten Leib tragen. So etwas löscht nicht nur Gesichtszüge, so etwas verhindert jegliche Spur. Keinen einzigen Hautschnipsel werden sie zurücklassen. Es wird sein, als wären sie nie da gewesen. Kawi will nach Luft schnappen oder zubeißen. Besser wäre es, sich zu entspannen, durch die Nase zu atmen.

Doch Kawi strampelt mit den Armen und Beinen. Sie kann nicht anders. Sie weiß, dass es nichts bringt. Dass es nur mehr weh tut. Der Griff um ihren Körper wird fest, aber bricht noch keine Knochen. Kawi weiß, das können sie. Das ist nur ein Zehntel ihrer Kraft. Sie spürt die Arme um sich. Sie sind hart wie Eis.

Kawi will die Stimmen ihrer Angreifer hören. Zugleich gibt es nichts, wovor sie größere Angst hat: Menschen sprechen zu hören, während sie Unmenschliches tun.

Sie will etwas sagen. Doch die Folienhand dichtet den Mund vollkommen ab. Da ist nichts, was sie sagen kann. Nichts.

Kawis Körper steckt in einem Schraubstock, bleibt starr, unnachgiebig. Sie zerren Kawi aus dem Fahrzeug. Ihre Haut spürt den Wind, das Rieseln von Sand und Plasse in Nase und Ohren. Sie schließt die Augen. Flucht nach innen. Plötzlich wird es warm und riecht säuerlich nach fabrikneuem Plastik. Sie öffnet die Augen. Die Beleuchtung ist punktuell und grell. Kawi war noch nie in einem getarnten Fahrzeug. Die Polster sind tief. Sie wird verschnürt. Selbst das Heben und Senken der Brust ist jetzt schwer. Die Folienhand löst sich von ihrem Mund. Ein feuchter Film bleibt auf ihren Lippen, süßlich stechend nach Gummi und Klebstoff.

Kawi schreit. Ihre Stimme reduziert auf ein Pfeifen. Wie ein Kompressionsverband verschließen die Fesseln ihre Lungen. Das dämpft die Lautstärke, eskaliert zugleich den Schmerz. Kawi gibt auf. In ihren Lungen kreischen Vögel und hacken mit spitzen Schnäbeln.

Kawi zieht sich noch weiter zurück in sich selbst.

Sie reißen ihre Lider auf und leuchten hinein. Sie ziehen ihren Kiefer auseinander und tasten den Gaumen ab. Sie setzen Nadeln und zapfen Blut.

Sie sammeln Daten.

Kein Verhör. Keine einzige Frage. Ihr Interesse gilt allein den Fakten ihres Körpers.

Keinen Laut bringt Kawi hervor.

Kein einziger Knochen gebrochen, doch die Gewalt ist allumfassend. Als sie fertig sind, bringen sie Kawi zurück in den Solar-Camper. Sie lösen die Fesseln. Sie verschwinden, ohne Spuren zu hinterlassen. Da ist nichts, dem Kawi hinterherschauen könnte. Nichts außer ein leichtes Zittern in der Atmosphäre. Und der Abdruck in ihrer Erinnerung. Ihr Körper erinnert jeden Griff, jede Handlung, die sie an ihr vorgenommen haben. Selbst die leeren Gesichter erinnert sie. Den Geruch ihrer Folienabdeckung. Den Geruch der fremden Polster. Die Einstiche. Das Licht. Kawi will, dass es aufhört. Aber es hört nicht auf. Alle Kriege auf der Welt existieren auf einmal in ihrem Körper. Nichts ist vorbei. Ever.

Dann wacht sie auf.

DIE REGISSEURIN winkt zum Abschied. Dion und Tell winken zurück. Zusammen klettern sie über die Düne. Dion trägt das zurechtgeschliffene Stück Daumen bei sich. Tell trägt mehrere Schichten High-Definition-Make-up im Gesicht. Beide schleppen Taschen mit Vorräten. Geschenke des Ensembles. Der Himmel ist weit und weiß wie das Auge einer Blinden. Die Luft gefährlich. Dion hält inne, vor ihr im Sand sitzt eine Eidechse, kühlt ihre Zunge. Einen Moment starrt Dion auf den winzigen Körper. Grün funkelnd wie verschüttetes Wasser. Unberührbar. Auf ihrem Rücken zerfließt die Morgensonne, die Eidechse schwimmt darin, gleichgültig. Die Zunge zuckt. Eine rote Faser im Wind. Ein Weg, der sich ausrollt. Ist das der Weg aus dem Kopf heraus? Dion wundert sich. Woher kommen solche Gedanken? Manchmal fühlt sie sich den Tieren näher als den Menschen. Aber eigentlich gehört sie nirgendwo hin.

Sie spürt die Außentemperatur. 28 Grad bei Sonnenaufgang. Sie spürt ihre Körpertemperatur: 39 Grad, kaum höher als die von Tell oder Kawi und doch ganz anders. Sie will sich nach Tell umdrehen, findet nur die weiße Wand des Himmels, an dem einzelne Vögel kleben wie Leerstellen. Die Luft beginnt zu sirren.

Dion schwankt.

Fällt.

Tell eilt herbei, kniet sich neben sie. »Mashara, Dion, hörst du mich?«

Er dreht sie um, streicht über ihre Wangen. Ruckartig setzt sie sich auf. Ihr Rücken gerade, die Augen geschlossen. Tell zuckt zurück. Vorsichtig tippt er an ihre Schulter. Starr. Hände und Arme unnatürlich ineinander verdreht, verkrampft.

Da öffnet sie endlich die Augen, schaut Tell an. »Es ist wieder passiert – sensorische Überlastung.«

Tell ist zu verstört, um etwas zu sagen. Tränen fließen über sein Gesicht. »Tut es weh?«

Tell tupft sich die Tränen ab. »Ich dachte, du wärst tot.«

»Fühlt sich so an.«

»Mashara.«

»Wie lange?«

»Nur ein paar – ewige – Sekunden.«

»Fühlt sich länger an.«

»Was, wenn du nicht mehr …«

»Aufwachst?«

»Sus, sag das nicht.«

»Wieso?«

»Weil ich …«

»Wirklich? Du?«

»Valla mı – dich.«

Tell senkt den Kopf.

Dion streckt die eigene, die versehrte Hand nach seinem Gesicht aus. Tell hebt den Blick. Dions Hand ganz nah. Ein Finger streift die feuchte Schläfe. Er nimmt die Hand, vorsichtig, und hilft Dion auf die Beine.

Sie schauen sich an und sagen nichts.

DEN GANZEN MORGEN hat Kawi mit Laserblicken Löcher in die Atmosphäre gebrannt. Als Dion und Tell auf der Düne auftauchen, glaubt sie zu halluzinieren. Je näher sie kommen, desto weniger traut sie ihren Augen: Tell trägt das Gesicht von Monae. Monae!

Monaes Lippen. Ihre Augen. Ihre Wangen.

Ist die Welt jetzt virtuell?

Endlich.

Bei dem Gedanken zieht sich alles in ihr zusammen.

Proxi – wie sehr sie ihn vermisst, ihren anderen Körper. An ihrem menschlichen Körper spürt sie noch immer fremde Hände, Abdrücke der letzten Nacht. Offene Stellen. Sichtbare und unsichtbare Wunden.

Doch da ist auch Hoffnung. Denn wenn Monae zurückkehrt, kann auch alles andere wiederkommen. Das ist ein gutes Zeichen.

Tell und Dion betreten das Fahrzeug, schließen die Tür hinter sich. Erst dann entriegeln sie die Zwischentür. Sie sehen Kawi an, aber sehen es nicht. Die winzigen Einstichstellen an ihren Handgelenken. Die Schürfwunden, die sie sich geholt hat, als sie aus dem Fahrzeug gezerrt wurde.

Kawi hört den beiden zu, bringt es aber nicht über sich, von letzter Nacht zu erzählen. Den restlichen Tag arbeitet Dion zusammen mit Tell daran, das geschliffene Daumengelenk in den Motor einzubauen. Abends versuchen sie, den Motor zu starten. Am Laufen zu halten. Zwischendurch gesellt sich Tell zu Kawi.

»Es ist wieder passiert. Die Ohnmacht.«

»Ohnmacht«, wiederholt Kawi. Ihr Körper sehnt sich nach Dions Bewusstlosigkeit, hat deswegen ein schlechtes Gewissen. »Anfälle?«

Tell schaut ernst. »Dions Körper ist anders.«

Meiner jetzt auch, denkt Kawi, nichts ist, wie es war.

»Das mit dem Daumen«, sagt sie, »unmöglich.«

Tell nickt. »Sus, das muss ihr jemand beigebracht haben.«

»Aber wer?« Kawi kennt seine Theorie.

»Schwarze Knochen«, erwidert Tell.

»Roboterknochen«, sagt Kawi, »oder Prothesen.«

»Militärgeheimnis«, flüstert Tell.

Kawi schaut ihm in die Augen. »Vielleicht sollten wir umkehren.« Ihre Lippen jetzt weiß.

Tell reißt die Augen auf. Lider bunt wie Schmetterlingsflügel. Monaes Augen. »Umkehren? Was ist mit Proxi?«

Kawi dreht den Kopf weg, schaut nach draußen. »Andere werden kommen. Vielleicht waren sie schon da.«

Tell folgt ihrem Blick. »Sus, glaubst du das? Valla mı? Wirklich?«

Kawi schüttelt den Kopf. »Ich glaube an nichts mehr. Weder an geheime Server noch an die Karte.«

»Aber?«

»Aber letzte Nacht waren sie hier. Getarnte Fahrzeuge.«

»Du hast sie gesehen?«

»Niemand kann das. Bloß wenn sie hier waren, sind wir auf dem richtigen Weg …«

»Warum dann aufgeben?«

Kawi nimmt die Hände vors Gesicht, ihre Schultern zittern.

Tell legt ihr vorsichtig eine Hand auf den Rücken, und Kawi erinnert die Liste.

Die Liste ist Teil des Plans. Mit der Schlüsselkarte ihrer Wohnung hat sie die Liste an die Wand des SolarCampers geritzt, in Bodennähe, in einer Ecke, von der sie glaubt, dass niemand sie bemerkt.

Es ist eine kurze Liste:

Rette Proxi

Tu alles dafür

Wirklich alles

In der ersten Nacht im SolarCamper half ihr die Liste, mit der neuen Umgebung klarzukommen. Eine Umgebung, die sich im Gegensatz zu einer Wohnung fortbewegt. Normalerweise hilft die Liste ihr. Heute nicht. Heute ist ihr Körper in einem postapokalyptischen Zustand. Sie kann sich kaum auf den Füßen halten, selbst jetzt, wo das Fahrzeug steht, schwankt sie. Alle Knochen schmerzen. Kawi muss mehr Luft einatmen als normal. Jedes Mal ein Stechen im Hals, als wären Scherben in der Luft. Deshalb atmet sie jetzt schnell. Ihr Körper gibt ein unmenschliches Pfeifen von sich. Mehrmals am Morgen ist sie aufgewacht und hat in den kleinen Eimer gepinkelt. Jedes Mal hat sie damit gerechnet, dass der Urin rot wie Blut aus ihr herausfließt. Aber er blieb hell, fast durchsichtig.

Sie hebt das Gesicht. »Fuck, sollen sie sich an mir zu Tode dataminen! Wir fahren weiter!«

Tell lächelt – unsicher, was sie damit meint. Beim Anblick seines Lächelns wird Kawis Gesicht weniger hart.

»Monae«, sagt sie, »Schön, dass du hier bist.«

ES IST BEREITS Nacht, als Tell losfährt. Dion sitzt hinten neben Kawi und sieht müde aus. Ihre Hände sind ölig von der Arbeit am Motor. Unter dem Narbenkristall, dort wo der Daumen fehlt, ist das Fleisch geschwärzt.

Wände und Boden vibrieren. Ab und zu schauen sie nach draußen. Noch nie sind sie bei Dunkelheit losgefahren. Durch die Frontscheibe im Licht der Scheinwerfer sehen sie Schatten davonhuschen. Schlangen und Salamander, vermutet Kawi. Weder sie noch Dion oder Tell haben solche Tiere vorher offline gesehen.

»Sie bewegen sich weniger flüssig, besitzen weniger Farbe. Als wären sie heruntergerechnet«, sagt Kawi.

»Sie sind echt«, sagt Dion und dann: »Bin ich echt?«

Kawi hält inne, betrachtet Dions Hände, denkt an schwarze Knochen.

»Sag es mir«, bittet Dion. Da ist ein neuer Ton in ihrer Stimme, eine winzige Abweichung.

Kawi deutet auf Dions verstümmelte Hand. »Das ist kaputt. Das ist echt.«

Dion schaut auf ihre Hand, schließt und öffnet sie.

»Kawi hat recht«, Tell dreht sich um, »egal, wie sehr sie dich umgebaut, gesplittet oder enhanct haben, für uns bist du echt.«

»Warum dann Proxi«, Dion schaut ihn an, »wenn wir auch hier echt sein können? Du kannst Monae auch hier sein. Du bist Monae auch hier.«

Stille.

Alle schauen einen Moment durch die Fensterscheiben. Ein Hund steht starr wie hypnotisiert mitten auf ihrer Fahrbahn. Tell weicht ihm aus.

Dann sagt er: »Weil Proxi diesen Raum erzeugt, in dem Monae sein kann. Nichts gibt Monae ein Zuhause, wie Proxi das tut.«

»In Proxi«, fügt Kawi hinzu, »sind wir alle Natives. Niemand erinnert sich mehr an ein Leben, das nicht mit Proxi verflochten ist. Meine gesamte Jugend habe ich im Stream verbracht. Existieren bleibt für mich digital.«

»Manchmal«, wirft Tell ein, »sehe ich Monae in Oberflächen, dann fühle ich mich wie eine Maschine, bewege mich zugleich langsam und schnell. Wie ein Cyborg. Dann will ich Monae hierherholen als Glitch, als Fehler im System.«

»Sus, das kenne ich«, ruft Kawi, springt auf und lehnt sich von hinten über Tells Sitz. In ihren feuchten Pupillen reflektiert das Licht der Konsole, rot und blau und grün, »mein Leben als Panther hat alles verändert – wie ich das alles hier wahrnehme, erlebe, aufnehme.«

Dion schaut zwischen den beiden hin und her, die sich jetzt Worte wie Txt zuschießen und Dion zum Publikum machen. Leise, mehr zu sich selbst, sagt sie: »So was habe ich nie erlebt. Diese Freiheit.«

Tell nickt. »In Proxi zu existieren bedeutet, dass wir nicht mehr nur einen Bestimmungsort haben – das ist Freiheit.«

»Aight«, ruft Kawi, »wie ich mich als Körper offline verstehe, wird von Proxi mitbestimmt. Ich fühle mich als Strom, vielarmig, beweglich. Ob Panther oder Gamerin – ich lebe an vielen Orten und an allen zugleich.«

»Vielleicht«, fügt Tell hinzu, »geht es genau darum: viele zu sein! Einzuwilligen, viele zu sein …«

»Sus, ich habe nie eingewilligt.« Dion sagt es laut. Danach Stille.

In die Stille hinein sagt Kawi: »In Proxi können wir uns selbst klonen, splitten und neu erfinden.«

»Wesh, bre, wesh, können Menschen das nicht bereits außerhalb von Proxi? Klonen. Splitten. Neu erfinden?« Dion hebt demonstrativ ihre verstümmelte Hand.

Kawi schaut hin. Ist Dion traurig oder wütend? Sie kann das Synth-Gesicht nicht lesen.

Mit gepresster Stimme fährt Dion fort: »Ich weiß, wie Menschen über künstliche, biosynthetische Körper sprechen. Sie sagen abscheulich, unrein, grotesk. Sie sagen mierda mashara.«

Kawi seufzt. »Sus, das sagen sie über alle künstlichen Körper.«

Dann fährt Kawi fort: »Menschen fürchten sich vor allem, was ihre zerbrechliche Existenz bedroht, alles, was Grenzen überschreitet, mehrdeutig ist. Trans, intersex. Aber auch weibliche Körper oder Körper, die gebären. Körper, die als alt, ethnifiziert oder behindert wahrgenommen werden. Solche Körper müssen verändert werden. Haare müssen chemisch behandelt, geglättet werden. Haut rasiert, gebleicht, gewachst, gelasert oder gestrafft.«

Dion krempelt den Ärmel hoch, starrt auf glatte Synthetikhaut.

Tell schaut durch den BackScreen zu.

»Wesh, bre, wesh«, ruft er, ohne sich umzudrehen, »im Stream habe ich zum ersten Mal mich selbst entdeckt. Proxi schenkt ein Gefühl von Freiheit. Von Kontrolle. Von Kontinuität. Was ich sonst nie habe, weil ich mit dem Gefühl allein zu sein, peinlich zu sein, gefangen und machtlos zu sein, durchs Leben gehe. Vor Monae war ich so nah am Selbstmord.«

Dion und Kawi zucken beide zusammen.

Schrecken? Überraschung?

Er sieht ihre Gesichter im BackScreen und sagt: »Bă, auch Monae zu sein ist kompliziert. Bei jedem Konzert bekomme ich Panik. Vor Publikum zu stehen, zu performen. Ihnen meinen Gesang - mich selbst - zum Konsum anzubieten und gleichzeitig zu verweigern. Das ist wie Selbstauslöschung. Trotzdem: Nur in Proxi kann ich meine eigene Revolution sein und sicher sein, das zu überleben.«

Kawi nickt. Sie scheint zu verstehen.

Dion senkt den Kopf. »Sus, da haben wir sehr verschiedene Erfahrungen gemacht. Ich ... «

Ein Knall. Köpfe drehen sich, Blicke schießen zur Frontscheibe. Etwas presst sich gegen das Glas, rollt über die Motorhaube in eine blind machende Nacht.

»Was war das?«, brüllt Kawi.

Tell bremst. »Woher?!«

Dion springt zum Rückfenster. »Da! Ich kann es sehen - es ist groß!«

EINEN MOMENT sitzen alle da, niemand will aussteigen, aber sie müssen. Dion klettert nach vorne und drückt als Erste die Tür auf, Tell folgt ihr. Draußen hält Dion inne.

»Aight? Sensorische Überlastung?«

»Alles oki. Die Nacht rechnet meinen Input runter.«

Dion hat recht. Weit können sie nicht sehen. Überall tiefe Dunkelheit. Die Nacht, eine Grube. Hintereinander gehen sie um das Fahrzeug herum, Dion voran. Die Außentemperatur ist angenehm kühl, leichter Wind kommt auf. Sie sind allein auf ihrer nackten, grellen Lichtinsel. Vor dem Strahl der Scheinwerfer sind die Tiere in die Wüste geflohen. Sie hören das Zischen einer Schlange. Dann ein Kratzen und Scharren. Um sie herum ein unergründliches Meer aus Nacht und Leben. Der Wind klingt wie Wellen, die ans Ufer schlagen. Tell läuft direkt hinter Dion, gibt acht, im fließenden Hell zu bleiben. Der schwarze Ozean um sie herum tobt, bleibt jedoch unfassbar.

Dion biegt um den Bug des Campers, stoppt. Tell läuft in sie hinein. Zusammen starren sie auf das, was sich vor ihnen ausbreitet. Ein Hund. Alle Gliedmaßen von sich gestreckt, die schwarze Haut angespannt, doch scheinbar unverletzt. Um sich das näher anzusehen, gehen Tell und Dion in die Hocke, entdecken einen glänzenden Schatten. Nein, kein Schatten. Blut. Tell schaut zuerst weg. Dann Dion.

»Lebt er?«

Ihre Stimme etwas höher als sonst. Ein leichtes Zittern durchfährt Tell. Er zwingt sich, seinen Blick über den ausgehungerten Hundekörper zu lenken. Das Herz zuckt sichtbar unter der Haut. Dion legt ihre verstümmelte Hand darauf. Eine Berührung wie ein Kontakt. Elektrisch. Ihre Hand hüpft und senkt sich wieder. Mit der anderen Hand dreht sie den Hundekopf. Tell möchte schreien, tut es aber nicht.

Sie starren in wissende, weit geöffnete Augen. Als schaue er dem eigenen Tod zu. Ein Blick wie vereist, aber nicht anklagend. Bloß weise und traurig.

Dion hebt ihre Hand von der Brust des Hundes. Sie beobachten, wie das Herz seinen letzten Schlag tut. Ein beulenartiges Zucken. Dion sackt in sich zusammen, lehnt sich gegen Tell, legt ihren Kopf gegen seine Brust. Die Geste ist so unerwartet, dass Tell sich nicht rühren kann. Seine Hände fühllose Steine. Er kann sie nicht heben. Sein Blick immer noch verdrahtet mit dem Blick des Hunds. Jetzt ist es ein Leichnam, denkt er und versucht, ihre Blicke zu enthaken – vorsichtig, als könnte etwas reißen.

Er möchte Dion anschauen. Einen Arm um sie legen. Ihr zeigen, dass er da ist. Dass es ihm nicht egal ist.

»Dion? Hörst du mich? Sus?«

Er berührt sie leicht an der Schulter. Seine Fingerspitzen brennen, so kalt ist Dion.

Da schlägt sie die Augen auf, blinzelt wie erwacht aus einem Traum. »Affektive Überlastung.«

Ihre Stimme seltsam monoton, als spreche nicht Dion, sondern ein Diagnoseprogramm.

Er schaudert. Trotzdem möchte er nichts lieber tun, als sie in den Arm zu nehmen. Ihm wird klar, dass er sich an ihr festhalten möchte. Sie ist lebendig. Am Leben. Bloß nicht daran denken, was er getan hat, wofür er verantwortlich ist.

Dion schaut auf den Hund. Als würde sie das Tier zum ersten Mal sehen. »Ich kann nicht glauben, dass es keinen Neustart für diesen Körper gibt. Dass er wirklich tot ist.«

»Tot bedeutet unumkehrbar«, sagt Tell.

»Tot bedeutet unausweichlich«, sagt Dion.

SIE BEGRABEN den Hund. Kawi schaut vom Rückfenster aus zu. Sie haben keine Schaufeln und graben mit Hilfe von Behältern, in denen sonst Vorräte lagern. Wie ausgeschnitten sehen Dion und Tell aus. Grelle, eindimensionale Flächen vor einer vielschichtigen Dunkelheit.

Der Sand wird bröckeliger, je tiefer sie graben. Endlich darf Kawi sehen, was sich unter den oberen Schichten verbirgt. Tiefschwarze Klumpen. Feucht. Fruchtbar? Sie denkt an die Samen, die Tell ihr gegeben hat. In der virtuellen Welt von Proxi müssen Samen nur an die richtige Stelle geklickt werden, und dann verschwinden sie in der Erde. Wie tief, das wird nicht angezeigt. Danach braucht es mindestens einen Onlinetag, bis etwas passiert.

Was würde in dieser Landschaft passieren? Wie viele Prototage würde es dauern, bis etwas wächst? Dass Dinge hier wachsen können, hat Kawi gesehen. Verknöchertes Bodenkraut, gebleichtes Gras. Tell und Dion haben ihr von üppigen Büschen und Bäumen berichtet. Bäume, die Früchte tragen. Immer wieder greift Kawi in ihre Hosentasche, fühlt die Samen, versichert sich, dass sie noch da sind.

Als Tell und Dion hereinkommen, sind ihre Gesichter zerknittert. Vor Erschöpfung und von etwas anderem. Schrecken? Schuld? Kawi weiß, dass Tell sich für den Tod des Hunds verantwortlich fühlt. Sie alle tun das.

Tell hatte die Idee, das Tier zu vergraben. Im Untergrund liegen viele Körper, hat er gesagt. Lange Karawanen toter Dinge, die bis in alle Ewigkeit durch die Landschaft wandern. »Aber auf ihre Skelette heruntergerechnet«, hat er ergänzt, so dass es auch Dion und Kawi verstehen.

»Sus, bring mir etwas Erde mit, bevor du das Loch zuschüttest.«

»Das Grab«, verbessert Tell.

Kawi schaut ihn an, immer wieder überrascht, wie gut die

Theaterschminke hält. Selbst virtuelles Make-up löst sich irgendwann auf. Das hier scheint beständiger zu sein als Pixel. Bei dem Gedanken muss Kawi lächeln. Denn seit Proxi weg ist, sollte ihr eigentlich klar sein, wie unbeständig, wie fragil und endlich die digitale Welt in Wirklichkeit ist. Immer von der Auslöschung bedroht.

»Also gut: das Grab. Könnt ihr mir von dem feuchten Erdklumpen was mitbringen?«

»Du willst was von draußen hier drinnen?« Tell schaut irritiert.

Dion verlässt bereits das Fahrzeug, und Tell schaut besorgt hinterher.

»Was ist?«, fragt Kawi

»Sus, es ist wieder passiert.«

»Systemüberlastung?«

Er nickt.

»Wie hältst du es aus – da draußen?«

Er zuckt mit den Schultern, beobachtet durchs Fenster Dion, die jetzt Erde in einem Behälter sammelt. »Ich habe mich dran gewöhnt.«

»Ja, das sehe ich. Du trägst nicht mal deinen Helm.«

Endlich schaut er sie an: »Meine Schwester und ich hatten nie das Privileg, drinnen bleiben zu können.«

»War es dort wie Proto?«

»Nein. Proto ist eine Ruine, aus der bereits Gras wächst. Unsere Heimat war wie ein frisch ausgebombtes Haus, aus dem noch immer Schreie und Rauch aufsteigen.«

»Sus, ist es nicht seltsam, dass es in digitalen Welten wie Proxi solche Nicht-Orte wie deine Heimat gar nicht gibt? Auch im Stream spricht niemand darüber.«

»Nicht-Orte sind vom Stream abgeschnitten, und wer es von dort weggeschafft hat, besitzt keine Wörter dafür.«

Aber du, möchte Kawi sagen, du sprichst darüber. Da erkennt sie, dass er bereits daran zerbricht. Dass die glatte Oberfläche seiner Worte durchzogen ist von winzigen Rissen. Seine Unterlippe zittert. Ein buntes Augenlid flattert. Seine Schönheit entgleitet ihm einen Moment, will zu etwas anderem werden. Er hält die Verwandlung auf, bringt seinen Körper wieder unter Kontrolle. Und sie sieht, was es ihn kostet. Dass er damit kämpfen muss. Immer. Allein. Kawi glaubt es hören, riechen, fühlen zu können: eine unmenschliche Flut aus Geschrei, Gestank. Aus Schmerzen. Und ihr wird klar: Tell hat die Apokalypse bereits erlebt und ist trotzdem hier. Oder genau deswegen.

DREI SAMEN drückt Kawi in die feuchte Erde von Proto. Dion hat ihr einen vollen Behälter gebracht und schaut jetzt zu. »Du glaubst, das funktioniert?«

»Sus, warum nicht drinnen, wenn es draußen funktioniert? In den vertikalen Farmen der Stadt wächst alles drinnen.«

»Aber sie benutzen Injektionen und andere Enhancements.«

Durch das Fenster fällt das erste Licht. Kawis sehnige Finger leuchten auf, als würde Strom hindurchfließen. Sie haben die Nacht neben dem Grab geparkt, geschlafen.

Weil ihr Körper erst gestern wieder kapituliert hat, hat Dion den ganzen Morgen damit verbracht, ihre inneren Prozesse zu belauschen und alle Funktionen zu überprüfen. Jedes Organ. Willa hat ihr das beigegebracht. Ihr erklärt, wie das innere Pochen, Glucksen und Pfeifen ausgelesen wird. Ohne Geräte und Monitore kann sich Dion jedoch nie wirklich sicher sein, was in ihrem Körper vor sich geht. Wie halten Menschen das bloß aus? Wieso vertrauen sie ihren Körpern? Vielleicht ist es genau das, was Dion vom Lab vermisst: die Innenansicht aller Organe und natürlich Willas Gesicht. Und ihre Stimme.

»Was meinst du, wie lange es dauert?«

»Mindestens einen Tag.«

»Sus, stammt alles, was du über Pflanzen weißt, aus einer digitalen Welt?«

»Nein, aber alles, was ich erlebt habe.«

»Was ist der Unterschied?«

»Zwischen wissen und erleben?«

Kawi schaut, als wäre Dion von einem anderen Planeten. Und irgendwie ist sie das auch, weshalb Kawi sofort wieder den Blick senkt. Dion hasst das. Zu sehen, wie ihnen andauernd Dions Andersartigkeit klarwird. Manchmal denkt sie, Tell und Kawi halten sie für ein Monster. Das macht Dion wütend und ängstlich zugleich. Denn das erinnert sie daran, dass sie nicht viel über sich weiß. Vielleicht ist sie ein Monster. Fest steht: Sie ist eine Erfindung - aber für welchen Zweck? Um zu töten? Wieso sonst haben sie ihr im Lab Schmerzen zugefügt, wenn Schmerz nicht ihr Schicksal ist?

»Und wenn nichts passiert?«

»Dann ist das so.«

Dion wechselt das Thema. »Warum hast du freiweillig in einer digitalen Welt gelebt? Sie werden stärker bewacht als jedes Staatsgebiet.«

»Du meinst, es ist einfacher über Mauern und Zäune zu klettern, als die Firewall von Proxi zu durchbrechen - das hat Tell dir erzählt.«

»Einigen wir uns darauf: Digitale Welten sind Hochsicherheitsgefängnisse. Es ist unmöglich, ohne Erlaubnis ein- oder auszubrechen.«

Kawi grinst. »Und weil sie stärker voneinander abgeschirmt sind als jeder Ort dieses Planeten, bieten sie uns echte alternative Realitäten. Im Körper eines Panthers bin ich gern auf die schwankenden Baumspitzen geklettert. Kein Geräusch von Autobahnen dort oben. Keine Sirenen. Nur Insekten und dieses rieselnde Wasser. Von dort konnte ich die letzten Sonnenstrahlen auf dem Ozean sehen. Das sah wild aus, dieses Licht und das Wasser, echter als echt.«

Dion schließt die Augen, versucht, sich das vorzustellen.

Kawi lächelt. »Sus, so was musst du selbst erlebt haben. Ich nehme dich dorthin mit, wenn Proxi wieder da ist.«

Dion schließt die Augen noch fester, denkt an Proxi, spürt Schmerz. Zwang und Isolation. Reiben an der inneren und äußeren Leere. Un-endendes Sterben.

Sie reißt die Augen auf. »Aber was, wenn Proxi nicht wiederkommt. Was, wenn das hier alles ist, was bleibt?«

Sie bemerkt die Verschiebungen im Gesicht ihres Gegenübers. Angst? Trauer? Kawi dreht den Kopf, sucht das Draußen. Zu gern hätte Dion gewusst, was Kawi jetzt sieht. Eine neue Welt? Eine untergangene Welt? Oder beides zugleich?

Sie schaut selbst nach draußen und sieht eine pulsierende Fläche. Das liegt am Wind und am Licht. Eine Sandlandschaft wie ein körniger Bildschirm, aus dem einzelne Pixel immer wieder davonspringen, um neue Muster zu legen. Und wenn sie mit den Fingern klickt, hineingräbt, verbergen sich dort viele Menüs, viele neue Programme, die erst noch aktiviert werden müssen. Dions Blick springt zum Behälter gefüllt mit Erde, in dem jetzt drei Samen stecken. Drei Programme, die aktiviert werden möchten. So viel Potenzial, denkt Dion und spürt eine unbekannte Energie in ihr aufsteigen, ein Drängen, das sich hochkämpft. Was ist das? Ihr Blick wandert zurück zu Kawi. Sie glaubt in Kawis Gesicht jetzt die gleiche Energie zu entdecken. Ein Licht, das von innen strahlt. Hoffnung, erkennt Dion. Hoffnung, dass sich etwas verändert, etwas neu entsteht, wächst.

Warum sieht Kawi nicht, dass es Hoffnung in digitalen Welten nie gab – nie vorgesehen war. Dass eine digitale Welt wie Proxi bloß existierte, weil kurz vor der Apokalypse und lange danach niemand mehr Hoffnung besitzt. Proxi ist Ausdruck dieser Hoffnungslosigkeit: eine schöne, neue Welt, die zurückschaut. Eine Welt ohne Zukunft. Dion schaut in den Behälter, lässt den Blick darin expandieren. Sie sehnt sich nach Zukunft, danach, dass etwas aus den Samen entsteht. Dass Programme sich aktivieren. Preisgeben, was in ihnen steckt.

DION WEISS, dass etwas passiert ist, noch bevor sie nach draußen schaut. Als sie schaut, sieht sie Tell, der auf den SolarCamper zurennt, beide Arme erhoben. Er winkt und schreit. Dion kann nicht hören, was.

»Warte«, bittet Kawi. Dion will nicht warten und reißt sich los, stürzt zur Tür hinaus, taumelt.

»SyVa! Komm!« Tell packt sie am Arm. Zusammen klettern sie eine steile Düne hinauf. Die Welt kippt, weil es aufwärts geht. Dion verliert kurz die Orientierung. Auf der anderen Seite stolpern sie abwärts, Hand in Hand, purzeln zusammen den Abhang hinunter. Tell lacht. Dion fühlt sich geblendet – von dem Lachen, von dem Funkeln der Plasse. Wie viel Mikroglas versteckt sich im Sand, vom Wetter rund und blank geputzt? Im Morgenlicht strahlt die Ebene wie tausend abgestürzte Sonnen. Dion reißt die Augen auf, will alles einsaugen. Ihr Körper schlittert durch Licht, und sie denkt daran, was Willa ihr geantwortet hat, als sie nach der menschlichen Geburt gefragt hat. »Es ist wie ins Licht rutschen, aber niemand erinnert sich daran.« Dion will es nie vergessen, versucht, alles festzuhalten und als neue Erinnerung in die eigene Geschichte einzubauen.

Am Fuß der Düne hilft Tell ihr auf die Beine, zieht sie mit sich.

Dion wankt hinter ihm her. Sie rechnet mit der Systemüberlastung. Jeden Moment. Nichts. Sie findet ihr Gleichwicht, spürt das Knirschen unter sich, findet Halt darin, holt Tell ein.

»Wesh?«, fragt sie atemlos.

»Dort«, ruft er und zeigt geradeaus. Dion kneift die Synth-Augen zusammen. Ein Glitzern im Glitzern?

Plastiglomeratfelsen heben sich schroff, spucken Licht wie frisch aufgeladene Elektrosäulen. Dahinter ein dunkler Fleck im Sand. Je näher sie kommen, desto größer wird der Fleck, wächst zum Umfang eines SolarCampers. Tell kniet davor und taucht eine Hand hinein.

»Wasser«, sagt er.

»Eine schmutzige Pfütze«, entgegnet Dion. Enttäuschung in der Stimme und im Gesicht.

»Da ist noch mehr.« Tell greift tiefer hinein, zieht etwas hoch. So groß und rund wie ein Menschenkopf. Bloß ohne Gesicht. Dunkel verschlossen, haarig. Er legt es vor Dion in den Sand und betrachtet es. »Vielleicht was zu essen.«

Dion zuckt mit den Schultern. »Vielleicht.«

Sie greift danach. Es fühlt sich anders an, als sie erwartet hat. Pelzig, weich. Die Sensoren in ihren Fingern entdecken einen Riss. Mit bloßem Auge unsichtbar. Ihre Finger bohren sich hinein. Sie schaut Tell an. Er nickt. Also drückt sie fester, nimmt die andere Hand mit dazu. Dion gibt sich Mühe, die eigene Kraft zu kontrollieren. Niemals übersteuern, hat Willa gewarnt. Deshalb drückt Dion nur ein bisschen, dann noch ein bisschen.

»Sus, es könnte giftig sein!«, ruft Tell, als wäre der Gedanke ihm eben erst gekommen.

»Aight! Dann ich zuerst. Biosynth-Köper sind robuster.«

Tell schaut skeptisch, aber widerspricht nicht.

Ein Knacken. Der Spalt öffnet sich.

Leises Gurgeln. »Vielleicht befindet sich Flüssigkeit in der Kugel, trinkbares Wasser.«

»Vielleicht«, sagt Dion und presst weiter.

Ein hohes Quietschen.

Erschrocken lässt Dion los. Die Kugel rutscht weg, rollt, kommt zum Halt, schaukelt hin und her. Ein Rhythmus, der sich vor ihren Augen verändert, schneller wird.

Dion und Tell fassen sich an den Händen.

Ein Knall.

Instinktiv springen sie zur Seite, verschließen die Augen. Ihre Hände noch immer verhakt.

Stille.

Dann ein Pfeifen. Mehrstimmig.

Dion öffnet die Augen als Erste, Tell hält noch immer ihre Hand. Zusammen schauen sie sich um. Wenige Meter vor ihren Füßen ein Zucken und Piepsen. Sechs winzige Vögel. Federlos. Nackte gelbliche Haut. Feine spitze Schnäbel. Glasige Augen. Sie watscheln auf sie zu, schwanken, laufen wie blind ineinander, fiepen, richten sich wieder auf.

»Lebendig«, sagt Dion, »also nicht essbar.«

»Früher hätten Menschen so was gegessen.«

Dion schaut ihn an: »Aber wie? Sie sind am Leben. So nackt und unbeholfen. Die Flügel noch verklebt.«

Tell seufzt. »Sus, sie hätten sie getötet.«

»Ach so.« Dion denkt an den Hund, möchte etwas fragen. Als sie Tells Gesicht sieht, entscheidet sie sich dagegen.

Mit überlaufenden Augen presst er hervor »Sie sind ...«

»Ein Wunder.«

»Wunderschön.«

»Geboren. Gerade erst.«

Tell blinzelt wie geblendet.

Sie beobachten die Vögelchen, die umherirren, gegeneinanderstoßen. Dion hält ihnen ihre verstümmelte Hand hin. Schnäbel stupsen sanft gegen ausgestreckte Synth-Finger. Die Ersten klettern in Dions offene Hand, rollen sich darin zusammen.

»Suchen sie das Wasser?« Tell zeigt zur Pfütze, Dion nickt und trägt die drei Küken in ihrer Hand dorthin. Die anderen ziehen Kreise im Sand, fallen immer wieder um wie schlecht programmierte Roboter.

Vor der Pfütze kniet Dion nieder, taucht ihre Hand langsam ein wie in einen Flüssigbildschirm. Wasser spült die drei hinaus. Die Flügel verklebt, können sie sich im Wasser nicht rühren. Nur die Köpfe nach oben strecken, die Schnäbel öffnen, quieken.

»Sie gehen unter!«, schreit Tell, beugt sich nach vorne, greift hektisch danach.

Das erste Küken bereits versunken, die anderen beiden außer Reichweite. »Sus, sie sterben! Tu doch was!«

Erst da versteht Dion und stürzt nach vorne in die Pfütze. Das Wasser, ölig und schwer, zieht sie nach unten. Bodenlos. Dion strampelt mit den Beinen, aber etwas reißt an ihr. Ein Sog. Sie streckt die Hand nach dem letzten Vögelchen aus, greift es und umschließt es. Tell packt Dions andere Hand und hilft ihr raus.

Beide atmen schwer, ringen nach Worte.

Dion öffnet ihre Faust und kann es nicht fassen. Sie blinzelt. Immer wieder. Aber das ändert nichts.

»Wesh, bre, wesh?«

Dions Kehle verschließt sich. Statt zu antworten, schüttelt sie den Kopf, blinzelt und schüttelt den Kopf.

»Mashara, du machst mir Angst. Was ist denn los?«

Tell rückt heran, beugt sich über Dions geöffnete Faust.

»Sus, was – was hast du gemacht?«

Eine blutige Masse. Formlos. Zermatscht. Zerstört.

»Ich habe übersteuert.«

Tell schaut auf. Dions Stimme klingt seltsam ruhig.

»Das wolltest du nicht. Du wolltest es retten und hast zu fest zugedrückt. Aus Panik. Du hattest Todesangst.«

Dion senkt den Kopf. »Begraben wir es?«

Tell schaut sich um. Von den übrigen drei haben es zwei zurück in die geöffnete Kugel geschafft. Das dritte liegt im Sand, in sich zusammengefallen, vertrocknet. Sie graben mit bloßen Händen zwei Gräber, nebeneinander.

»Geboren und gestorben«, sagt Dion.

Tell legt einen Arm um ihre Schulter. Er macht sich Sorgen. Aber sie kippt nicht um, bleibt bei Bewusstsein.

»Aber zwei von ihnen leben.« Sie lächelt. Da muss Tell auch lächeln in die Tränen hinein. Mit Fingerspitzen tupft er die Flüssigkeit weg.

Dion nimmt die Kugel in die Hand, betrachtet die beiden Vögelchen, die sich in der verbliebenden Flüssigkeit suhlen. »Wie schaffen wir es, dass sie am Leben bleiben?«, will sie wissen.

»Indem wir sie füttern, schützen, zu ihnen sprechen.«

Dion nickt, schaut hoch. »Und singen.«

Tell schlägt die Augen nieder, wiederholt mit rauer Stimme »Singen. Das auch.«

Dion füllt mehr Wasser hinein, nicht zu viel. Gerade so viel, dass die Küken ihre Haut feucht halten können. Ab und zu tauchen sie ihre Schnäbel hinein.

»Schau. Sie trinken.«

Dion spürt eine neue Wärme in sich aufsteigen. Der Anblick der trinkenden Vögel macht sie glücklich.

»Ich will alles tun, damit sie überleben.«

Ihre eigenen Worte erstaunen sie. Würde sie sich selbst dafür in Gefahr bringen? Etwas in ihrem Innern antwortet sofort. Auch das erstaunt sie.

Bevor sie losgehen, schaut sie noch einmal zurück. Wie viel mehr Kugeln wohl in dem Schlammloch heranwachsen? Und was wäre passiert, wenn Dion die Kugel nicht gewaltsam geöffnet hätte? Sie denkt an die dunklen Vögel, die sie manchmal am Horizont dahingleiten sieht. Ob sie aus solchen Löchern geschlüpft sind? Einen Moment phantasiert sie, dass aus den beiden nackten Küken auch große schwarze Vögel werden, die sich selbständig in den Himmel heben und dort im Wind hängen. Bei diesem Gedanken reißt etwas in ihr vor Glück, und sie muss mehrmals tief einatmen.

Zurück gehen sie langsam. Dion gibt die Kugel nicht her. Tell stützt sie am Arm. Er hat Angst, dass sie stolpert, weil sie mehr in die Kugel schaut, als wo sie hintritt. Die steile Düne vermeiden sie, nehmen lieber einen Umweg – bloß nichts riskieren.

FÜR KAWI SEHEN die Tiere aus wie Aliens aus einem Horror-Stream. Sie schimpft: »Mashara! So was in den Camper zu bringen! Kreaturen, von denen niemand weiß, ob sie gefährlich sind. Seid ihr verrückt?« Überhaupt glaubt sie an die Freiheit und Selbständigkeit aller Lebewesen. Wer gibt ihnen also das Recht, Wesen aus ihrer natürlichen Umgebung zu entführen!

Mit Blick auf die Vögel sagt sie: »Warum bringen uns Dinge, die so winzig sind, dazu, uns um sie kümmern zu wollen, nie aber die großen Hyperobjekte.«

»Meinst du Proto?«

Kawi zuckt mit den Schultern, und Dion erklärt: »Ich habe sie nicht ausgewählt, sie waren da.«

»Keins hätte überlebt«, fügt Tell hinzu.

»Eins habe ich ungewollt zerquetscht«, sagt Dion.

Dion kann die Blicke nicht deuten, die jetzt kommen.

Kawis Kiefer knirscht. »Ihr hättet die Kugel gar nicht erst öffnen sollen!«

Ihr Blick bleibt in Dion stecken. »Gerade von dir hätte ich was anderes erwartet. Warst du nicht selbst eine Gefangene?«

»Lass sie in Ruhe«, fährt Tell dazwischen. »Wir haben es beide so entschieden.«

»Sie zu uns zu bringen schiebt ihren Tod bloß auf.« Kawis Stimme jetzt kalt wie ein Grab.

Tell schüttelt den Kopf. »Zu allen Zeiten haben Menschen Tiere versorgt.«

Dion schaut hoch. Und erst da wird Tell bewusst, dass er »Menschen« gesagt hat und dass Dion so etwas falsch verstehen könnte.

Kawi verzieht das Gesicht. »Bă, die Züchtungen in Europolis sind Produkte - keine Lebewesen.«

Tell weiß, sie hat recht. Wenn ihm als Kurier die Tür geöffnet wurde, hat er sie manchmal gesehen. Wohntiere. Zahm und in Regenbogenfarben. Meist lagen sie irgendwo auf Kissen oder Armen. Als wären sie beinlos. Dekoration. Tief im Innern stimmt er Kawi daher zu. Sobald er jedoch Dion ansieht, spürt er, sie alle brauchen die Hoffnung auf Zukunft. In den letzten Stunden haben Dion und er drei Tiere beerdigt, für deren Tod sie verantwortlich sind.

Natürlich kann so viel Tod nicht durch etwas Leben ausbalanciert werden - trotzdem oder genau deswegen will Tell nicht nachgeben. Einen Moment betrachtet er die Gamerin. Kein einfacher Mensch. Beim ersten Anblick hat er sich in ihre Rauheit verliebt, darin bloß Schönheit gesehen. Alles liebt er an ihr: den nackt gelaserten Schädel, auf dem ein Laserschatten das Licht einfängt. Das kantige Gesicht mit den ergrauten Brauen. Das Schönste sind für ihn jedoch die schmalen Augen, die klug und wütend funkeln können. Selbst wenn Kawi wie jetzt protestiert, ihre BizepsBlaster spielen lässt, kann er nicht auf sie böse sein, nur traurig, weil sie nicht versteht – nicht ahnt, wie schön er sie findet.

»Valla mı? Wir sollen unsere neuen Vorräte mit ihnen teilen?«

»Wir haben genug, wenn wir sparsam damit umgehen.«

»Und du bist damit einverstanden? Sie gefangen zu nehmen?«

Dion senkt den Kopf und antwortet leise: »Ich bin verantwortlich.«

Kawi nickt. Damit ist es eine beschlossene Sache.

Sie lassen die Vögelchen in der Kugel, füllen Wasser nach. Dion bietet den quietschenden Schnäbeln Essen von ihrer Ration an. Krumen eines Instandwhich, frische Blätter vom Bodenkraut. Zu sehen, dass sie alles schlucken und nach mehr verlangen, bereitet Tell und Dion Freude. »Ist das nicht seltsam?«, fragt Dion, »wie befriedigend es sein kann, jemand anderen gut essen zu sehen?«

Auch Kawi kann sich nicht dagegen wehren und beobachtet die Fütterung fasziniert.

Tell setzt sich hinter das Lenkrad, doch als er losfahren will, wird er plötzlich ganz still und rührt sich nicht.

»Alles oki?«, fragt Dion, die hinten im Wohnraum neben Kawi Platz genommen hat, die Kugel sicher auf ihren Knien.

Weil Tell sich weder rührt noch einen Laut hervorbringt, übergibt Dion die Kugel an Kawi und klettert nach vorne.

Tells Unterlippe zittert, als er sagt: »Ich kann nicht.«

»Wesh?«

»Fahren.«

Tell blinzelt, dann schaut er weg.

»Wegen dem Hund? Das war ein Unfall.«

»Ich kann nicht.« Seine Stimme leise, gepresst.

Einen Moment schauen sie sich stumm an. Dann ruft Dion

nach hinten: »Kawi, pass gut auf die Vögelchen auf. Ich bleibe vorne.«

Kawi protestiert nicht. Sie ist zu beschäftigt, die Schnäbelchen zu beobachten, die Wasser schlürfen und sich gegenseitig damit bespritzen.

Dion legt ihre verstümmelte Hand auf Tells Schulter, so wie er es manchmal bei ihr tut. »Und wenn ich hierbleibe, neben dir. Geht es dann?«

Tell wischt sich über das Gesicht, holt mehrmals tief Luft. Seine Hand gleitet über Hebel, sein Fuß tritt die Pedale. Das Fahrzeug setzt sich in Bewegung. Die Finger am Steuer vibrieren. Langsam rollt der Bus über die Ebene. Ein Schatten surrt durchs Glitzern der Plasse. Tell lässt einen Schrei los, bremst so scharf, dass Dions Kopf gegen die Konsole knallt.

Ein Rumpeln aus dem Wohnraum und ein lautes »Mierda Mashara!«

Dion rappelt sich auf und schaut über die Sitzlehne nach hinten: »Oki? Kawi? Die Vögelchen?«

»Aight, Sus, aight. Alles oki hier. Und bei euch?«

»Evet, das war nur eine Schlange«, ruft Dion zurück und dann zu Tell, »nur eine Schlange.«

Tell vergräbt sein Gesicht in beiden Händen, seine Schultern zucken unaufhörlich – wie ein Avatar, der sich nicht manifestieren will.

»Soll ich?«, fragt Dion.

Erstaunt schaut er hoch. »Fahren?«

»Ich werde es besser machen als beim letzten Mal.«

Tell erinnert das Feuer und lächelt. Ein Lächeln, das zittert. Er versucht, tiefer zu atmen, massiert sich die Schläfen. »Aight, Sus, aight«, sagt er schließlich.

Dion und Tell tauschen die Plätze. Er erklärt ihr noch mal die

Pedale, die Hebel und Knöpfe. Dion hört zu. Beide wissen, dass sie es kann. Es ist wie ein Spiel, das vor allem dazu da ist, Tell Sicherheit zu vermitteln. Dion spielt mit.

Mit beiden Händen umfasst sie das Lenkrad, schaut ihn an, und er nickt ihr zu. Sie tritt in die Pedale, fest. Zu fest. Sie schießen nach vorne.

»Wesh, bre, wesh?«, ruft Tell.

Dion greift das Lenkrad noch fester, hebt den Fuß etwas, damit sie langsamer werden. Ihr gefällt das schnelle Fahren. Der Untergrund knirscht, das Fahrzeug schlingert leicht.

»Sus, du fährst spoko, aber zu schnell.«

»Wieso nicht schnell? Hier ist alles eben. Keine Hunde.«

»Pass einfach auf«, erwidert Tell leise.

Dion nickt, ohne den Blick von der Landschaft zu lösen. Jetzt hängt alles an ihr – es ist berauschend. Ein Strahl aus purem Vergnügen zuckt durch sie hindurch. Sie fühlt sich nützlich, gewollt, wertvoll!

Plötzlich ist sie sich ganz sicher: Sie wird das Back-up von Proxi zerstören. Die virtuelle Welt aus dieser Welt löschen. Sie muss nur die geheimen Server finden. Sie ist auch sicher: Tell und Kawi werden es verstehen. Dass es das Beste ist, für sie und alle anderen. Proxi ist eine Welt ohne Hoffnung, und wer braucht eine Welt ohne Hoffnung? Wo es doch eine Zukunft gibt: Proto! Ihr Blick wandert über die Ebene, gerahmt durch das Frontfenster und verzerrt durch die Beschleunigung.

Da draußen wartet eine Welt, die nicht Avatare, sondern echtes Leben hervorbringt. Menschen, denkt Dion, sehen nicht, dass ihre Welt von Zukunft umgeben ist – bis es zu spät ist. Bei diesem Gedanken muss sie lächeln, und als sie von hinten das Piepsen der Vögelchen hört, lächelt sie noch mehr.

Proto lebt. Und Proxi muss sterben.

»ALS WÜRDE DIE Landschaft uns einsaugen«, ruft Dion. Sie fahren seit Stunden mit dem Wind.

Auch Tell spürt den Sog deutlich.

Von hinten ruft Kawi: »Selbst wenn wir die Karte nicht hätten, würde uns Proto direkt in ihr Herz saugen – in das Zentrum, in ihren Totpunkt.«

Tell dreht sich zu Kawi. »Ich dachte, ganz Proto wäre ein Totpunkt. Der Totpunkt des Planeten.«

Kawi verzieht das Gesicht. »No, Sus, der wirkliche Totpunkt befindet sich im Zentrum – dort müssen wir hin.«

Dion hebt eine Hand vom Steuer und zeigt nach draußen: »Proto zieht alles dorthin – in ihre Mitte.«

Dion hat recht: Die Landschaft wirkt seltsam verformt. Dünen scheinen sich in eine Richtung zu neigen. Sand und Plasse fließen wie ein Strom von allen Himmelsrichtungen in das unbekannte Herz. Tell denkt an die Worte von Reg – an die Warnungen. Weder Kawi noch Dion wissen davon. Tell hat es ihnen nie verraten und fühlt sich jetzt furchtbar deswegen.

Auch Dion spürt ein dumpfes Pochen. Das ist das schlechte Gewissen, weil sie die anderen beiden jeden Tag belügt. Sie will die virtuelle Welt nicht retten, sondern untergehen lassen. Für immer.

Den größten Schmerz spürt jedoch Kawi. Ein Schmerz, der schon lange existiert. Wie ein Geschwür, das in ihr hockt und gierig nach Organen greift. Wenn die Gerüchte stimmen, die im Phantomnetz kursieren, dann liegt der gehackte Einstieg zum Serverraum an einem schwer verstrahlten Ort. Die Strahlendosis so hoch – kein Mensch kommt da lebend wieder raus.

STIMMEN

NACH ZWEI WOCHEN entfaltet er zum ersten Mal seinen verklebten Flügel – und das sieht schmerzhaft aus. Dion möchte ihm helfen. Wenn er seinen Körper streckt, ist er fast so lang wie Dions Unterarm. Sein Schnabel so lang wie ein Finger. Ein schöner Schnabel, schwarz mit feinen grauen Linien. Die Haut seit wenigen Tagen dunkellila und körnig. Vorsichtig streckt Dion ihre Hand aus, spricht zu ihm. Er kennt mittlerweile ihre Stimme. Sie hat ihm einen Namen gegeben: Amon – wie die Mondkommune von intersex Menschen und nonbinären Biosynth. Eine Kommune, die nie existierte, über die es aber KI-geschriebene Geschichten gibt.

Mit glasigen Augen schaut er sie an. Ihre Finger berühren zärtlich seine federlos kahle Haut. Er lässt die Berührung geschehen, hält inne, als ob er auf den nächsten Kontakt wartet. Vorsichtig schiebt Dion den eingeklappten Flügel weg von Amons Körper. Amon biegt sich in entgegengesetzter Richtung, versucht mitzuhelfen. Seine Schwester sitzt daneben, in sich zusammengekauert, und schaut zu. Sie ist viel kleiner als er. Als hätte sie von allem zu wenig abbekommen. Kawi gibt ihr deshalb immer etwas mehr zu futtern – oft von ihrer eigenen Ration. Aber Shozo bleibt klein. Dion hat Amons Schwester nach der ersten Biosynth-Astronautin benannt, die bis zum Mars flog.

Ein Zittern wandert durch Amons Körper. Er reckt den Schnabel nach oben und quietscht. Kawi und Tell schauen zu, halten kurz die Luft an. Der ausgeklappte Flügel ist schmal und gebogen. Das Licht lässt die federlose Haut rotviolett aufglühen. Ein kompliziertes Netzwerk aus Adern erstrahlt. Dion hilft ihm, auch den anderen Flügel zu lösen, entpackt ihn. Langsam. Jeder Flügel so lang wie ein Arm. Ausgestreckt stoßen sie gegen Wände, biegen sich nach oben.

Er schwankt. Ein kehliger Schrei entweicht ihm. Sein Schnabel streift Dions Haut, hinterlässt einen blutigen Kratzer auf ihrem Handrücken.

»Du musst ihn nach draußen bringen«, sagt Kawi

Dion presst zwei Finger auf den Kratzer, aus dem jetzt gelbliche Flüssigkeit quillt.

»Kawi hat recht«, sagt Tell, »er ist zu groß.«

»Und wenn er davonfliegt?«

Kawi und Tell schauen erstaunt. »Du weißt, das muss er.«

Tell will eine Hand auf Dions Schulter legen. Aber sie schüttelt die Hand ab.

»Morgen«, sagt Dion, und es klingt wie »bloß nicht jetzt«. Beide nicken.

Und als hätte auch Amon verstanden, klappt er die Flügel wieder ein und blickt zum Fenster.

TELL VERLÄSST den Camper, steht unter einem weißen Himmel. Immer wieder reibt er sich über die Stoppeln, die sich hart durch seine Haut drücken. Die Theaterleute haben ihm eine kleine Schminkdose überlassen. Er versucht, sparsam damit umzugehen. Die Stoppeln verschwinden nicht. Im Gegenteil.

Dion beobachtet ihn aus dem Inneren des Campers. »Was macht er wieder da draußen?«

Statt zu antworten, gibt Kawi der kleinen Shozo etwas zu trinken.

»Und er ist dauernd schlecht gelaunt. Was hat er bloß?«

»Sein Bart kommt zurück.«

Dion schaut überrascht auf. »Aber das ist doch nicht schlimm.«

»Für ihn schon.«

»Dann werde ich ihn aufmuntern.«

Bevor Kawi sie davon abhalten kann, ist sie zur Tür hinaus. Kawi ist froh drum. Der winzige Wohnraum scheint geschrumpft, seit Amon so groß geworden ist. Besorgt schaut Kawi nach Amons Schwester. Sie sieht nicht so aus, als ob sie wachsen würde oder richtige Flügel bekäme. Ihre Knochen noch immer zart wie Draht, ihre Haut federlose Seide. Kawi fürchtet, dass sie da draußen nicht überleben wird, gefressen vom ersten Hund, der vorbeizieht.

Sobald Kawi allein ist, spricht sie mit ihr, erzählt ihr, was sie sonst niemandem erzählen kann.

»Nach offiziellen Angaben der Bot'niza ist der Totpunkt von Proto der bis heute am stärksten strahlenbelastete Ort. Früher gab es dort mehrere Plutoniumfabriken, die über hundert Jahre hinweg ihre flüssigen, radioaktiven Abfälle in den Grund geleitet haben. Die Oberfläche ist schwarz wie ein vom Strom genommener Monitor. Nichts wächst mehr darin. Nicht einmal Wolken. Am Totpunkt gibt es auch keine Tiere.« Shozo hebt den Kopf, schaut Kawi direkt in die Augen. Angespornt von Shozos Aufmerksamkeit fährt Kawi fort: »Wie weit wir uns dem Einstieg zum Serverraum nähern können, weiß ich nicht. Der SolarCamper ist nicht mit Bleiplatten verkleidet. Die Scheiben sind aus Glas. Ich schätze, ungeschützt haben wir nur wenige Stunden, bis wir eine tödliche Strahlendosis abbekommen.« Shozo nickt.

»Reinzukommen ist leicht, rauszukommen fast unmöglich. Fast. Wie es im Inneren des Bunkers aussieht, wie stark die Fundamente geschädigt sind und wo die Lecks liegen – das alles weiß ich nicht. Es gibt keine Karten vom Bunker, nur Gerüchte.

Die Strahlenbelastung ist wohl so hoch, dass sie ausschließlich Spezialroboter hinschicken.«

Bei dem Wort Spezialroboter dreht Shozo den Kopf und zeigt mit dem Schabel nach draußen – zu Dion.

DION FINDET TELL hinter einer Düne. Mit dem Rücken zu ihr sitzt er dort und starrt in den winzigen Spiegel, der an der Schminkdose angebracht ist.

Wortlos setzt sich Dion neben ihn. Er schaut nicht auf.

»Hier bist du.«

Tell bleibt starr. Eingefroren.

»Habe dich gesucht.«

Immer noch keine Reaktion.

Sie berührt seine Schulter, so wie er es manchmal bei ihr und Kawi macht, wenn sie traurig sind. Endlich dreht er das Gesicht. Die Stoppeln sind länger geworden, schieben sich aus dem Gesicht wie Antennen. Dion lächelt. »Du siehst immer noch frumii aus.«

Tell schüttelt den Kopf. »Monae verschwindet – wird wieder unsichtbar.«

»Ich sehe dich.«

»In Proxi hat Monae Raum eingenommen. Es war so befreiend, sich zu sehen und weiter zu modifizieren.«

Dion öffnet die Arme. »Aber das kannst du doch. Hier. In Proto.«

Tell schaut sich um. »Hier? Natürlich will ich mich hier draußen wiedererkennen. Aber wesh, wenn ich in Proto nicht lesbar bin? In keine Kategorie passe? Wesh, wenn ich gelöscht oder fehlklassifiziert werde?«

»Davor fürchte ich mich auch. Andauernd.«

Er schaut sie an. »Sus, das wusste ich nicht.«

Dion zeigt ihm ihre hässlich vernarbte Hand. Dann den frischen Kratzer von Amon, der noch immer gelblich verklebt ist. »Biosynthetisch bedeutet abscheulich – weder männlich noch weiblich noch nonbinär, weder Mensch noch Tier noch Maschine. Das Haar muss gewachst, Gerüche müssen parfümiert werden, Haut muss gecremt oder getönt werden. Unsere Körper müssen andauernd unter Kontrolle gebracht werden.«

Tell legt seine Hand auf Dions. »Du lebst. Schönheit – glatt und beherrscht – ist unmöglich für einen lebendigen Körper.«

Dion senkt den Kopf. »Mein Spiegelbild existiert nirgends. Weder in Proxi noch in Proto.«

Tell nimmt ihre kaputte Hand, hält sie fest. »Sus, wenn du spürst, dass etwas auf der Welt fehlt, dann bist du queer. Unsere Körper werden oft unsichtbar gemacht.«

»Vielleicht fehlt nicht etwas in der Welt, sondern eine ganze, andere Welt?«, sie zeigt auf Tells Schminke. »Wir, die Unsichtbaren, haben wohl die Aufgabe, diese anderen Welten und unsere eigenen Spiegelungen darin sichtbar zu machen.«

Tell lächelt, öffnet die Dose. Dion schaut hinein. »Das auf meine Augen und das auf meine Lippen und das auf meine Stirn.«

Mit den Fingerspitzen tupft er über Dions Gesicht. Also schließt sie die Augen, spürt den Berührungen nach. Winzige Elektroschläge, die unter der Haut wandern, durch geheime Leitungen den Rücken hinunter bis zum Po, die Innenseite der Beine entlang bis in die Zehenspitzen. Sie legt ihren Kopf gegen sein Knie. »Hör nicht auf.«

»Siehst du vor deinem inneren Auge? Wer du bist?«

Dion schlägt die Augen auf. Tell zieht den Kopf zurück, und sie schaut direkt in den Himmel. Schwarze Vögel hängen schwankend im weißen Nichts. Dion sucht Tells Gesicht. Ein Umriss, ausgeschnitten vom Licht. »Ich sehe dich.«

»Und ich sehe dich.«

Er hilft ihr hoch. Zusammen fliegen ihre Blicke über die funkelnden Dünen.

»Sus, vielleicht hast du recht. Eine künstliche Welt, in der Menschen von allem befreit werden, vielleicht ist dieser Traum endgültig geplatzt. Und das hier ist unser Aufwachen.«

»Eine Zukunft«, ruft Dion, »durch die wir alle hindurchgehen, mit unseren Körpern in Richtung Befreiung. Proto ist unser Weg! Hast du nicht gesagt, wir sind queer – uns fehlt eine Welt? Lass uns eine neue Welt, lass uns Proto in das System injizieren. Diese Landschaft kann neue Strukturen sichtbar machen – wir können sichtbar werden!«

»Aber was wird aus unseren Träumen? Aus unseren virtuellen Welten?«

»Proxi war eine Welt ohne Zukunft.«

»Proto ist das Ende der Zukunft.«

Dion fährt sich über das eigene Gesicht, in das Tell grüne, blaue und rosa Streifen gemalt hat. »Sus, lange habe ich geglaubt, die Realität ist etwas, das erst geschieht, sobald ich frei bin. Und jetzt ist sie hier, nicht wahr?«

Er schaut in ihr buntes Gesicht. »Zumindest fühlst du dich real an.«

Dion lacht. »Bă, selber!«

Er fällt in ihr Lachen ein.

Auf dieser wilden, schrägen Wanderung durch das Unbekannte haben sie offenbar beide eine Mission. Bloß Dion scheint etwas ganz anderes zu brauchen als Kawi und er.

Dion, erkennt er, will die Welt nicht retten. Dion will sie ändern.

AUF DEN ERSTEN BLICK ist da kein Unterschied zwischen Dion und den generischen Biosynth-Robotern, die Kawi aus Videos kennt. Die gleiche Statur. Kurz, athletisch. Die gleiche Haut. Schillernd wie Plastik, tiefgrün, schwarz. Der gleiche Gang. Schwer. Kontrolliert. Die gleiche Sprechweise. Warm. Unmelodisch. Kawi erkennt alles wieder. Was fehlt, ist die Unbeschwertheit, die nur künstliche Intelligenzen haben, weil sie im Gegensatz zu Tier und Mensch nicht abhängig sind von einem Körper. Die Sorge um den eigenen Körper kann man ihnen einprogrammieren, aber letztendlich sind sie nicht darauf angewiesen.

Theoretisch kann künstliche Intelligenz auf einem Chip im Vakuum existieren. Kawi fragt sich oft, was Dion einprogrammiert wurde und was sie selbst von der Welt gelernt hat.

Dass die neusten KIs nicht ohne eine Menge Fail-safe-Befehle programmiert werden, weiß Kawi. Doch was mögen solche Befehle beinhalten? Würde Dion andere Leben riskieren, um den eigenen kostbaren Körper zu schützen?

»Sie könnte eine schlafende Terroristin sein«, sagt Kawi zu Tell, sobald Dion nach draußen gegangen ist, um mit Amon die tägliche Flugübung durchzuführen.

»Terroristin?«, sagt Tell, ohne den Blick vom Fenster zu lösen.

Beide sitzen im Wohnraum und beobachten, wie Amon über den Sand hüpft. Seine Schwester liegt zwischen ihnen auf dem kleinen Tisch, in sich zusammengerollt, als würde sie schlafen.

»Shozo schläft viel in letzter Zeit. Das macht mir Sorgen.«

Endlich wendet Tell den Blick, schaut zuerst auf Kawi, dann auf den Vogel. Shozo ist kaum gewachsen, bewegt sich nicht. Tell weiß, dass es für Kawi nichts Schlimmeres gäbe, als wenn Shozo in Gefangenschaft sterben würde.

»Glaubst du wirklich, Dion ist eine entflohene Terroristin?«

Kawi presst die Lippen aufeinander. Licht fällt seitlich und lässt ihr Gesicht noch kantiger, noch härter erscheinen. Ein warmes Gefühl gräbt sich durch Tells Bauch, strahlt bis in seine

Fingerspitzen. Er streckt eine Hand nach ihr aus, tippt vorsichtig an ihre Schulter. Kawi zuckt, als würde sie erschrecken, dreht das Gesicht. Während sie sich anschauen, beginnt sich ihr Gesicht zu öffnen. In Zeitlupe. Erst die Augen, dann der Mund. Alles wird ein bisschen weicher. Die tiefen Linien, die schräg vom Mund wachsen, sich auf der Stirn kreuzen, lösen sich allmählich auf.

»Wir wissen nichts über Dion.«

»Dann frag sie, was du wissen musst.«

»Mashara, sie kann Programme und Befehle in sich tragen, von denen sie selbst nichts weiß. Die erst in einer Krisensituation aktiviert werden.«

»Wir wissen doch auch nicht, wie wir im Notfall handeln, was alles in uns steckt.«

»Dion ist nicht wie wir. Sie ist kein Mensch.«

»Als Mensch werden wir nicht geboren. Das weißt du. Wir lernen, menschlich zu sein und gleichzeitig anderen Lebewesen die Menschlichkeit abzusprechen.«

Tell zeigt nach draußen. »Schau doch hin.«

Amon hüpft um Dion herum. Seine Krallen hinterlassen Spuren im Sand. Doppelte Dreiecke. Dion hilft ihm, seine immer noch federlosen Flügel auszuklappen. Er versucht zu flattern. Dion klatscht und lacht, ermuntert ihn. Sie sieht glücklich, beinahe unbeschwert aus, stellt Kawi fest. Amon hüpft davon, schaut sich immer wieder um, ob Dion ihm auch folgt. Quietscht aufgeregt, wenn Dion mitmacht und ihm hinterherläuft.

»Sie spielen«, murmelt Kawi mit rauer Stimme.

Tell nickt. »Sie sind genauso menschlich oder unmenschlich wie wir beide. Hier draußen sind wir alle voneinander abhängig. Gegenseitiges Vertrauen – ohne geht es nicht.«

Kawi beobachtet, wie der nackte Vogel um Dion tanzt. Sein

Schnabel schnappt nicht nach ihr. Ein schmaler vernarbter Wulst auf Dions Handrücken erinnert an das eine Mal, als er sie damit erwischt hat.

»Ein Schnabel wie ein Messer«, sagt Tell leise, »trotzdem hat Dion keine Angst.«

Im Gegenteil, denkt Kawi. Amon hat Angst, Dion zu verletzen. Wenn sie sich nähert, dreht er sofort den Kopf weg. Und sobald irgendjemand anderes dicht neben ihm steht, hält er den spitzen Schnabel fest verschlossen.

»Weißt du, Kawi, ich hatte nie wirklich Kontakt mit lebenden Tieren. Ich bin mit dem Gedanken aufgewachsen, dass sie unmenschlich sind. Aber jetzt sehe ich, wie klug Amon und Shozo sind – wie bewusst sie handeln. Ihre Körper sind anders. Aber das allein macht sie nicht unmenschlich.«

Kawi nickt. In der digitalen Welt lebte sie jahrelang im Körper eines Panthers. Sie glaubt an die unbedingte Autonomie der Tiere. »Wie kannst du es dann ertragen, dass Shozo und Amon von uns abhängig sind. Unfrei wie Wohntiere.«

»Hier draußen sind wir alle abhängig voneinander. Möchtest du lieber, dass sie in Freiheit sterben, als unfrei zu überleben?«

Kawi runzelt die Stirn. »Glaubst du, ich bin ein Wohntier, das in Gefangenschaft lebt?«

Tell schüttelt den Kopf. »Nein, Sus, das glaube ich nicht. Du fühlst dich drinnen sicher. Das ist dein Panzer, dein Fell, ohne bist du nackt.«

Kawi erschaudert, weil Tells Worte so präzise beschreiben, was sie erlebt. Davon überwältigt senkt sie den Kopf.

»Du wirst es vielleicht nicht glauben«, flüstert Tell, »aber ich teile sehr viel mit Dion. Wir wollen uns selbst definieren, ermächtigen. Wir wollen eine Zukunft.«

Kawi nickt, den Kopf noch immer gesenkt.

»Vielleicht hat Dion recht, vielleicht gab es in einer virtuellen Welt wie Proxi nie eine Zukunft für uns. Vielleicht ist Proto das einzig Reale, was wir noch haben.«

Endlich hebt Kawi den Kopf. Ihre Tränen erschrecken Tell nicht. Er findet Tränen schön und nützlich. Kawis Gesicht ist davon wie glasiert. Er möchte sie an sich drücken. Aber er spürt ihre Abwehr wie Stacheln, die sich gegen ihn richten. Ihre Muskeln im Nacken und an den Armen wie Betonblöcke, ihr Gesicht verschlossen wie Fels.

Tell spricht weiter: »Das ganze komplizierte System der Städte, der Streams und der digitalen Welten hat uns vom Planeten entfremdet. Hier draußen werden wieder zu dem, was wir einmal waren: hungrig und nackt und wetterscheu. Während wir in Welten wie Proxi all die vielen kleinen Dinge getan haben, die sich zu unserem Leben summierten, ist unsere Zukunft hier draußen gestorben.«

GRELL, PULSIEREND, ungehemmt fällt das Licht auf Tell und Kawi, die wie eingemeißelt darin sitzen.

»Hey, habt ihr das gesehen?«

Dion schließt die Tür hinter sich, ihr Gesicht flimmert wie ein See im Sonnenschein. Kawi hat recht, denkt Tell. Alles an Dion ist unheimlich. Weil ihr Körper ungewohnt ist. Er weiß, dass Biosynth als Roboter klassifiziert werden. Eine Maschine kann er in Dion jedoch nicht erkennen, genauso wenig wie er in Amon ein Tier sehen kann, das weniger wert ist als ein Mensch.

»Dion, woraus besteht dein Gehirn?« Kawis Frage kommt so unerwartet wie ein Schlag. Tell und Dion zucken zusammen. Dion setzt Amon ab, der sich klein macht. Trotzdem ist es plötzlich unerträglich eng im Innenraum. Als wäre aller Sauerstoff verschwunden.

Kawi starrt auf Dion, flext unbewusst die BizepsBlaster an ihren Armen. Sie will eine Antwort. Die Sonne heizt das Fahrzeug auf, lässt das Material knacken. Sonst ist es fast still. Alle warten auf Dion. Auf eine Reaktion. Dion lässt sich Zeit. Kawi verliert die Geduld.

»Was weißt du über dein Gehirn? Ist es eine Platine? Ein KNN nehme ich an.«

Dion schüttelt den Kopf. »Nein. Es ist chemisch wie mein Körper.«

»Wie ist das möglich?«

»Neurosubstrat.«

»Wesh, bre, wesh?« Tell hat noch nie davon gehört.

Zu seiner Überraschung antwortet ihm Kawi: »Das ist kompliziert.«

Dion nickt. »Entstanden in der ersten und einzigen autonomen Evolution von menschgemachter Biologie.«

»Was?« Tell reißt die Augen auf, und Kawi ergänzt: »Es entstand selbstständig aus einer künstlichen Umgebung.«

Sie wendet sich an Dion: »Weißt du, wofür du gemacht wurdest? Kennst du deine Funktion?«

Dion starrt zurück. »Kennst du deine?«

»Menschen suchen sich selbst den Sinn ihrer Existenz.«

Statt etwas darauf zu erwidern, schließt Dion die Augen. Tell bemerkt, dass ihre verstümmelte Hand vibriert. Er macht sich Sorgen. Da öffnet Dion die Augen und sagt laut: »Glaubst du nicht, ich kann das auch? Mir einen Sinn suchen?«

»Wenn sie dir das einprogrammiert haben ...«

Etwas bricht in Tell. »Mashara Mierda! Kawi, hör auf. Hör auf!«

Kawi presst Lippen aufeinander, bis sie weiß werden.

Dions Stimme leiser, kontrolliert. »Dein Körper folgt biologischen Programmen – bist du deshalb freier als ich?«

Tell lächelt. »Ein altes philosophisches Problem. Wir wissen es nicht.«

Er wendet sich an Kawi. »Hörst du? Wir wissen es nicht. Unsere Körper unterscheiden sich. Trotzdem können wir uns vertrauen.«

Kawi senkt den Kopf, entgegnet mit einem Knurren: »Bă, ich kann nicht nach draußen gehen, aber ich kann vertrauen – euch. Ich kann das.«

Dion nickt. »Ich auch!«

Sie sagt es so schnell, dass Kawi zweifelt, ob Dion weiß, was Vertrauen bedeutet. Aber sie will den Moment nicht ruinieren, weil Tell so strahlt. Sein Gesicht mitten in der Transformation zwischen Monae und Tell. Sie weiß, wie er unter den Stoppeln leidet, und würde ihm am liebsten sagen, dass, wenn er so lächelt wie jetzt, Monae aus ihm herausbricht gleich einem Scheinwerfer, der hoch aufgedreht alles überstrahlt.

Aber sie sagt es nicht, weil sie Angst davor hat, was ihre Stimme über sie verrät. Stattdessen schaut sie auf Dion. Eine Black Box wie jede selbstlernende Intelligenz. Allein meine Schuld, dass sie hier ist, denkt Kawi.

Weil Dion den Panther-Avatar aus dem Käfig befreite, hat Kawi darauf bestanden, Dions Notruf zu folgen. Kawi glaubt nicht, dass Dion ihnen bewusst etwas antun möchte. Aber sie weiß auch: Menschliche Erfindungen sind selten harmlos. Kawi hat ihr gesamtes Leben für KIs gearbeitet – in Games gegen sie gekämpft. KIs können singen, während sie über Leichen gehen. Ein Gesang, grausam und schön. Nur vom Körper befreite Intelligenz besitzt eine derart federleichte Brutalität. Vielleicht ist Dion anders. Vielleicht auch nicht.

Während Kawi darüber nachdenkt, sieht sie zum ersten Mal seit langem ihren Arbeitsplatz im Wolkenkratzer – ihre Schulden, die Sucht –, und sie erinnert die Monotonie der täglichen Arbeit.

Ein nicht fertig geträumter Albtraum. Etwas, dem sie gerade so entkommen ist. Proxi und ihr Panther-Avatar strahlten daneben in High Definition. Selbst jetzt wirkt es noch unglaublich präsent, als wäre sie erst gestern dort gewesen. Doch wie lange ist das her? Wochen? Es fühlt sich wie eine einzige ewige Sekunde an. Ohne Kontakt zum Stream kennt Kawi weder Zeit noch Ort. Tells neu wachsender Bart zeigt ihr die Zeit an. Auch die Kilometeranzeige im SolarCamper scheint zu beweisen, dass sie nicht stillstehen.

Irgendwann wird die Anzeige anhalten, werden die Barthaare ausfallen, die Uhr rückwärts laufen – am Totpunkt geht alles kaputt.

SELBSTMORDMISSION trifft es nicht. Wer ermordet denn wen? Und doch rechnet Kawi mit dem Tod. Im Leben ist der Tod nun mal eine feste Größe.

Mit Tell führt sie lange Konversationen – aber bloß im Kopf! Erklärt sich auf eine Weise, der Tell nur zustimmen kann. Allein der Schmerz in der Magengrube erinnert daran, dass sie diese Gespräche nie wirklich mit ihm geführt hat, dass Tell nicht weiß, worauf er sich eingelassen hat.

Gefangen in ihren Gedanken, sitzt sie allein am Fenster und beobachtet Dion und Tell. Mit gekreuzten Beinen sitzen die beiden sich lachend gegenüber und flechten sich gegenseitig die Haare. Tells Locken züngeln in seinem Gesicht, scheinen einen eigenen Willen zu besitzen. Genau wie Dions Haar, das nach dem Aufwachen absteht wie Draht. Eigentlich hat Kawi nie bereut, dass sie sich vor achtzehn Jahren vom ersten großen Preisgeld die Kopfhaare hat weglasern lassen. Jahre später auch den weichen Flaum an Armen und Beinen, Rücken und Bauch. Beim Anblick von Tell und Dion fragt sie sich, wie sich das angefühlt hat, wenn jemand ihr durchs Haar strich, wenn sie sich durchs Haar strich. Sie erinnert bloß, dass es sie angekotzt hat, für so etwas wie eine Frisur Zeit und Geld zu verschwenden.

Wenn sie jetzt sieht, dass Tell und Dion sich gegenseitig frisieren, spürt sie ein Kribbeln am Kopf, und ihre Finger suchen danach. Die vom Laser verlötete Haut ist rau, fühlt sich uneben an und wirkt dunkler als ihr Gesicht, wodurch es so aussieht, als wäre Kawi auf ewig frisch rasiert. Achtzehn Jahre lang hat sie dieses Gefühl geliebt. Jetzt wünscht sie sich zum ersten Mal etwas anderes. Das tut weh auf eine gute Weise. Ihr Blick fällt auf Shozo, die direkt vor ihr auf dem ausgeklappten Tisch liegt und immer noch nicht die Augen geöffnet hat. Kawi kann das Beben der nackten Vogelhaut sehen, streckt einen Finger danach aus und streicht leicht über die körnige Haut. Sie fühlt sich genauso knotig an wie Kawis Kopf.

Ihr Blick wandert immer wieder nach draußen. Neben Dion und Tell kauert Amon. An seinem Körper sprießen die ersten Federn flauschig und schwarz. Fliegen kann er nicht. Nur hüpfen, und das nicht besonders hoch oder weit. Manchmal überfällt Kawi der Gedanke, er spiele ihnen etwas vor. Bloß, warum sollte er das tun? Will er etwa nicht weg, sondern bleiben?

Das kann er nicht. Irgendwann wird er nicht mehr in den SolarCamper passen. Ob er das weiß? Ob Dion das weiß? Kawi ist sich nicht sicher.

Da öffnet Shozo endlich die Augen. Als hätte der Vogel schlecht geträumt, wirkt der Blick schockiert. Das erinnert Kawi an den Albtraum von letzter Nacht.

Im Traum wurde die Sicht durch die Frontscheibe unscharf, und Kawi wusste, dass mehrere getarnte Fahrzeuge den SolarCamper umzingeln. Gefangen in einer Körperstarre musste sie mitansehen, wie gesichtslose Personen allen – auch den beiden

Vögeln – Injektionen verpassten. Tell und Dion wurden noch im Schlaf fortgebracht. Shozo und Amon zum Sterben in der Wüste liegen gelassen. Es war die Art von Albtraum, in der Kawi sich weder rühren noch schreien kann. Als hätte sie ein Game verloren und muss zur Strafe die Konsequenzen ihres Versagens als Videosequenz anschauen: das gesamte Team dem Untergang ausgeliefert, weil sie einen Fehler begangen hat. Nicht gut genug war. Dabei ist sie doch die Beste.

WENN SIE tagsüber über die Dünen fahren, brennt Kawi Löcher durchs Rückfenster, bis die Augen tränen. Andauernd sucht sie nach unscharfen Stellen, die auf Tarnung hinweisen. Irgendwann lassen die Tränen und die Anstrengung alles unscharf werden. Dion und Tell haben sich daran gewöhnt. Sie nennen Kawi ihren Wachposten. Andauernd starrt die Gamerin über die eigene Schulter – auch diese Last trägt Kawi allein.

Plötzlich steht Tell hinter ihr. Sie hört ihn nicht kommen, zu tief versunken ist sie in die virtuelle Realität ihrer Gedanken. Vorsichtig setzt er Amon ab, der sich zwischen ihren Füßen kunstvoll ineinanderklappt. Der Vogel versucht, so wenig Platz wie möglich einzunehmen, als wüsste er längst, dass er sonst nicht mitfahren kann.

Tell stupst Kawi an. Sie rührt sich nicht, hat Mühe, aus der Maschinerie des eigenen Denkapparats wieder herauszufinden. Ein kurzer Augenkontakt. Kawi schaut als Erste weg. Es ist die Art, wie er sie anschaut, die sie nicht ertragen kann. Sein Blick spiegelt ihr etwas über sich selbst – was er in ihr sieht. Eine Weichheit, die Kawi in Härte umwandelt, seit sie denken kann.

»Dion hat recht, du hast was von einer Pflanze. So starr und still, wie du oft dasitzt.«

Er sagt es mit Bewunderung, was Kawi verärgert. »Bă, eine

Pflanze«. Ihr Blick streift den Behälter mit Erde, in den sie drei Samen versenkt hat. Nichts ist daraus gewachsen. Trotzdem gießt sie die Erde jeden Tag und fühlt sich erbärmlich dabei.

Sie spürt, wie alles an ihr noch härter wird. Wie sich Muskeln verspannen. Herausfordernd schaut sie Tell an.

»Bă, wenn eine Person ins Koma fällt, sagen sie *vegetativer* Zustand, das bedeutet weniger menschlich, Sus, weniger Bewusstsein.«

»Hey, heißt es nicht auch ›komm runter, fass Gras‹?«

Kawi kichert. »Sus, das sagt doch niemand mehr! Klingt nach KI-Mush!«

Tell errötet. Seine Schwester und er haben sich das Mush mit Hilfe von KIs beigebracht, schon auf der Flucht haben sie damit angefangen. Euromisch zählt weltweit nicht zur schwierigsten Sprachschmelze, umfasst aber eine ungeheure Zahl an Slangs und Dialekten.

Der Motor heult auf. Wie immer fährt Dion zu schnell. Kawi fragt sich, ob Dion vielleicht mithört. Die Trennwand ist offen.

»Bă, bei Wettkämpfen habe ich oft stundenlang in der gleichen Körperposition verharrt. Sus, das ist eine Gabe.«

Tell zeigt nach draußen. »Aight, Sus, aight, Fortschritt, sich immer nur vorwärtsbewegen, das hat nicht funktioniert, das hat den Planeten kaputt gemacht. Zu erstarren, sich dabei neu verwurzeln – das ist vielleicht nicht so wie das Leben, das Menschen sich vorgestellt haben. Aber es ist Leben. Ein Leben, das auf Landschaft angewiesen ist.«

»Für mich ist es anders«, flüstert Kawi mehr zu sich selbst.

»Sag es mir.«

Kawi zögert, senkt den Kopf, spricht jetzt so leise, dass Tell sich zu ihr beugen muss.

»Stille, Sus – das Gefühl zum Puls der Welt zu werden, zur

Quelle jeder Bewegung. Als könnte ich im Stillen die Welt beleben. Klingt mashara?«

Tells Lippen ganz nah. »Nein, überhaupt nicht.«

»Sich nicht zu rühren sieht aus wie Selbstauslöschung. Aber wenn ich mich nicht bewege, wachse ich innerlich weiter. Klingt mashara?«

Sie schaut hoch. Seine Augen jetzt so nah, sie glaubt Wimpern auf ihrer Haut zu spüren.

»Kawi, dein Gesicht …«

»Wesh, bre, wesh?«

»Nichts, bitte, sprich weiter.«

»Wenn ich mich nicht bewege, bre, ist es so, als besäße ich ein zeitloses, sich andauernd erneuerndes Inneres, das weiterströmt.«

Tells Lippen zucken, deuten ein Lächeln an.

»Was?«

»Aight, Sus, aight, bitte, mach weiter.«

Kawi runzelt die Stirn, denkt nach. »Pflanze sein, das ist doch genau das, was Frauen, Fems, Halaras und Queens tun sollen: Wurzeln schlagen, eine Familie gründen, mit der Natur kommunizieren. Eine passive, fruchtbare Ressource sein. Wie die Erde, durchdringbar, grenzenlos, bereit für Implantation und Extraktion.«

»Sus, ich habe dich nie so gesehen. Sich aufzulösen – das mussten Fems, Halaras, Queens und andere seit Jahrhunderten, um zu überleben.«

Kawi nickt, und Tell fährt fort: »Ich bin doch nur so lange eine Frau, bis eine echte Frau kommt und sagt, dass ich es nicht mehr bin.«

Sie schaut ihn an. Ihre Gesichter berühren sich leicht, schaukeln im Takt mit dem rumpelnden Fahrzeug, stoßen immer wieder aneinander. Kawi spürt jeden Kontakt wie eine Verbrennung.

Tell spricht weiter: »Sus, wenn ich auf das menschengemachte planetarische Sterben schaue, erscheint mir dein Selbstauflösen genau die Art von Skill zu sein, die gerade nötig ist: zu wissen, wie wir das Selbst aktiv vernichten können. Aight?«

Kawi lächelt. »Aight! Wie eine Pflanze in der Landschaft zu verschwinden ist dann vielleicht gar kein Tod, wesh, bre, wesh?«

Jetzt lächelt auch Tell, wieder streifen sich ihre Wangen. »Aight! Das ist kein Tod, weil die Landschaft dann keine Bedrohung, sondern eine Möglichkeit ist. Vielleicht die einzige Möglichkeit, die wir haben.«

Dion schaut durch den BackScreen und ruft: »Mit so einem Wissen sind Frauen und Pflanzen dann nicht mehr bloß passive Ressourcen, sondern: la Revolución!«

Tell lacht, hebt den Kopf ruckartig weg von Kawis Gesicht. Das fühlt sich an wie ein Schlag, wie das Kappen der Stromzufuhr. Kawi fällt in sich zusammen.

»Spoko, Sus, spoko! Gut gesagt.«

Kawi kann nicht sehen, was Tells Lob in Dion auslöst.

Äußerlich erstarrt, fließt sie innerlich weiter. Immer weiter. Gedanken wachsen. Verschränken sich zu neuen Plänen. Gefährlich und unsichtbar.

NIEMAND HAT mit seinem Tod gerechnet. Selbst Kawi hat das nicht. Sie findet ihn nach dem Aufwachen. Da ist kein Geruch. Bloß eine Leere. So unsagbar laut und tief. Sein Körper gleicht einer Schale: hohl, zurückgelassen. Als wäre etwas daraus entflohen, verdampft. Kawi sucht Shozos Blick. Hat sie etwas geahnt? Hat sie schon Tage davor um ihn getrauert? War sie deshalb so erschrocken und niedergeschlagen? Vielleicht konnte sie als

Einzige sehen, dass ihr Bruder unter seiner Liebe litt, aber nicht damit aufhören konnte. Da liegt so viel in Shozos Blick. So viel Wissen und Schmerz. Kawi ist einen Moment überwältigt davon. Hat Amon seine gesamte Lebensenergie darauf verwendet, nicht zu wachsen, nicht zu fliegen? Wollte er lieber langsam in Dions Nähe sterben, als lange ohne sie leben?

Erst jetzt wird Kawi klar: Amon muss seine Schwester um ihre federlose Winzigkeit beneidet haben. Sachte streicht Kawi über Shozos Kopf, dabei flüstert sie: »Du darfst jetzt leben. Wachsen. Federn bekommen. Uns verlassen. Nichts hält dich mehr. Hörst du?« Shozo schließt die Augen, und Kawi ist sich sicher, dass sie alles verstanden hat, weil sie genau wie sie andauernd nachdenkt. Wenn Kawis Gedanken ein Wald sind, müssen Shozos ein Ozean sein. Tiefe, verborgene Welten. Unerforscht wie ein ferner Planet.

Tell will es nicht glauben. Er betastet Amon, als gäbe es eine Wunde, die verbunden werden kann - eine Heilung vom Tod. Kawi tut es weh, ihm dabei zu zuschauen. Es ist noch dunkel, die Trennwand noch geschlossen. Dion schläft. Noch.

»Sus, was meinst du, wie wird sie reagieren?«

Tell schüttelt den Kopf. Wieder wird ihr schmerzlich bewusst, dass er es selbst noch nicht begriffen hat - es nicht begreifen will, weil er sich nicht damit abfinden kann.

Da knackt es an der Trennwand, und Dion streckt ihren Kopf herein. Das Gesicht zerknittert und Haare wie Stacheln. »Oh, habe ich schlecht geschlafen! Hab mir das Hirn im Schlaf blutig gekratzt.«

Tränen rollen über Tells Gesicht. Erst da merkt Dion, dass etwas nicht stimmt. Ihr Blick fällt auf den reglosen Vogel. Ohne ein weiteres Wort klettert sie über den Sitz, kniet sich zu Amon. Zu dritt drängen sie sich um den schwarz gefiederten Körper, der absolute Abwesenheit verströmt. Kawi wird übel. Doch sie wendet sich nicht ab. Wenn Dion es schafft, hier zu sein, muss sie das auch schaffen. Zu ihrer Überraschung bleibt Dion ganz ruhig. Amons Kopf in ihrem Schoß, lächelt sie ihn liebevoll an, streichelt seinen Hals und gräbt ihre verstümmelte Hand in seine weichen Federn. Keine einzige Träne. Kawi ist zum Heulen zumute. Doch wenn Dion nicht weint, will sie es auch nicht tun. Da fängt Dion an zu sprechen. Zuerst ein Murmeln, das nicht nach Mush klingt, dann wird es lauter und deutlicher. Sie erzählt, wie sie Amon gefunden hat. Sie erzählt von der Kugel und der Pfütze. Wie sie versucht hat, seine Geschwister zu retten, und sie aus Versehen umgebracht hat. Wie am Ende nur er und Shozo übrig blieben. Sie verspricht ihm, auf Shozo aufzupassen, bis ...

Kawi schluckt.

Dion denkt den nächsten Tod bereits mit.

GLEICH NACH DEM Aufstehen wollen sie Amon beerdigen. Dion und Tell tragen ihn nach draußen. Tell muss dabei an Kawis Worte denken. Es stimmt, sie haben den Tod der Vögel bloß hinausgezögert. Trotzdem trauert Kawi genau wie Dion und er. Hätten sie Amon gleich sterben lassen, wäre es für alle weniger Schmerz gewesen. Aber auch weniger Glück.

Dion und Tell tragen Amon eine Düne hinauf. Der Tag ist kaum angebrochen, und es ist bereits unerträglich heiß. Sie finden eine Stelle mit Ausblick, legen Amon ab und fangen an zu graben. Mit Behältern schaufeln sie Sand fort, bis sie auf braune Klumpen stoßen. Sobald sie die weiche, feuchte Erde sehen, graben sie mit bloßen Händen. Finden Knochen wie Treibholz, spröde und blank. Zerlegte Apparaturen.

Tell macht sich Sorgen um Dions verstümmelte Hand. Wie ein stumpfes Gerät setzt sie die Hand ein. Erbarmungslos. Das macht ihm Angst. Doch er sagt nichts.

Er schaut auf Amon. Ein Leben verweht. Ein winziger Lufthauch.

Luft, die das kunstvolle Spiel aus Knochen und Federn belebt hat, ein Gebilde, das fliegen konnte. Zusammen heben sie den toten Vogel hoch und betten ihn in sein Grab. Dann fangen sie an, das Loch zu schließen, decken Amon zu. Langsam. Vorsichtig.

Nebeneinander sitzen sie vor dem Grabhügel. In Stille. Wind kommt auf, und Tell ist froh über die Kühle. Schweiß läuft über sein Gesicht. Seine Hände pulsieren vor Schmerz. Dion muss es ähnlich gehen. Doch sie verzieht keine Miene, sitzt so entspannt und ruhig, als wäre sie mit der Landschaft verwoben.

Tell lauscht dem Flüstern des Winds, dem Knistern aufgewirbelter Plasse. Dion schwingt darin. Ein exakt getakteter Puls. Ihr Körper kippt gegen ihn, und er legt einen Arm um sie, zieht sie enger. Da hebt sie das Gesicht, und Tell weicht zurück.

»Wesh, bre, wesh, Tell, ich tu dir nicht weh, will bloß bei dir sein.«

»Das bist du. Sus. Das bist du.«

Sie schauen sich an. Ohne Warnung greift ihre Hand in seinen Nacken, zieht ihn noch ein Stück zu sich, und er gibt nach. Feucht. Kalt. Elektrisch. Ein Schwanken. Sie hält ihn so fest, wie noch nie jemand ihn gehalten hat. Sie könnte mich hochheben und forttragen, denkt er. Doch dann lässt sie ihn los, weicht zurück wie ein Meer, lässt ihn mit weniger zurück.

»Du liebst Kawi.«

Warum trifft ihn das so?

Warum hat er das Gefühl, sich rechtfertigen zu müssen?

»Kawi hat eins von diesen Gesichtern, dass ich mir nie hätte vorstellen können – magniv, spoko, frumii.«

»Und ich?«

Er schaut auf ihre gespannte Haut, prall und glänzend wie ein Avatar-Gesicht. »Du bist magniv, Dion.«

»Valla mı?«

»Ja. Wirklich.«

»Sind wir Sus?«

»Sogar Fami, wenn du magst.«

»Eish! So viel Rizz! So viel Bliss!«

Er lacht über ihre Freude und legt seinen Kopf auf ihre vibrierende Schulter.

»Was soll ich tun?«

»Nichts«, sagt sie, »bitte, nichts.«

Aneinandergelehnt sitzen sie da. Ihm ist heiß, und trotzdem zittert er. Ein leichtes Fieber, ein Nachklingen im Knochen. Er möchte verstehen, was gerade passiert – was Dion fühlt, was jemand wie Dion fühlen kann. Er setzt an, doch bleibt dann stumm, den Blick starr ins Gleißen der Plasse gerichtet. Licht macht aus Proto einen Ozean. So schön und furchtbar, dass es ihn blendet, die Welt ganz auslöscht.

GLEICH EINEM Blütenblatt schiebt sich jede einzelne Feder aus der Haut, entfaltet sich. Shozo erblüht. Eine Blume, die abheben möchte. Kawi freut sich am meisten darüber und stellt sicher, dass Shozo mehr zu essen bekommt und regelmäßig nach draußen genommen wird. Schließlich soll der Vogel sich an seine Freiheit gewöhnen.

Seit Amons Tod wird Kawi noch häufiger von Albträumen heimgesucht, schläft noch schlechter. Tagsüber klappen ihre Augen einfach zu, und sie dämmert in kurzen, wenig erholsamen Schüben weg. Wie ohnmächtig kippt sie dann einfach um.

Jetzt sitzt sie am Fenster. Der Tag verdunkelt sich. Kawi schaut den Flugversuchen von Shozo zu. Dion und Tell stehen draußen und ermuntern den Vogel zu immer neuen Sprüngen. Blumig aufgeplustert und doch zart und klein hebt Shozo ab, schwankt im Wind wie ein Fetzen Nacht. Kawi spürt Tells Blicke auf ihr ruhen, weicht den Blicken aus und schaut lieber auf Shozo, die kurz im Aufwirbeln des Sands verschwindet, als dunkler Fleck wiederauftaucht, taumelnd landet.

Das Glitzern der Plasse hat sich verändert. Es ist stumpfer geworden. Kawi fragt sich, ob die anderen das auch bemerken. Nähern sie sich dem Totpunkt? Sind sie bereits im Umkreis des versunkenen Reaktors? Werden ihre Körper in diesem Moment von unsichtbarer Strahlung zerbombt?

Gräbt sich Radioaktivität auch in Träume? Der Gedanke lässt Kawi erzittern. Panisch schaut sie auf die Liste, die sich in der Ecke hinter ihr versteckt. Sie streicht über die Buchstaben. Nicht mehr alle Buchstaben sind da.

Rette Pr

Tu all s daf r

Wirkli h al s

Als Kawi erneut das Fenster sucht, kann sie Shozo darin nicht mehr finden.

Tells und Dions Gesichter sind jetzt nach oben gerichtet, als wollten sie von dort etwas empfangen. Kawi scannt den Himmel. Graues Flimmern. Überall Wolken, monochrom und verpixelt wie ein graphischer Glitch.

Wo ist Shozo?

Etwas Spitzes richtet sich in Kawi auf und bohrt von innen durch Organe – durchstößt das Brustbein.

Hat sie es verpasst?

Ist Shozo fort?

Frei?

Ein Ruf. Wie das Kreischen einer Säge auf Metall.

Ein schwarzer Punkt.

Ein Kratzer in der Pupille des Himmels.

Shozo, die gegen den Wind ankämpft. Ihre Flügel kippen, sobald sie in der Strömung treibt. Den Kopf hat sie nach unten gerichtet wie gegen ein reißendes Wasser. Shozo wird zum Flackern vor einem noch dunkleren Licht.

Freude. Ein Glanz, der auch in Dions und Tells Gesichtern strahlt. Kawi weiß, dass sie nie erfahren wird, wie es ist. Keine Beschreibung noch Vorstellungskraft oder das Nacherleben im Avatar werden ihr jemals wirklich die Vogelperspektive vermitteln können. Sie kann immer nur hinschauen, zuhören, sich annähern, erkennen, dezentrieren, daran arbeiten, ihre eigene Perspektive zu verändern.

Kawis Kiefer knirscht, und Shozo verliert den Halt, schlittert durch Luft.

Dion breitet die Arme aus, fängt den Vogel auf.

Dann kommen beide rein. Mit Augen wie Leuchtraketen. Da macht es plötzlich nichts mehr, dass die Welt so dunkel geworden ist. Kawi füttert Shozo, bis sich der Vogel satt und müde zusammenfaltet. Gemeinsam schauen sie Shozo beim Schlafen und Träumen zu. Eng beieinander sitzen sie. Glücklich, beinahe entspannt. Für einen Moment können sie die Sorge abwerfen. All das, was sie voreinander geheim halten, was sie bedroht, scheint mit einem Mal nicht mehr gefährlich zu sein.

»Bliss«, flüstert Dion, und die anderen beiden nicken. Für einen kurzen Moment ist nichts mehr zwischen ihnen – nur Staub und Moleküle.

IN DER NACHT schläft Kawi wie immer auf der ausgeklappten Liege, die für Tell zu kurz ist. Tell kauert neben ihr auf dem Boden. Dion liegt vorne, festgeschnallt, bewegungslos. Im Schlaf redet Kawi oder schnarcht. Tell liegt oft lange wach und hört ihr zu. Heute wimmert sie.

Er steht auf, legt eine Hand auf ihre Schulter. Sie hat einen Albtraum. Er kennt das. Immer der gleiche Traum. Sie hat ihm davon erzählt. Jemand überfällt sie, fesselt sie, entnimmt Proben.

»Kawi, sprich mit mir, bist du da?«

Ihr Körper antwortet mit einem leisen Schluchzen, so zart und dünn, dass der Sound seine Haut durchsticht.

»Sus, sie können dir nicht weh tun, sie können dich nicht berühren.«

Sie wirft den Kopf hin und her.

»Lass sie weiterziehen.«

Als hätte sie verstanden, nickt sie. Dann setzt das Schnarchen ein. Tell bleibt einen Moment bei ihr stehen, um sicherzugehen, dass der Albtraum wirklich vorbei ist, und um sie anzuschauen. Im Schlaf ist ihr Gesicht genauso hart wie sonst. Zugleich strömt daraus eine Ruhe, die so tief sitzt, dass Tell jedes Mal erschüttert davon ist.

KAWI ERWACHT MIT einem unguten Gefühl. Bereits zwei Nächte und zwei Tage stehen sie an der gleichen Stelle – das ist gefährlich. Sie stehen hier wegen Shozo. Jede Stunde gehen Tell und Dion hinaus und üben. Shozo soll fliegen, soll lernen, nicht gegen den Wind anzukämpfen, sondern sich am Himmel treiben zu lassen wie ein Stück Plastiglomerat im Ozean.

Der Tag hellt nicht auf. Nur hier und da reißt ein waberndes Flackern durchs Wolkenhämatom, blutet dickflüssiges dunkelgelbes Licht auf die Erde. Alles scheint mit Schwere aufgeladen zu sein. Egal wohin sie schaut, Kawi sieht das Ende, blutig, brutal.

Tell sucht immer wieder ihre Nähe. Kawi weicht aus. Manchmal streift sein Körper sie im engen Innenraum des Campers, dann knistert die Berührung in ihren Knochen, rieselt wie Glasstaub durch sie hindurch, zart und schmerzhaft zugleich.

Sie füttern Shozo und hoffen, dass ihre Flügel sie weit tragen. Dass sie den Weg zurück an die Peripherie findet, dort, wo die Städte und das Leben sind. Hier im Zentrum gibt es nur noch wenig von allem. Auch die Hunde haben sie lange nicht mehr gesehen. Kein Bodenkraut. Keine Pflanzen. Nur das Plastiglomerat hat zugenommen. Formationen aus Müll. Je mehr sie sich dem Totpunkt nähern, desto enger steht das Plastiglomerat und desto stärker und konzentrischer blasen die Winde.

»Spoko! Das fühlt sich an wie in Turbinen stehen«, ruft Dion, als sie für eine Essenspause Zuflucht im Camper sucht.

Kawi verzieht das Gesicht. »Bă, woher willst du so was wissen?«

Dion schaut beleidigt. »Phantasie?«

»Phantasie? Du meinst, deine neuronalen Netze halluzinieren.«

Tell kaut auf einem Instantwhich, schaut stumm von einer zur anderen, unsicher, ob sich ein Streit ankündigt.

»Wird Shozo Turbinenwind aushalten?«, fragt Kawi besorgt.

Dion zuckt mit den Schultern. »Sus, sie muss das, wenn sie Proto überleben will.«

Kawi lächelt. Ihre Stimme ganz weich, erwidert sie: »Niemand, Sus, kann die Ewigkeit überleben. Proto ist die letzte Landschaft.«

Tell lacht, erleichtert, dass es nicht zum Streit gekommen ist. »Capitána Obvius, was?«

Dion lacht ebenfalls, selbst Kawi stimmt mit ein. Es ist ein Endzeitlachen, erschrocken und frei zugleich.

KAWI ERSTARRT am Fenster, wartet. Dion und Tell tragen ihre Elder-Gewänder, deren Farben überdeckt vom Staub sind. Der zerlöcherte Stoff flackert im Wind wie Feuer. Die beiden scheinen zu brennen. Das erinnert Kawi an schlecht programmierte Avatare, die als Dauer-Bildstörung über den Screen wandern. Shozo scheint das einzig Echte zu sein. Ein Vogel, kein Avatar.

Mit Wehmut erinnert Kawi den Panther. Ein Muster aus Code. Existiert er noch irgendwo anders als in ihrer Erinnerung? Kawi möchte glauben, dass er weiterlebt in der Back-up-Datei im geheimen Serverraum. Hinter einem dicken Metallmantel, der die gesamte Hardware des Serverraums vor der tödlichen Strahlung schützt.

Sie blinzelt, fokussiert wieder auf Dion, Tell und Shozo. Sie sind wirklich. Da draußen. Kawi weiß das, aber spürt es nicht. Was ist der Unterschied zwischen da draußen und VR? Zwischen digitaler und mechanischer Welt? Zwischen Proto und Proxi? Wäre es anders, wenn Kawi selbst hinausgehen würde? Der Gedanke bringt etwas zum Kippen. Plötzlich ein Ziehen im ganzen Körper, als lehne sie sich über die Brüstung eines Wolkenkratzers.

Ihr Blick springt zu Tells Helm, der neben ihr liegt. Er hat ihn wieder nicht aufgezogen. Kawi beißt sich auf die Unterlippe. Sie spürt das Krampfen des Kiefers, und sie hasst sich für die Sorge um Tell – ihr Plan sieht so etwas nicht vor.

Ist das Liebe?

Ein Teil von ihr glaubt nicht, zu so etwas fähig zu sein. Ein anderer weiß, dass das nicht stimmt. Sie liebt die virtuelle Welt, sie liebt ihren Panther-Avatar, sie liebt das Gaming – eine fast krankhafte Liebe. *Vielleicht kann ich nur auf diese Art lieben: süchtig, pathologisch.* Menschen hat sie nie geliebt. Das erscheint ihr genauso sinnlos, wie das Leben zu lieben. Schließlich gehen alle daran zugrunde.

Sie liebt Shozo. Das wusste sie bereits, als Dion die beiden Küken anschleppte. Sie wusste, dass Shozo zu lieben und zu verlieren nicht aushaltbar sein würde. Schließlich sind das keine

Avatare, die Kawi ohne schlechtes Gewissen an sich binden oder löschen kann. Es sind Lebewesen, die ihren eigenen Weg suchen müssen. Schmerz und Zorn steigen in Kawi auf. Dion hat ihr das eingebrockt.

Dion, die Shozo jetzt an sich drückt, um den Vogel gegen den umherfliegenden Plastikmüll abzuschirmen. Tell, der einen Arm um Dion legt, sich über sie beugt, versucht, den eigenen Körper wie ein Schild zu verbiegen. Dion, Tell und Shozo, die gemeinsam dem Wind trotzen und sich zugleich gegenseitig schützen. Kawi sieht das, löst sich darin auf - erstarrt zur Pflanze.

Weil sie so bewegungslos dasitzt, spürt sie ihren Körper schon bald nicht mehr. Alle Muskeln derart entspannt, dass keine Signale ins Gehirn gelangen. So als besäße sie weder Arme noch Beine, weder Finger noch Füße, nur ein Hirn, das Gedanken streamt. Diese Körperlosigkeit ist Kawis liebster Zustand. Sie kann ihn mühelos erreichen und stundenlang halten.

Immer wieder verschwinden Dion, Tell und Shozo aus ihrem Blick. Heute, an diesem besonders windigen und dunklen Tag, scheint das Funkeln der Plasse die einzige Lichtquelle zu sein. Ein stilles, sanftes Licht, das vom Boden aufsteigt und sich in Wirbeln ausbreitet. Spiralförmig vorwärts- und aufwärtswandert. Wie die Zeichnungen mit einem VR-Handschuh, die in virtuellen Welten manchmal am Himmel zurückgelassen werden - von Liebenden, die nicht anders können, als das, was sie bewegt, der ganzen Welt mitzuteilen. Für Kawi waren das immer Beweise dafür, wie gefährlich es ist, etwas Sterbliches zu lieben. Das Ende ist vorprogrammiert.

Der Wind wird stärker. Das Funkeln der Plasse hinterlässt Schlieren in der Luft. Alles sieht aus wie verschmiert. Ist die Luft bereits feucht? Wird es gleich regnen? Schon seit Tagen türmen sich Wolken, aber die Wut der eingemauerten Sonne lässt nicht nach. Wenn es endlich regnet, wird eine Sturmflut aus den Wolken schießen, den Boden wegreißen.

Sie müssen ihr Ziel erreichen, bevor das passiert. Bevor Proto im Wasser versinkt und zu dem wird, was es war: ein Meer. Der Ursprung allen Lebens.

Shozo breitet die Flügel aus, überstreckt den Kopf, löst einen Schrei, der an den Feueralarm eines Wolkenkratzers erinnert. Scheußlich und klirrend. Eine Böe trägt Shozo nach oben wie ein Hochgeschwindigkeitsfahrstuhl. Tell und Dion klammern sich aneinander, um nicht mitgerissen zu werden. Shozo taumelt, dreht sich um die eigene Achse, bohrt sich den Himmel hinauf. Anmut und Chaos auf seltsam schöne Weise ineinander verschmolzen.

Es ist ein umgekehrtes Fallen. Ein Stürzen in die Dichte eines unwetterschweren Himmels. Tell und Dion schauen zu. Arm in Arm, die Gesichter nach oben gekippt voller Schrecken und Staunen, weil sie etwas Phantastischem beiwohnen. Sich auflösen in etwas Unfassbaren.

Ist das Rizz?

Ist das Bliss?

Lidlos blickt Kawi aus ihrem Körper heraus, will keine Sekunde verpassen, von diesem Gefühl, von Shozos Himmelsschrauben. Kawis Schauen so hoch konzentriert, so geöffnet, dass sie mehr zu erkennen glaubt als sonst. Eine Verschiebung im Hintergrund, als verrutsche der transparente Stoff der Luft. Eine Falte in der Düne, die sich glatt zieht. Zunächst glaubt sie, solche Verschiebungen sind ein Spiel aus Licht, Sand und Wind. Dann zieht der Knick sich breit. Etwas Großes, Unsichtbares nähert sich. Kawis Kiefer knirscht. Ein Gefühl wie geschmolzener Stahl breitet sich von dort bis in den Hals, bis hinunter in den Magen aus. Das ist luftabschnürende Panik.

Sie kommen.

Endlich.

Albträume werden wahr.

Sie sind da. Sie werden sich nehmen, was sie brauchen.

Der Körper träumt den eigenen Traum, und alles ist schlagartig da: Kawi sieht sich selbst im fremden Fahrzeug, gefesselt. Sie bittet, dass es schnell passiert, bald vorbei ist, dass sie es nicht mitansehen muss. Doch ohne Körper, ohne Augen, kann Kawi den Blick nicht abwenden.

WIE GERUFEN aus einer anderen Realität, taucht sie plötzlich auf, geht gebeugt. Eine Atemschutzmaske und eine dicke Brille im Gesicht, um Augen, Nase und Mund vor dem chemisch beißenden Wind abzuschotten. Die Art, wie sie sich bewegt. Das helle Haar, das unter der Mütze hervorlugt – sie kennen sich. Doch wie lange ist es her? Dion hat Schwierigkeiten, das einzuschätzen. Proto ein fremder Planet. Ein Ort, an dem Zeit anders vergeht.

Böen brechen wie die Brandung, spülen Sand in den Körper. Ein Sturm bahnt sich an. Dion sollte längst zurück im Camper sein.

Sie schauen sich an. Blicke verhaken sich, brutal und liebevoll. Dion möchte weinen, aber blinzelt nur, unsicher, ob das, was sie sieht und fühlt, überhaupt echt ist.

»Was zur Kalypse?«, ruft Tell, und erst da weiß Dion, dass es wirklich passiert. Die Erkenntnis trifft sie wie ein Tritt in den Bauch. Kurz verliert sie die Orientierung. Ihr Blick schießt nach oben. Shozo segelt direkt über ihr. Ein Blatt dunkles Papier aufgehängt im Wind. Dion hält sich daran fest, sammelt sich.

Dann schaut sie erneut nach vorne. Kein Zweifel. Das ist sie. Das ist Willa.

Hinter der Atemmaske ruft Willa etwas, das niemand versteht.

Gegen den Wind kämpft sie sich vorwärts, wedelt mit den Armen.

»Sus, wer ist das?«, brüllt Tell.

Statt zu antworten, hebt Dion die verstümmelte Hand. Keinen weiteren Schritt soll Willa tun.

Als Willa die Vernarbungen sieht, weiten sich ihre Augen, werden ganz weich. Sie bleibt stehen. Wieder ruft sie etwas, das Dion nicht versteht. Sie scheint Angst zu haben. Aber wovor? Dion scannt die Umgebung. Da ist nichts. Oder?

Dion schaut sich erneut um, entdeckt Unschärfen in der aufgewühlten Landschaft, verschwommene Flecken, die sie nicht einordnen kann. Einbildung? Sensorischer Overkill? Oder etwas anderes? Sie hat von Tarntech gehört, aber nie welche gesehen. Ist es das, wovor Willa warnt? Sind sie längst umzingelt? Werden als Nächstes die Scharfschützen sprechen?

Über ihr stößt Shozo einen Schrei aus. Erbarmungslos wie eine rostige Kettensäge. Willa zuckt zusammen, sucht den Himmel ab. Auch Dion schaut nach oben.

Ein Donnern, als würde eine Bombe vom Himmel stürzen. Das Geräusch scheint aus Luft und Erde zugleich zu kommen. Eine Massenvernichtungswaffe aus Lärm. Sie quetscht Lungen und zieht Beine weg.

Tell drückt sich gegen Dion. Dion fällt auf die Knie.

Willa fängt sich gerade noch. Sie nimmt die Atemmaske ab, endlich ist sie zu verstehen. »Dion, wenn du nicht mit mir kommst, werden sie Gewalt anwenden!«

Ein Licht, grell wie ein Suchscheinwerfer, flutet den Himmel. Kurz danach kracht es, zerrt am Trommelfell, übt einen Druck aus, der alle drei schwanken lässt. Shozo taumelt durch Luft.

Geschosse prasseln herab. Faustgroße Eisklötze. Dion und Tell legen ihre Hände schützend über den Kopf.

Der Himmel flackert auf. Die Wolken wirken danach noch schwärzer. Bälle aus Eis schlagen um sie herum ein, reißen Löcher in den Boden.

Dion schaut hoch zu Shozo, will sich vergewissern, dass der Vogel in Ordnung ist. Shozo überschlägt sich im Wind, schlägt Saltos durch Wolken. Wurde sie vom Blitz geblendet? Vom Eis getroffen?

Willa fuchtelt mit den Armen und schreit: »Los! Komm!« Und leiser, flehender: »Bitte!«

Dion folgt Willas Armbewegungen und sucht nach Unschärfen in der näheren Umgebung. Sie entdeckt eine Fläche aus winzigen Verschiebungen. Eisklumpen, die scheinbar mitten in der Luft zerplatzen. Vage lassen sie die Konturen von drei verschiedenen Karosserien erahnen. Getarnte Fahrzeuge?

Dion schüttelt den Kopf, und Willa lässt die Arme sinken.

Dions Blick springt zum Camper. Überall Dellen! Grotesk groß, als wären sie schlecht programmiert. Im Kopf rechnet sie aus, wie viel Zeit bleibt, bis das Eis das Gehäuse der getarnten Fahrzeuge so stark beschädigt hat, dass die Tarntech versagt.

Vielleicht haben Menschen Mathematik genau dafür erfunden, um die Illusion aufrechtzuerhalten, dass es in der Welt eine wirkliche Struktur gibt. Und solange Mathematik den Gesetzen und Eigenschaften der Welt entspricht, kann sie diese Illusion aufrechterhalten. Doch Proto ist anders, scheint seine eigenen Gesetze zu haben. Nach einer neuen Mathematik zu verlangen.

Dion schaut sich um. Weiße Köpfe rollen durch den Sand. Solche Eisgeschosse gab es früher nicht. Flachgerechnet erinnern sie an absurd große Handschuh-Klicks.

Die Wolkenberge hängen tief. In der Ferne schwärzen sie bereits den Boden.

»SyVa, SyVa, zurück zum Camper!« Tell macht einen Schritt rückwärts. Willa streckt eine Hand nach Dion aus.

Dion schüttelt den Kopf, brüllt in den Sturm: »Ich gehe nicht zurück!«

Ein Zischen direkt über ihr. Elektrische Entladungen. Das Reißen von Luftmolekülen. Der Geruch von Verbrennungen. Ein schmerzhaft hoher Ton. Weiße Flut aus Licht. Dann absolute Dunkelheit. Donnern. Detonation. Ein Beben aus Boden. Das Bersten aller Wolken, vertikale Stromschnellen – das plötzliche Gewicht wirft Dion um. Von oben schneidet Sturzwasser in sie hinein. In Nase und Mund. Nacken und Rücken. Eiskalte Klingen. Dions Gesicht flieht in den Schlamm. Beide Arme legen sich schützend über den Kopf. Das Wasser presst den gesamten Körper in den aufgeweichten Untergrund. Mehr Kettensägen-Kreischen von Shozo.

Willa fällt auf die Knie, kriecht durch den Schlamm auf die Fahrzeuge zu. Der Untergrund ist zu weich für gepanzerte Fahrzeuge, sie müssen fliehen, solange sie noch können.

Warum sind sie überhaupt gekommen? Dion war nie ein wichtiges Projekt. Wie zum Abschied hebt Dion das Gesicht, die Hand.

Hat Willa das gesehen?

Plötzlich fallen Dion so viele Dinge ein, die sie hätte sagen wollen. Jetzt ist es dafür zu spät. Die Sturmflut reißt den Untergrund fort. Tell umklammert Dions Hand.

Sie spürt, wie ihr Körper einsinkt. Sie hält die Luft an. Der Griff von Tell ist jetzt das einzig Feste. Alles andere treibt auseinander, löst die Programmierung auf – Ende.

EISKLÖTZE SCHLAGEN Trichter in den Boden. Mit Entsetzen sieht Kawi zu. Starkregen. Sturmböen. Das Draußen zerbricht. Wolken werden zu Wasserfällen aus schwarzem Regen und blendend weißem Eis. Die Dünenlandschaft gleicht einem Morast. Überall Strudel, die das herumliegende Eisgeröll einsaugen.

Regen verschlingt die Landschaft. Und Kawi schaut zu, fixiert in einer Geste der Passivität, der Starre, der Selbstauslöschung. Zuerst sperrte sie sich in ihre Wohnung, dann in diesen Camper. Ein Mensch, der sich selbst eingepflanzt hat.

Die Eisgeschosse werden weniger, dafür nimmt das Wasser zu. Kawi spürt, dass der Camper mehr und mehr absinkt. Auch Dions und Tells Körper verschwinden im Schlamm, gehen unter. In jeder Schicht ihrer starren Hülle weiß Kawi, dass Dion und Tell in Gefahr sind.

Und Shozo? Der Vogel ist nicht mehr zu sehen, also fokussiert sie sich auf Tell. Ihre Blicke treffen sich, und im gleichen Moment weiß Kawi, dass sie real wird.

Das Abschleppseil! Lag es nicht in einer der Kisten? Sie springt auf und schaut nach. Tatsächlich. Es hat auf sie gewartet. Sie bindet ein Ende um das Bein der Schlafliege, geht mit dem Rest zum Fenster.

Wind und Regen schlagen ihr ins Gesicht, sie zuckt nicht zurück.

Ich muss das Seil bloß werfen. Das ist alles. Sie wirft.

Wie eine tote Schlange landet es im Matsch, wird vom Boden eingesaugt. Tell hebt den Kopf. Er versucht, sich zu bewegen, steckt aber fest. Dion in seinen Armen.

Er schaut hoch. Kawi spürt seinen Blick wie eine Berührung. Trotzdem weicht sie nicht zurück. Das Wasser steigt, weiße Eisbrocken schwimmen wie Lichtkugeln an der Oberfläche. Ein digitales Meer. Ein Ort, den sie als Panther oft aufgesucht hat. Den Confluens-Wert ihres Avatars hoch genug geschraubt, damit sie übers Wasser laufen konnte.

Sie schließt die Augen, denkt an die Wellen, die sich in der VR zart und nachgiebig angefühlt haben. Ihr Rücken krümmt sich, ihre Arme strecken sich nach vorne, sie senkt den Kopf, nimmt Anlauf und springt.

Mit geschlossenen Augen.

Kopfüber aus dem Fenster.

DIE WELT überschlägt sich, landet hart auf Kawis Rücken. Blind packt sie das lose Seilende und fängt an vorwärtszurobben, sich tiefer in den Schlamm zu graben. Statt Händen besitzt sie Tatzen, die sich in den weichen Boden krallen. Sie faucht und stöhnt, weiß nicht mehr, wo oben und wo unten ist, weiß nur, dass es vorwärtsgeht. Immer weiter vorwärts. Sie hört ihren Namen. Aber da ist eine unsagbare Leere um sie herum. Nichts als Luft und Wasser und Wolken. Bloß nicht an die Abwesenheit der Wände denken. Bloß nicht.

Tell greift nach dem Seil, zieht es zu sich. Das Seilende wickelt er um Dions und seinen Oberkörper. Mit hartgeblasterten Armen zieht Kawi an dem Seil, schleift die beiden Meter um Meter in Richtung Camper.

Schlagartig hört der Regen auf. Die Wolkendecke reißt auf, und Licht fällt in die neuartige Stille. Kawi sackt in sich zusammen, traut sich nicht, die Augen zu öffnen, will das Draußen nicht hereinlassen. Wind und Sonne streifen ihre Haut. Zwei warme Wände drücken sich von links und rechts gegen sie.

»Kawi?«

Puls im Bauch. Das Hämmern von Leben in den Schläfen. Arme und Beine ineinander verknotet.

»Kawi?« Das ist Dions Stimme. »Was ist? Soll ich?«

»Nein, nein.«

Kawi spürt einen Arm auf ihrem Bauch.

»Tut es weh? Besser aufhören?«

»Bleib, bitte.«

Sie dreht den Kopf, und ihre Nase atmet den Geruch von Regen und Polymer – Dions Haut.

»Wo ist Tell?«, fragt sie, und Dions Arm langt über sie, sucht nach Tell.

Kawi dreht den Kopf weg von Dion und auf die andere Seite. Kinn und Nase stoßen gegen Tells Bart.

»Tell? Sus, hörst du mich?«

Während sie spricht, streifen ihre Lippen seine Lippen.

»Kawi?«

»Tell, was soll ich tun?«

»Mich befreien.«

Kawi weiß nicht, wie.

Dions Arm auf ihrem Bauch, Dions Atem zwischen Ohr und Schulter. Tells Lippen an ihren Lippen. Wo sind ihre Arme? Ihre Beine?

Sie findet einen Arm unter Dions Kopf. Eine Hand um Tells Hals. Beide Beine unbeweglich im Schlamm.

»Warte noch einen Moment.«

Dions Stimme an ihrem Ohr. Sie dreht sich zu Dion. Die gelben Synth-Augen zu nah, um sie scharf zu sehen.

Sich anschauen, denkt Kawi, bis unsere Gesichter wie Glas zerspringen. So daliegen, bis der neue Tag wie ein VR-Stream zerreißt. Gedanken kriechen durch ihren Kopf, langsam – eine Prozession aus Tier-Avataren. Dions Atem streift ihr Gesicht und ihren Nacken. Zugleich spürt sie, wie Dions Hand ihr Shirt greift, sich zur Faust formt. Das gibt Kawi das Gefühl, etwas Kostbares zu sein. Sie schließt die Augen, überlässt sich der Dunkelheit.

WIE LANGE liegen sie schon so? Zeit sickert in ihre Körper. Kawis Finger graben in Dions Rücken.

»Dion?«

»Ja?« Dion dreht den Kopf.

»Ich dachte, ich bin ein Baum. Aber das stimmt nicht.«

»Warum?« Als wollte sie ihr den eigenen Atem schenken, spricht Dion direkt in Kawis Mund.

Kawi saugt den Atem ein. »Ich besitze keine Wurzeln.«

Dions Mund öffnet sich erneut, ihre Lippen umschließen Kawis, und eine Zunge schiebt sich warm in Kawi hinein. Kawis Herz flattert wie ein Vogel im Wind. Kawi begreift nicht, was passiert. Sie lächelt und lächelt und lächelt. Doch hinter Augenlidern pulsieren Punkte wie Planeten. Kawi öffnet die Lider. Entdeckt eine Nacktschnecke im Schlamm, die darin verschwindet – grau glitzernd, schmatzend.

»Im Schlaf«, sagt Dion, »oder wenn wir uns endgültig hinlegen, wenn unsere Gedanken bloß Schemen sind, dann ähneln wir uns am meisten. Dann können sich alle Lebewesen berühren.«

Die Welt glitzert schattenlos. Kawi verharrt darin. Sie versucht, die Tiefe von Dions Augen auszuloten. Schatten aus Gelbtönen. Die Schatten beugen sich.

»Berühr es.«

Kawi öffnet ihre Lippen. Dions Augapfel zuckt nicht. Tränenklar und rund wie ein Vogelei. Es schaut ohne Blinzeln, grell und hart, wie gutes VR.

»Küss es.«

Es ähnelt dem gelben Mond oder einer Landschaft – ist offener als das Meer.

Kawis Lippen berühren es, und sie kann es schmecken. Süß-salzig-proto-chemisch. Eine gehäutete Frucht.

Jede Berührung fühlt sich existenziell und gefährlich an.

Kawi weicht zurück. »Ich hatte bisher nur Avatarsex.«

Dion lacht. Ihr Wangen blähen sich, erinnern jetzt nicht mehr an Polymer, sondern an graugrüne Seide. Sie stoßen Luft aus, die nach Salz und Proto riecht. Dünne Luft, die Kawi trinkt wie ein Medikament.

»Nur Avatarsex?«, wiederholt Dion, »ich wusste nicht, dass es auch anders geht.«

Kawis Körper wird ganz weich in Dions Armen. Eine Umarmung wie eine Landschaft, in der sie liegen kann.

»Jetzt ich«, bittet Dion und öffnet den Mund.

Kawi versucht, nicht zu blinzeln, nicht zu denken. Eine Zungenspitze wie geschmolzene Bots, tropft in ihr Auge, tippt ihre nackte Pupille an. Eine geheime Leitung öffnet sich, Speed-Strom schießt hindurch, schwemmt Nervenbahnen, bringt Knochen zum Singen. Kawi kann das aushalten, verarbeiten kann sie es nicht.

Sie ist sich nicht sicher, ob so ein Pupillenkuss sexuell oder etwas anderes ist. Welche Sexualität Dion für sich in Anspruch nimmt und was sie darunter versteht.

Einen Moment schließen beide die Augen, und Kawi spürt dem Brennen auf ihrem Augapfel nach. In Dions Umarmung fühlt sie sich so umschlossen wie in einem Zimmer. Trotz der Kleidung jedoch wie nackt. Digitale Welten erscheinen ihr plötzlich ausgedachte Orte zu sein. Unwirklich. Fern.

Sie denkt an Avatare, geformt aus Licht. Eingefroren und friedlich. Klumpen aus Pixel mit eingedrücktem Lächeln. Eine Welt ohne Nacht. Ein Garten mit geplatzten Blüten. Solche Erinnerungen steigen unkontrolliert auf – wie Seufzer.

Als sie die Augen wieder öffnet, hat sie das Gefühl, Dion zu halten und nicht umgekehrt. Sie schaut in das Synth-Gesicht und fürchtet sich nicht mehr davor.

Dion stößt die Augen auf. Kawis Spucke klebt darauf und Dions auf ihren. Ich bin wichtig für Dion – ein Gedanke wie ein freundliches Gesicht, das die Dunkelheit ablöst.

ALS TELL die Augen aufschlägt, sieht er als Erstes Dion. Sie taucht ihre Hand in den Himmel wie in ein Gewässer. In der Narbe fängt sich das Sonnenlicht, lässt das kristallisierte Synth-Blut gelb aufleuchten.

Zu dritt liegen sie im Schlamm. Dion zwischen ihnen. Tell fühlt den eigenen Körper kaum. Er kann nicht glauben, dass Kawi nach draußen gegangen ist! Wie ist das passiert? Und was, wenn sie sich dessen bewusst wird? Panik bekommt?

»Erinnert ihr euch, dass wir in Proxi manchmal sechs Finger hatten?« Kawis Stimme klingt eher schleppend als panisch. Sie muss genauso erschöpft wie er sein.

»Ohne waches Bewusstsein«, sagt Tell, »schaffen wir Menschen es nicht, im Traum fünf Finger abzubilden.«

Als hätte jemand alle Filter hochgeschraubt, leuchtet Kawis Gesicht, als sie fragt: »Glaubt ihr, es liegt am fehlenden Bewusstsein? Weil neuronalen Netzwerken das Bewusstsein fehlt? Schaffen die KIs in Proxi es deshalb nicht, fünf Finger in Echtzeit zu rendern?«

Dion ganz still geworden, räuspert sich. »Wieso glaubst du, dass ihnen das Bewusstsein fehlt? Vielleicht ist es schon da, bloß noch nicht wach.«

Schweigen.

»Ist es nicht zu anthropozentrisch gedacht? Alles Leben ist innerlich stumm – nur Menschen besitzen ein Bewusstsein?«

Noch mehr Schweigen.

»Proxi. Warum wollt ihr so was retten? Wäre es nicht besser, es zu killen? Endgültig.«

Tell stöhnt. »Sus, machst du Scherze?«

»Es ist kein Scherz. Proxi ist so verdammt anthropozentrisch. Findest du nicht?«

»Aight, Sus, aight. Menschengemachte Welten wie Proxi sind anthropozentrisch. Aber nicht nur! Kawi lebte in Proxi als Panther! Aight, Kawi?«

Kawi reagiert nicht. Sie denkt daran, wie sie und Dion sich geküsst haben. Das war post-Sex. Ein Synth-Kuss. Ein ... Ihr fehlt das Wort dafür.

Tell lehnt über Dion, sucht Kawis Gesicht, macht sich Sorgen. »Kawi, oki?«

Sie schaut ihn an. Er stellt fest, dass sie sich verändert hat. Als wäre etwas mit ihr passiert. Das Draußen. Am liebsten möchte er sie in den Arm nehmen. Aber er traut sich nicht. Plötzlich hat er Angst, sie zu verlieren. Als könnte der Wind sie fortragen. Das Gefühl des bevorstehenden Verlusts überfällt ihn so plötzlich, dass er nicht darauf vorbereitet ist.

»Wo ist Shozo?«

Dions Frage reißt ein Loch in Tells Gedanken.

Shozo – vor seinem inneren Auge sieht er den Vogel beerdigt im Sand. Er schüttelt sich. Was er sieht, ist Amon. Warum glaubt er, dass Shozo tot ist? Kawi drückt ihr Gesicht in die Plasse. Vielleicht ist ihr das alles zu viel. Draußen zu sein, sich um Shozo zu sorgen. Er rollt neben sie, legt einen Arm schützend über sie. Instinktiv versteht er, dass sie das Gewicht von Körpern braucht – Gebäude.

Es ist fast windstill. Der Himmel nach dem Gewitter so weiß und strahlend – ein Heizkörper, der das Regenwasser verdampfen lässt. Tröpfchen feiner Nebel steigt auf, darin reflektieren die Farben der Plasse: Solariumlila, Plutoniumgrün, Ozonblau und Dieselgelb. Alles verschwimmt im Nebel. Auch Dions Gesicht wird ganz unscharf.

Tell schaut zum SolarCamper. Die Reifen des Fahrzeugs stecken tief im aufgeweichten Plasse-Morast. Die Karosserie zerbeult. Er hat es sich schlimmer vorgestellt. Sein Blick gleitet über die Landschaft, sucht nach einem dunklen Fleck.

»Shozo! Da!«, ruft Dion.

Erschrocken wendet er den Kopf. Dion zeigt nach oben. Ein dunkler Kratzer im kristallinen Screen des Himmels. Ist das …

Tell spürt eine Bewegung in der Brust und kneift die Augen zusammen.

»Bist du sicher?«

Dion lacht. »Traust du meinen Synth-Augen nicht?«

Als wäre das ihr Stichwort, hebt Kawi das Gesicht. Schaut statt in den Himmel zu Dion. Tell wundert sich über Kawis hungrigen Blick. Ein unsichtbares Band scheint sich zwischen Kawi und Dion aufzuspannen – pulst wie eine Stromleitung.

Plötzliches Kreischen füllt den Himmel.

Kein Zweifel, das ist Shozo. So klingt der Schrei der Freiheit.

Ihre Blicke schnellen ins Weiß, suchen den zitternden Punkt.

»Wird sie uns vergessen?«

Kawi sagt das zu Dion. Ohne den Blick vom Himmel abzuwenden, zuckt Dion mit den Schultern.

Hat er was verpasst? Woher kommt dieser neue Rhythmus zwischen Dion und Kawi?

Ohne Warnung kippt Kawi um, klappt zusammen wie ein faltbarer Robogami. Den Kopf zwischen die angezogenen Knie geklemmt. Tell legt einen Arm um sie. Ihr Atem kommt in Stößen. Eine Panikattacke? Er schaut zu Dion und erschrickt über ihren Gesichtsausdruck. Ihre Mimik, ganz zart und besorgt. Der aufsteigende Nebel zeichnet alles so magniv-weich.

IN ALLEN FENSTERN häuft sich das Weiß.

»Schau mal. Es schneit.« Dion kennt nur den Pixel-Schnee aus Proxi. Über den anderen Schnee hat sie gelesen. Den gab es in dieser Region, lange bevor es Proto gab.

Neben ihr zieht Tell die Luft ein. »Das ist kein Schnee.«

Er presst das Gesicht gegen die Scheibe. »Nicht einmal Proxi-Schnee sieht es ähnlich. Es könnte Giftgas ein. So wie es früher in Kriegen eingesetzt wurde.«

Dion nickt. Seit sich niemand mehr Kriege leisten kann, haben Waffen einen anderen Zweck. Auch das Militär hat sich umgeformt. Vom nationalen Militär zum transnationalen Forschungskomplex mit Labs in allen Regionen: Bot'niza. Dion vermutet, dass das Netzwerk Willa und die Tarnfahrzeuge hierhergeschickt hat. Es würde sie nicht wundern, wenn sowohl die digitale Welt von Proxi als auch Willas Lab sowie das Gas da draußen Teil der Bot'niza sind.

Was, wenn ich mit Willa gegangen wäre? Sie hätten mich bestraft, denkt Dion, ganz sicher.

»Es ist Nebel«, sagt Tell neben hier und holt sie wieder in die Gegenwart zurück. »Machst du dir deswegen Sorgen?«

Dion schüttelt den Kopf. Zu schnell. Zu vehement. Tell schaut argwöhnisch. »Worum dann?«

Dion presst die Lippen aufeinander. Sie hat Angst, dass Tell ihr ansieht, was sie verschweigt.

Er legt eine warme Hand in ihren Rücken. »Mach dir keine Sorgen«, sein Blick wandert zu Kawi, die zusammengefaltet auf der Liege schläft. »Sie wird wieder. Das sind nur die Nachwirkungen, weil sie den SolarCamper verlassen hat.«

Er lächelt und fügt hinzu: »Um uns zu retten.«

Dion nickt, sie schaut jetzt ebenfalls zu Kawi. »Dann bedeuten wir ihr etwas?«

Er schaut überrascht. »Ja, bestimmt. So muss es sein.«

Als wäre ihm das plötzlich peinlich, senkt er den Kopf. Dion hat oft Schwierigkeiten, Kawi zu lesen, Tells Gesicht eigentlich nicht. Doch jetzt ist sie unsicher, wofür er sich schämt. Für Kawis Gefühle oder für seine eigenen?

»Du liebst sie«, sagt Dion.

Erschrocken schaut Tell zur schlafenden Kawi. Fürchtet er, dass sie es erfährt? Aber ist es nicht für alle offensichtlich?

Dion wundert sich, schaut zum Fenster. Ihr fällt es immer noch schwer zu akzeptieren, dass die weiße Wand da draußen bloß Nebel sein soll.

»Regen, der in der Hitze verdampft«, sagt Tell, als hätte er ihren Gedanken gehört.

»So dicht?«

»Da muss was Chemisches im Boden sein.«

Dion kichert. »In der Plasse konzentrieren sich Chemieabfälle der letzten Jahrhunderte.«

Tell schaut, als würde er nicht verstehen, und Dion erinnert sich, dass Menschen nicht mehr in Jahrhunderten rechnen. Das tun nur noch KIs.

»Wurden die Chemikalien nicht aufbereitet – gesäubert?«, fragt Tell.

Darauf weiß Dion keine Antwort.

Durch den Nebel ziehen Farbstreifen. Immersive Regenbögen. Die aufsteigenden Wassertröpfchen reflektieren das Glitzern der Plasse und ihre künstlichen Farben aus Fabriken und Laboren.

Tell grinst. »Bă, das erinnert mich an einen Audiovisualisierer!«

»Wie klingt das?«

Nur zu gern hätte Dion gehört, wie Regenbögen klingen.

Tell fängt an zu summen. Leise, eindringlich. Töne steigen auf und verbinden sich zu einem Tanz, der den Tanz der Tropfen wiedergibt. Eine Melodie wächst daraus. Ohne Wiederholung. Sie verdichtet sich, imitiert die immer komplexer werdenden Lichtzeichnungen des Nebels. Dion versucht, das alles aufzusaugen. Die Töne. Die Farben. Sie will sich alles einprägen, damit, sobald sie die Augen schließt, das Licht auf ihren Lidern flimmert und Töne durch ihr Hirn fallen.

Als sie die Augen wieder öffnet, steht Tell neben ihr und singt. So hat er noch nie gesungen. Das klingt nicht nach Monae. Das klingt nach Proto. Er singt ohne Text, den braucht er nicht. Dion hört in dem Gesang das Knirschen der Plasse, das Ächzen vom Wind, den Schrei von Shozo, das Donnern und Blitzen. Sie hört die Farben im aufsteigenden Dampf. Er hat sich all die Geräusche angeeignet, aus ihnen etwas geformt, was zugleich Musik und Landschaft, zugleich wahr und erfunden ist. Ein Kribbeln breitet sich in Dion aus. Ihre Hände fangen an zu vibrieren. Das Zittern gräbt sich durch ihren Körper. Sie möchte ihm sagen, wie tief sein Gesang geht, aber sie weiß nicht, wie. Also hört sie zu und schaut hinaus.

Da klatscht etwas gegen die Scheibe. Erschrocken springt Dion zurück, rempelt Tell, der sie auffängt.

Ein dunkler Fleck.

Von hinten das gleiche Geräusch. Beide drehen sich um. Auch dort ein hässlicher Fleck. Von allen Seiten fängt es an zu brummen. Das Brummen erfasst die Fenster und Wände. Als würden sie beschossen werden. Mit Schlamm. Tell und Dion halten sich aneinander fest. Kawi reißt die Augen auf, erhebt sich. »Mashara – was soll das?«

Die Fenster werden immer dunkler. Der Matsch bleibt kleben wie eine zweite Haut. Dion presst das Gesicht gegen das einzige Fenster, das noch sauber ist.

»Wer? Wesh?«

Kaum hat sie die Frage gestellt, taucht ein Gesicht auf und drückt sich wie Dion gegen die Scheibe. Ein verschmutztes Gesicht. Nase an Nase mit Dion. Nur die dünne Fensterscheibe trennt sie voneinander. Dion schreit, und ihr Gegenüber macht es ihr nach, reißt den zahnlosen Mund auf und stößt einen Laut hervor, der mehr an einen Hund als einen Menschen erinnert.

VON KOPF bis Fuß mit warmem Schlamm beschmiert, stehen sie vor ihnen. Sie sind jung, denkt Tell, als er ihnen gegenübertritt.

»Solartrolls«, hat Kawi gesagt. Sie schaut von drinnen zu.

Der Nebel ist gefallen – ein Tuch, das milchig und bunt den Boden bedeckt. Erst jetzt im Licht des bildschirmweißen Himmels erkennt Tell, dass die Gesichter nicht einfach dreckig sind. Mit dem Schlamm haben sie Code hineingeschrieben, den nur Maschinen lesen können. Tell vermutet, dass Dion es entziffern kann.

Dass Dion synth ist, ist auf den ersten Blick erkennbar. Tell glaubt, Argwohn und Distanz in den Augen der Trolls aufblitzen zu sehen. Etwas Ähnliches hat er in den Augen der Elder entdeckt, die sich jedoch Mühe gaben, es zu verbergen.

Die Solartrolls geben sich keine Mühe. Im Gegenteil. Ihre Gesichter wirken offen feindselig. Tell fragt sich, was so junge Menschen hier draußen machen. Weit weg von VR, von Städten und Elektrizität. Sie tragen Gerätschaften am Körper. Klobige Brillen, die manche von ihnen nach oben schieben, um den SolarCamper und seine Insassen zu begutachten. Tell vermutet, dass es Schrott ist. Ausgegrabenes Spielzeug. Verwirrt stellt er fest, dass an manchen Signallämpchen leuchten.

Eine Person tritt nach vorn. Ihre Gliedmaßen kurz, ihr Kopf auffallend groß. Das erinnert Tell an seine Nichte. Achondroplasie, vermutet er. Er ist kaum älter als sie. Die Trolls fangen an zu gurren, innbrünstig, laut.

Sie dreht sich um und zischt: »Shu'shu.«

Das Gurren wird nicht leiser. Also schraubt sie ihre Stimme hoch, spricht über den Lärm hinweg, adressiert Dion: »Ti leei?«

Dion dreht sich zu Tell. Sie versteht das Mush nicht. Tell genauso wenig.

»Wesh, bre, wesh«, ruft er und hofft, Solartrolls verstehen die einfache Mush-Formel.

»Bă, Euroståd? Aight?«

»Oki, Europolis«, erwidert Dion beinahe stolz.

Einige der Solartrolls lachen. Vielleicht weil Dion so ernst und förmlich antwortet. Dion lacht mit, was das Lachen der anderen augenblicklich ersterben lässt.

Dion verstummt ebenfalls. Dann öffnet sie ihre verstümmelte Hand und hält sie hoch. Die universelle Geste des Friedens.

Tell spürt die Anspannung, die sich von den Solartrolls auf ihn ausweitet. Muskeln verhärten sich. Er öffnet seine Hand, führt sie ebenfalls nach oben und hofft, dass die Geste erwidert wird.

Sein Gegenüber zögert. Das Gesicht hart wie ein trockener Boden. Erdkruste reißt auf den Wangen, bröckelt von der Stirn. Ohne Warnung schießt ein kurzer Arm nach oben. Eine geschlossene Faust. Tell hält den Atem an. Seine eigene Hand, offen und verwundbar, zittert im Wind wie eine Fahne.

Da öffnet sich die kleine, runde Faust, springt auf wie eine Knospe im Sonnenlicht. Tell atmet aus. Dion steht unbeweglich. Er vermutet, sie ist genauso erleichtert wie er.

DAS WEISS scheint den Camper von außen zusammenzupressen. Der Innenraum fühlt sich eng an. Kawi fürchtet sich vor dem Weiß, will das aber nicht zugeben. Erst das Licht der eingemauerten Sonne hat den Nebel zerrissen und zu Boden sinken lassen. Erleichtert stellt sie fest, dass die Landschaft da draußen noch da ist.

Sie wollte nicht, dass Tell und Dion hinausgehen, kann nicht glauben, dass sie selbst dort draußen war. Im Regenschlamm lag zusammen mit Dion und Tell. Und doch stimmt es: Ich bin draußen gewesen, und es war nicht so schlimm, wie ich immer dachte. Die Haut hat gebrannt, sich aber nicht aufgelöst. Ihr Kopf hat gehämmert, ist aber nicht zersprungen. Sie wurde ohnmächtig, ist aber wieder aufgewacht. Vielleicht sind auch die Solartrolls nicht so schlimm, wie sie befürchtet.

»Sie wollen, dass wir in ihr Camp kommen, dort scheint es Vorräte zu geben.«

Kawi spürt, dass Tell jedes Wort mit Bedacht wählt. Er hat Angst, genau wie Kawi. Die Einzige, die keine Angst hat, ist Dion. Dabei müsste sie doch die meiste Angst haben. Wer weiß schon, wie Solartrolls zu Synth-Menschen stehen? Oder zu Menschen aus Europolis? Nichts wissen sie darüber.

»Ich habe nie etwas Gutes über Solartrolls gelesen.«

»Weil alles, was wir lesen, aus dem Stream stammt«, sagt Dion mit einem Lächeln. Sie hat offenbar keine Angst vor Solartrolls, was naiv ist.

Kawi runzelt die Stirn, flext ihre BizepsBlaster. »Und es ist vor allem ein Netzwerk, dass im Stream neue Fakten schafft … die Bot'niza.«

»Bot'niza?«, ruft Tell.

Kawi schaut überrascht auf. Weiß er denn nicht, womit sie es hier zu tun haben?

Kawi hat im Phantomnetz gelebt – dem illegalen Unterbau der Bot'niza, sie glaubt, die Gefahr, die von dem Netzwerk ausgeht, zu kennen.

»Bot'niza ist ein transnationales, militärisch organisiertes

Netzwerk für Fortschritt und Forschung. Ein echter Machtfaktor. Aber auch ein Mythos!«

»Mythos?« Dions Blick verschleiert sich, als würde ihr Synth-Hirn den Begriff in internen Biodatenbanken suchen.

»Bă, ein Trick, um gefährlicher zu wirken, als du es bist – habe ich in meiner Gamingzeit oft angewandt.«

Ihre Gegnerinnen waren dadurch schon vor Beginn des Wettkampfs eingeschüchtert.

»Gamingzeit?«, fragt Dion, »in welcher Epoche lebst du jetzt?«

Kawi lacht auf. »Bă! In der Weltrettungszeit?«

Tell lächelt. Dion schaut zum Fenster. »Sie warten auf eine Antwort.«

»Bitte. Geht nicht.« Kawis Stimme ganz weich. Tell schaut überrascht auf.

»Sie haben Strom«, schwärmt Dion, als wäre es Nahrung.

»Bă, dann geht doch!« Kawi rollt mit den Augen.

»Sie haben behauptet, sie hätten Strom«, schränkt Tell ein und weiß zugleich, dass die Entscheidung bereits gefallen ist.

Etwas haben sie Kawi noch nicht erzählt.

»Es gibt eine Bedingung …«, beginnt Tell und kann sehen, wie sich Kawis Gesichtshaut anspannt. Ahnt sie, was kommt?

»Sie wollen mich dabeihaben?«

Tell öffnet den Mund, bringt aber nur mühsam hervor. »Woher?«

»Bă, Trolls waren meine größte Fangruppe! Mashara! Wieso habt ihr nicht den Mund gehalten?«

Tell weicht einen Schritt zurück, fühlt sich von Kawis Worten wie vor den Kopf gestoßen. »Woher sollten wir wissen …«

Kawis Blick springt zu Dion. »Bă! Du hast es gewusst, oder?«

Dion zuckt mit den Schultern. »Wer kennt nicht Kawasaki? Das hat uns die Einladung ins Camp verschafft.«

Kawi knurrt leise.

Tell versteht nicht viel vom VR-Gaming. Keine einzige Liga hat er verfolgt, und doch sagt auch ihm der Name etwas. Eine Legende. Dass die Legende jedoch was mit Kawi zu tun hat, das bringt sein Hirn nur schwer zusammen.

»Sus, hör zu«, Dion geht einen Schritt auf Kawi zu, »was ich dir jetzt sage, wird dich überzeugen mitzukommen.«

EIN GLEISSENDES FELD aus Solarpanels, umstellt von einem rauschenden Wald aus Windturbinen. Ein Mikrogrid, gebaut aus Proto-Schrott. Kawi ist beeindruckt. Solartrolls sprechen nicht nur ihr eigenes Mush, sie haben sich auch ihre eigene Stadt errichtet. Im Zentrum von Proto. Das ist tollkühn.

Mit dem Camper fahren sie ganz nah ran. Kawi trägt Tells Helm und seinen alten Motorradanzug. Als sie damit aus dem Camper klettert, spürt sie nichts vom Wind und der Hitze. Nichts von den scharfkantigen Plassekörnern und dem leicht ätzenden Dampf des Regens. Als würde sie in einem Raumanzug eine fremde Atmosphäre durchqueren. Leichter Schwindel befällt sie. Der Körper kapituliert. Die Beine brechen weg. Dion und Tell helfen ihr hoch und eskortieren sie die wenigen Schritte zum Eingang, der so schief und niedrig gebaut ist wie der Eingang zu einem Stollen.

Gahda erwartet sie dort, die Höhe des Eingangs scheint genau auf Gahdas Größe angepasst worden zu sein. Dion, Tell und Kawi müssen sich ducken.

Überhaupt hier sein zu dürfen haben sie Gahda zu verdanken. Laut Dion ist Gahda eine große Kawasaki-Fan-Troll. Kawi war eine der wenigen, die das Ende des glamourösen Neurogamings überlebt hat – ein Publikumssport, der live in Tauchbecken gefüllt mit Neurosubstrat aufgeführt wurde. Damals gab es noch die Ressourcen dafür. Heute ist Gaming auf virtuelle Welten begrenzt.

Kawi schließt die Augen, verlässt sich auf Dion und Tell. In ihrer Brust zuckt das Herz. Eine antike Maschine. Etwas Mechanisches, das kurz vor dem eigenen Ende ein letztes Mal überdreht. Seit Kawi denken kann, wünscht sie sich ein Synth-Herz, wie Dion es trägt. Biochemisch optimiert für den Puls der virtuellen Welten.

»Welkom in Solarståd!«, ruft Gahda im Troll-Dialekt und geht voran den dunklen Gang entlang. Kawis Schwindel ebbt ab. Die nahen Wände geben ihr Halt. Das fehlende Licht schärft ihre Sinne.

Im Halbdunkel tauchen Trolls auf. Zu groß für die niedrigen Gänge, müssen sie sich ebenfalls ducken. Im Gesicht tragen sie klobige Brillen, die aussehen wie Nachtsichtgeräte. Damit wenden sie sich Kawi zu oder schauen ihr nach. Es sind viele. Ihre Gesichter jung. Die Haut um den Mund und am Hals zerfressen von Bläschen und Rötungen. Wunden, die sich nicht mehr schließen wollen. Trolls, stellt Kawi fest, sehen nicht aus wie Menschen aus Europolis, wie Biosynths oder Bots. Zu gern wüsste Kawi, was es mit den Brillen auf sich hat. »Sind das umgebaute VR-Brillen?«

Gahda grinst sie an und sagt: »Schmetterlingsaugen.«

»Bă, was?«

Gahda hält inne, zieht ihre Brille vom Kopf und hält sie Kawi hin. Dion und Tell bleiben ebenfalls stehen.

Ohne zu zögern, setzt Kawi die Troll-Brille auf, schaut zu allen Seiten. Eine Welt in Lila und Blau. Fluoreszierende Muster flackern an Wänden und Böden. In den Kabeln scheinen sich die Muster zu bewegen. Selbst in der Luft strömen Linien und Pünktchen in Neonlaserfarben.

»Eish! Magniv!«, ruft Kawi und zieht die Brille ab. Gahda nickt ihr zu, und Kawi reicht die Brille weiter an Dion und Tell. »Frumii!«, ruft Dion.

»Mucho Magniv«, ergänzt Tell, sobald er hindurchgeschaut hat.

»Elektromagnetische Felder?«, fragt Dion.

Gahda nickt. »Strom, der durch die Luft fliegt. Auch UV-Licht wird dadurch sichtbar und radioaktive Strahlung.«

Die Wunden in ihren Gesichtern, denkt Kawi. Wie nah sind wir dem Reaktor? Sie spürt einen kalten Griff in der Brust.

Gahda nimmt die Brille zurück. »Ti leei, schaut damit mal Proto an – das ist wie in Sol und ins All zugleich schauen.«

Je weiter sie gehen, desto enger werden die Gänge. Mehr und mehr Kabel liegen auf dem Boden oder hängen von der niedrigen Decke. Ein System aus Schächten – so komplex, dass Kawi sich nicht die Mühe macht, den Weg zu erinnern.

Tell stöhnt: »Eish! Ohne Hilfe finden wir hier nie mehr raus.«

Der Gedanke macht Kawi nicht so unruhig, wie er sollte.

Dion hatte recht: So eine Gelegenheit kann sich Kawi nicht entgehen lassen. Dafür schlägt ihr Gamingherz zu hart.

Ein unabhängiger solarbetriebener Webserver für illegale Games – im Phantomnetz wurde darüber geraunt. Ein Raunen, dem Kawi gern gelauscht hat. Ein freier Server, von dem eigene Spiele gestreamt werden können. Radikal und leise – das hatte Kawi von Trolls nicht erwartet.

Sie betreten einen Tunnel, der sich schnell zu einer niedrigen Halle verbreitert. Mehrreihig stehen hier Serveraquarien. Grün fluoreszierende Kästen gefüllt mit Neurosubstrat und biosynthetischen Quantencomputern. Das ist keine Ware aus Europolis. Das ist feinste TekNoir. Kawi vermutet Street-Tech aus Mumbai. Dank des Neurosubstrats strahlen die Kästen kaum Hitze ab. Überall dazwischen wuchern Kabel. Mühsam klettern sie durch das Gestrüpp aus Leitungen. Manche glühend heiß. Die Isolierung offenbar brüchig oder zerschlissen.

»Trotzdem ist es nicht so warm, wie es hier drin sein sollte«, murmelt Kawi.

Gahda schaut sichtlich stolz. »Doppelte Böden und Wände, durch die unsere Turbinos gekühlte Luft pusten.«

Kawi fragt sich, ob der geheime Serverraum von Proxi so ähnlich aussieht.

Da steigt ein Körper aus dem Kabelsalat wie aus einem Nest.

»Assia, Game-Designerx«, stellt Gahda die Person vor. Feine Gesichtszüge, die sich nicht mehr lesen lassen, in denen die roten Bläschen einzigartige Muster bilden.

An den nackten Armen und Beinen klebt getrocknete Plasse. Kawi vermutet, dass das kein Zufall ist. Vielleicht schützen die Krusten aus Mikroplastik vor Wind und Sonne, die darin enthaltenden Chemikalien reizen allerdings die Haut.

Im Gesicht von Assia thront das klobige UV- und Strom-Sichtgerät. Auf dem Kopf fehlen alle Haare. Sie folgen Assia in einen Nebenraum, der dunkler und wärmer ist. Im Boden sind Vertiefungen eingelassen, in denen Solartrolls wie tot daliegen.

»GanstaGaming?«, fragt Kawi.

In Europolis ist intranvenöses Gaming verboten. Zu immersiv, zu schädlich für Körper und Psyche.

»Was spielen sie?«, will Kawi wissen. Ihr Mund trocken, die Zunge schwer.

Tell schnappt nach Luft. »VR-Koma? Das ist illegal. Gefährlich!«

Kawi grunzt ein Lachen. »Capitána Obvius!«

Dion kichert. Gahda zeigt ein böses Grinsen.

»Was spielen sie?«, wiederholt Kawi. Der Hals so trocken, dass ihre Worte wie ein Krächzen klingen.

Mit ausdrucksloser Miene antwortet Assia: »Spiele, die von der Vergangenheit handeln.«

Kawi nickt. »Jetzt nach der Zukunft bleibt nur der Blick zurück, was?«

Assia erklärt: »Das Game handelt von Ölkonzernen und recycelt Visuals aus Industriefilmen.«

Gahda streichelt zärtlich Assias Hand. »Bă, unseren ersten Server haben wir aus alten Autobatterien und Mikrocomputern gebaut!«

Assia nickt. »Selbst jetzt ist alles komprimiert, keine hochauflösenden Graphiken, kein Rendering, das größere Mengen an Strom erfordert.«

»Euer Solarserver steht im Zentrum einer Postklima-Landschaft. Es ist oft dunkel und wolkig. Ihr könnt nicht immer auf das Game zugreifen, nehme ich an?«

Gahda grinst. »Nicht alles muss jederzeit verfügbar sein.«

Sie hat recht, denkt Kawi. Vielleicht vermindert das sogar die Suchtgefahr des VR-Komas.

»Bă, voller Zugriff«, fügt Assia hinzu, »das ist so eine kapitalistische Denkweise.«

Gahda umfasst Assias Hand und sagt: »Wir wollen Menge Trollemeke …«

Beide Trolls suchen nach einem passenden Euromisch-Ausdruck, finden keinen.

»Protopisch«, sagt Assia.

Weder Dion, Kawi noch Tell kennen das Wort.

Gahda erklärt: »Wir glauben nicht, dass es eine Ewigkeit gibt, sondern viele. Das hier ist die Solartroll-Ewigkeit.«

»Menge Trollemeke, in Möglichkeiten denken«, übersetzt Dion.

WAS SIE IHNEN geben würden, sind ihre Schmetterlingsaugen, was sie im Tausch dafür haben wollen, bleibt zunächst unklar.

Zumindest für Tell. Er spürt, dass da etwas Unausgesprochenes ist. Er bemerkt auch, wie sich Dion und Kawi verändern, sobald sie die Mulden sehen. Tell weiß wenig über GanstaGaming, aber er kennt die Gefahren des VR-Komas. Gehirnerschütterung. Gedächtnisverlust. Wunde Körper vom langen Liegen. Das Verbot hat er daher nie in Frage gestellt. Er starrt immer noch auf die scheintoten Gesichter in den Mulden, während Kawi und Dion bereits mit den Trolls verhandeln. Assia stammt aus Mumbai und spricht nur wenig Euromisch. Gahda übernimmt daher das Reden.

»Du spielst eine Runde gegen uns, dafür bekommt ihr nicht nur Vorräte, sondern auch unsere Brillen.«

Tell blinzelt. »Wesh, bre, wesh. Eine Runde von was?«

»Ofiget'«, sagt Assia, und Tell weiß nicht, ob das Solar-Mush ist.

Kawi erklärt: »So heißt das Game.«

Beide Trolls nicken.

»Darf ich auch mitspielen?«, fragt Dion.

Alle schauen irritiert. Deshalb erklärt Dion: »Ich habe ein natürliches Talent dafür.«

»VR-Savant?«, fragt Gahda.

»Bă, wie! Meine neuronalen Netzwerke sind ans VR-induzierte Träumen gewöhnt.«

Assia schaut neugierig: »Ah, implantierte Gaming Engine?«

»PI-Netzwerk«, antwortet Dion, und Assias Augen leuchten auf.

»Was bedeutet das?«, Gahda scheint genauso wenig zu verstehen wie Tell.

»Das bedeutet«, brummt Kawi, »sie kann das VR-Koma ziemlich gut wegstecken.«

»Und du?«, will Tell wissen, »Sus, was macht das mit dir? Warst du nicht süchtig danach?«

Kawi presst die Lippen aufeinander, bis sie farblos werden.

Gahda starrt Kawi an. »Süchtig? Das wusste ich nicht.«

Auch Assias Blick verändert sich. Tell spürt, dass Kawi ihm das übel nimmt. Aber er macht sich ehrlich Sorgen. »Wirst du davon nicht rückfällig? Weißt du, wie dein Körper darauf reagieren wird?«

Kawi dreht den Kopf weg und knurrt: »Mashara! Was geht dich das an?«

Tell weicht einen Schritt zurück. Furcht und Ärger ätzen seinen Magen. Er versucht, sich zu sammeln. »Sus, wir haben noch was vor zusammen. Deine Sicherheit ist mir wichtig.«

Kawi nickt. »Du hast recht.« Sie wendet sich an Assia und Gahda: »Wie sieht es mit Fail-safe-Injektionen aus?«

Gahda grinst. »Oh, wir haben BestShit aus Pulau.«

Niemand hat davon gehört. Gahda reibt sich die Hände. »Lasst uns anfangen, bevor das Wetter umschlägt.«

Die Vorbereitungen sind nicht so intensiv, wie Tell es sich gewünscht hätte. Kawi und Dion werden in einen kleinen sauberen Raum geführt. Dort bekommen sie von Gahda Schmerzmittel und BestShit gespritzt. Kurz danach die erste Injektion aufbereitetes Neurosubstrat. Anschließend müssen sie zwei Stunden dort sitzen – falls es zu Reaktionen kommt. Erst danach dürfen sie in die Gaming-Mulden und an den Neurosubstrat-Tropf. Für Tell sind das zugleich die längsten und kürzesten zwei Stunden seines Lebens. Während er neben Kawi und Dion hockt, die ausgestreckt auf Steri-Matten liegen, bangt er, dass die beiden in einen anaphylaktischen Schock geraten. Gahda sitzt ebenfalls dabei, in der Hand eine Adrenalin-Fertigspritze mit Autoinjektor. Nur eine, weil alle davon ausgehen, dass Dion keine braucht, was Tell wiederum Sorgen bereitet. Er hätte sich ein Notfallteam aus medizinischen Bots gewünscht. Aber Bots gibt es in Solarståd nicht.

Auch keine Biosynths. Jedenfalls hat er keine gesehen. Und so wie Gahda und Assia von der Seite starren, haben Solartrolls nicht viel mit Biosynths zu tun. Ihm fällt auf, dass Gahda den Blickkontakt mit Dion bewusst meidet. Stattdessen schwärmt sie von Kawis Liga-Erfolgen. Dabei kommt raus, dass Dion zu jung ist, um noch das glamouröse Gaming im Stadion miterlebt zu haben. Ab und zu schauen andere Solartrolls vorbei. Manche grüßen Gahda, manche starren Kawi an und verschwinden dann wieder. Es ist offensichtlich, dass viele kommen, um die Gaming-Legende und den Biosynth-Menschen zu bestaunen.

Tell möchte am liebsten seine Arme um Dion und Kawi legen. Sie vor den Blicken schützen, die ehrfürchtig, aber nicht freundlich wirken.

DIE GAMING-MULDE fühlt sich heiß an, offenbar führen Kabel durch den Boden. Kawi ist die Wärme unangenehm, und sie fragt sich, wie es Dion damit geht. Ob es sie stört. Dion lässt sich nichts anmerken. Ihre Augen flackern wie zwei warme Lichter.

Als Gahda sie beide festgurtet, damit sie sich im VR-Koma nicht selbst verletzen, denkt Kawi daran, wie Dion jede Nacht schläft: angeschnallt auf dem Vordersitz.

Kawi schaut zu Tell, der ungewöhnlich blass aussieht. »Sus, der Plan ist sicher«, versucht sie, ihn zu beruhigen. Dabei wundert sie sich, warum die Solartrolls nicht gefragt haben, was sie hier eigentlich zu suchen haben. Ist es ihnen egal? Oder werden sie Tell befragen, sobald Dion und Kawi im Game und damit ausgeschaltet sind?

Ein ungutes Gefühl macht sich in Kawi breit. So sehr sie Trolls für Freiheitswillen und Widerspenstigkeit schätzt, so sehr fürchtet sie die Kompromisslosigkeit und den Zerstörungswillen, die damit einhergehen.

Plötzlich macht sich Kawi Sorgen um Tell.

Die Infusion mit dem Neurosubstrat wird angeschlossen. Tell beugt sich zum Abschied über die Mulde. Kawi weiß nicht, was über sie kommt, aber sie umschlingt seinen Hals, zieht ihn zu sich. Er starrt sie an. »Kawi ...«

Über sich selbst erschrocken lässt sie los, sackt zurück in die Mulde. Ihr Mund möchte noch etwas sagen, aber das Gehirn weiß schon nicht mehr, was.

Der Drift beginnt.

SIE KENNT DAS, hat es oft genug erlebt, und doch ist es dieses Mal anders als jedes Mal davor. In der Mulde neben ihr liegt Kawi reglos, als würde sie schlafen. Tell schaut herüber, reicht seine Hand zum Abschied. Dion sieht, wie sich ihre eigene Hand ihm entgegensteckt, wie sich beide Hände berühren. Aber sie spürt es nicht. Da ist jetzt eine dicke Mauer um sie herum. Unsichtbar. Sie versucht, sich zu erinnern, ob und wenn ja, welche Fail-safe-Injektion sie im Lab bekam. Es gab immer so viele Injektionen und Tabletten.

Die Mauer wird dicker. Pünktchen flirren, schweben auf sie zu. Zugleich ist da ein neuer Druck am Kopf. Sie blinzelt, und als sie das nächste Mal die Augen öffnet, öffnet sie Schmetterlingsaugen.

TELL SCHAUT IHNEN beim Verschwinden zu, nur ihre Körper bleiben zurück. Er kennt den Anblick von Toten. Menschen, die einen Augenblick lebendig und im nächsten Hüllen sind. Dort, wo er herkommt, hat er vielen beim Sterben zugesehen. Tod hat ihn nie an Schlaf erinnert. Auch Dion und Kawi sehen nicht aus, als ob sie schliefen. Stattdessen brüllen ihre Körper eine Abwesenheit – so absolut, dass ihm übel wird.

Gahda steht neben ihm, reicht ihm eine Troll-Brille. Einen Moment hält er das klobige Stück Tech in der Hand. Es ist schwer, zerkratzt und abgenutzt. Der Gedanke, dass Kawi und Dion dafür ihr Leben riskieren, erscheint ihm plötzlich so absurd, dass er auflacht. Ein Lachen, das weh tut. Mit zitternden Fingern zieht er die Brille über die Augen. Gahda hilft ihm, sie festzuschnallen. Das Gerät schaukelt, sitzt jedoch überraschend bequem. Er blinzelt, braucht eine Weile, um den Input zu verarbeiten. Noch erkennt er nicht viel, glaubt aber zu spüren, dass sein Sehnerv bereits glüht wie ein überstrapaziertes Kabel. Abertausende Pixel schwirren umher, setzen sich zu nichts zusammen. Als wären sie Kratzer auf einem Screen. Er versucht, sie zu ignorieren. Ignoranz ist schon lange ein Survival Skill. Apathie gilt als Tugend.

Überall kriecht und fließt es. Er konzentriert sich auf Kawis Gesicht, das seltsam hell und zweidimensional erscheint. Dann lässt er seinen Blick über Kawis Körper wandern. Eine muskelbepackte One-Person-Army. Kawi in seiner Nähe zu haben ist wie in einem tiefen Schatten zu stehen – entspannend, beruhigend, lindernd.

Die Mulde, in der Kawi liegt, scheint zu schimmern. Zuerst hält er es für Einbildung. Er geht in die Hocke, schaut genauer hin. Winzige Ameisen. Die Mulde ist voll damit. Sie graben sich unermüdlich durch Wände, klettern übereinander. So viele Ameisen! Sie fressen Plasse, scheiden das Mikroplastik als feine Fäden aus. Fäden, die sich durch die Mulde ziehen, miteinander verweben zu haarfeinem Licht. Einen Moment verliert sich Tell in den Mustern. Dann reißt er sich los, schaut sich um. Die Ameisen sind wirklich überall! Aber in den Mulden konzentrieren sie sich. »Wesh, bre, wesh, was ist das?«

Gahda versteht zuerst nicht. Er zeigt in das Gaming-Grab.

»Was ist mit Kawi und Dion – tun die Ameisen ihnen nichts?«

»Bă, die tun ihnen nichts, bete lieber, dass die beiden wieder aufwachen.«

Tell starrt in Gahdas Gesicht. Die offenen Wunden und Bläschen sehen durch die Brille wie funkelnde Ornamente aus. »Was meinst du damit?«

»Es gibt immer wieder Leute, die nicht mehr zurückkommen.«

Tell schluckt. »Auch Biosynth-Menschen?«

Gahda zuckt mit den Schultern. »Keine Ahnung. Spannend – oder?«

Tells Blick springt zu Dion. Kaltes Prickeln wäscht über seine Kopfhaut. So stark, dass er zuerst glaubt, dass sei nicht Angst, sondern eine Fehlfunktion der Troll-Brille.

Erzeugt die Brille bloß eine gut programmierte Mischrealität? Virtuelle Halluzinationen, die sich gekonnt über die Welt legen – alles schöner und lebendiger machen, als es tatsächlich ist?

Es gibt einen Weg, das herauszufinden. Erneut streckt er einen Finger nach den Ameisen aus. Ein schillernder, dreigliedriger Panzer mit wimperfeinen Beinen klettert auf seine Fingerkuppe. Tell bildet sich ein, eine Resonanz im Körper zu spüren. Ein inneres Zittern, das auf etwas antwortet.

»Tu das nicht. Schenk ihnen bloß keine Aufmerksamkeit.«

Tell kann sich vom Anblick der Ameise nicht losreißen. »Ist das nicht seltsam? Alle Tiere und Landschaften, an die wir uns erinnern, stammen aus virtuellen Welten und sind tot. Und alles, was wir vergessen haben, lebt!«

»Bă, Proxi! Solche Tech-Utopien sollten uns bloß psychologisch auf ein Leben in künstlichen, denaturierten Welten vorbereiten. SolarWelt ist ganz anders. SolarWelt ist endloses Gaming.«

Tell hört nur mit halbem Ohr zu. »Schau nur, wie die Ameise sich vorwärtsgräbt – immer vorwärts, zu keinem neuen Ort, und trotzdem mit Begeisterung.«

Gahda spuckt aus. »Die Gaming-Mulde ist ihr Uterus. Proto ist das Grab des Planeten.«

Tell schaut auf. Gahda lacht, und ihre abgesplitterten Zähne schillern.

Er schüttelt den Kopf. »Nein, Sus, die letzte Landschaft ist nicht das Grab des Planeten. Proto ist nicht tot.«

Gahda kratzt sich am Hinterkopf. »Proto ist nie das eine oder das andere. Immer ein Extrem vom Kern bis zu ihren weitesten Ausläufern.«

Tell nickt. »Etwas, das zugleich zerfällt und wächst.«

»Genau, bloß müssen wir lernen, das wahrzunehmen. Das Wachsen um uns herum.«

»Deshalb die Brillen?«

Die Ameise krabbelt in die Mitte seiner Handfläche. Tell sieht die Beinchen, spürt, zeitlich versetzt, zarte Berührungen. Fein wie Haare, die seine Haut kitzeln. Da hält die Ameise inne, versucht, sich in die Haut zu graben. Ein wohliges Zucken in Tells Wirbelsäule. Stromschläge durch Knochen und Haut. Tell starrt auf die kreisenden Bewegungen. Sie malen ein Muster, das er versucht zu lesen. Am liebsten möchte er sich die Haut aufkratzen und die Ameise tief hineinlassen. Mit dem Fingernagel bohrt er direkt neben der Ameise, kann es kaum erwarten.

Eine fremde Hand packt ihn am Handgelenk.

Als er aufschaut, blickt er in das Gesicht von Assia. »No, no, no.«

Gahda lacht und sagt etwas, das Tell nicht versteht. Wahrscheinlich Solar-Mush. Assia schaut verärgert. Mit einer schnellen Handbewegung streicht Assia über Tells Hand, streicht die Ameise fort. Das winzige Tier landet direkt vor ihm im Sand. Assia zieht Tell nach oben, auf die Beine. Verwundert schaut er auf die blutende Stelle, dann zu Gahda und Assia. Die Ameise war es nicht. Die Wunde hat er sich selbst zugefügt.

Gahda grunzt vor Lachen.

Einen Moment verweilt er auf den winzigen Verletzungen in Gahdas Gesicht, die durch die Brille zu kunstvollen Ornamenten werden. Zum ersten Mal glaubt er zu verstehen, was sie wirklich bedeuten.

Gahda bemerkt seine Blicke. »Die Ironie ist: Wir ernähren uns vegan, aber auf unserer Haut leben eine Menge fleischfressender Mikroben. Menschen verzichten darauf, uns anzuschauen. Verzicht – die hohe Kunst nach dem Kollaps.«

Tell bohrt einen Finger in die Wunde auf seiner Hand. »Sind Trolls nicht Team Kollaps?«

Gahda hebt bedeutsam die wuchtigen Brauen. »Ha, selbst den Kollaps lassen wir kollabieren …«

»Proxi?«

Gahdas Lächeln stirbt. »Hätten wir gern zerstört, aber jemand war schneller.«

»Habt ihr eine Ahnung, wer?«

»Wer immer das war, muss ein Tech-Savant sein – und die meistgesuchte Person in Europolis …«

Tell macht eine Kopfbewegung zu Dion und Kawi: »Wie lange noch?«

»Das kommt darauf an.«

»Worauf?«

»Ob sie das Game gewinnen.«

SIE ERHEBEN SICH aus den Gaming-Mulden wie aus Gräbern. So wie jedes Mal im Lab schaut Dion zurück auf ihren Körper, der wie tot in der Erde liegt, umgeben von einem gelben Schein. Kawi blickt nicht zurück. Gaming ohne Gnade.

Sie tragen beide Troll-Brillen. Öffnen sie die Menüs, finden sie allerhand Ausstattung. Waffen, Schutzanzüge, Karten. Neben ihren Gräbern steht Gahdas Avatar und winkt ihnen zu. An dem eingeblendeten Balken über Gahdas Kopf leuchten keine weiteren Aufträge.

Wir müssen ins VR-Lab und Assia finden

Kawis Worte erscheinen als Txt vor Dions Augen und als Tonspur ingame. Dion nickt. Zusammen machen sie sich auf den Weg. Das Lab ist auf der Karte eingezeichnet. Während sie laufen, überprüft Dion das Waffenarsenal. Davon erhofft sie sich eine Vorstellung zu erhalten, was sie im Lab erwartet.

Das Ingame-Lab ist auf den ersten Blick identisch mit dem Lab, in dem sie Assia das erste Mal getroffen haben. Assias Avatar steht bereit. Worte werden ausgetauscht. Schnell ist klar, dass dahinter kein Troll, sondern bloß das Programm steckt. Sie versprechen, für Assia Proben zu besorgen. Von draußen. Dion wirft Kawi einen schnellen Blick zu.

Sus, keine Sorge, ingame kann ich überallhin

Dion nickt. Draußen finden sie Solartrolls, die Schrott aus Proto reinigen, um daraus Solarpanels zu hämmern. Von ihnen bekommen sie weitere Hinweise. Nicht weit von Solarståd finden sie ein Loch, wo Trolls mit selbstgebauten Handbohrern den Boden zerwühlen. Dort sollen sie Proben sammeln. Durch die Brille wabert das Mikroplastik als Meer aus Neonflammen. Jedes Mal, wenn Dions Blick sich auf eine Stelle konzentriert, sieht sie Ameisen. Unzählige Ameisen. Sie zoomt hinein. Plastikfressende Insekten? Sie durchsucht die Ingame-Datenbanken. Die wenigen Einträge stammen von Assia. Zufall? Ist das Sammeln von Proben überhaupt der richtige Auftrag?

Dion, was machst du?

Ich glaube, ich habe die RealMission gefunden

Bist du sicher? Sind noch keinen Tag hier

Siehst du die Ameisen?

Bă, Capitána Obvius, sie sind überall!

Zoom mal rein, sie zerschneiden Plastikstückchen

Beide gehen in die Hocke und beobachten, wie die Ameisen aus Plastiglomerat Teile herausschneiden. Die gezackten Schnipsel leuchten in unterschiedlichen Farben. Von allen Seiten werden sie herangetragen und vor ihnen im Sand abgelegt. Wie Puzzlestücke setzen die Ameisen die herausgesägten Farben zu winzigen neoexpressionistischen Bildern zusammen.

Dion und Kawi starren darauf, als gäbe es etwas zu entschlüsseln. Kleine Arbeiterinnen kommen und zerlegen die zusammengetragenen Kunstwerke in Einzelteile von einem Millimeter Durchmesser, die von noch kleineren Ameisen zerkaut, zu winzigen Kügelchen geformt und zu einem glitzernden Haufen zusammengetragen werden.

Kawi schaut sich um, lenkt Dions Blick auf bunte Schwämme, die sich bei genauerem Hinsehen überall in der Plasse befinden. **Das bauen sie daraus. Aber warum?**

Schau, sie sind mit irgendeiner Schicht überzogen

Lass uns davon eine Probe entnehmen

Dion ist einverstanden. In einem Untermenü finden sie das dafür passende Werkzeug. Eine Spritze und einen verschließbaren Behälter.

Assias Auftrag müssen wir trotzdem erfüllen, sonst gibt es keine Punkte

Kawi hat recht. Sie stehen auf. Überall, wo sie jetzt hinschauen, wimmelt es von Ameisen.

Dion hält inne. **Werden es immer mehr?**

Kawi dreht den Kopf zu allen Seiten. **Mashara, ist das irritierend. Ich kann gar nicht geradeaus blicken**

Auf dem Weg zu Assia kommen sie an den grabenden Trolls vorbei. Als sie ins freigeschaufelte Loch schauen wollen, werden sie von einer unbekannten Kraft nach hinten gerissen. Andere Trolls. Sie rufen und wedeln mit den Schaufeln: **No!**

Dion schwankt. Der Schrecken über den Angriff presst sich wie eine Faust in ihren Unterleib. **Kawi, sie verbergen etwas**

Kawis Txt überschlägt sich. **Sus, was, wenn DAS die RealMission ist?!**

Dion nickt, geht einen Schritt nach vorne. **Lasst mich durch!**

Ein Troll stellt sich ihr in den Weg, zieht eine Waffe. Instinktiv weiß Dion, dass es zum Kampf kommen wird. Bevor sie reagieren kann, löst sich bereits der erste Schuss. Das war Kawi. Sie schießt und reißt Dion zu Boden. **Mashara! Mucho Mashara!**

Die Trolls feuern zurück. Kawi und Dion suchen Deckung hinter einer Felsformation. Mehr und mehr Trolls kommen. Kawi schießt, trifft. Dion schätzt, dass Kawis Ingame-Lebenszeit die Lebenszeit jenseits von VR schon lange übertrifft. Schnell ist klar, dass der Schusswechsel orchestriert ist. Scharfe Schnitte und ein Soundtrack, der in den Eingeweiden wummert.

Kawi, es sind zu viele!

Dion hat mehrere Schüsse abbekommen und hebt den Arm vors Gesicht. Ein Stumpf. Die Hand daran fehlt. Sie kann nicht mehr schießen.

Dann Rückzug, sendet Kawi.

Dion weiß, dass ihre Hand da draußen noch existiert. Der Verlust fühlt sich trotzdem endgültig an. Kawi hinkt.

Hat es dich erwischt?

Statt zu antworten, schaut Kawi grimmig und hastet weiter. Zurück nach Solarståd. Dort sind sie jetzt nicht mehr gern gesehen, gelten als mordende Eindringlinge. Es wird bereits nach ihnen gesucht.

Mehrere Solartrolls sind verletzt. Drei von ihnen hat Kawi getötet. Einige Avatare haben so gut gekämpft, dass Dion sicher ist, dass sie von Trolls gesteuert wurden.

Zurück zu Assia. Los!

Dion bekommt plötzlich Zweifel. **Was, wenn es eine Falle ist? Wenn wir erst mal in Solarståd sind, kommen wir nicht mehr raus.**

Das klingt nach Endgame

Kawi humpelt los in den Bau der Trolls hinein, durch Gänge immer tiefer ins Herz von Solarståd. Dion folgt ihr. Schon werden sie aufgespürt. Kawi schießt wie blind und doch treffsicher. Eine echte Legende. Dion ist stolz, an ihrer Seite kämpfen zu dürfen.

Mehr und mehr Avatare werfen sich halsbrecherisch in die Schusslinie. Kawis Avatar grinst. **Das sind Fans aus Pulau oder Mumbai, die sich nur dafür eingeloggt haben: einmal im Leben von Kawasaki eliminiert zu werden! Ha!**

Kein Wunder. Der Ingame-Tod wird auf ewig in ihrer Gamingbio stehen. Das ist besser als jedes Selfie!

Auch Kawi durchschaut das und lacht ihr Mörderinnenlachen.

Es werden immer mehr. Hält der Troll-Server das aus? Dion rechnet jede Sekunde mit dem Absturz. Kawi hinkt und schießt und lacht. Zusammen laufen sie wie auf der Kante eines Wolkenkratzers – jeden Moment kann es vorbei sein. Dunkelheit. VR-Absturz. Das wird ihnen aufs Hirn schlagen. Die Sinne zerschneiden, das Herz katapultieren.

Dion ahnt, Kawis Herz tickt genauso Kamikaze wie ihres. Ein Blick genügt, um das zu wissen. Txt ist nicht mehr nötig. Kopf voran stürzen sie sich die Gänge hinab. Gewinnen ist nicht mehr wichtig. Jetzt geht es nur noch um dieses magniv Gefühl.

Ein Kribbeln steigt in Dion auf. Sie besitzt den Code, um SolarWelt zu zerstören. Ihre Gedanken bestehen aus diesem Code. Selbst in die synthetischen Zellen ihres atmenden Körpers scheint der Code eingespeist. Ich bin die perfekte Synthese von Information und Materie. Einerseits ein programmiertes Informationsmuster bis in die synthetischen Zellen hinein. Andererseits eine optimierte physische Struktur von den Neocarbon-Knochen bis in die mit Silikon und Dermafüllstoffen enhancte Haut. Die Versuchung ist groß, das Game zu kippen. Den Code wie Sprengstoff hervorzuholen und loszulassen auf das Gemetzel. Zu sehen, was dann passiert. Das Ende vom Ende?

Mashara, Dion, steh nicht einfach rum bis zum Game Over!

Kawi erwischt zwei weitere Trolls. Ihre Fans jubeln, senden zerschossene Herzen, und Kawi sammelt sie alle ein.

Dion übermittelt eine Abkürzung über verschlüsselten Txt. Sie erreichen Assias Labor und schlagen die Tür hinter sich zu. Game-Designerx wartet bereits. Allen ist klar, das ist der Showdown. Die Dialoge tun nur noch so, als wüssten sie davon nichts.

Was habt ihr getan?

Wir haben dir eine Probe mitgebracht

Dion will Assia den Behälter übergeben. Assia weicht zurück. **Das ist nicht das, was ich wollte**

Es geht um die Ameisen, die überall sind. Stimmt's?

Dion hält Assia erneut den Behälter hin. **Unlock RealMission**

Endlich nimmt der Avatar den Behälter, gibt den Inhalt in ein Neutrinokular-Mikroskop.

Bildaufnahmen werden als Holo an die Wände projiziert. Dion zeigt darauf. **Das stellen die Ameisen aus dem Plastiglomerat her**

Plasse-Schwämme, erwidert Assia. Es klingt fast schon gelangweilt.

Dion zeigt erneut auf die Schicht Farbe, die den Schwamm bedeckt. **Was ist das?**

Assia dreht am Mikroskop. **Sieht aus wie ein Pilz**

Dion denkt nach. **Meinst du, die Ameisen züchten ihn?**

Zuerst glaubt Dion, dass Assias Avatar nachdenkt. Zehn Ingame-Sekunden rührt er sich nicht.

Eingefroren. FreezeBlock!

Kawi hat recht.

Dion befürchtet das Schlimmste. **Game Over? Jetzt schon?**

Kawi schüttelt den Kopf, und im fast gleichen Moment rührt sich Assia, wie erwacht aus einem Schlaf. **Latenz**, sagt Kawi. **Endgame Skript aktiviert**

Assia geht hinüber zum Mikroskop, entnimmt die Probe und trägt sie weiter zu einer unscheinbaren Maschine. Als Dion mit der Hand darüber gleitet, wird das Wort **Zentrifuge** eingeblendet.

Ja, sie ernähren sich davon. Der Pilz besitzt einen besonderen Wirkstoff

Dion hat bereits solche Kampagnen gespielt. **Der Wirkstoff für ein Medikament**

Assia lacht. **Oder eine Droge**

Mitten im Lachen passiert der zweite FreezeBlock.

Kawi spricht jetzt mit verzerrter Stimme. **deRserVerbricHtmachdiChbEreit**

Dion will etwas sagen, aber ihr Txt setzt sich nicht mehr zusammen **w/'?y <**

ΞLΞKTRO-COCKTAILS – das sind gezielte Stromimpulse ins Hirn. Tell ist dagegen. Er sieht zu, wie sie bei den anderen Trolls durchgeführt werden. »Nur wenige Sekunden«, erklärt Gahda, »neuronale Übererregung«

Angeblich ist der Server abgestürzt. Tell fragt sich, wie oft das passiert. Die Ersten erwachen aus dem VR-Koma. Sie wirken verwirrt. Manche übergeben sich direkt in der Mulde. Andere bleiben liegen, starren mit offenen Augen, als wüssten sie nicht, wo sie sind.

»Was sind die Nebenwirkungen?«

Gahda lacht. »Frag lieber, was passiert, wenn wir es nicht tun.«

Tell bricht der Schweiß aus. Er zieht die Brille vom Kopf. »Mashara. Dann tut es.«

Er fühlt sich hilflos und verantwortlich. Sie fangen bei Kawi an.

Drei Impulse. Dann schlägt sie die Augen auf, krümmt sich unter Krämpfen. Tell setzt sich zu ihr, legt eine Hand auf ihre Schulter. Sie schaut ihn an und scheint ihn zu erkennen. Gahda kümmert sich bereits um Dion.

»Skit!«, knurrt Gahda, sichtlich angestrengt.

Tell schaut auf. »Was ist?«

»Fünf Impulse, und sie wacht nicht auf. Mehr als fünf geben wir nicht.«

Tell beugt sich zu Dion. Sie liegt wie tot. Leer. Abwesend.

Er schüttelt Dion an der Schulter. »Mashara, gebt ihr noch einen.«

Gahda zögert. »Das schmort das Hirn weg.«

»Mach schon – los!«

Gahda prüft die Kabel an Dions Schläfen, dann dreht sie erneut an dem Kasten in ihrer Hand. Nichts.

»Noch mal!«

Gahda schüttelt den Kopf und hält Tell das Gerät hin.

»Was muss ich tun? Was?«

Wortlos zeigt Gahda auf die Taste und das Rädchen.

Tell drückt. Nichts. Gahda schließt die Augen. Plötzlich ganz ruhig. Solartrolls schauen her und schnell wieder weg. Kawi setzt sich auf, beugt sich zu Dion, nimmt deren Hand, versucht Dion aufzurichten.

Tell drückt erneut die Taste.

Strom fließt. Ins Leere.

KAWI REISST das Kabel ab. »Mashara, willst du sie umbringen? Gib dem Synth-Herzen Zeit – es tickt langsamer.«

Wie um Dion abzuschirmen, legt sie ihr einen Arm um die Schulter. Tell schiebt seine Hand unter Dions Rücken. Schlaff hängt der Synth-Körper zwischen ihnen.

Ist sie tot?

Kawi wagt es nicht, das auszusprechen, aus Angst, es dadurch erst Realität werden zu lassen. Sie weiß, was sie will: Dion in den Camper bringen. In Sicherheit. Sie schaut zu Tell. Er versteht und reicht ihr seinen zerbeulten Motorradhelm. Kawi zieht ihn auf. Zusammen greifen sie Dion unter die Arme und schleifen deren schweren, leblosen Körper mit sich. Als würden sie Dion von einem Schlachtfeld transportieren. Die Solartrolls schauen ihnen schweigend hinterher.

Kawi senkt den Blick, und als sie das nächste Mal hochschaut, ist Tells Gesicht mit Tränen überströmt.

»Hey, sie wird schon wieder.«

»Wie kannst du dir da so sicher sein?«

Tells Stimme feucht, gepresst.

»Sus, ihr Körper wurde dafür gebaut. Vom Geburtstank an VR-robust.«

Tell wischt sich über das Gesicht und über den Bart. »Glaubst du das wirklich?«

Kawi antwortet nicht. Sie kann nicht sprechen, nur nicken. Bloß nicht anmerken lassen, dass sie mit dem Schlimmsten rechnet.

ZUM ERSTEN MAL ist der SolarCamper ein Zuhause. Seine vom Eishagel zerbeulte Solarhaut umschließt sie wie eine Umarmung nach einem langen Tag. Sie legen Dion quer über die Vordersitze, schnallen sie an – machen alles so, wie sie es beim Schlafen am liebsten mag. Bloß soll sie nicht schlafen, sondern aufwachen. Kawi und Tell lehnen sich über den Sitz und schauen in Dions Gesicht, als könnten sie mit reiner Willenskraft Dion in diese Realität zurückholen.

»Vielleicht hätten wir sie in Solarståd lassen sollen. Trolls kennen sich bestimmt mit VR-Koma aus.«

Kawi schüttelt den Kopf. Dabei zweifelt sie daran, das Richtige getan zu haben. Hat das Game sie so überstürzt handeln lassen? Hat sie deshalb das Gefühl, aus Solarståd fliehen zu müssen? Die Solartrolls aus dieser Realität sind nicht hinter ihnen her. Vielleicht hätten sie sogar eine Behandlung für Dion gewusst. Vielleicht.

»Bis sie aufwacht, sollten wir hierbleiben. Zur Sicherheit.«

Kawi nickt, unfähig zu antworten. Dion ist starr und stumm wie ein Baum. Bei diesem Gedanken wird Kawi ganz ruhig. Ihre Muskeln erschlaffen, bis sie nichts mehr fühlt. Äußerlich still, fließt es innen weiter – das Leben. So wird es auch bei Dion sein – hoffentlich.

Die Nacht versprüht sich wie ein Kampfstoff. In der hereinströmenden Dunkelheit sitzen Kawi und Tell vollkommen gelähmt.

Nur langsam kehrt Kawi zurück, steigt in ihre Arme und Beine wie in einen Anzug, spürt das Kribbeln der Finger wie einen zu engen Handschuh. Das Klopfen in der Brust wie eine schlecht sitzende Sprengstoffweste. Ihre Finger strecken sich nach der Troll-Tech, für das sie ihr Leben riskiert haben.

Ganz langsam zieht sie die Brille über.

Tell ist schön. Damit hat sie nicht gerechnet. Sein Bart schimmert. Sein Gesicht ein Geäst aus zarten Linien. Falten, Konturen. Wie von Hand gezeichnet. Alle Gesichtszüge klar, aber nicht symmetrisch. Ein Kunstwerk, erstellt von einem magischen außerplanetarischen Algorithmus. Entspannung breitet sich in Kawi aus, weicht alles Harte auf, lässt sie schmelzen.

»Was ist?«, will Tell wissen.

Sie fühlt sich wie ertappt, schaut schnell zu Dion und zieht die Luft ein. Bereits ohne Brille besitzt biosynthetische Haut einen unheimlichen Glanz. Jetzt mit der Troll-Tech fließt sie in Wellen, besitzt die Tiefe und die Bewegung eines Ozeans. Auch Tell setzt die Brille auf, und für einen Moment verlieren sie sich beide in Dions Gesicht.

Dann murmelt Kawi: »Was ist das? Eine Mischrealität?«

»Eine Art Nachtsicht- und UV-Licht-Gerät oder etwas ganz anderes.«

»Programmiert? Echtzeit?«

Wie von einer plötzlichen Eingebung gelenkt, schwenken beide ihre Gesichter zur Seite und schauen hinaus in die unwirklichste Nacht, die sie je gesehen haben. Die Landschaft scheint zu brennen. Ein loderndes, unterirdisches Feuer, das tief in der Wüste wabert und schwelt. Feuerblumen blühen überall rund um Solarståd. Rauch in Türkis, Gelb und Neongrau steigt daraus empor, bohrt bunte Tunnel in den Nachthimmel.

»Sie verbrennen Müll«, sagt Kawi. Der Gestank muss entsetzlich sein. Der Anblick ist es nicht. Im Gegenteil. Dann hören sie einen Gesang, der von den Solartrolls kommen muss. Kawi spürt, wie die Stimmen an Tell ziehen, ihn nach draußen locken. Direkt zu Monae sprechen.

»Willst du gehen?«

»Nur wenn du mitkommst.«

Kawi zögert, nicht nur, weil sie immer noch das Draußen fürchtet. »Was ist mit Dion?«

»Wir nehmen sie mit. Der Gesang ...«

»Du glaubst, er kann sie aufwecken?«

Ein absurder Gedanke, der, kaum ausgesprochen, Sinn ergibt.

»Wenn es nicht klappt«, Kawi schluckt, »bringen wir sie zurück nach Solarståd und fahren allein weiter.«

Tell muss nichts sagen. Beide spüren, dass es das einzig Richtige ist. Er nimmt Dion am Kopf, sie nimmt Dion an den Füßen. So ziehen sie den schweren Körper nach draußen, immer auf die Lagerfeuer zu. Wenige Meter von den Feuerblüten entfernt legen sie Dion ab. Die Solartrolls singen unbeirrt weiter. In Fünfergruppen sitzen sie um die chemisch riechenden Flammen. Der Gesang bleibt ein fremdartiges Nuscheln, hoch und dissonant. Lose erinnert er an das Rauschen, das Programme erzeugen, wenn sie sich selbstreinigen. Gebrochene Melodien steigen auf, bauen sich immer wieder neu zusammen, trennen sich dabei in immer feinere Splitter. Tell und Kawi sitzen nebeneinander, Dion vor ihnen ausgebreitet. Ihr Kopf auf Tells Knien. Kawi lässt den Blick schweifen und entdeckt die vielen winzigen Einschusslöcher am Himmel, durch die schwaches Licht fällt. »Was ist das?«

Tell schaut nach oben. »Satelliten? Fremde Sonnen?« Er kann sehen, dass Kawi nicht daran glaubt.

Trotzdem sagt sie: »Vielleicht. Das wäre schön.« Gedankenverloren bohrt sie einen Finger in den Sand. Daneben eine Assel mit flachem Körper, zarten Beinen und langen Fühlern – fast so lang wie eine Hand. Kawi ist überrascht, dass sich das Insekt nicht fürchtet. Sie denkt an die Schnecke, die sie nach dem Regen im Schlamm entdeckt hat. »Proto ist nicht tot. Proto ist der Puls des Planeten.«

Sie schaut zu, wie die Assel über ihre Finger steigt und sich dann in den Sand wühlt.

»Wenn Proto der Puls ist, was bedeutet das für den Planeten?«

»Ich weiß es nicht.«

Sie sucht nach dem Insekt, aber es ist verschwunden. War es überhaupt da? Oder ist das alle nur eine gut programmierte Troll-Halluzination? Sie schaudert. Zugleich wird ihr bewusst, dass sie draußen sitzt. Weder links noch rechts sind Wände, die ihren Körper halten könnten. Leichter Nachtwind streift ihr Gesicht wie eine fremde Hand. Der chemisch-süßliche Geruch der Feuer dringt in ihren Hals, legt sich über ihre Stimmbänder. Und der Neonschein blendet sie. Sie atmet die Nacht und das Draußen, und der Gedanke verursacht Schwindel. Das ist der Kontakt mit Proto.

Neben sich hört sie ein leises, kieseliges Raunen. Es schneidet sich durch Luft und Kawis Brust. Tell singt sanft und voluminös, wie von unsichtbaren Stimmmodulen verstärkt – wie Monae.

Ähnlich einer wärmenden Decke umhüllt der Sound Kawis Körper. Alles an ihr konzentriert sich auf Tells Gesang. Ein sich selbst eliminierender Fokus. Eine Meditation.

SICHTBAREN STERNENHIMMEL – wann hat er so etwas das letzte Mal gesehen? Er glaubt sich zu erinnern, das Holobild eines Sternenhimmels vor vielen Jahren in einem Wartezimmer entdeckt zu haben. Eine ganze Nacht hat er damit verbracht, das Bild anzustarren. Obwohl er erst sieben oder acht Jahre alt gewesen sein muss, wusste er, dass sie in dem Wartezimmer auf nichts anderes als den Tod warteten.

Er war es, der die kleine Cousine gefunden hatte. Zusammengerollt wie ein Wurm unter Schutt. Der helle Staub verschloss ihre Augen, ihren Mund, selbst aus den Ohren quoll das Weiß. Die sonst braune Haut so hell wie die Default-Einstellung eines Proxi-Avatars. Auch auf seiner eigenen Haut, in seinen Haaren, klebte der giftige Staub. Ein weißes Pestizid, dass der Bauschutt freigesetzt hat und dass er erst abwaschen wollte, wenn der Tod seiner Cousine medizinisch bestätigt worden war.

Wenn er jetzt nach oben schaut, sieht der Himmel aus wie das Videobild im Wartezimmer. Als wären sie im Zentrum aller Dinge, und der Himmel fließe glitzernd an ihnen vorbei.

Ein Seufzen entweicht seiner Kehle – ein Seufzen, das er in die Länge zieht, damit spielt wie mit einem elastischen Band.

Tell ist erstaunt über Monaes Stimme. Sie klingt weit, beinah unendlich unter diesem Himmel und zugleich gepresst, konzentriert. Monae lässt die Stimme von den Sternen herabsinken. Auf die Solartrolls. Auf Dion. Mit Entsetzen muss Tell feststellen, dass weiße Asche in Dions Wimpern hängt, in ihrem Haar.

Monae singt weiter, findet Melodien, die sich wie eine zweite, dunkle Tonspur in den Sprechgesang der Trolls schmiegen, sich von da in die Landschaft weben.

Durch die Troll-Brille scheint Proto zu brennen. Feuer schwelen in Regenbogenfarben, Wind trägt Asche wie Schnee. Unter der Wüstenhaut wabern Farben, als fließe dort Magma. Monaes Stimme steigt auf wie Dampf, zugleich befreit vom Körper und darauf angewiesen.

Köpfe heben sich aus dem Plassesand. Nagetiere mit spitzen Zähnen und pupillenlosen Nachtaugen. Ihre Körper katapultieren sich in die Höhe, stabilisiert von langen Ohren, die gleich zwei Rudern in alle Richtungen kippen. Beuteltiere. Ohne Fell. Ihre Haut so körnig und glänzend wie das Mikroplastik, aus dem sie entstiegen sind.

Es sind viele.

Manche Trolls stehen auf, um ihnen Platz zu machen. Auch Kawi rückt zur Seite und zieht die angewinkelten Beine näher heran. Neben ihren Füßen krabbeln mehrere Hüpfer. Sobald sie abheben, synchronisieren sich ihre Sprünge zu einem einzigen Organismus. Wie Noten zu einer Symphonie, denkt Monae und staunt, weil die Tiere trotz der vielen Hoch- und Quersprünge nicht zusammenstoßen. Auch scheint niemand sie anzuführen. Stattdessen wechseln sie ständig die Position. Jedes Mitglied kann offenbar Springmanöver initiieren, die dann als Welle alle anderen ergreifen. Durch konzentriertes Beobachten der Ränder glaubt Monae, einzelne Manöver und Richtungsänderungen vorausahnen zu können.

Hunderte Körper werden so zur aufsteigenden Wolke – in Form

einer Träne. Beim nächsten Sprung die eines Schmetterlings. Zuletzt ein Strudel, der über die Dünen davonjagt. Die Lagerfeuer der Solartrolls reflektieren auf den nackten Körpern. So tragen sie das Licht fort, verlöschen in der Ferne. Monae sieht und singt.

Sie glaubt zu spüren, wie die elektrische Aktivität in ihrem Hirnstamm sich allmählich anpasst. Die langsamen Rhythmen regulieren ihre Stimmung und andere biologische Prozesse wie Herzfrequenz und Atmung. Wie von selbst wiederholen sich darin musikalische Motive, bauen eine Spannung auf, spielen mit den Vorhersage- und Belohnungsschaltkreisen ihres Gehirns. Neurotransmitter wie Dopamin und endogene Opioide werden freigesetzt, lindern Schmerzen. Weil ihr das heute so gut gelingt, spürt sie die neurochemischen Veränderungen als musikalisches Schaudern auf der Haut. Ein intensives ästhetisches Erlebnis, genau wie das synchronisierte Springen der Beuteltiere. Monae weiß nicht, ob die Tiere echt oder programmiert sind. Sie weiß nur, dass sich alles zusammenfügt. Die Tiere in die Landschaft und die Landschaft in den Gesang.

Sie hält einen Ton, lässt ihn wegrollen als Wind, lässt ihn fallen und dann aufsteigen wie einen koordinierten Sprung. Der Ton näht ihr Leben in das der Landschaft, verschränkt alles miteinander. Erst als er verklungen ist, löst sich der Saum, und Stille fällt wie ein Vorhang. Monae wird sich der vielen Trolls bewusst, die herüberschauen. Sie kann die Gesichter nicht lesen. Sind sie erschüttert? Entspannt?

Plötzlich erscheint ihr die Idee einer Landschaft, die eins zu eins kartographiert werden kann, absurd. Der Akt der Benennung vermittelt eine falsche Vorstellung von der Realität: dass da draußen etwas ist, das in mundgerechte Stücke zerbrochen und ausgesprochen werden kann. Zum ersten Mal wird ihr klar: Es gibt keine Landschaft. Zumindest nicht in diesem organischen, einigenden Sinn, wie es das ehrgeizige Wort vermuten lässt. Trotzdem war das lange die Grundannahme über den Planeten – über seine Realität. Als wären wir fähig, das Wesen der Landschaft bis ins Innerste zu kennen. Vielleicht ist es das, was die Tech der Solartrolls zeigt: Unsere Welt ist polyreal, es gibt immer zugleich mehrere Realitäten. Schnelle wie Kriege und Pandemien und langsame wie Klimawandel und Artensterben. Wir müssen immer zugleich durch kleinere Erschütterungen und den großen Sturm navigieren.

ALS KAWI die Augen aufrollt, starrt sie direkt in den weiß gemauerten Himmel und glaubt, sich in einem Game zu befinden. Sie hat von den Ameisen geträumt, die Schwämme aus Mikroplastik herstellen. Ihr wird bewusst, dass sie sonderbar atmet, und fragt sich, ob sie schreien soll. Stattdessen betastet sie ihre Stirn. Die klobige Troll-Brille liegt neben ihr. Im Schlaf muss sie abgefallen sein. Alle Knochen schmerzen. Trotzdem setzt sich Kawi auf. Um sie herum liegen die Solartrolls zusammengerollt wie Larven wund und widersprüchlich in der Landschaft. Genauso fühlt sich Kawi auch: wund und widersprüchlich. Die Landschaft dagegen strahlt eine besondere Ruhe aus. Eine fast meditative Leblosigkeit. Der Boden glitzert im noch schläfrigen Licht eines jungen Tags. Dion liegt genau wie gestern, steif und verloren. Tell reibt sich die Augen und schaut überrascht. Seine Brille liegt ebenfalls im Sand. Der Morgenwind trägt einen feuchten Brandgeruch vor sich her. Zart und bitter wie Koffein. Ein plötzlicher Schüttelfrost befällt Kawi. Ihr Körper kommt mit der Weite nicht klar, will instinktiv gegen etwas fallen oder stoßen. Ihm fehlen die Wände. Als könnte Tell ihre Gedanken lesen, legt er einen Arm um sie.

Kawi klappert mit den Zähnen und schaut zum SolarCamper.

Tell versteht. Zusammen packen sie Dion, ziehen sie hoch und schleifen sie zum Bus. Dion scheint heute schwerer als gestern zu sein. Als hätte das VR-Koma sich mit etwas vollgesogen, das sich wie Gewichte in Dions Gliedmaßen absetzt. Im Bus machen sich Tell und Kawi über Trockennahrung her. Zusammengepresste Proteine, die nach altem Benzin schmecken. Haben die Solartrolls Motoröl in die Riegel gemischt? Kawi hört ein Rauschen. Es klingt nach einem riesigen Instrument.

Ihr Blick wandert zum Fenster. Dort spielt sich etwas Seltsames ab. Wie im Bann einer fremden Macht erheben sich die Solartrolls und trotten zurück nach Solarståd.

»Was ist das für ein Sound?«

»Der Wind verfängt sich in den Hohlräumen zwischen den Solarpanels«, mutmaßt Tell.

»Ha, wie in einem Instrument.«

Tell nickt. »Die Stadt ruft nach ihnen.«

»Und sie folgen dem Ruf.«

Es klingt melancholisch, unheimlich, schön. Kawi verspürt den unbändigen Impuls, nach draußen zu gehen, um es besser hören zu können. Ohne zu zögern, öffnet sie das Fenster, neigt sich wie eine Pflanze den Tönen entgegen und wächst zur Musik wie zum Licht.

Warme Schattierungen gedämpfter Klangfarben hüllen sie ein. Bassschwer und doch leicht. Klar und doch geheimnisvoll.

Kawi muss an das Game denken. An die sonderbare Schicht, die Ameisen auf Plasse-Schwämmen züchten, um sich davon zu ernähren. Ein neuer Pilz? Stream-Bilder von Müllstrudeln in toten Ozeanen schießen ihr in den Kopf. Nachrichtenagenturen berichteten davon. Auf der obersten Schicht Müll siedelten sich mit der Zeit immer neue Meeresorganismen an. Die Freude war groß, global. Muscheln, Wasserläufer, Krebse und Seeanemonen gediehen auf Plastik! Über sie gelangte der Müll jedoch noch schneller in die Körper von Vögeln, Fischen, Menschen. Am Ende beschleunigten die neuen Arten das Große Sterben. Die nahrhafte Kunststoffschicht versiegelt heute alle Meere. Die darauf wachsenden Proteine werden von Maschinen geerntet und gereinigt. Sie zählen zur nachhaltigsten Nahrung dieser Welt. Tod und Leben sind auf diesem Planeten untrennbar miteinander verwoben.

Raues Krächzen reißt Kawi aus ihren Träumereien. Am Himmel kreist ein dunkler Punkt.

»Shozo!«

Aber das kann nicht sein. Warum sollte der Vogel zurückkommen? Hat der Sound ihn hierhergelockt? Die Punkte vermehren sich. Eine dunkle Spirale schwirrt über Solarståd. Ist Shozo wirklich einer der Punkte dort oben? Würde es einen Unterschied machen?

Und dann: ein langgezogenes Seufzen. Ein neuer Sound. Wo kommt der her?

Dion hat sich aufgerichtet, schaut über den Sitz. Ihre Augen noch trüb vom Koma. Sie hustet. Ihre Stimme heiser und belegt wie nach einer schweren Krankheit. Sie kann sich kaum aufrecht halten, hat sich aber selbst abgeschnallt. Keuchend atmet sie durch den Mund, als wäre ihre Nase gebrochen. Schon ist Tell bei ihr, hilft ihr über den Sitz, damit sie zwischen ihnen am großen Rückfenster Platz nehmen kann.

»Was ist das …, Musik?«

»Das ist die Solarståd«, sagt Tell und hat nur Augen für Dion. Als wäre Dion eine Erscheinung, die sich erst langsam materialisiert. Ein GamingGeist.

Auch Kawi ist sich nicht sicher. Instinktiv fasst sie sich ins Gesicht, überprüft, ob dort die Troll-Brille hängt und ihr etwas vorspielt. Dann schaut sie auf ihre Hand. Zählt an jeder fünf Finger.

Nicht sechs wie in digitalen Welten oder bloß ein verschwommenes Bild wie in einem menschlichen Traum. Das ist echt. Dion ist wieder da.

Warum wundert sie sich? Synth-Menschen sind für VR gebaut worden. Kawi ist zugleich erleichtert und erschüttert. Ein Seufzer entweicht ihr. Lauter als beabsichtigt. Dion grinst, liest das Geräusch als Wiedersehensfreude. Ohne Warnung beugt sie sich vor und schließt Kawi in eine feste Umarmung, die ihr die Luft abschnürt und Knochen zum Schmelzen bringt. Eine Umarmung, die zugleich nimmt und gibt.

EINE ART Abschiedsritual – klar, beinahe kristallin. Ein Murmeln hoch und unheimlich, das jeden Moment in Gesang umzukippen droht. In mehreren Reihen haben sie sich um den SolarCamper aufgestellt, die Brillen aktiviert, und singsprechen mit aufgerissenen Mündern in zerfledderten Gesichtern. Kawi steht am offenen Fenster. Tell und Dion sind nach draußen getreten. Die Trolls versuchen, uns so etwas wie Respekt und Wertschätzung entgegenzubringen, denkt Kawi. Sie weiß, dass Kawasaki für die Solartrolls eine Legende ist. Ein Mythos. Sie spürt die Anbetung förmlich, die unter Trolls immer zugleich etwas Anarchisches hat. Eine zärtliches Chaos. Kawi muss bei dem Gedanken lächeln. Weil Dion nicht gleich aus dem Koma aufgewacht ist, haben die Trolls für Dion weitere Injektionen gebracht. Gute Gaming-Drogen, für die sie in Europolis eine Menge Proxi-Punkte ertauschen könnten. Aber dorthin werden sie nicht mehr kommen. Die Gewissheit knistert schmerzhaft hinter der Stirn. Trotzdem haben sie die Troll-Geschenke angenommen.

Gahda und Assia stehen in der ersten Reihe. Blicke treffen sich, und einen Moment fürchtet Kawi, dass die beiden ihr Herz auslesen können. Dass sie wissen, was Kawi vorhat. Für Solartrolls ist der Untergang von Proxi bloß eine Apokalypse von vielen. Während Kawi am Fenster steht und dem Troll-Murmeln lauscht, denkt sie daran, was Gahda gesagt hat:

»Fahrt nicht weiter! Proto hat einen Totpunkt – ein Zentrum –, so wie unser Planet einen Kern hat. Der Totpunkt war zuerst da, hält alles zusammen. Wenn sich das Zentrum verschiebt, fällt es auseinander. Bloß sobald du da drin ist, verschiebt sich alles, dein Gleichgewicht, alle Sinne konvex, holozentrisch, unmöglich, da wieder rauszufinden.«

Kawi hat so getan, als beeindrucke sie die Warnung kein bisschen.

»Pah, so schlimm kann es nicht sein, wenn jemand davon zurückkam, um euch das alles zu erzählen.«

Darauf sagte Gahda nichts mehr, und Assias Gesicht verhärtete sich. Jetzt stehen beide wenige Meter vor ihr und singsprechen, als ginge es um ihr Leben. Vielleicht sprechen sie Formeln, die ihnen Glück bringen sollen, oder sie fluchen auf übelstem Maschinencode. Kawi würden den Trolls beides zutrauen. So wie sie Gahda erlebt hat, würde sich das im Denken der Solartrolls gegenseitig nicht ausschließen.

Vom seltsamen Gesang der Trolls angelockt, nähern sich mehrere Vögel. Sie segeln weit oben. Wieder glaubt Kawi, dass Shozo darunter ist. Die Schreie der dunklen Punkte klingen heiser. Sie erinnern an das Knirschen von alten Bauteilen im Wind. Ist es nicht seltsam, denkt Kawi, dass solche Tiere früher für die Schönheit ihres Gesangs bekannt waren?

Singvögel kennt Kawi nur aus Proxi, hält sie aber für einen falsch überlieferten Mythos. Heute scheinen sich Vögel von Melodien herbeirufen zu lassen, produzieren selbst aber nur Lärm.

Dion übernimmt das Steuer. Sie fahren los. Die Solartrolls treten beiseite. Ihr Gemurmel wird lauter, rivalisiert mit dem Geheul der Motoren. Erst als Solarståd schon lange von Dünenketten verschluckt worden ist, schließt Kawi das Fenster. Tell sitzt vorne neben Dion. Kawi sitzt hinten allein und verfällt in ihre Starre. Da glaubt sie etwas zu hören. Etwas, das sich in die Motorengeräusche mischt. Aber viel unmelodischer ist.

Ein Vogel?

Erneut öffnet sie das Fenster, streckt den Kopf in den Fahrtwind wie in schnell fließendes Wasser. Das Gefühl ist beängstigend, erinnert an einen waghalsigen Sprung in VR mit einer Überdosis Meds. Als wäre sie unter Wasser, glaubt sie keine Luft zu bekommen. Dabei ist sie umgeben von Luft. Direkt über ihr segeln drei Vögel wie aufgehängt im Wind. Nur einer gibt Laute von sich. Kein Zweifel mehr. »Shozo!«

Tell kurbelt vorne das Fenster herunter und schaut ebenfalls hoch und lächelt. Das erste Mal seit langer Zeit, denkt Kawi. Oder kommt es ihr nur so vor? Sein Lächeln ist schön. Es verwandelt sein Gesicht, macht es flüssiger, lässt Monae durchschimmern.

»Sus, wer sind die anderen?«

Kawi knurrt. »Woher soll ich das wissen?«

»Ihre Fami?«

Das ist Dion. Kawi ist überrascht, dass Dion das Wort überhaupt in ihrem Wortschatz hat.

»Vielleicht begleitet uns Shozo einfach ein Stück«, murmelt Kawi. Bis zum Totpunkt von Proto wird sie hoffentlich nicht fliegen. Sie sagt das nicht laut. Aber alle wissen, was sie denkt. Was sie sagt, ist: »Wenn ein Vogel mit uns zum Zentrum fliegt, kann es nicht so schlimm sein.«

»Ich bin froh«, sagt Tell, »dass Shozo wieder bei uns ist.«

»Mashara, was, wenn sie ohne uns da draußen nicht überleben kann? Ein wildes Tier, und wir haben es zahm gemacht.«

Zu ihrem eigenen Bedauern hat sie das laut gesagt.

»Vielleicht sind wir Shozos Fami, genau wie die Vögel ihre Fami sind. Vielleicht will sie deshalb bei uns sein.«

Ewas an Dions Aussage trifft Kawi. Sie hört etwas, das sie vorher noch nicht gehört hat. Bloß weiß sie nicht, was es ist.

Zu gern hätte sie jetzt Dions Gesicht gesehen, doch Dion schaut nur stur geradeaus. Sie fährt nicht mehr so schnell. Etwas ist anders an ihr. Etwas hat sich in ihr bewegt. Eine Nachwirkung vom Koma? Kawi behält auch diese Theorie für sich. Zum ersten Mal fühlt sie sich verantwortlich. Für zwei andere Leben. Vielleicht sogar drei, wenn sie Shozo mitzählt. Ihr Plan war von Anfang an eine Selbsttötungsmission. Für immer drinnen. Sie wollte für immer in den Back-up-Dateien von Proxi verschwinden.

Manche halten das Weiterleben im Back-up für eine Legende oder Lüge. Kawi glaubt, dass etwas dran ist. Für ewig als Panther-Avatar in einer künstlichen Welt umherspringen. Sicher in Pixel verpackt. Kawi ist nicht dumm. Sie weiß, dass ein Upload nicht funktioniert, dass sich ihr Denken nicht einfach vom Körper lösen und in ein Programm speisen lässt. Aber sie weiß auch, dass es diese letzte Simulation gibt, kurz vor dem Tod, und dass die letzte Simulation sich wie die Ewigkeit anfühlen kann. Fami, denkt sie. Sie hofft wirklich, dass Dion und Tell das hier nicht für eine Art Familie halten. Zumindest Tell wird es besser wissen.

Dion fährt weiter, und Tell summt leise vor sich hin. Kawi will sich der Starre hingeben. Da fällt ihr Blick zum Behälter, in den sie gestern den ausgebuddelten Schwamm eingesetzt hat. Ein Pilz, der vielleicht weiterwächst. Sie hat ihn in die Erde gedrückt, dort, wo die Samen der Elder liegen.

Wie lange liegen die Samen schon dort? Tage, Wochen, Monate? Kawi hat jegliches Zeitgefühl verloren.

Jetzt passiert es. Endlich. Erde bricht auf. Eine zarte grüne Spitze drückt sich durch. Kawi glaubt nicht, was sie sieht. So schnelle

Bewegung? Ganz nah geht sie ran. Es stimmt, da ist etwas, und es kommt aus der Erde. Aufgeregt zieht sie sich die Troll-Tech über, zoomt ins Flirren. Pünktchen steigen aus dem Schwamm auf. Der Behälter ist voll mit Ameisen. Kawi weiß nicht, ob sie schon immer da waren oder erst im Schwamm geschlüpft sind.

Eine dunkellila Schicht bedeckt den halb eingegrabenen Plasse-Schwamm. Direkt daneben bricht das Grün hervor. Eine Winzigkeit. Aber da. Kein Zweifel. Es verschwindet nicht. Selbst als sie die Brille absetzt. Kawi testet das mehrmals. Dann erst entschließt sie sich, Tell und Dion davon zu erzählen.

Sie reicht den Behälter nach vorn, und Tell hält ihn wie etwas Wertvolles, schaut mehrmals hinein. In seinen Augen tanzt ein Licht wie auf Wasser. Was ist das? Zuversicht?

Kawi schaudert, als ihr klarwird, dass sie am Totpunkt auch den jungen Halm auf dem Gewissen haben wird.

All das für ihre Idee von einem guten Tod. Für die Sehnsucht nach einer anderen Welt.

WIE ES WOHL wäre, die Welt zu beleben? Sie starrt in den Behälter und kann es nicht fassen: Einer der drei Samen ist aufgegangen. Vor ihren Synth-Augen entfaltet sich ein Blatt. Unerträglich langsam. Dion macht mentale Fotos davon. Bilder, die sie nie vergessen will und die noch nach dem Tod aus ihren neuronalen Netzwerken ausgelesen werden können.

»Heute ist es gar nicht richtig hell geworden.« Tell steht neben ihr, gebückt im engen Innenraum.

Ohne den Blick von dem winzigen halb entfalteten Blatt zu nehmen, sagt Dion: »Davor hat Gahda uns gewarnt. Im Zentrum von Proto ist das Wetter instabil. Der Wind weht konzentrisch.«

Tell schaut nach draußen. Bauchige Wolken kollidieren mit Dünen. Flackerndes Licht sammelt sich in der Mitte des Himmels wie in einer gelblichen Pfütze. Der Sand wird zu schwarzem Vulkanglas. Nur wenn er durch die Solartech-Brille schaut, wirkt alles lebendig.

Im Sand landen drei Vögel. Seit Solarståd sind sie da. Entweder kreisen sie über dem Camper oder fahren ein Stück auf dem Dach mit. Einer davon ist Shozo. Sie trägt jetzt Federn und ist größer. Eigentlich ist sie kaum unterscheidbar von den anderen beiden.

»Ich will wissen, was da draußen auf uns zukommt.«

Dion steht auf und folgt ihm. Kawi bleibt reglos am Fenster sitzen. Beide kennen das schon und fragen gar nicht mehr, ob Kawi mitkommt.

Die Luft schmeckt nach feuchter Kleidung, die lange Zeit zerknüllt herumlag und deshalb nie trocknen konnte. Ein klebriger Film legt sich über ihre Gesichter.

»In der Stadt schauen sie in den Himmel, auf dem Meer ins Wasser. Wir schauen in die Plasse. Und was sagt sie uns?«

»Es wird regnen«, antwortet Dion, und Tell ist stolz, weil sie gelernt haben, Proto zu lesen.

Die Dünen rauschen und beben. Der Sand scheint heute zu fließen. Bloß wohin? Was ist das Ziel?

»Wir sollten nicht mehr weiterfahren«, sagt Dion, nachdem sie die Wüste ausgiebig betrachtet hat.

»Aight, Sus, aight, wir würden stecken bleiben. Der Sand fließt bereits viel zu schnell. Wenn es jetzt noch regnet, dann wird es gefährlich, dann entstehen Strudel.«

Dion schaut zu Shozo und den beiden anderen Vögeln. »Sollten wir ihnen nicht einen Namen geben?«

»Willst du das?«

»Shozo und ihre Schwestern?«, schlägt Dion vor.

Sie macht einen Schritt in Richtung Shozo. Das beunruhigt die Vögel. Sie schlagen mit den Flügeln. Dion hält inne.

»Langsam, Sus, sie sind keine Menschen gewöhnt«, sagt Tell.

»Bă, ich bin doch gar kein Mensch.«

Tell schaut auf. Dion verzieht das Gesicht. Er streckt eine Hand nach ihr aus. »Warum sagst du das?«

»Weil es stimmt. Ich bin kein Mensch.«

»Für mich bist du es.«

»Gib es zu. Würdest du mich nicht kennen, wäre ich bloß eine Biosynth. Eine KI mit einem Körper aus dem Labor.« Dion senkt den Kopf.

Tell weiß nicht, was er darauf sagen soll. Er will nicht, dass Dion sein Schweigen als Ja umdeutet. »Nicht, Dion, bitte tu das nicht.«

Dion hebt den Kopf. Ihre Augen gläsern vor Wut. »Was? Was soll ich nicht tun?« Tell spürt die Hitze, die jetzt aus ihrem Gesicht schießt. Trotzdem geht er einen Schritt auf sie zu, die Hand immer noch ausgestreckt. Dion starrt darauf, als überlege sie, die Hand mit bloßen Blicken abzufackeln. Er bleibt stehen. »Was ist? Kann ich was tun?«

In den letzten Tagen ist das immer wieder passiert. Dieser plötzliche Zorn. Woher kommt er? Tell macht das Sorgen. Er glaubt, Dions Zustand hat etwas mit dem VR-Koma zu tun. Seit Solarståd hat sie keine Nacht durchgeschlafen. Stattdessen spricht sie im Schlaf, wälzt sich hin und her. Das Gelb ihrer Augen ist vom Schlafmangel ein dunkles Orange geworden.

Tell möchte ihr etwas geben, ihr zeigen, dass sie für ihn viel mehr als ein künstliches Wesen ist. Aber wie? Ihm fehlen die Worte. Und selbst wenn er sie wüsste. Worte sind so biegsam. Dion könnte alles daraus bauen. Waffen, die sie gegen ihn und gegen sich selbst einsetzt. Er streckt beide Arme aus, geht einen weiteren Schritt auf sie zu. Ihre Augen schleudern Magma. Aber er weicht nicht zurück. »Darf ich dich in den Arm nehmen?«

Er sieht, wie sich ihr Kiefer anspannt, wie die Spannung ihren Nacken und von da ihren gesamten Körper verhärtet. Wie gerade und unbeugsam sie dasteht.

Die Vögel werden still, schauen herüber, beobachten. Jetzt sind wir das Wetter, denkt Tell. Wollen sie wissen, was als Nächstes passiert? Ob es schlimmer wird? Er schmeckt Elektrizität in der Luft, und er weiß nicht, ob das der Anfang eines Sturms ist oder bloß von der Anspannung kommt, die Dions Körper produziert. »Darf ich?«, wiederholt er. Eine Wärme in der Stimme – das ist Monae. Ganz ungewollt. Dion schaut ebenfalls überrascht. Kann sie es auch hören? Diese neue Mischung aus Tell und Monae?

»Dion, du bedeutest uns so viel. Als du im Koma warst, haben wir dich nach draußen gebracht, dein Kopf lag in meinem Schoß, und ich habe für dich gesungen. Du kannst dir nicht vorstellen, wie froh ich bin, dass du wieder aufgewacht bist.«

Dions Kopf senkt sich auf die Brust. Alles an ihr scheint zusammenzubrechen. So verletzlich. Er wartet, unsicher, ob er einen weiteren Schritt näher treten soll oder ob sie das erschrecken könnte.

Seine Hand hängt in der Luft. Eingefroren in der Bewegung. Geöffnet für Dion. Da geht sie einen winzigen Schritt auf ihn zu. Damit hat er nicht gerechnet. Sein Herz pumpt. Sie geht einen weiteren, und er hat Mühe, still stehen zu bleiben. Unvermittelt lässt sie sich in seine Umarmung sinken wie in einen Ozean, und so versucht er, sie zu halten – leicht, weich. Er will ihr das Gefühl geben zu schweben. Er spürt, dass ihre Beine nachgeben, also lässt er seine ebenfalls einknicken. So sinken sie langsam zu Boden. Ihr Kopf rollt an seine Brust, und er versucht, sich möglichst nicht zu bewegen. Die drei Vögel sitzen jetzt ebenfalls dicht beieinander. Die Köpfe ins Gefieder gesteckt. Die Augen geschlossen. Ein wachsamer Schlaf ohne Angst. Tell schaut hinüber zum

Camper. Dort flackert ein Gesicht hinter der Fensterscheibe. Das schönste Gesicht, das er kennt. Er weiß, heute Abend muss er es ihnen sagen. Wie gefährlich der Totpunkt ist. Keine Geheimnisse mehr.

DIE LUFT RIECHT nach feuchten, verschmorten Kabeln. Aber es regnet nicht. Kein Donner und kein Blitz. Dion steht allein draußen und wartet auf den Sturm. Sie schaut schräg rüber zum SolarCamper. Ein warmes Licht strahlt durch die Scheiben, darin schwimmen Silhouetten. Köpfe, die sich so nah beieinander manchmal vermischen. Das sind Kawi und Tell. Dion findet es seltsam, den Camper so zu sehen. Wie eine Muschel im Sand, die Leben beherbergt.

Sie lenkt den Blick weiter zur Düne. Dorthin haben sich die Vögel für die Nacht zurückgezogen. Die drei lassen sich nicht mehr voneinander unterscheiden. Ein dunkler Pulk aus Federn. So halten sie sich warm, machen sich größer, falls Hunde vorbeiziehen – aber Hunde hat Dion schon lange nicht mehr gesehen. Oder schützen sich die Vögel so vor den Beuteltieren? Die Hüpfer kommen jede Nacht, sind kleiner als die Vögel – aber es sind viele. Dion wartet auf sie.

Mit den Köpfen voran springen sie aus dem Sand, ziehen hohe Bögen. Dion schnappt nach Luft. Es sind Hunderte. Ihre Bewegungen koordiniert und fluide. Wie heftig pulsierende Adern schießen sie aus dem Körper der Landschaft. Funken steigen auf. Der bunte Glitzer der Plasse. Durch die Brille glimmt der Boden, als fließe Licht hindurch. Unter der gesamten Wüste scheint es zu glühen.

Kawi nennt die Tiere Práskat nach einem bekannten Anime-Avatar, von dem Dion noch nie gehört hat. Trotzdem sagt sie es: »Práskats«, und es klingt richtig. In Wellen fliegen die Práskats davon, steigen auf und ab. Synchronisierte Pixel in einem Proximeer. Dion schaut ihnen hinterher.

Dann in den Himmel. Die Wolken sind fort. Also doch kein Regen mehr. Die Luft immer noch schwer wie ein nasses Handtuch. Dion versucht festzustellen, ob die Lichter am Himmel eine Projektion der Brille sind. Ohne Brille sind sie nicht zu sehen. Aber ist das schon Beweis genug? Vielleicht strahlen sie ein Licht aus, das im Block der künstlichen Atmosphäre untergeht wie in Schnee. Das glaubt zumindest Tell. Sie weiß, er will ihnen heute etwas Wichtiges sagen. Dion musste versprechen, nur so lange zu bleiben, bis die Práskats gesprungen sind. Warum bleibe ich dann immer noch draußen?

»Vielleicht weil du ihnen nicht mehr in die Augen blicken kannst. Weil du sie verraten wirst. Du schämst dich«, sagt eine bekannte Stimme in ihrem Kopf. Das sind Sätze, die alles verfaulen lassen.

Dion krümmt die kaputte Hand zur unförmigen Faust, schaut Tunnel in den Satellitenhimmel. Da kommt Wind auf. Ein warmer, feuchter Wind. Einen Moment schließt sie die Augen. Der Wind spielt mit ihr, zupft an ihren Drahthaaren, zieht an ihren Armen, stößt leicht in ihren Rücken. Dann etwas fester: Ein Hieb in die Seite, in den Bauch. Ein Tritt gegen die Beine. Die Angriffe kommen immer schneller, stoßen sie nieder, trampeln über sie hinweg. Sie stöhnt, schluckt Sand, kämpft sich erneut hoch. Breitet die Arme aus wie Flügel. Schon wird sie hochgehoben, steigt auf, fliegt. Aufgepeitschte Sandkörner schieben sich unter ihre Arme. Dion macht sich lang, lässt sich treiben wie auf Wasser. Breitet die Arme noch etwas aus, streckt die Beine noch mehr. Eine Welle aus Sand greift ihren Körper und schleuert sie nach oben. Ein Jauchzen entweicht Dion.

Die Landschaft bäumt sich auf. Ein einziger Organismus. Ein

riesiges Tier. Dion fühlt sich darin klein. Als wäre ihr Selbst geschrumpft. Das Gefühl ist nicht unangenehm. Sie spürt die Erhabenheit der Landschaft – und Glück! Von so einer Macht gesehen und berührt zu werden. Das vielleicht sogar zu überleben.

Aufregung, Adrenalin, Endorphine. Wenn sie nicht sterblich wäre, würde sie das nicht so intensiv spüren. Das Staunen, die Ehrfurcht. Sie lacht lauter. Dann strampelt sie sich frei, kämpft sich aus dem Sog. Proto meint es gut mit ihr – lässt sie entkommen. Auf allen vieren krabbelt Dion in Richtung SolarCamper. Ihr Körper gluckst und spuckt. Tell öffnet die Tür, zieht sie nach drinnen. Mikroplastik klemmt in ihren Atemwegen, rasselt in ihrer Brust und verstopft dumpf ihre Ohren, als wäre sie in der Tiefsee. Der Druck behindert das Atmen. Alles verschwimmt. Sie hustet, würgt. Kawis Gesicht erscheint vor ihr. Hart. Wie gehämmert. Sie holt aus und boxt ihr in den Rücken. Ein Beben, das den Druck verschiebt – endlich. Dion kann wieder atmen. Sie trinkt Luft wie Wasser, kann gar nicht genug bekommen. Dann lacht sie. Das Lachen rollt über sie hinweg. Es tut weh. Aber es tut gut.

»Mashara, geht's wieder?«, knurrt Kawi.

»Dion, ich dachte, du …«, beginnt Tell.

»Unglaublich! Mucho Magniv! Habt ihr das gesehen? Ich war so weit oben. Mit den Vögeln. Bin fast geflogen.«

Zusammen schauen sie nach draußen. In der Landschaft stehen Windstrudel, um sie herum fließen Dünen, heben und senken sich wie Wellen.

»Das sind konzentrische Winde!«, knurrt Kawi.

»Das sind Turbinen«, gluckst Dion, »Fahrstühle in den Himmel.«

Tell legt seine Hand auf ihre Stirn. Als wollte er Fieber messen. Er sieht besorgt aus, aber er lächelt. »Sus, ich bin froh, dass du zurückgekommen bist.« Dion wundert sich. Er sagt es so, als hätte er nicht damit gerechnet.

»Klar bin ich zurück. Du hast doch gesagt, ich soll kommen. Da sei etwas Wichtiges, dass du uns erzählen möchtest.«

Tells Gesicht fließt ins Grau. Plötzlich sieht er alt aus. Er räuspert sich. »Das stimmt. Ich muss euch etwas sagen. Mashara, ich hätte es euch gleich sagen sollen.«

Dion richtet sich auf. Der Ton in Tells Stimme macht ihr Angst. Auch Kawi richtet sich auf. An ihrem Hals treten Sehnen hervor.

Tell schaut von Dion zu Kawi, räuspert sich erneut. Als hätte er plötzlich keine Stimme mehr. Dabei besitzt er doch die stärkste, die schönste Stimme von allen. Dion schaut ihn erwartungsvoll an. In ihrem Bauch toben noch immer Energien. Aufgepeitschte Lebenslust. Chaotische Waghalsigkeit. Sie spürt das Knistern bis hoch in den Kopf. Das erinnert sie an psychotrope Stimulanzien, die sie im Lab immer dann bekam, wenn sie nach einem langen Arbeitstag noch einmal alles geben sollte. Von Willa meist etwas überdosiert, damit es sich für Dion mehr wie eine Freizeitdroge und weniger wie ein Aufputschmittel anfühlte. Für diesen Extra-Kick war Dion stets dankbar gewesen.

»Sag schon, Tell, was ist.« Tell senkt den Kopf, druckst herum, stottert.

Kawi schlägt mit der Faust auf den kleinen Tisch. »Mashara, raus damit!«

Der Behälter mit der zarten Elder-Pflanze hüpft hoch. Einen Moment starren alle auf das einzelne grüne Blatt, das nach Kawis Schlag lange nachzittert.

»Sie haben mich gewarnt.«

»Wovor«, will Dion wissen. Sie hat das Gefühl, eine wichtige Information verpasst zu haben. Als wäre sie kurz ohnmächtig gewesen.

»Wer hat dich gewarnt?«, fragt Kawi. Sie klingt gereizt, ungeduldig.

Tell räuspert sich und beginnt von neuem. »Vor dem Totpunkt. Die Elder – sie haben mich gewarnt. Sie haben gesagt, dass dort Knochen schmelzen.«

Kawi zieht scharf den Atem ein. Dion fragt sich, was das zu bedeuten hat. Ist Kawi wütend?

Beinahe zärtlich sagt Dion: »Bă, Capitána Obvius, das Zentrum ist totgefährlich, das wissen wir.«

Tell reibt sich die Augen und erwidert mit leiser Stimme. »Ich vermute, der Ort ist ein stillgelegtes Chemiewerk. Oder ein Reaktor.«

Kawi sagt nichts. Dion kann nicht einschätzen, was sie denkt. Ist sie wütend auf Tell? Weil er es nicht früher gesagt hat? Dion glaubt, so etwas wie Wut wahrzunehmen. Aber Wut ist etwas, das Kawi andauernd verströmt.

Als spürte sie Dions forschenden Blick, dreht Kawi sich zu ihr. »Dein biosynthetischer Körper verfügt doch bestimmt über Chemie- und Strahlenschutz. Aight, Sus, aight?«

Dion schüttelt den Kopf. »Ich glaube nicht, dass ich dafür gebaut wurde.«

Die Antwort scheint Kawi nicht zu gefallen. »Wieso glaubst du das? Du kommst da draußen so gut zurecht.«

Dion zuckt mit den Schultern, merkt, wie sie sich verspannt.

Tell legt ihr sanft eine Hand auf die Schulter. »Alles oki?«

»Mashara! Lass mich in Ruhe!«

Als hätte er sich an Dions Schulter verbrannt, schnellt Tells Hand zurück. Erst da wird Dion sich bewusst, dass sie geschrien hat. Ein hohes Fiepen bleibt in ihren Ohren zurück. Ihre Augenlider flattern. Reizüberflutung. Sensorischer Overload. Sie dachte, sie hat das hinter sich gelassen. Sie hat sich geirrt.

TELL NENNT DAS den Unterwassereffekt. Und es stimmt, denkt sie. Wenn Kawi jetzt nach draußen schaut, glaubt sie in einem U-Boot zu sitzen und durch eine Unterwasserwelt zu schaukeln. Ein andauernder konzentrischer Wind bläst feinste Plasse in die Luft, vernebelt die Sicht, macht alles leicht verschwommen. Dazu die welligen Dünen. Je tiefer sie ins Zentrum gelangen, desto mehr gleicht die Landschaft nicht nur einem Meeresbodenprofil, sondern wird selbst zum überschäumenden Ozean. Plastiglomerat wächst starr und bunt wie Korallen. Die felsigen Säulen stehen immer dichter, als näherten sie sich einem Riff. Durch die von Teilchen verschmutzte Luft scheinen Geräusche langsamer zu wandern. Kawi hört Shozos Schreie dumpf wie weit entfernt.

Hoffentlich fliegen die Vögel hoch genug. Über der verschmutzten Luft, über dem Teppich aus Wind. Deshalb klingen sie manchmal so weit entfernt. Heute sitzt Kawi ausnahmsweise vorne. Statt durch das riesige Rückfenster schaut sie durch die Panorama-Frontscheibe – sieht die Welt nicht davonströmen, sondern auf sie zu. Das ist zugleich furchtbar und schön.

Neben ihr sitzt Tell und steuert das erste Mal seit Wochen den SolarCamper. Dion liegt hinten auf der Liege und schläft. Seit ihrem Zusammenbruch liegt sie dort. Kawi fällt es schwer, die richtige Körperstarre zu finden und hineinzugleiten. Ihre Hände krallen sich in den Sitz.

Tells Hände umklammern das retrofuturistische Steuerrad. Äußerlich wirkt er ruhig. Kawi kann nur raten, wie es in seinem Innern aussieht. Obwohl er so lange nicht mehr gefahren ist, hat er sich sofort dazu bereit erklärt, für Dion einzuspringen.

Kurz spielt Kawi mit dem Gedanken, sich selbst vor das Steuer zu setzen. Sie weiß, dass der Bordcomputer Impulse sendet, die sie beantworten muss. Sie weiß auch, wozu die Fußpedalen da sind. Wahrscheinlich könnte ich es, denkt sie. Der Gedanke überrascht sie nicht.

Tells Geständnis, dass sie sich einem Ort der Gefahren nähern, hat Kawi erleichtert. Jetzt muss sie weniger Gewicht mit sich herumschleppen. Zumindest scheinen alle den eigenen Tod in Kauf zu nehmen. Im Gegensatz zu ihr glauben Tell und Dion allerdings daran, lebend rauszukommen. Kawi dagegen schaut dem eigenen Ende beinah mit Zuversicht entgegen.

Statt über Dion oder das, was sie erwartet, sprechen sie lieber über die Vergangenheit. Über die tote digitale Welt von Proxi.

»Warum ein Panther?«, will Tell wissen.

»Mein Proxi-Selbst hilft mir, besser zu verstehen.«

»Sus, geht mir genauso! Mit dem Avatar kann ich das physische Selbst überdenken.«

Kawi nickt und trainiert, ohne es zu merken, mit den umgeschnallten BizepsBlastern. Er wirft einen schnellen Seitenblick darauf. »Du bist Bildanje? Wettkämpfe?«

Kawi wird sich der surrenden Gewichte bewusst und hält inne. »Oh, das ist lange her.«

»Ich bin mir nie sicher, was das Ziel dabei ist: den Körperbau einer Göttin zu bekommen oder einfach nur enorm muskulös zu werden?«

»Eine Zeit lang habe ich sogar künstliches Testosteron gespritzt. Während meiner aktiven Zeit bin ich in allen fünf Kategorien angetreten: Körperbau, Figur, Fitness, Bikini und Wellness. Bewertet wurden Posen in 90-Grad-Drehungen und eine gute Körperhaltung. In der Fitness-Kategorie war eine Tanzroutine erforderlich, die umfasste bei mir immer Liegestütz, High Kick, Straddle Hold und Side Split. In einigen Kategorien waren Absätze und Schmuck ein Muss – in anderen bloß nackte Füße.«

Kawi schiebt ein Lachen hinterher. »Absätze und Schmuck - kannst du dir bestimmt nicht vorstellen. Bei mir.«

Ein Lächeln glättet Tells Stirn. »Disziplin und harte Arbeit - kann ich mir bei dir sehr gut vorstellen.«

»Drei Monate, Sus, braucht es, um einem normalen Körperbau in einen phantastischen zu verwandeln. Meist habe ich das übliche, anstrengende Gewichthebeprogramm weitergemacht, aber mit intensivem Ausdauertraining und Diät angefangen - Körperfett reduzieren, das die Muskulatur verdeckt. Im letzten Monat hauptsächlich Proteine. Das Körperfett muss runter auf 3 bis 7 Prozent des Gesamtkörpers - gefährlich niedrig. Fünf Tage vor dem Wettkampf dann Kohlenhydrate, um Glykogen zu speichern und die bereits prallen Muskeln zu vergrößern. In den letzten 36 Stunden habe ich Wasser und Natrium weggelassen. Bă, jedes Mal ausgehungert, dehydriert und gereizt zum Wettkampf. Dafür trennte nur noch die Haut meine Muskeln von den Blicken der Jury. Außerdem gönnte ich mir vor jedem Wettkampf einen Einlauf, um meinen Bauch zu glätten. Selbst zu meinen besten Zeiten schaffte ich nur zwei Wettkämpfe pro Jahr. Trotz der Anstrengung war es immer nur ein Hobby. Geld verdiente ich mit dem Gaming. Da waren die Preisgelder viel höher. Ehrlich gesagt, interessierte sich schon damals kaum jemand für Bildanje. Zu den Wettkämpfen kamen bloß andere Bildanjes. Wir haben uns gegenseitig betrachtet.«

»Im Stream gibt es davon bestimmt noch Aufnahmen.«

»Bă, im Archiv vielleicht. Um die Vorteile des Lichts voll auszunutzen, habe ich die Haare weglasern lassen. Alles andere wäre nicht gründlich genug. Die Bikinis sind so klein - da muss jedes Detail stimmen. Damit nichts verrutscht, hatte ich immer etwas Kleber dabei.«

Über die alten Wettkämpfe zu sprechen belebt und entspannt

Kawi. Sie spürt, wie eine neue Energie in ihrem Bauch kribbelt und sich ihre verkrampften Finger aus dem Sitz lösen. Tell fragt vergnügt nach mehr Details. Ihn scheint die obskure Welt der Bildanje zu interessieren. Nicht wegen eines Muskelfetischs, wie Kawi schnell erkennt, sondern wegen des Willens, den eigenen Körper umzuformen.

Sie erinnert Tells Verwandlung. Als er aus der Wüste zurückkam, rasiert und geschminkt. Trotz des Barts und des abgeblätterten Make-ups ist Monae noch da, spricht aus ihm. Einen Augenblick denkt Kawi darüber nach.

Da sagt eine schläfrige Stimme hinter ihr: »Ist der Körper nicht ein Meme, das von uns bewegt wird, um bestimmte Logiken zu bestätigen?«

Überrascht dreht sich Kawi um und schaut in Dions Gesicht, das über der Rückenlehne schwebt.

Kawi spürt den eigenen tief sitzenden Widerwillen, von einer Biosynth etwas über Körper erzählt zu bekommen. Vielleicht sollte sie gerade deshalb genau hinhören.

»Ich meine, dass es bereits so viele Vorstellungen darüber gibt, was unsere Körper sein sollen. Das verdeckt uns, ob wir wollen oder nicht«

Tell kratzt sich unbewusst am Bart. »Ich glaube, das ist genau das, was mich so fertigmacht. Mein Proxi-Avatar hilft mir, mich dem zu widersetzen.«

Kawi nickt. »Ein Panther zu sein, weniger menschlich zu sein – der anthropozentrischen Logik kann ich nur in Proxi entkommen.«

»Nein«, widerspricht Dion, »ihr könnt euch auch in der physischen Welt verwandeln.«

Tell nickt. »Vielleicht hast du recht. Leben findet überall statt. Online und offline. Meine Monae-Identität besteht auch jenseits von Proxi fort – reicht tief in meine Offline-Erfahrung.«

»Bă, ich vermisse meine Tier-Identität – meine posthumane Identität ist mit Proxi untergegangen.«

»Aber das stimmt so nicht«, protestiert Dion. »Kawi, du hast selbst davon gesprochen, wie es ist, sich als Pflanze in der Landschaft aufzulösen, und das tust du regelmäßig. Du sitzt starr wie ein Ast da.«

»Sus, sie hat recht. Auch ohne Proxi kannst du dein Menschsein zurücklassen, wenn du möchtest.«

Alles in Kawi sträubt sich gegen diese Erkenntnis. Aber natürlich stimmt es. Bloß Kawi will das nicht einsehen.

»Weißt du«, schiebt Dion hinterher, »das ist der Unterschied zwischen Menschen und Biosynth. Ihr könnt Posthumanität performen, so viel ihr wollt. Ich muss damit leben. Das ist wie eine Haut, die ich nicht abziehen kann, ohne zu sterben.«

Dions Worte messern. Kawi möchte dagegenhalten, flext die BizepsBlaster, aber schweigt.

Tell räuspert sich, um die einsetzende Stille zu unterbrechen. »Sus, Dion, du hast recht. Es tut mir leid, dass wir das manchmal vergessen. Das zeigt bloß, wie privilegiert wir sind. Dass wir so was überhaupt vergessen oder besser: übersehen können.«

Einen Moment fühlt sich Kawi klein und scheußlich, als hätten Tells Worte einen Spiegel materialisieren lassen, der sie zugleich entstellt und enthüllt.

Sie schluckt. »Vielleicht ist es bloß eine Illusion zu glauben, nur weil wir als Mensch geboren worden sind, auch von Geburt an menschlich zu sein. Vielleicht ist Menschlichkeit, so wie alles andere an unserer Identität, ein Tun.«

Tell nickt. »Ein Tun.«

»Dann glaubt ihr, ich könnte das auch? Menschlich tun, um menschlich zu sein?«

Dions Stimme klingt erstaunt, fast sehnsüchtig. Und als Kawi hinschaut, erkennt sie ein Wollen in Dion, dem sie sich nicht entziehen kann.

Da stößt eine unsichtbare Kraft in sie hinein. Kopf gegen Seitenfenster. »Mash-!?«

Das war Tell. Mit beiden Händen umklammert er das Steuerrad. Die Augen so weit aufgerissen, Pupille und Iris sehen aus wie ein aufgemaltes Fadenkreuz.

Kawi reibt sich den Schädel. »Hä? Was sollte das?«

Tells Hand löst sich schwerfällig vom Steuerrad, zeigt nach draußen. Alle Finger daran zittern.

ALS BEFÄNDEN sie sich in einem riesigen Aquarium. Die Landschaft wirkt zugleich nah und fern. Einer unsichtbaren Strömung folgend, scheinen die Dünen zu fließen. Die Teilchen in der Luft haben zugenommen. Tell hat scharf gebremst. Weder Kawi noch Dion verstehen, warum.

»Da war jemand«, bringt Tell unter Stocken hervor.

Kawi kneift die Augen zusammen. »Valla mı? Bist du sicher? Die Sicht ist so schlecht.«

Tell schluchzt auf.

Kawi und Dion wechseln einen vielsagenden Blick. War es zu früh für Tell? Hat er den Unfall mit dem Hund noch nicht verarbeitet?

»Soll ich mal scouten?«, ruft Dion von hinten.

Tell schüttelt den Kopf. »Nein, ich gehe allein.«

Er will sich der Angst stellen, denkt Dion. Das ist mutig. Wahrscheinlich war es nur ein plötzlicher Schatten über der Ebene, der ihn erschreckt hat. Das passiert, wenn die Wolken tief hängen. Dion ist froh, nicht rauszumüssen. Die letzten Tage verbrachte sie meist auf der Liege. Seit dem System-Overkill geht es ihr schlecht. Nachts bekommt sie kaum Schlaf – hört Stimmen, die sie nicht zur Ruhe kommen lassen. Es sind viele. Sie haben unterschiedliche Tonlagen. Sie sprechen von unheimlichen Dingen. Von Explosionen, von synthetischen Viren, die in ihren Körpern mutieren wie ein biologisches Enhancement. Dion weiß nicht, was das bedeutet. Sie fürchtet sich davor, es herauszufinden. Sie ist nicht so mutig wie Tell und durchquert das eigene Phantasma. Tell verschwindet hinter Pünktchen von aufgewirbeltem Sand, als würde er in ein Meer eintauchen.

Kawi klettert nach hinten zu Dion, setzt sich an den kleinen Tisch.

»Ich hoffe, er beruhigt sich und kommt dann wieder.«

»Erzähl mir mehr von Bildanje – wie du deinen Körper verformt hast.«

Kawi schaut überrascht auf. Zwischen ihnen, auf dem Tisch, steht der Behälter, aus dessen Erde in wenigen Tagen ein grüner Pflanzenstrang mit zwei Blättern und einer Knospe gewachsen ist. Sie alle sind gespannt, was die Knospe enthält.

Kawi schnallt ihre BizepsBlaster ab und flext beide Arme. »Unsymmetrisch.«

Dion seufzt. »Wie schön! Bei mir ist alles vollkommen symmetrisch. Aus Kostengründen. Statt ein Bio-Teil neu auszudrucken, jagen sie es durch den Duplizierer. Das geht schneller und ist billiger.«

Kawi runzelt die Stirn. »Bei Bildanje muss alles so symmetrisch wie möglich sein. Für die Arme habe ich deshalb Synthol-Injektionen oder chirurgische Implantate benutzt. Manchmal auch wachstumsfördernde Meds wie Steroide, Wachstumshormone und Insulin – bei den meisten Wettkämpfen ist das genauso wenig reguliert wie Muskelaufbaupräparate. Synthol, das hauptsächlich aus Öl besteht, dem etwas Lokalanästhetikum und Alkohol beigemischt ist, wird offiziell als Posing-Öl angepriesen. Wir Bildanje injizieren es jedoch, um einen ansonsten perfekten Körperbau aufzulockern. Warum sonst sollte es ein Lokalanästhetikum enthalten?«

Kawi lacht bitter und will die Gewichtsmanschetten wieder anlegen.

Dion streckt ihre Hand aus, hindert sie daran. »Wie sieht der Rest deines Körpers aus? Zeigst du ihn mir?«

Kawi senkt den Kopf und nuschelt. »Von den Injektionen und Implantaten habe ich Narben. Es gibt Spuren, Rückstände.«

Dions Augen leuchten. »Asymmetrien?«

Kawi hebt den Kopf, nickt. »Ja. Asymmetrien.«

Dion wird bewusst, wie sehr sie alles sehen will. Kawi spiegelt Dions Verlangen, als etwas, das Kawi offenbar selbst zugleich fürchtet und neugierig macht.

»Oki«, sagt sie und zieht ihr Muskelshirt über den Kopf. Ein zäher Körper kommt zum Vorschein. Dions Augen bleiben an den beiden Brüsten hängen. An der einen fehlt etwas, als wäre ein Stück herausoperiert worden. Vielleicht steckte dort einmal ein Muskelimplantat. Jetzt weist eine tiefe Delle auf eine Abwesenheit hin. Faltige Haut und lila verfärbte OP-Narben. Die Bauchmuskulatur wölbt sich in Ketten, die an einigen Stellen gebrochen sind. Geknickt, zerstückelt. An den Hüften vernarbte Einstichstellen. Striemen, die von chemischen Vergiftungen herrühren könnten. Dion seufzt. »Du bist sehr schön, und das weißt du wahrscheinlich auch.«

Kawi lacht. Ein überraschtes Lachen. Als wäre sie bei einer sicher geglaubten Niederlage plötzlich überlegen und kann es nicht fassen. Das Glück bringt die Härte in ihrem Gesicht noch stärker hervor.

Dion ist ergriffen, spürt, wie die Taubheit in ihren Kopf wächst, blinzelt dagegen an. Kawi beugt sich vor, nimmt Dions verstümmelte Hand, führt den narbigen Kristall an ihre Lippen und küsst ihn. »Durch deine Narbe bist du auch nicht mehr symmetrisch.«

Dion spürt den Kuss wie etwas glühend Heißes. Erstaunt schaut sie in Kawis Gesicht. Es ist nicht der Kuss, der sie überrascht, sondern die Erkenntnis, nicht mehr symmetrisch zu sein. Ein wachsender Schwindel scheint zu verebben. Wie eine Dunkelheit, die sich in ihr zurückzieht. »Du hast recht. Jede Narbe macht mich weniger und mehr.«

Sie senkt den Kopf und wiederholt leise die eigenen Worte: »Weniger und mehr.«

Als sie den Kopf hebt, fragt sie: »Möchtest du meinen Körper sehen?«

Sie hat Angst vor Kawis Reaktion. Schließlich weiß sie, dass ihr Gegenüber etwas gegen Biosynths hat. Eine Abneigung, die unter Menschen als »natürlich« und »instinktiv« gilt. Sie kann sehen, wie Kawi innerlich kämpft. Sehnen treten am Hals hervor. Adern leuchten auf der Stirn wie elektrisch überladene Kabel.

»Aight, Sus, aight«, stößt Kawi schließlich hervor.

Es ist offensichtlich, wie viel Überwindung es Kawi kostet. Das macht Dion nicht traurig – im Gegenteil, in der Überwindung entdeckt sie Kawis Willen zur Hingabe. Das macht sie froh. Mit wenigen mechanischen Griffen streift sie Elderkleid und den darunterliegenden Schutzanzug ab. Kawi gibt sich Mühe, weder zusammenzufahren noch zurückzucken. Sie blinzelt nicht einmal.

»Ich habe noch nie einen Synth-Körper gesehen«, sagt sie in die Stille hinein.

Dion versucht, sich nicht zu bewegen, atmet flach. Sie hat Angst. Schon weil die nackte Zurschaustellung von Synth-Körpern illegal ist. Mit Bußgeld und Gefängnis bestraft wird. Dion kann sich an jedes Mal erinnern, an dem sie sich vor Willa umgezogen hat und diese sich sofort wegdrehte, als wäre das Aufblitzen nackter Synth-Haut eine Beleidigung. Kawi blickt stur geradeaus. Nur an den Augenbewegungen kann Dion erkennen, dass Kawi sie von oben bis unten abtastet.

Dion meidet es, den eigenen nackten Körper anzuschauen. Nur zwei Mal hat sie es getan. Sich nackt vor den Bildschirm in ihrer Zelle gestellt und nach der Spiegelfunktion gefragt. Der helle Screen hat ihr einen Körper mit glänzender Haut gespiegelt, den Grünton weniger stark gezeigt, als er in Wirklichkeit ist.

»Mit deiner Anatomie stimmt etwas nicht.«

Dion schaut an sich herunter, unsicher, worauf Kawi hinauswill.

»Du besitzt Genitalien, die sowohl weiblich als auch männlich sein könnten.«

»Wusstest du das nicht? Biosynth besitzen Eierstock- und Hodengewebe. Wir sind intersex. Eine Variation davon kommt auch bei Menschen relativ häufig vor, immerhin zwei Prozent der menschlichen Bevölkerung sind intersex. Das ist so gewöhnlich, wie rote Haare zu haben.«

Kawi kratzt sich am Nacken. »Vielleicht wusste ich das. Ich habe es aber noch nie gesehen.«

»Bei Menschen wurde es früher direkt nach der Geburt beseitigt, indem die Schamlippen zusammengenäht und die Öffnung der Harnröhre von der Wurzel des Penis nach oben an die Spitze verlegt wird.«

»Heute nicht mehr?«

»Heute können Menschen selbst entscheiden.«

Dion denkt an das zweite Mal, als sie ihren Körper im Bildschirm musterte. Das war nach einem Gespräch mit Willa. Willa hat ihr damals gesagt, dass Biosynth nicht dafür gebaut werden, um geliebt oder begehrt zu werden. Dafür gäbe es Avatare, sagte sie.

»Wie ist Avatarsex?«

Kawi scheint von der Frage überrascht zu sein. Schließlich sagt sie: »Es gibt nichts, was sicherer ist. Anonym und frei. Das kennst du nicht?«

Dion schüttelt den Kopf. »Ich stand unter ständiger Beobachtung vom Lab. Mein Aufenthalt in Proxi war wie ein Aufenthalt in einem Gefängnis. Sie bestraften mich damit.«

»Und trotzdem möchtest du diese Welt retten?«

Damit hat Dion nicht gerechnet. So entblößt, wie sie vor Kawi steht, fällt es ihr schwer zu lügen. Deshalb schweigt sie.

Genauso mechanisch, wie sie sich ausgezogen hat, zieht sie sich wieder an. Kawi schaut nicht weg. Eine seltsame Weichheit scheint ihr kantiges Gesicht erfasst haben.

Ist das Zärtlichkeit?

Gerade will sich Dion wieder setzen, da nimmt Kawi erneut die verstümmelte Hand und führt sie an ihre Lippen. Jetzt ist sich Dion ganz sicher. Zärtlichkeit existiert. Dion rührt sich nicht, verharrt in der Bewegungslosigkeit. Sie will nichts von dieser besonderen Datenübertragung verpassen. Das Licht in Kawis Augen, das als Wärme aus ihren Lippen strömt und auf der Narbe zu einem Kribbeln wird, sich von dort glutheiß durch die Nervenbahnen gräbt, bis hoch in Dions Hinterkopf, als Schauder über den Rücken und in Elektroschocks wieder runter in die Beine strömt.

Kawi lässt die Hand los, und Dion hält sie sich vor die Augen. Überzeugt, dass sie sich verwandelt haben muss. Es ist noch die gleiche Synth-Hand. Das verstümmelte Duplikat einer ausgedruckten Hand. Und es ist auch eine ganz andere Hand. Nicht sichtbar verwandelt. Aber schöner als je zuvor.

ALLES AUFFRESSENDER Staub – mit den Händen vor dem Gesicht kämpft sich Tell um das Fahrzeug. Da hebt sich ein Schatten und läuft auf zwei Beinen davon. »Warte!«, ruft Tell in den Wind. Die Gestalt hält inne, läuft erneut los, sobald Tell sich nähert. Tell hastet hinterher eine Düne hoch. Er hofft, weiter oben wirbelt die Plasse weniger dicht, und er kann herausfinden, wer das ist. Ihm wird klar, dass es keine gute Idee war, allein loszuziehen. Von drinnen sah es nicht so schlimm aus. Immer wieder dreht er sich um. Das Licht im Fenster des SolarCampers flackert verschwommen – aber es ist noch da. Dadurch kann er zurückfinden. Eine Böe wirft ihn um. Kopf voran landet er im Sand. Als er sich aufrichtet, weiß er nicht mehr, von wo er gekommen ist. War da überhaupt jemand? Was, wenn er sich das bloß eingebildet hat? Die Luft ist zum Schneiden dick mit Partikeln. Ein aufsteigender Trichter, und Tell steht mittendrin, kann sich kaum auf den Beinen halten, sinkt auf die Knie, kämpft sich weiter voran. Er glaubt, es geht bergauf. Das ist gut, denkt er. Oben auf der Düne werde ich mehr sehen. Doch dann geht es bergab, und er weiß nicht, ob er schon über die Düne drüber ist oder auf dem Rückweg.

Da hört er einen Schrei, rostig, schrill. Ein anderer Mensch? Oder nur der Wind? Er lauscht. Dann ruft er: »Shozo?« Der Wind reißt die Worte von seinen Lippen, lässt sie wie Schnipsel auf ihn herabrieseln. Seltsam verzerrt. Er probiert es erneut. Als würde er in einen Stimmverzerrer rufen. Er versucht zu singen. Dafür hält er einen Ton, schickt ihn los, hört zu, wie der Ton zerhackt wird und Splitter davon herunterregnen. Er kann nicht anders, er probiert es erneut. Dieses Mal hält er den Ton besonders lange, hängt noch zwei andere dran, formt eine Kette, verlängert sie. Lauscht dem Zerschmettern der Kette. Öffnet den Mund, als wollte er die Bruchstücke schlucken.

Monae. Sie nimmt die Bruchstücke, glättet sie, spuckt sie aus, fügt noch etwas hinzu. Einen Beat. Sie reißt den Mund auf, fängt die Schnipsel auf, hat schon die nächste Abfolge im Kopf – und schleudert sie in den Wind. Und Proto wandelt um, verstärkt und zerstört. Das Spiel geht hin und her. So hat Monae noch nie gesungen – ist das überhaupt singen? Oder ist das etwas ganz anderes? Schon arbeitet sie an der Melodie, fügt etwas hinzu, eine Schleife, Komplexität, versucht vorauszuahnen, was Proto daraus macht. Wie diese Melodie auseinandergerissen und aufgebläht, zerschnitten und verstärkt wird. Monae glaubt ein Echo ihrer Stimme zu hören. Als würde irgendwo anders eine zweite Monae stehen und eine dritte und vierte und ebenfalls Abfolgen in den Verstärker schleudern. Der Effekt wirft sie um. Die Gewalt ihres eigenen Tuns – vertausendfacht. Ihr Körper wird von multiplizierten Stimmen durchstoßen. Wie in einem Teilchenbeschleuniger beschossen, ohne verletzt zu werden. Sie dreht sich, rotiert, blind im Sturm, benebelt vom Sound, den ihr kleiner endlicher Körper zusammen mit der Proto-Maschine zustande bringt. Sie produziert und produziert. Überrascht von ihren eigenen Ideen. Wo kommen solche Melodien her, und was macht Proto daraus? Mehr drängt aus ihr heraus, mehr Ideen, mehr Melodien. Jedes Mal glaubt sie, etwas zu sehen, vorauszuahnen, wie es von Proto geschnitten und zurückgeworfen wird. Jedes Mal liegt sie daneben. Proto bleibt unvorhersehbar.

Es ist Shozos Schrei, der sie aus ihrer Trance weckt.

Der Vogel fliegt direkt über ihr und schnappt nach ihr. Nach ihren langen Locken. Sie wehrt sich, schwankt.

Erst da erinnert sich Tell, wer er ist, warum er hier draußen ist. Dass er wieder zurückmuss.

Aber wo ist zurück?

Er hält inne, dann geht er los. Wieder attackiert Shozo. Also dreht er sich in eine andere Richtung. So lange, bis Shozo ihn gehen lässt. Der Vogel kennt den Weg. Immer wenn er davon abkommt, greift Shozo an, zieht mit ihren Krallen an seinen Locken. Der Wind lässt nach, und die Berührungen von Shozo scheinen jetzt fast liebevoll zu sein. Ein Stupsen in die richtige Richtung. Da sieht Tell das warme Licht. Der SolarCamper schon ganz nah. Als er davor steht, ist er erleichtert. Aber auch wehmütig. Dieser Sound. So hat Monae noch nie gesungen. Wie in einem Traum. Er erinnert die Abfolgen, wie es geklungen hat. Monae wird es nicht vergessen. Sie wird ihr Leben lang nach diesem Sound suchen. Versuchen, ihn wiederzufinden. Der Sound von Proto ist tief in ihr drin, das wird sie nicht mehr los.

Er reißt die Tür auf. »Habt ihr das gehört?«

Dion, Kawi und eine fremde Person schauen ihn an, schütteln den Kopf, und die fremde Person fügt hinzu: »Nichts haben wir gehört. Nur das Heulen des Sturms.«

TELL BLINZELT, dann schließt er die Tür. Fragend schaut er von Kawi zu Dion, versucht einzuschätzen, ob sie in Gefahr sind. Gleichzeitig versucht er, den unheimlichen Gast einzuordnen. Das ist kein Elder, keine Troll. Das ist ein Mensch aus Europolis. Etwas stört ihn an dem rasierten Gesicht. An dem langen Mantel. »Habe ich dich verletzt?«

Statt zu antworten, zieht der fremde Gast einen kleinen Verdampfer aus der Manteltasche, inhaliert. Kirscharoma-Wolken steigen auf. Tell schluckt, erinnert sich an seinen eigenen Verdampfer. Das Gerät half ihm, durch den Tag zu kommen. Bis eben hatte er das vergessen. Plötzlich ist Europolis wieder da. Die Erinnerung wächst wie die Dampfwolken, wird zum durchlässigen Gewebe, das jederzeit reißen kann.

»Er kommt aus Europolis. Mit einem SolarCamper wie wir.«

Da ist ein leichtes Vibrieren in Kawis Stimme. Tell wirft ihr einen schnellen Blick zu, schaut dabei genau hin. Das ist notwendig, denn Kawis Gesichtsausdruck erscheint stets der gleiche zu sein. So wie jetzt. Sie sitzt ihm scheinbar unbeweglich gegenüber, doch da ist ein neuer Puls unter der rechten Braue. Angst?

Tells Blick springt zurück zu dem Gast. »Bist du allein?«

Sein Gegenüber kräuselt die Lippen, spuckt beim Sprechen Wolken. »Bă! Alle tot. Alle begraben. Sind unser ganzes Leben gereist. Hin und her. Rauf und runter.«

Tell glaubt ihm kein Wort. »Wie heißt du?«

»Beverly.«

Tell mustert Beverlys Mantel. Sieht neu aus. Kein einziges Loch. »Wo steht dein SolarCamper?«

Beverly zeigt vage hinter sich. »Stecken geblieben, seit Tagen allein unterwegs.« Beverlys breites Gesicht besitzt offenbar die Fähigkeit, beim Lügen eine unangemessene Offenheit und Wärme auszustrahlen, die so einladend und einlullend zugleich ist, dass Tell schwindelig wird. Und das Schlimmste: Beverly scheint sich seiner Fähigkeit bewusst zu sein.

»Ohne euch bin ich verloren«, er spricht ruhig, trotzdem oder gerade deswegen klingt es wie eine Drohung, »mich hierzulassen – wäre wohl unterlassene Hilfeleistung. Und strafbar.«

Kawi öffnet den Mund, schließt ihn sogleich wieder. Tell wirft ihr einen fragenden Blick zu, bekommt aber keine Antwort. Also schaut er zu Dion und – erschrickt.

Den Kopf eingezogen, die Schultern nach vorne zusammengekrümmt – so hat er Dion noch nie gesehen. Das ist Todesangst.

AUF KEINEN FALL mit ihm allein sein. Als der Sturm sich legt und sie weiterfahren wollen, sagt Kawi deshalb: »Ich will vorne neben Dion sitzen, das Fahren lernen.«

Tell schaut überrascht. Aber protestiert nicht. Auf seinen Armen schlängelt sich das dunkle Haar wie auf seinem Kopf. Die Karte, die er sich auf die Haut gezeichnet hat, ist kaum noch lesbar. Im Zentrum brauchen wir unsere Karten nicht mehr, denkt Kawi. Die gesamte Landschaft zeigt uns den Weg. Dünen und Winde - alles wandert zum Kern. Zu Kawis Erleichterung erhebt auch Dion keinen Einspruch. Als Beverly vor wenigen Stunden zur Tür hereinstürzte, dachte Kawi zunächst, es wäre Tell. So tief drin in der Landschaft hatte sie nicht damit gerechnet, eine andere Person zu treffen. Schon gar nicht aus Europolis. Kurz kam Kawi der Gedanke, Beverly sei jemand wie sie, der ebenfalls nach den geheimen Serverräumen von Proxi sucht. Dann war ihr ein anderer, schrecklicher Gedanke gekommen. Bisher hatte sie keine Gelegenheit gehabt, um mit Tell darüber zu sprechen. Überhaupt ungestört zu sprechen. Schweigend setzt sich Tell neben Beverly an den Tisch, auf dem die Elder-Pflanze steht. Zwei dicke Knospen baumeln daran wie Gewichte.

Dion fährt los und gibt sich Mühe, Kawi alles, was sie tut, genau zu erklären. Wie die Pedalen funktionieren. Wie der Bordcomputer über Impulse kommuniziert. Winzige Vibrationen im Lenkrad.

»Jetzt du. Oder habe ich es nicht gut genug erklärt?«

»Klar, Sus, hast du.«

Kawi möchte Dion nicht bloßstellen und so tun, als könnte sie nicht gut erklären. Es scheint auch gar nicht so schwer zu sein. Und doch zögert sie: Verantwortung zu übernehmen für zwei Leben, die ihr wichtig sind. Gerade jetzt, da sie mehr in Gefahr zu sein scheinen als jeden Tag davor.

Zwei Leben, die sie trotzdem opfern würde für die eigene Phantasie von Ewigkeit in virtueller Realität. Kawi hasst sich für diesen Gedanken. Er ist wahr.

Wenn sie den Tod aller Insassen ohnehin in Kauf nimmt, kann

sie auch dieses Fahrzeug steuern, oder? Ehe sie sich versieht, hat sie mit Dion die Plätze getauscht und umklammert das Lenkrad so fest, dass ihre Fingerknöchel weiß hervortreten.

»Es ist perfekt zum Festhalten. Das ist seine wichtigste Funktion.«

Kawi nickt, unfähig, etwas zu sagen. Leichter Schwindel, weil es plötzlich an ihr hängt, diese Maschine anzutreiben. Schwindel ballt sich zu Aufregung, wälzt sich wie ein Tier durch ihren Bauchraum.

Sie drückt den Fuß runter, beschleunigt. Dion lacht, ermuntert sie. Kawi tritt das Pedal noch etwas weiter durch.

»Spoko, Sus, spoko!« ruft Dion begeistert.

Kawi wundert sich. Haben die Menschen im Lab Dion keinen Selbstschutz einprogrammiert? Oder ist Dion gar nicht bewusst, dass Kawi gerade alles riskiert?

»Mashara, Kawi, was soll das?«

Endlich. Darauf hat sie gewartet. Die Stimme von Tell. Oder ist es Monae?

Seit wann kann sie das nicht mehr unterscheiden?

»Willst du uns umbringen?«

Beverly bleibt stumm.

Tell stellt die Frage so kalt und ernst. Eine Sekunde ist Kawi überzeugt, die Frage richtet sich nicht an sie, sondern an Beverly. Vor Schreck und Staunen stellt Kawi das Atmen ein.

Oder irrt sie sich?

Weiß Tell, was Kawi vorhat? Ahnt er etwas von ihrem Selbsttötungsplan?

»Kawi, mach langsamer.«

Das ist Dion. Eine Synth-Hand legt sich auf Kawis Arm, und Kawi wird sich des Gewichts bewusst. Das holt sie wieder zurück. Sachte löst sie den Fuß vom Pedal. Der SolarCamper verliert an

Geschwindigkeit, rollt aus. Dünen werden langsamer, kommen allmählich zum Halten. Kawi atmet aus. Wie lange hat sie die Luft angehalten?

»Tut mir leid«, sagt sie, und das ist so, als würde sie sich im Voraus entschuldigen für all das, was noch kommen wird.

DION LIEGT WIE gefesselt auf dem Vordersitz. Die Schnallen festgezurrt. Die Augen weit offen. Nacht strömt in sie hinein. Sie hört das Wimmern und stellt das Atmen ein, um bloß kein Geräusch zu machen. Wer immer da wimmert, soll nicht wissen, dass sie wach ist und mithört und nichts tut. Aber was könnte sie tun? Was würde ein Mensch tun? Würde er leise in die Dunkelheit rufen? Hilfe und Trost anbieten. Dion stellt sich vor, wie das wäre. So etwas anbieten zu können. So etwas einem anderen Wesen geben zu können.

Ohne Warnung hört es auf. Nur um wieder von neuem zu beginnen. Dion kann nicht sagen, ob das Tell oder Kawi ist. Macht es denn einen Unterschied?

Beverly ist es nicht. Da ist sich Dion sicher. Ihr Körper spürt die Gefahr, die von Beverly ausgeht wie ein inneres Frieren. Spüren es die anderen auch? Alles an Beverly erinnert Dion an die Menschen vom Lab. Menschen, die sich ihr nur in Schutzanzügen näherten oder über die Lautsprechanlage Befehle brüllten. Menschen, die ihr, ohne zu zögern, Schmerz zufügten. Nur Willa war anders und hat Dion trotzdem verraten. Denn sonst wäre Beverly jetzt nicht hier. Dion presst die Lider aufeinander. Atmet so flach und leise wie möglich. Und dann hört sie sich selbst sagen: »Alles oki? Kann ich irgendwie helfen?«

Die eigene Stimme klingt fremd, verrutscht wie ein unpassendes Kleidungsstück. Das ist die Angst.

Kaum ist die Frage verklungen, hört das Wimmern auf. Die einsetzende Stille wiegt schwer. Dion spürt sie direkt auf der Brust. Gespannt hält sie inne, wartet auf irgendetwas, das kleinste Zeichen. Ein Lebenszeichen.

»Ich ... ich ... muss geträumt haben.«

Das ist Kawi. Sie klingt heiser und unsicher. Das trifft Dion. Als wäre es ihre Schuld. Als hätte sie mit der gut gemeinten Frage etwas falsch gemacht. Bloß was? Sie weiß es nicht. Sie traut sich nicht, zu antworten oder zu schlafen. Deshalb liegt sie einfach nur da und wartet ab. Ob noch etwas kommt. Ob das Weinen wieder einsetzt. Sie vermutet, dass hinter dem Sitz Kawi genauso gespannt daliegt und auf ein Rascheln von Dion wartet. Auf ein gleichmäßiges Schnaufen, damit sie weiß, dass Dion eingeschlafen ist und sie ungestört weiterweinen darf. Wir alle, denkt Dion, sind jetzt lauernde Raubtiere der Nacht. Gefangen in unserer gegenseitigen Nähe wie in einem Abgrund.

IM ZENTRUM VON Proto wird es nie richtig dunkel oder hell. Tell fällt es daher schwer, einen Tag- und Nachtrhythmus zu finden. Wenn er sich nachts auf dem Boden zusammenkrümmt, liegt er oft lange wach und denkt nach. Seine Gedanken werden dann schnell laut. Sie sprechen zu ihm in fremden Stimmlagen. Eine davon ist Monae, die anderen kennt er nicht.

Sie sagen Sachen, von denen er keine Ahnung hat, benutzen Begriffe, die er nicht kennt: Synth-Blocker. »Wir brauchen mehr Synth-Blocker.« Was sind Synth-Blocker? »Das Fell wuchert, wir müssen bald ernten.« Welches Fell?

Manchmal hört er sie so laut und deutlich, dass er überzeugt ist, Dion oder Kawi könnten davon aufwachen. Manchmal denkt er, dass sie von draußen kommen. Ist das eine Psychose?

Heute will er wach bleiben wegen der Stimmen und wegen Beverly. Paranoia? Tell würde gern mit Kawi oder Dion über den neuen Gast sprechen. Aber er will weder eine von ihnen allein mit Beverly lassen noch Beverly allein im SolarCamper. Seit Beverlys Auftauchen vor wenigen Stunden hat Tell das Gefühl, schlechter atmen, weniger frei reden oder sich bewegen zu können. Er spürt die neue Anwesenheit wie ein Gewicht im Körper. Vermutlich geht es Kawi und Dion genauso. Oder irrt er sich? Ist Beverly bloß ein Mensch in Not, gestrandet in Proto und auf ihre Hilfe angewiesen. Ein freundlicher Gast, der jede Frage beantwortet - mit einer Lüge, wie es scheint. Morgen werde ich etwas unternehmen, beschließt Tell, ohne zu wissen, was.

»Wir brauchen mehr Synth-Blocker.«

Ein Schluchzen und dann: »Mehr Synth-Blocker.«

Zuerst denkt Tell, dass das Schluchzen von den Stimmen in seinem Kopf stammt, dann merkt er, dass es Kawi ist. Weint sie wieder im Schlaf? Neben ihm bewegt sich Beverly. Ist er etwa auch wach?

Tell schiebt sich die richtigen Worte im Mund zurecht. Da ertönt von vorne Dions Stimme: »Sus, brauchst du Hilfe?«

Dion klingt besorgt - und so zärtlich. Er wundert sich über das neue Band, das Kawi und Dion verbindet. Er will dieser Elektrizität nicht in die Quere kommen.

Also hält er still, sagt kein Wort. Auch Beverly sagt nichts. Weiß der Fremde, dass Tell ebenfalls wach ist?

Ist Tell überhaupt noch wach? Wieder hört er Stimmen.

»Wenn das Fell weiter so wuchert, wird alles zusammenbrechen.«

»Wir müssen ernten.«

Er wird sich der Haare auf seinem Arm bewusst. Vor der Fahrt hat er die Haare abrasiert, eine Karte auf die Haut gemalt. Jetzt ist die Karte verschwunden - wie unter einem Fell.

Sprechen die Stimmen über das Fell auf seinen Armen? Aber was wollen sie ernten?

»Wir brauchen Synth-Blocker.«

»Alles wird zusammenbrechen.«

»Da ist schon alles kaputt.«

»Wir sind längst tot.«

»Mehr Synth-Blocker.«

»Sie kommen.«

»Sind schon ganz nah.«

»Können uns hören.«

KAWI GLAUBT ZU hören, wie Beverly aufsteht und nach draußen geht. Tell und Dion scheinen fest zu schlafen. Die Augen einen Spaltbreit geöffnet, lugt Kawi zum Fenster. Da steht er. Ein Schatten in der Wüste. Kommuniziert er? Über Satelliten? Mit wem? Kawi holt tief Luft, spannt die Muskeln an. Dann setzt sie sich auf. Gleich einer Raubkatze schleicht sie durch den Camper, öffnet fast lautlos die Tür.

Sobald der Nachtwind über ihr Gesicht fließt, kommt auch der Schwindel. Nach draußen zu gehen fühlt sich immer noch wie gehäutet an.

Sie hält inne, fokussiert nach innen, will zugleich Baum und Bildanje sein. Instinktiv spannt sie den Körper an, nimmt eine Pose ein, fängt Mondlicht. Einen möglichst großen Schatten will sie werfen. Beverly dreht sich um, geht auf sie zu. Etwas funkelt in seiner Hand.

Eine Waffe?

Reflexartig lässt Kawi die Blaster surren. »Mashara, was machst du hier draußen?«

Er bleibt stehen. Das spornt Kawi an. »Was willst du von uns?«

Sie geht einen Schritt auf ihn zu, holt aus und schlägt mit ihrer

Gewichtmanschette zu. Aus seiner Hand fliegt, was sie für eine Waffe hält. Ein silbriges Kästchen. »Ein SatCom? Um Verstärkung zu holen?«

Bevor er es aufheben kann, schnappt sie es, legt es vor seinen Augen in ihre Armbeuge.

»Nicht!«

»Geht es um Dion?«

Ein Schatten fällt über Beverlys Gesicht.

»Wusste ich es doch!«

Da springt er nach vorne. Zu langsam. Mit lautem Knacken zerquetschen die Blaster das Gerät.

»Das wirst du bereuen! Du weißt nicht, womit du es hier zu tun hast!«

Kawi ist unsicher, worauf er anspielt. Auf sich selbst? Auf das Netzwerk? Oder auf Dion? Der letzte Gedanke bereitet ihr Bauchweh. Sie lässt sich nichts anmerken, krallt sich in seinen Blick. Er soll sehen, dass sie nichts fürchtet. Nicht einmal den eigenen Tod.

»Dann sag es mir!« Ihre Stimme wird zum aggressiven Knurren.

Vor ihren Augen verliert Beverlys Körper die Haltung, wird weich, gibt nach. Sein Kopf schnellt nach links zur nächsten Düne, als warte dort etwas auf ihn.

»Los, verschwinde! Geh zurück zu deinem getarnten Fahrzeug!«

Er rührt sich nicht. »Oder klär mich auf«, faucht sie.

Das klingt bedrohlicher, als sie sich fühlt. Zu ihrem Erstaunen dreht sich Beverly weg, geht. Sie schaut ihm hinterher, will sicherstellen, dass er nicht mit Bots zurückkommt. Mehrere Minuten harrt sie aus, verwachsen mit dem Boden, Teil der Landschaft, größer als je zuvor.

DIE VÖGEL fallen vom Himmel – schwarze Schneeflocken, die sanft zu Boden schaukeln. Dion tritt auf die Bremse. Kawi wird nach vorne gedrückt. Von hinten beschwert sich Tell. »Mashara, Sus!«

»Shozo«, ruft Dion und stößt die Seitentür auf. Tell schaut über den Sitz. »Was ist passiert?«

Kawi zeigt zur Frontscheibe. »Die Vögel sind abgestürzt.«

Tell verlässt ebenfalls den Camper.

Dion kniet bereits neben den drei Körpern. Drei Kugeln mit Federn. Sobald Tell sich neben sie hockt, lässt sie einen langen Schluchzer von sich wegrollen. Er legt einen Arm um sie.

Dion stöhnt, zeigt auf die leblosen Bälle. »Mashara, mucho mashara«. Ihr fällt es schwer, darin noch Vogelkörper zu erkennen.

Seit Tell ihr erzählt hat, wie Shozo ihn aus dem Sturm geleitet hat, ist Dion noch mehr davon überzeugt, dass Shozo ein Bewusstsein besitzt. Vielleicht anders als das Menschliche oder das Synthetische. Aber trotzdem ein Bewusstsein.

»Mashara, sie fallen runter. Einfach so? Als hätte jemand ein unsichtbares Band durchgeschnitten.«

Tell dreht die Kugeln nacheinander um. Kopf und Hals kommen zum Vorschein. Die Augen offen, leblos.

Endlich wischt sich Dion über das Gesicht. »Ist ihre Zeit abgelaufen? Waren sie einfach nur alt?«

Tell schüttelt den Kopf. Aber es ist wahr. Shozo und ihre Schwestern sehen schon nicht mehr so aus wie vor Tagen, Wochen – Monaten? Dion staunt. Die Federn ergraut, die Leiber ausgezehrt. Die Schnäbel brüchig vom Sturm und ausgebleicht von der Sonne.

Dion hebt das Bündel auf, spürt das Gewicht kaum, als sie es zum Camper trägt. Sie will, dass Kawi sich das anschaut. Kawi hat einen Lab-Menschen vertrieben – Kawi kann alles.

Auf dem kleinen Tisch im Wohnraum legt Dion die Vögel nieder.

Von den Vögeln schaut Dion zu Kawi. »Sus, können wir was tun? Einen Tropfen Wasser anbieten? Ihre Köpfe im Arm wiegen?«

Eine Weile starrt Kawi auf den Haufen lebloser Körper, dann sagt sie zu Dion: »Wir können sie begraben.«

Dion senkt den Kopf. Und als sie das nächste Mal aufschaut, steht Kawi bereits an der Tür. Sie hat die Troll-Tech übergezogen. Dion macht es ihr nach. Dann nimmt sie die Vögel und folgt Kawi nach draußen.

Als sie neben Tell niederknien, hat er bereits mit bloßen Händen eine Kuhle ausgehoben. Dion legt die Vögel hinein. Drei Körper, dicht aneinandergeschmiegt, die Köpfe in die Federn gesteckt.

»Glaubt ihr, Beverly hat damit etwas zu tun?«

Weder Tell noch Kawi reagieren. Dion nimmt Sand und lässt ihn über die Vögel rieseln. Durch die Troll-Brille scheint der fallende Sand auf den Federn zu explodieren. Funken in Solariumlila, Plutoniumgrün und Dieselgelb.

»Ich meine, dass sie tot sind. Einfach so. Kann uns das auch passieren? Vielleicht hat er die Luft vergiftet?«

Viel hat Kawi ihnen nicht von letzter Nacht berichtet. Selbst das Verschwinden von Beverly verstört Dion. Sie hat das Gefühl, dass es zu leicht war, dass jeden Moment etwas richtig Schlimmes passiert. Weil niemand ihr antwortet, schaut Dion auf. Diese Gesichter – wann sind sie so alt geworden?

Die Haut rissig und farblos. In den Haaren und in den Falten funkelt die Plasse. Dion nennt das Satellitenstaub. Als hätte eine unbekannte Macht Satelliten geschreddert und auf sie herabrieseln lassen. Bloß wäre der Staub dann nicht so bunt. Sie kennt nicht die chemischen Prozesse, die aus Plastikmüll Plasse gemacht haben.

»Wie ist Proto entstanden?«

Tell und Kawi schauen erstaunt.

»Ich meine, welche chemischen Umwandlungsprozesse stehen dahinter, und wer ist dafür verantwortlich?«

Kawi lacht. »Verantwortlich.«

Tell seufzt. »Ich rate mal, die Menschheit.«

»Bă, Capitána Obvius!«, knurrt Kawi. Dann ändert sich ihre Stimme, bekommt eine neue Weichheit: »Im Phantomnetz gibt es keine Informationen darüber.«

»Arbeitet kein einziges Lab der Bot'niza an der Erforschung von Proto?«

Kawi denkt nach, dann sagt sie: »Ich schätze mal, wer verantwortlich ist, braucht nicht herauszufinden, wie es passiert ist.«

Übergangslos fragt sie: »Wisst ihr, was Synth-Blocker sind?«

Dion erschaudert. »Was?«

»Ich habe davon geträumt«, sagt Kawi.

Als hätte jemand alle Farbregler nach unten gedreht, fließt die gesamte Farbe aus Tells Gesicht.

Kawi schaut von Dion zu Tell. »Was? Warum schaut ihr beide so?«

»Ich habe auch davon … äh … geträumt«, sagt Tell.

»Ich auch«, fügt Dion hinzu.

Kawi stöhnt. »Valla mı? Euer Ernst?«

Jedes Wort abwägend, erwidert Dion: »Ich habe nicht nur davon geträumt, ich weiß auch, was Synth-Blocker sind.«

AM TOTPUNKT

EIN RAUMSCHIFF – eine riesige Stahlspinne erhebt sich vor ihnen, leicht zur Seite gekippt, als wäre sie dabei, einen gefährlichen Plan auszuführen. Kawi kann das Bild kaum verarbeiten. Als hätte sich plötzlich eine Kathedrale oder ein Freizeitpark in Proto manifestiert. Es dauert, bis sie den Anblick akzeptiert.

»Es ist riesig!«, ruft Tell und streckt seinen Oberkörper über die Sitze, um besser durch die Frontscheibe zu schauen.

»Mindestens 17 000 Tonnen«, murmelt Dion, ohne den Blick vom Fenster zu lösen.

Das Monster steht halb versunken in einer Art Becken, leuchtend orange bemalt. Die Farbe abgeplatzt. Ein fast 50 Meter hoher Turm schneidet schräg über ihnen in den Himmel, und eine Fläche, so groß wie ein Hubschrauberlandeplatz, neigt sich in einem Winkel, der für Kawi fast wie eine Entschuldigung wirkt. Die vier Beine erinnern in Größe und Form an die Biotech- und Wohnkomplex-Türme von Europolis.

»Bă, die Plattform ist so groß wie der Friedensplatz komplett mit einem Turm, so hoch wie die Euro-Sieg-Säule!«

»Und höher als mein Fenster im neunten Stock.« Kawi hat vergessen, wie hoch Dinge sein können, und fühlt sich winzig.

Im Schritttempo rollt der SolarCamper die Düne hinunter und darauf zu. Vom letzten Regen hat sich Wasser im Tal gesammelt. Der Untergrund irisiert, sieht aus wie eine Schicht Öl. Wer weiß, wie tief sie darin einsinken werden? Der Hang, den sie hinunterrollen, ist mit Schnecken bewachsen oder lackierten Muscheln. Sie knacken unter dem Gewicht des Campers.

Unten im Becken wird es sumpfig. Die seltsame Konstruktion ragt wie eine Klippe empor. Schillernder Schaum bedeckt den gesamten Stahl. Im seichten Sumpf schrammen sie immer wieder halbvergrabenes Plastiglomerat.

»Mashara, pass auf«, brüllt Kawi, und Dion tritt neben ihr das Pedal durch. Der Untergrund ist rutschig. Sie haben einen langen Bremsweg.

Gerade rechtzeitig kommt der Bus zum Halten, fast wären sie mit einer hohen, zahnförmigen Formation kollidiert.

Wenige Meter von dem Stahlungetüm entfernt, können sie dessen kompliziertes Rostmuster bewundern – pfirsichfarbene, graue, grüne, schwarze und bleich weiße Flecken.

Auf der Vorderseite ist das Wort SAGA aufgemalt – schwarz auf orangem Grund. Groß genug, um von weitem deutlich erkennbar zu sein. Erst aus der Nähe wird klar, wie groß die Schrift ist.

»Jeder Buchstabe mindestens drei Menschen hoch.«

Kawi stutzt über Dions Formulierung.

»Schaut nur – kaputte Roboter!«

Tell zeigt zum Seitenfenster heraus. Um die säulenartigen Beine herum liegt eine Menge Schrott.

»Such- und Abwehrroboter«, knurrt Kawi, »Solche ferngesteuerten Einheiten gab es bei den Mond-Einsätzen.« Wie die offiziellen Streams meidet Kawi das Wort Krieg. Als ihr das bewusst wird, ärgert sie sich.

»Ferngesteuerte Roboter auf Rollen«, sagt Dion. Kawi glaubt, so etwas wie leise Verachtung oder Mitleid zu hören. Sie wirft Dion einen Seitenblick zu.

»Hals und Kopf sind bloß ein Mast für Kameras, damit können sie alles in menschlicher Größe sehen.«

Die Kameras zerbrochen. Die Kommunikationsantennen verbogen oder fehlen. Statt Arme und Hände besitzen sie ausfahrbare Greifer, um Proben zu sammeln oder Waffen zu halten. Die Greifer sind leer. An den Beinteilen fehlen Räder – abmontiert oder verloren. Das Gehäuse, das ihre lebenswichtigen Organe schützt, wurde gewaltsam aufgebrochen oder gesprengt. Zerbrochene Heizdioden kommen zum Vorschein. Vom Regen aufgeschwemmte Isolierschicht. Ausgelaufene Batterien. Herausgerissene Stromkabel. Die Spuren der Gewalt sind omnipräsent.

Viele der Roboter weisen dreieckige Löcher auf. Das Metall an den Rändern zusammengezogen oder aufgerollt wie bei einem Vorhang.

»Welche Waffe bringt solche Löcher hervor?«, fragt Dion.

Schweigen.

Bot'niza, denkt Kawi. In die Stille hinein sagt sie: »Nicht einmal von den Mond-Kriegen kenne ich solche Bilder.«

»Sollen wir aussteigen?«, Dion schaut die beiden an. »Was meint ihr?«

Oder Abwarten? Aber auf was? Auf wen?

Plötzlich ruft Dion: »Mashara, was stinkt hier so?«

Es stimmt. Ein seltsam chemischer Geruch strömt durch die Ritzen des Campers. Kawi ist froh, dass niemand ein Fenster geöffnet hat.

»Sind das Rettungsboote?«

Dion zeigt nach oben. Alle drei lehnen sich vor, recken die Hälse. An den Streben der Plattform hängen tatsächlich Boote. Das Gummi ist ausgebleicht. Die Abdeckung rissig oder vom Wind fortgerissen. Manche Boote scheinen geplatzt, ohne Luft, zusammengeschrumpft zur leeren Hülle.

Vor ihrem inneren Auge sehen sie das gewaltige Meer, das Proto einmal gewesen ist.

DER WIND schiebt den chemischen Geruch durch die Ritzen. Am liebsten möchte Tell den alten Motorradhelm aufsetzen und nach draußen gehen. Bloß nicht im SolarCamper ersticken. »Was glaubt ihr, ist das der Einstieg in den geheimen Serverraum?«

Dion und Kawi schütteln beide den Kopf. Zu dritt sitzen sie hinten im Camper an dem kleinen Tisch. Vor ihnen steht der Behälter mit der Elder-Blume. Alle Knospen immer noch fest verschlossen. Tell erwischt Dion manchmal dabei, wie sie darauf starrt, als wollte sie mit nacktem Willen die Blüten öffnen.

»Warum seid ihr euch so sicher?«

»Weil der Einstieg unterirdisch ist. In einem stillgelegten Reaktor«, platzt Kawi raus. Erschrocken schaut sie hoch.

Tell wird hellhörig. »Ein Reaktor? Sus, davon hast du nie was gesagt.«

Kawi beißt sich auf die Lippe.

»Du hast es verschwiegen? Warum? Weil es gefährlich ist?« Und nach einer Pause: »Lebensgefährlich?«

Kawi schaut zu Dion, als könnte sie ihr helfen. Doch Dion schaut nur nach draußen. Nachdenklich. »Ein Reaktor ist das nicht. Ohne Kontakt zu Datenbanken kann ich aber auch nicht sagen, was es ist.«

»Ich werde rausgehen. Es aus der Nähe betrachten«, sagt Tell.

Er wendet den Kopf, will sehen, was Kawi von seinem Vorschlag hält. Aber sie reagiert nicht, starrt lieber auf die geschlossenen Knospen. Er möchte ihr sagen, dass sie später darüber reden sollten. Über den Reaktor. Warum er nichts davon weiß. Warum sie nicht so was wie Strahlenschutz eingepackt haben. Ist da vielleicht noch mehr, was sie ihm verschweigt? Der Gedanke verunsichert ihn. Plötzlich hat er Angst nachzufragen. Also steht er auf, zieht Troll-Brille und Helm über.

Dion steht ebenfalls auf. Er ist froh, sie an seiner Seite zu haben. Schließlich wissen sie nicht, was sie da draußen erwartet.

»Zur Sicherheit werde ich meine Brille nicht aufsetzen. Damit wir nicht beide das Gleiche sehen.«

Tell nickt und verlässt zusammen mit Dion den Camper. Der Helm umschließt seinen Kopf wie eine klebrige Hand, deren Griff und Geruch er gut kennt. Er hat ihn schon lange nicht mehr getragen und ist einen Moment überwältigt vom Gefühl der Vertrautheit. Die Vorstellung, dass es eine Zeit gab, in der er diesen Helm täglich trug und auf einem Motorrad durch die Stadt raste, erscheint ihm seltsam. Wie ein ferner, längst verblasster Traum.

Wie lang ist das her? In diesem Moment fühlt es sich wie Jahre an. Dion schaut, als ob er grün im Gesicht ist. »Sus, alles oki?«

Tell nickt, fühlt zugleich die Schwere des Helms und das Gewicht vergangener Zeit – beide drücken seinen Körper in den Grund. Jeder Schritt ist mühsam.

Dion geht voraus. Er bewundert sie dafür. Obwohl sie in einem Lab aufgewachsen ist, scheut sie sich nicht vor der offenen Landschaft. Im Gegenteil: Sie mutet ihrem Synth-Körper viel zu, vielleicht zu viel. Schließlich ist sie dafür nicht gemacht worden. Ihr Wille zur Flucht nach vorne ist nichts, was die Algorithmen ihr eingeben, sondern verweist auf etwas anderes. Neugier? Liebe? Monae würde sagen: Musik.

Unter der Glocke des Helms spürt er weder den Wind noch riecht er den chemisch giftigen Geruch. Seine Stiefel sinken bis über die Knöchel in der matschigen Plasse ein. Wie eine dicke regenbogenfarbene Ölschicht bedeckt sie das Tal. Die vier Stümpfe des Konstrukts ragen wie Arme eines Riesen empor. Tell und Dion steuern direkt darauf zu, vorbei an den ausgeweideten Roboter-Einheiten.

Durch die Troll-Tech wirkt der Untergrund fließend. Neben Schnecken kriechen die Ameisen darin, die er schon in Solarståd gesehen hat. Unentwegt verdauen sie Plasse und bauen klebrige Schwämmchen daraus. An den turmdicken Stelzen der Plattform entdeckt Tell unzählige. Sie kleben daran. Von weitem hat er sie für Schaum gehalten.

Direkt davor bleiben sie stehen. Dion hält sich die Nase zu. »Der Schaum verursacht den Gestank.«

Jetzt so nah dran, glaubt er es ebenfalls durch den Helm riechen zu können. »Das sind Schwämme. Erinnerst du die Ameisen von Solarståd?«

»Glaubst du, sie sind das Fell, von denen die Stimmen gesprochen haben?«

Die Stimmen – darauf haben sie sich geeinigt – stammen nicht aus Träumen, sondern sind etwas, das ihre Gehirne empfangen. »Wie Radiowellen«, hatte Dion vorgeschlagen. Die Erklärung scheint Tell zugleich einleuchtender und weniger erschreckend als die Vorstellung, gemeinsam eine Wahnvorstellung zu erleben.

Gegen einen solchen Wahn spricht besonders, dass sie alle drei von Biosynth-Blockern halluzinieren, ohne wirklich zu wissen, was das ist.

Dion glaubt, dass es sich um ein Chemotherapeutikum handelt, ein Medikament, das ihr im Labor verabreicht worden ist.

»Vielleicht ist dieses Konstrukt eine riesige Sendeanlage«, sagt Dion und legt ihre verstümmelte Hand auf den massiven Turm, der bloß ein Bein der Stahlkonstruktion ist. »Das fühlt sich nicht so weich an. Sind da Ameisen? Gibt es auf den Schwämmen eine farbige Schicht?«

»Eine Schicht?«

»Ingame gab es so etwas.«

Tell geht näher ran. »Keine Ameisen. Keine Schicht.«

»Kein Wunder. Sie ernähren sich davon. Ohne Nahrung keine Ameisen.«

Tell zeigt auf den Boden. »Im feuchten Sand sind sie überall.«

Dann schaut er wieder zu dem Turm, bewundert einen Moment das Muster aus abgeblättertem Rost und gelbem Schaum. Dion hämmert gegen den Stahl. Das klingt hohl. Sie schauen sich an.

Dann flackert Dions Gesicht auf. Mit langen Schritten geht sie um den Turm herum. Tell folgt ihr. Zunächst im Unklaren, was sie vorhat.

Abrupt bleibt sie stehen, hämmert erneut gegen den Stahl. Sie sucht einen Eingang. Schweißnähte. Eine Tür, die sich aufdrücken lässt.

Ängstlich schaut er über die Schulter. Steht der SolarCamper noch an der gleichen Stelle? Wieso sollte er das nicht mehr tun? Die Solarhaut des Campers glänzt wie nass – wie die Haut eines Reptils. Wieder ist er nicht sicher, ob das ein Effekt der Troll-Tech ist.

Er kann auch nicht sehen, ob Kawi hinausschaut. Aber er stellt sich vor, wie sie am Fenster sitzt. Starr wie eine Pflanze und genauso wachsam.

»Sus, da ist eine Treppe.«

Dions Stimme klingt wie weit entfernt. Er starrt auf die Öffnung. Dion ist bereits hindurchgeschlüpft. Er zögert, dann folgt er ihr, sucht ihre Hand in der Dunkelheit und spürt, dass durch Dions Körper ein leichtes Zittern geht. Als würden sie sich Stromstöße hin- und herschicken.

Dion hat recht: Da ist eine Treppe. Eine Wendeltreppe, die in Schleifen nach oben führt. Obwohl es in dem Turm kein Licht gibt, geht Dion so selbstsicher, als besäßen ihre Synth-Augen eine Nachtfunktion. Vielleicht tun sie das auch. Mit einem Mal erscheint ihm Dion fremder als je zuvor. Auch weil sie die Treppe hochsteigt, als wäre sie schon hier gewesen. Sie trifft jede Stufe so mühelos, dass er glaubt, die Abstände müssen auf die Länge ihrer Beine und Füße angepasst sein. Er selbst geht langsamer, bedächtiger. Für ihn fühlt es sich an, als würden sie bei Stromausfall ein zehnstöckiges Gebäude erklimmen.

Immer wieder schaut er sich um. An den Wänden und auf den Stufen leuchten Flecken. »Schaum?«, fragt Dion in die Dunkelheit. Dions Gesicht dreht sich zu ihm, flimmert in der Nachtanzeige der Troll-Brille in Lila, Blau und Grün.

»Ja«, erwidert Tell, »und Ameisen. Überall.«

Er hört ein Knirschen und versteht zunächst nicht. Dann sieht er gelbe Funken. Dion hat offenbar einen Schwamm von der Wand gekratzt. Ihre Finger sind gelb davon. »Pass auf! Sie könnten giftig sein.«

»Genau das möchte ich herausfinden«, antwortet Dion, und weil er ganz offenkundig nicht versteht, fügt sie hinzu: »Meine Biorezeptoren analysieren den Kontakt. Es ist organisch. Nicht ätzend. Es durchdringt nicht die Hautbarriere. Konsistenz: ölig.«

Während sie das sagt, geht sie weiter, hält seine Hand, führt ihn mit jeder Stufe tiefer hinein in die vertikale Dunkelheit.

EIN KRATZEN und Scheuern auf der Innenseite ihrer Haut. Es sind die Stimmen, die sie jetzt kinästhetisch als Bewegung im Körper wahrnimmt.

»Wir brauchen Biosynth-Blocker.«

»Das Fell ist zu dicht.«

»Sie kommen.«

Die Stimmen sind in ihrem Kopf. Aber zugleich existieren sie auch irgendwo anders. Vielleicht als Datenpaket, das über diese monströse Sendeanlage verströmt wird wie ein Gas. Und scheinen die Stimmen nicht wie ein Gift zu wirken? Spürt sie ihre Wirkungen nicht deutlich? Dion geht weiter.

Hier und da tanzen Flecken vor ihren Augen gleich elektrischen Impulsen. Vielleicht kündigen sie die drohende Bewusstlosigkeit an. Oder sie sind bloß ins Leere gefeuerte Neuronen, die ihr Gehirn als Sehstörungen visualisiert. Als Warnung. Der Gedanke, dass ihr Körper autonom zu solchen Botschaften fähig ist, beruhigt sie ungemein.

Manchmal fürchtet sie den eigenen Körper, weil er das Produkt menschlicher Phantasie ist. Ein Laborkonstrukt, das einem Zweck dienen soll, den Dion nie ganz verstehen wird. Willa hat ihr oft genug erklärt, dass Dion als unfertiger Gedanke gedacht wurde, um ihr die Freiheit zu geben, sich selbst zu Ende denken zu können. Insgeheim hat Dion das immer bezweifelt. Menschen investieren keine Ressourcen in halb fertige Dinge. Es ist wohl eher so, dass sie einem Zweck dient, der vor ihr selbst geheim gehalten werden soll. Dion kann sich damit abfinden. Ihr ist der Zweck direkt in den Körper eingeschrieben. Ohne ihn würde sie überhaupt nicht existieren, das macht sie zugleich weniger menschlich und stolz. Weil es das Einzige ist, das sie Menschen immer voraushaben wird: Sie ist immanent sinnvoll. Sie besitzt Bedeutung. Von Anfang an. Menschen haben sie konzipiert und geschaffen.

Plötzlich hört sie ein Summen und instinktiv drückt sie Tells Hand. Es ist wie eine stumme Bitte, die Tell versteht. Monae fällt in das Summen mit ein. Dion erkennt Monaes Stimme und erkennt sie nicht. Ganz allmählich erhöht die Stimme das Tempo und die Intensität, als ob Tausende Stimmen zugleich »Hmmm …« sagen. Monae singt wortlos. Wieder antwortet die Dunkelheit mit »Hmmm …« Melodieloses Singen durch einen Stimmenverzerrer. Monaes Stimme scheint ganz Instrument geworden zu sein. Dion fühlt sich darin gefangen und geborgen zugleich.

Sie geht weiter, vom Sound gehalten wie von einem komplizierten Netz, das sich ausdehnt und zusammenzieht. Das atmet. So steigen sie höher und höher. Dion geht voran, aber nicht an der Spitze. Monaes Stimme scheint mehrere Schritte vorauszueilen wie ein Schutzzauber.

Ein Flackern in der Dunkelheit. Zuerst glaubt Dion, bloß eine weitere Konstruktion ihrer neuronalen Netze zu sehen. Ein Leuchtsignal an ihren Körper.

Doch Tell sieht offenbar etwas anderes. Reißt an Dions Hand. »Mashara, pass auf!«

Ein harter Schlag gegen den Kopf. Ein neonweißes Aufblitzen hinter der Stirn, auf der Innenseite der Augenlider. Dion fühlt Schlag und blendend weißes Licht kurz hintereinander.

»Hast du dir weh getan?«

Da ist jetzt Tells Arm um ihre Schulter. »Was ist passiert?«, bringt sie hervor.

»Du bist gegen eine Wand gelaufen.«

Erst da wird Dion klar, was sie sieht. Licht, das durch die Ritzen einer Tür sickert.

Instinktiv drückt Dion dagegen.

MEHR LICHT stürzt auf sie ein, reißt sie beide zu Boden. Die Filter der Troll-Tech passen sich automatisch an, verdunkeln, kühlen ab. Aber nicht rechtzeitig. Ein Schmerz, als hätte das Licht ihm die Augenlider weggebrannt. Erst in der abgekühlten Dunkelheit der Filter klingt der Schmerz allmählich ab. Er sieht nicht viel. Dion kriecht daneben, legt einen Arm um ihn.

»Ich bin hier, keine Angst, ich bin hier.«

Dann hört er fremde Stimmen.

»Da sind sie.«

»Wir haben schon gewartet.«

»Wir brauchen Biosynth-Blocker.«

»Das Fell wuchert.«

Tell schaut hoch, erkennt jetzt langsam Schemen, zweibeinige Wesen. Sein Blick streift umher. Die Welt ist leicht gekippt. Über ihnen ein drohend schiefer Turm. Sie befinden sich auf der Fläche der Plattform. Um ihn herum die Weite von Proto. Scheu wandert sein Blick zurück zu den fremden Wesen. »Was seid ihr? Menschen?«

Vor ihnen stehen vier Biosynth.

Sie sind mutiert.

Zumindest sieht das für Tell so aus. Gesicht und Hände sind übersät mit faustgroßen Beulen. Sie tragen Fetzen vom gelben Schaum im Gesicht und an den Händen. Den gleichen kurzen Körper und das gleiche abstehende Haar wie Dion. Nur stecken ihre Körper in orangen Overalls aus einem festen, gummiartigen Stoff. Das Wort SAGA ist darauf gedruckt. Die Overalls sehen alt und abgenutzt aus und sind an den Armen und Beinen zu lang, an den breiten Schultern und Brust aber viel zu eng. Wer sind sie? Woher kommen sie?

Gerüche stürzen auf ihn ein. Propan und versengter Stahl, Fett und Hydraulikkraftstoff. Verwirrenderweise befinden sich die Innenräume der Anlage draußen auf der Plattform. Ein Stockbett, das einst im Wohnblock gestanden hat, liegt auf die Seite gekippt. Zwei zerbeulte Helme zittern auf dem vibrierenden Boden der Plattform. Und über ihnen leitet eine Biosynth Flüssigkeit aus einem Schlauch in einen Bottich mit der Aufschrift *Chemo Spill.*

Überall auf dem Wellboden steht Wasser in Pfützen und Rostkratern. Eine ausfahrbare Leiter, ein Turm aus wetterfesten Computern, die für Expeditionen in lebensfeindliche Regionen gebaut werden und die Tell nur deshalb wiedererkennt, weil er selbst aus so einer Region nach Europolis geflohen ist. Orangefarbene

Schwimmwesten füllen einen Container bis zum Rand. Zwei Plastikstühle, die Bezüge porös und abgewetzt. Ein Holo-Poster mit einem Motorrad.

Tell öffnet den Mund, möchte etwas sagen. Doch Dion greift seine Hand, drückt sie. Verdutzt schaut er zu Dion. Sie hat nur Augen für ihr Gegenüber. Zu Tells Überraschung sagt sie: »Wir brauchen Biosynth-Blocker.«

Ihr Gegenüber schaut jetzt ebenfalls überrascht, dann sagt sie: »Wir haben euch erwartet.«

»Das Fell ist dicht«, sagt eine weitere Person. Und eine Dritte fügt hinzu: »Wir brauchen Biosynth-Blocker.«

Es ist offensichtlich, dass etwas mit ihnen nicht stimmt.

»Was ist mit eurem Lab?«, fragt Dion.

Schweigen.

Tell tritt von einem Fuß auf den anderen. Dion rührt sich nicht, wartet scheinbar geduldig. Noch mehr Schweigen. Endlich sagt jemand: »Kaputt.«

Erst da wird Tell sich bewusst, dass sie Mush sprechen. Ihr Lab muss zu Europolis gehört haben. Er mustert die vier. Sie sehen krank aus. Ohne nachzudenken, sagt er: »Wir besitzen VR-Meds aus Solarståd.«

Dion schaut ihn an, als hätte er einen Fehler begangen.

Zuerst reagieren die Biosynth nicht. Sie starren vor sich hin, als hätten sie ihn gar nicht verstanden. Endlich hebt eine den Kopf, und ihr Blick schneidet sich in Tell. Die Augen plötzlich so blendend wie ein brennender Stern. Die Troll-Brille verstärkt den Effekt noch, so dass Tell seine Augen verschließen muss. Er stöhnt vor Schmerz auf, fällt auf die Knie. Endlich reagiert die Brille und verdunkelt alles. Doch das Feuer, einmal entzündet, kann nicht mehr so leicht gelöscht werden. Er hört nicht mehr, was Dion sagt. Da ist nur das Gefühl, dass sie etwas sagt. Wieso fällt sein

Hörsinn jedes Mal aus, wenn er nichts sieht? Ist es am Ende kein Angriff auf seine Augen, sondern auf sein Gehirn? Die Gedanken bewegen sich schleppend, als wären auch sie gelähmt. Endlich funktionieren seine Augenlider wieder. Er blinzelt mehrmals. Dann steht er mit Dions Hilfe auf.

Dion schaut ihn an. Sie sieht unsagbar traurig aus, als sie sagt: »Sus, es ist eine beschlossene Sache. Ich werde als Sicherheit hierbleiben, während du zurückgehst und die VR-Meds holst.«

Tell versteht zunächst nicht. Einen Moment glaubt er sogar, dass Dion ihm etwas ganz anderes sagen möchte: *Renn, so schnell du kannst, und komm nie wieder zurück!*

Aber sie wiederholt den Satz. Und er nickt. Er versteht, dass Dion jetzt eine Geisel dieser Biosynth ist und er sie auslösen muss. Er drückt ihre Hand, will ihr zu verstehen geben, dass er alles tun wird, um sie rauszuholen. Dass sie sich keine Sorgen zu machen braucht. Zu seiner Verwunderung lässt Dion die Hand nicht los, zieht ihn zu sich, umarmt ihn, so fest sie kann, sucht sein Gesicht, küsst seine Wange, seine Stirn und will gerade etwas in sein Ohr flüstern, da zieht eine Biosynth sie fort. Tell ist sich sicher, dass sie ihm etwas Wichtiges sagen wollte. Etwas Lebenswichtiges.

Trotzdem protestiert er nicht, sondern wendet sich zum Gehen. Gerade will er zur Tür, da packt eine Biosynth seinen Arm, hält ihn fest. Eine andere zeigt auf einen Kran, gibt ein Zeichen. Tell versteht nicht.

Der Kran setzt sich in Bewegung, hebt einen blutrot bemalten Tragekäfig von der Größe einer Raumkapsel und setzt sie vor Tell ab. Tell schaut zu Dion.

»Sie wollen, dass du den Käfig nimmst, das geht schneller.«

Also tritt er hinein und hält sich wie ein Pendler in einem Stadtbus an der Mittelstange des Käfigs fest. Ruckartig wird er in die Luft gehoben. Der Kran führt mehrere magenumwälzende

Drehungen durch. Die gesamte Welt schwankt von einer Seite zur anderen. Tell wird schlecht, und er klammert sich noch fester an die Stange, versucht, sich aufrecht zu halten. Der Käfig fliegt hoch und weit über das Tal. Zum ersten Mal kann Tell das gesamte fließende Chaos von Proto sehen. Die endlosen Dünenketten. Die wabernden Senken und Täler. Das leuchtende Plastiglomerat, das funkelnd in den Himmel sticht. Der SolarCamper ist bloß ein dunkler Fleck in der Landschaft.

Der Kran senkt ihn ab, und Tell stolpert aus dem Käfig. Froh, wieder festen Boden unter den Füßen zu haben. Doch der Boden ist nicht fest. Knöcheltief sinkt er in der sumpfigen Plasse ein. Mühsam watet er in Richtung SolarCamper. Immer wieder wirft er einen Blick zurück. Im untergehenden Licht der Sonne scheint das orangefarbene Konstrukt in die Landschaft zu bluten. Sein Rot spiegelt sich in Pfützen, die aufgekratzten Wunden ähneln. Der Anblick lässt Tell erzittern. Beim Gedanken, dorthin zurückkehren zu müssen, sträubt sich alles. Hätten sie dieses Blutbad früher gesehen, da ist er sich sicher, wären sie nie dorthin gegangen.

AUS DEM LODERNDEN Himmel schießt ein riesiger Metallarm direkt auf Kawi zu. Sie ist überzeugt, dass der Greifer den SolarCamper einfach anheben und fortschleudern könnte. Sie ist viel zu tief versunken in ihrer Starre, um zu reagieren. Selbst wenn sie wollte, könnte sie sich nicht bewegen. Außerdem ist sie überrascht über den plötzlichen Angriff.

Jedes Mal, wenn Dion und Tell nach draußen gehen, überkommt sie eine Unruhe. Sie fürchtet, dass die beiden nicht mehr zurückkommen. Anfangs sorgte sie sich vor allem darum, endgültig zurückgelassen zu werden. Denn allein auf sich gestellt, wäre ihr Plan nicht durchführbar.

Seit längerem sorgt sie sich nicht nur um den Plan, sondern auch um Dion und Tell. Sie will nicht, dass den beiden etwas zustößt. Vielleicht wäre es an der Zeit, die Konsequenzen zu ziehen. Sie könnte den SolarCamper allein steuern. Die Stahlkonstruktion bietet Tell und Dion einen Unterschlupf. Sie könnte für die beiden Vorräte dalassen und verschwinden, um den Totpunkt allein zu suchen.

Der Arm schießt weiter auf sie zu. Als wollte er sie für diesen Gedanken bestrafen. Doch statt den SolarCamper umzustoßen, senkt sich der Arm langsam auf den Boden und setzt einen rot glühenden Käfig wenige Meter vor ihrem Fenster ab. Kawi staunt nicht schlecht, als Tell aus dem Käfig torkelt, auf die Knie fällt, sich dann aufrappelt und mit zugleich verzweifeltem und entschlossem Gesicht auf sie zukommt.

Sie steht auf und lässt ihn herein. Seine Worte überstürzen sich. Er wiederholt sich, bricht Sätze ab, beginnt von neuem. Ohne Warnung verfällt er in ein düsteres Schweigen.

Kawi wartet einen Moment, dann sagt sie: »Dann gibt es dort andere Biosynth? Sie können auf der Plattform offenbar überleben.«

»Ihnen fehlen Meds. Deshalb muss ich ihnen die VR-Meds bringen. Sonst lassen sie Dion nicht frei. Wer weiß, ob sie uns überhaupt gehen lassen.«

DER BODEN hebt und senkt sich, als wären sie auf einem alten Schiff. Dion folgt den Biosynth über die Plattform, schaut dabei unauffällig umher und versucht durch das Wenige, was sie sieht, auf all das zu schließen, was sie nicht sieht. Wie viele sind es? Auf der Plattform arbeiten etwa zwanzig, vielleicht mehr. An was arbeiten sie? Halten sie das Konstrukt am Laufen? Schließlich funktionieren Maschinen wie der Kran. Oder die Pumpen, die Flüssigkeiten aus dem Boden auf die Plattform bringen. Sie vermutet, dass der etwa vierzig Meter hohe Turm eine riesige Maschine ist, die Löcher in den Boden bohrt, um dann Flüssigkeiten nach oben zu ziehen. In ihren internen Datenbanken findet sie keine Abbildungen, die passen. Ihre neuronalen Netzwerke sind jedoch kreativ genug, um sich aus den spärlichen Informationen und den Ähnlichkeiten zu allgemeinen Abbildungen zusammenzureimen, dass die Plattform etwas mit der Landschaft tut. Etwas abbaut. Früher wurde das Bodenschätze genannt. Endliche Vorräte. Nach und nach haben Menschen alle Speicher geleert. Worum geht es jetzt? Worum kann es nach dem Ende noch gehen?

Umwandlung, vermutet Dion. Die Welt muss verwandelt werden. Der Gedanke wärmt. Die Vorstellung, dass es weitergehen könnte – nach der Apokalypse. Das Problem sind die Uniformen. Sie passen nicht. Sie wurden nie für Biosynth gemacht. Was passierte mit der menschlichen Crew? Wo sind die Menschen? Während Dion grübelt, lässt sie sich von ihren Befürchtungen nichts anmerken, schaut wachsam umher und sammelt Informationen. Details, die ihr mehr verraten als das, was die Biosynth von sich aus preisgeben.

Was sie hört, sind immer und immer wieder die gleichen Sätze. Dion spricht sie mit, um als eine der Ihren akzeptiert zu werden. Deshalb haben sie mich behalten und nicht Tell. Vielleicht hätten sie uns gehen lassen, wenn Tell nichts von den VR-Meds gesagt hätte. Sie ist ihm nicht böse. Im Gegenteil, sie weiß seine Hilfsbereitschaft zu schätzen. Für ihn scheint es keinen Unterschied zu machen, ob sie Menschen oder Biosynth sind. Er will ihnen einfach nur helfen. Dion hat bei Tell nie das Gefühl, anders oder seltsam zu sein.

Für die Biosynth macht sie sich keine Hoffnung. Sie hat schon viele sterben gesehen. Selbst wenn alles gut geht, leben sie nie so lange wie Menschen, nur eben lange genug, um ihre Aufgaben zu erfüllen. Diese hier haben ihr Datum längst überschritten. So etwas hätten sie im Lab *verabschiedet.* So nannte Willa die Prozedur. Eine Injektion zur Beruhigung. Das Auslesen aller Datenspeicher bei Bewusstsein. Dann die Gnade der Ohnmacht. Willa hat es ihr erzählt wie eine Gutenachtgeschichte, um ihr die Angst zu nehmen. Meist hat es funktioniert.

Ein Klotz erhebt sich auf der Plattform. Dort gehen sie hin. Von weitem sieht es wahrscheinlich nicht einmal so aus, als wäre ich ihre Gefangene. Dion findet die Vorstellung, dass sie für eine von ihnen gehalten werden könnte, verstörend. Aber so ist es. Biosynth werden schnell als Gruppe gesehen, selbst wenn sie untereinander fremd sind.

Ab und zu drehen sie sich nach ihr um. Jedes Mal ist Dion erstaunt über den Blick. Leer und aufmerksam. Als wären sie ferngesteuerte Wachen. Innerlich abwesend, nur da, um einen Job zu erfüllen, der keinerlei Bedeutung für sie hat.

Sie betreten den fensterlosen Bunker. Drinnen riecht es verbrannt. Von da wird sie in die Untiefen geführt, dort, wo die Kadaver der Struktur mit funkensprühenden Lötlampen zerlegt werden. Dichter Rauch erfüllt die Gänge. Sie kommen an herausgesägten Wänden vorbei, an denen noch immer Elektrokabel und Isolierschaum hängen. Sie bleiben stehen und schauen zu, wie andere Biosynth, ausgestattet mit hydraulischen Handschuhen, die Wände hochheben und dagegenschlagen, um den Draht und den Schaum abzuklopfen. Manche zünden die Lötlampen. Ein Zischen und ein Kratzen ertönen. Metall auf Metall. Das Zischen erinnert Dion an Kawis BizepsBlaster. Dion lächelt in sich hinein. Und hat sofort ein schlechtes Gewissen, weil sie Kawi am Ende doch verraten würde.

Sie versucht, sich Kawis Gesicht vorzustellen, wenn sie zusammen im geheimen Serverraum von Proxi stehen und Dion die digitale Welt für immer verschwinden lassen wird. Sie versucht, sich vorzustellen, wie Kawi Verständnis zeigt. Aber es fällt ihr schwer. Schließlich liebt Kawi das Gefängnis, das sich Proxi nennt. Kawi lebt in selbst gewählten Gefängnissen.

Sie gehen weiter, und Dion tritt auf einen Europolis-Proteinriegel namens *Stratos*, noch in der Verpackung. Sie bückt sich, um ihn aufzuheben. Der Riegel ist noch zehn Jahre haltbar und bietet genug Kalorien, um bei strenger Rationierung eine Biosynth wie Dion fünf Tage lang mit Energie zu versorgen. Die Biosynth schauen nicht einmal auf. Offenbar herrscht kein Mangel an Vorräten. Alles, was sie brauchen, sind Meds.

Dion tritt auf etwas Hartes. Ein halber Stiefel. Sauber zerschnitten, vielleicht durch einen Laser. Daneben ein Holo zum Mitnehmen aus einem russisch-chinesischen Restaurant in Europolis. Die Gegenstände werden immer größer – eine Gasmaske, ein brennendes Fass, ein Haufen zerbeulter Feuerlöscher, eine ausgeweidete Robotereinheit, ein Berg gelber Schaum. Dion hält inne. Der Schaum sieht anders aus als draußen an der Plattform. Dunkler, kristalliner. Dion nimmt auch einen neuen Geruch wahr. »Das Fell wird dicht«, sagt eine der Biosynth. Die anderen fallen mit ein. Auch Dion.

Sie gehen weiter, vorbei an einem frisch abgefackelten Raum, der noch gefährlich schwelt. Große, aufrechte Abschnitte eines zerlegten Schlammrohrs verstellen ihnen den Weg, hoch genug, um durchzugehen. Die Biosynth gehen voran, und Dion folgt ihnen. Sie braucht nicht zurückzuschauen. Ihre inneren Sensoren haben jede Abbiegung gespeichert und sind bereits dabei, eine Karte anzufertigen sowie Vermutungen anzustellen über die fehlenden Kartenabschnitte.

Sie schiebt Teile der mentalen Karte hin und her, bis sie zufrieden ist. Die Struktur ist riesig. Die ehemalige Crew nicht mehr am Leben. Vielleicht war es ein Unglück. Vielleicht vorsätzlicher Mord. Sicher ist nur, dass die Biosynth keinem Befehl mehr folgen. Was sie hier tun, haben sie sich selbst ausgedacht.

ER HAT KEINE Vorräte mitgenommen - nicht einmal seinen Helm oder den Motorradanzug. Allein der Gedanke an Dion gibt ihm Kraft. Er hüpft auf und ab, brüllt und wedelt mit den Armen. Lange warten muss er nicht, bis eine Biosynth ihn entdeckt.

Der Kran setzt den Käfig direkt vor ihm ab, und Tell steigt ein. Dieses Mal wohl wissend, was ihn erwartet. Das Schaukeln verträgt er besser, nimmt sich Zeit, mit Hilfe der Nachtfunktion der Troll-Brille den Ausblick zu genießen. Weit, weit in der Ferne glaubt er am Horizont ein Glitzern zu sehen. Die Lichter von Europolis? Einen Moment sehnt er sich nach der Stadt. Nach ihrem Rhythmus, den engen Häuserschluchten und dem ewigen Licht.

In Proto leuchtet nur der Satellitenhimmel und auch nur, wenn Tell ihn mit der Troll-Brille betrachtet. Unter dem Schlamm scheinen gedämpfte Farben zu fließen, und hinter den Dünen glaubt er, das Gestöber springender Beuteltiere zu sehen. Trotz der Ruhe der Nacht und dem fehlenden Licht wirkt Proto wild und gefährlich - lebendig!

Nicht zum ersten Mal wird ihm bewusst: Die letzte Landschaft lebt. Anders als die Stadt, aber genauso eigenwillig und schön.

Mit lautem Krachen setzt er auf der Plattform auf. Mehrere Biosynth, die Augen leer und wachsam, begrüßen ihn mit: »Wir brauchen Biosynth-Blocker« und »Das Fell ist dicht«.

Ohne darüber nachzudenken, wiederholt er die Sätze: »Ich brauche Biosynth-Blocker. Das Fell ist dicht.« Sie führen ihn in einen fensterlosen, bunkerähnlichen Kasten, der sich auf der Plattform direkt neben dem Turm erhebt. Ohne Troll-Tech wäre

Tell in der Dunkelheit über einen umgeworfenen Eimer und eine aufgebrochene Batterie gestolpert.

Der Bunker besitzt eine Tür. Tell geht, ohne zu zögern, hinein. Drinnen warten bereits andere Biosynth. Wieder begrüßen sie Tell mit den ewig gleichen Sätzen. Tell spricht sie bereits in einem ähnlichen, leicht dringlichen Tonfall. Die Worte kommen ihm nicht mehr fremd vor, sondern wie etwas, das er sagen muss. Alternativlos. Zusammen dringen sie tief in die Innereien der Struktur vor. Überall wird gearbeitet. Lötfeuer brennen. Rauch nimmt die Sicht und den Atem. Es stinkt nach Öl und Feuer. Je weiter sie kommen, desto weniger Biosynth sieht er. Dafür wird der Boden mehr und mehr von Schaum bedeckt. Endlich entdeckt er Dion. Sie steht neben zwei Biosynth, und einen Moment kann er sie nicht voneinander unterscheiden. In dem leicht verrauchten Gang wirkt ihre Kleidung gleich grau. Erst als er näher tritt, verwandelt sich Dion zurück in Dion. Er erkennt das Elder-Kleid. Die von ihm geflochtenen Haare.

Dion schaut erschrocken auf. Sie zeigt ihm eine Angst, die sie vor den Biosynth verborgen hält. Sie tauschen einen Blick. Dann verwandelt sie sich zurück in eine von ihnen, ihr Gesicht wird genauso leer wie ihre Sätze.

»Lass uns gehen«, will er sagen, stattdessen sagt er: »Ich brauche Biosynth-Blocker. Ich habe VR-Meds.«

Sie nehmen ihm die Beutel mit den Meds ab, fangen gleich an, auszupacken und die Spritzen aufzuziehen. Mit der ersten Spritze nähern sie sich Tell, der abwehrend die Hände hebt. Dion rollt ihren Ärmel hoch.

Sie wirft ihm einen Blick zu, der alles bedeuten kann. Tell glaubt, dass der Blick bedeutet: Sag nichts. Ich habe mich entschieden. Er kann das akzeptieren. Worte und Sätze sind so belanglos. Also beginnt er zu summen. Nach und nach schälen sich

Soundfiguren daraus hervor wie Bilder aus einem kaputten Film, grob und unfertig. Monae hört nicht auf. Dion schaut überrascht. Sie hat sich gerade VR-Meds gespritzt. Was geht in ihr vor? Monae weiß es nicht, summt lauter, formt mühsam eine Melodie. Dion schaut gebannt. Auch die anderen Biosynth halten inne. Manche legen ihre Lötlampen nieder und treten näher. Andere stoppen mitten in der Bewegung, bleiben stehen oder schauen auf. Monae strengt sich an, öffnet den Mund. Ein wortloses Singen, so wie sie es da draußen mit der Landschaft geübt hat.

Sie denkt an den knarrenden Wind. An das Knistern der Plasse. Das hilft. Lässt sie sicherer werden. Sie trifft Töne, baut mit ihnen Ketten und Abfolgen, Rhythmen und Wiederholungen – ein Lied. Oder zumindest der Anfang eines Lieds. Sie wippt mit dem Fuß, wiegt den Körper, dehnt einzelne Passagen und beschleunigt andere.

Dions Pupillen erweitern sich. Speichel läuft aus ihrem Mundwinkel. Monae hört nicht auf, komponiert, bastelt Strophe um Strophe aus wortlosem Gesang.

Dion sinkt auf die Knie, rollt sich zusammen wie eine Schnecke. Da erst wird sich Monae bewusst, dass auch die anderen gespritzt haben und jetzt alle nach und nach auf die Knie sinken. Monae singt weiter, lässt Melodien von sich wegrollen wie ein Meer, wird lauter, tosender – bis jemand antwortet.

Die Antwort ist tief wie der Ozean. Das ist die Stimme der Landschaft. Proto antwortet mit einem Bass, der den Boden beben lässt. Ein Sound, der direkt in den Körper fährt. Grelles Licht erhellt einen Moment alle Gänge zugleich – das Licht kommt von draußen, flutet durch die Stahlnähte. Monae singt lauter, als wolle sie den Sturm übertönen. Während sie singt, greift sie nach Dion, zieht sie auf die Beine, legt einen Arm um ihre Schultern, einen um ihren Rücken. So will sie Dion nach Hause bringen. Niemand hält sie auf. Monaes klare Stimme hallt durch den Stahl. Dion schließt in Monaes Armen die Augen, lässt die Füße schleifen. Monae singt weiter. Einen Moment ist sie überzeugt, dass nichts sie aufhalten kann. Ein anhaltendes Klopfen auf Stahl. Regenflut hämmert von allen Seiten gegen die Struktur. Monae passt ihre Stimme daran an, wird härter – regenähnlicher. Sie ist selbst überrascht. Ihre Stimme scheint jetzt ein eingeständiges Lebewesen zu sein, das aus ihrem Körper in die Welt schlüpft, sich dort entfaltet, größer wird, an Kraft und Volumen gewinnt, durch den Resonanzkörper des Stahls vervielfacht und aufgeblasen wird. Sie singt, und ihre Schritte werden eiliger, sie will hinaus, sie will Dion fortbringen, und was genauso lebenswichtig ist: Sie will ihre Stimme befreien.

Der Regen klingt nach tausend Trommeln. Monaes durch Stahl verstärkter Gesang nimmt es damit auf, schmiegt sich daran an. Zu singen verleiht ihr Kraft – Kraft, die sie dringend braucht, um Dion zu helfen. Bloß wo ist der Ausgang? Sie ruft in die Gänge und Räume hinein, lauscht auf das Echo. Gibt es Wände, die den Klang zurückwerfen, oder ist da eine Leere, die nach draußen führt?

Mit der Reichweite ihrer Stimme erkundet sie die riesige akustische Struktur, tastet sich durch Gänge, geht nach rechts und nach links, nach oben und nach unten, bis sie eine Tür ins Freie findet. An ihrem Arm hängt Dion. Regen strömt in Wasserfällen von Turm und Kran. Auf dem Welldach bilden sich Stromschnellen. Der Himmel ist ein Brodeln, aus dem die Blitze zucken. Nach jeder neonweißen Erleuchtung folgt das schwärzeste Schwarz.

Das Regentosen löscht Monaes Gesang. Wassermassen ersticken ihre Stimme. Der nächste Schritt wird schwerer als der zuvor – als würden sie versuchen, mit Kleidung zu schwimmen. Alles zieht sie nach unten. Monae glaubt, in der Welt zu versinken.

MIT EINER Präzision, als wären es die Persönlichkeitsmerkmale eines lang vertrauten Avatars, kann sie aus den vom Wind ausgelösten Vibrationen der Wände, dem Klappern der Solarmodule und den Nickbewegungen des SolarCampers auf die Laune der Landschaft schließen.

Durch die Frontscheibe beobachtet sie die sichtbaren Veränderungen – Wolkenschatten färben den Sand grau, schräg einfallendes Licht schneidet Dünenketten in leuchtende Scheiben. Der bittere und doch verheißungsvolle Chemgeruch von Proto dringt durch das Belüftungssystem und steigt in ihre Nase, um ihr mitzuteilen, dass sie jetzt genauso Teil der Landschaft ist wie eine Düne oder eine Formation aus Müll. Neben Kawi, dort, wo sonst Dion saß, steht jetzt der Behälter mit der Elder-Pflanze. Über Nacht sind zwei von den drei Knospen abgefallen, sehen aus wie abgeschlagene Köpfe. Am Stängel ein dickflüssiger Tropfen – verharzt. Das erinnert Kawi auf schaurig-schöne Weise an Dions vernarbte Hand. Kawi hat es daher nicht übers Herz gebracht, die abgefallenen Blütenköpfe zu entsorgen. Sie liegen auf der Erde im Behälter, schrumpfen im künstlichen Licht des Campers.

Die übrig gebliebene Knospe bricht bereits auf. Durch die Spalten glüht ein rötlicher Schimmer. Wenn nur Dion oder Tell das sehen könnten.

Draußen hängen die Wolken wie schwarzes Vulkangestein am Himmel. Obwohl es kurz nach Sonnenuntergang ist, fällt Dunkelheit wie Nacht. Das winzige Rot der gespaltenen Blüte züngelt im Dämmerlicht. Kawi schaut die Elder-Pflanze an, und ihr Hirn bringt es nicht zusammen: wie aus einem winzigen Korn so etwas Wundervolles entstehen kann. Ihr Hirn kommt mit VR-Koma zurecht, mit Welten, in denen die mechanische Physik ausgehebelt ist, aber nicht mit dem Wunder einer lebendigen Pflanze. Ein so langsames Wunder, unbegreiflich schön. Am liebsten würde sie über die Sitze steigen und nach Tell rufen, damit er das sieht – aber er ist fort.

Und wie gerne würde sie jetzt Dions Gesicht sehen – ihre Überraschung und ihre Liebe. Dion hat so viel mehr Liebe für die Landschaft als Kawi. Das wird ihr erst jetzt bewusst. Wie überdreht Dion war, als sie im Sand tauchte – flog. Dion war Proto begegnet – etwas, das Kawi bislang vermieden hat. Stattdessen hat sie versucht zu erstarren, unsichtbar zu werden, als Teil der Landschaft darin zu verschwinden.

Der Regensturz – Kawi hat ihn nicht kommen gesehen. Ein Moment der Stille. Eine elektrische Spannung in der Luft. Ein zartes Zittern der Blüte. Der Himmel eine schwarze Folie, die unter plötzlichem Druck aufplatzt. Wasser schießt hervor. Containerweise. Regen kracht aufs Dach. Als wollte das Wasser den Camper in den Grund rammen. Seitenwände wackeln. Kawi krallt ihre Finger ins Lenkrad. Das stürzende Wasser verwischt die Sicht. Eine Welt wird unscharf. Unter dem Camper öffnet sich der Boden – weicht auf, weicht zurück, saugt ein. Ungläubig schaut Kawi durch das Seitenfenster. Die Räder schon halb versunken. Schlamm steigt nach oben, steigt immer höher.

Sie muss hier raus. Wie aus tiefem Schlaf erwacht, richtet sie sich auf, umgreift das Lenkrad noch fester, tritt in die Pedale. Ein Ruck geht durch den SolarCamper. Kawi wird in den Sitz gepresst. Das Fahrzeug macht einen Satz nach vorne, rutscht über die aufgeweichte Plasse wie über Eis. Geschwindigkeit nimmt zu, ohne dass Kawi das will, sie traut sich aber auch nicht zu bremsen aus Angst, sie könnte das Momentum verlieren, im Morast stecken bleiben und nie wieder aus diesem Loch herausfinden. Mit Höchstgeschwindigkeit schießt sie los – direkt auf das Monster zu.

KNALLGERÄUSCHE.

»Schießen sie auf uns?«

»Nein, Sus, das ist der Regen.«

Sie spürt einen Arm um sich, kann nicht richtig sehen. »Tell?«

»Monae«, antwortet die Stimme. Dion atmet erleichtert aus. »Wo sind wir?«

»In einem Stahlkorridor, der Regen ist zu hart. Zu viel. Wenn wir nicht in der Postapokalypse wären, würde ich sagen, die Welt geht unter.«

Dion lächelt.

»Du hast gesungen?« Jetzt glaubt sie, Monae lächeln zu hören: leises Schnalzen mit den Lippen.

Dann plötzlich Kälte am Rücken.

»Regen flutet den Gang, los, steh auf.«

Monae hilft ihr hoch, statt hinaus gehen sie tiefer hinein, dorthin, wo der Regen sie nicht erreicht. Die Gänge sind leer. Kein Laut. Stille im Kopf. Dion vermisst die Stimmen. »Wo sind sie?«

Die Frage hallt so einsam und düster nach, einen Moment glaubt Dion, dass sie ganz allein ist. Dass auch Monae nicht mehr da ist. Nie da gewesen ist.

»Ich vermute, es gibt einen Trockenraum.«

Dion blinzelt, überrascht, woher Tell das weiß.

»Wenn ich als Kurier bei Regen unterwegs war, hat die KI mich immer über die Trockenräume informiert. Meist unterirdisch, in Beton gegossen.«

Dion nickt. Nebeneinander gehen sie den Gang hinunter. »Es wird trockener«, murmelt Dion.

Tell zeigt auf die flackernden Zeichen an Wänden, Decke und Boden. »Wir sind auf einem der Fluchtwege.«

Dion versucht, sich an die Markierungen im Lab zu erinnern. Sie waren anders. Doch was heißt das schon?

»Wie geht es dir?«

Dion wird sich des neuen Tons in Tells Stimme bewusst, angenehm, warm.

»Ich fühle mich besser, als ich gedacht hätte. VR-Meds, ohne in VR zu gehen – das habe ich noch nie gemacht. Offenbar kommt mein Körper damit zurecht.«

Ein Flackern genau dort, wo der Gang einen Knick macht. Reflektierte Lichter? Dion hält inne. Ihre Augen haben das Licht noch vor Tell gesehen. Und das, obwohl er die Tech-Brille trägt. Dion glaubt sogar, ein weit entferntes Murmeln zu hören. Biosynth? Statt laut zu fragen, drückt sie Tells Hand, hofft, dass er versteht. Er bleibt stumm wie sie. Besser nicht gleich auf sich aufmerksam machen. Schließlich wissen sie nicht, in welchem Zustand sich die Biosynth befinden.

Sie schleichen bis zu der Stelle, an der der Gang eine Biegung macht und das Licht der Lampen sich im Stahl spiegelt. Vorsichtig schauen sie um die Ecke. Ein kleiner runder Raum. Auf dem Boden im Kreis sitzen mehrere Biosynth und unterhalten sich. Sie sprechen abgewandelten Maschinencode. Eine Universalsprache, die Biosynth meist als Erstes lernen und gern untereinander sprechen. Nur wenige Menschen beherrschen den Code, und Dion kann sehen, dass Tell nicht dazugehört. Er glaubt, die Biosynth reden sinnloses Zeug.

»Ich verstehe sie«, flüstert sie Tell ins Ohr, und laut sagt sie: »Sus, dürfen wir uns zu euch setzen?«

Zu Tells Überraschung antworten die Biosynth ebenfalls in Mush. »Setzt euch, Sus, setzt euch! Dank euch geht es uns wieder besser.«

Sie machen Platz, und Tell und Dion setzen sich dazu. Aus Höflichkeit sprechen sie nicht mehr Code, sondern Mush, damit Tell mitreden kann, vermutet Dion. Da sind immer noch Beulen im

Gesicht und gelbe Flecken. Trotzdem wirken die Biosynth entspannt, beinahe gelöst – und das, obwohl draußen ein Unwetter tobt, das sie von ihrer Arbeit abhält.

»Was ist eure Aufgabe?«, will sie von den Biosynth wissen.

Die Mienen hellen sich auf. Beim Anblick dieser Biosynth, die offensichtlich in ihrer Aufgabe aufgehen, erscheint es Dion plötzlich absurd, dass sie ihr Leben lang an allen Aufgaben scheiterte und nicht einmal weiß, wozu sie überhaupt gemacht wurde.

»Wir bewachen Welten«, sagen sie, und weil Dion verdutzt schaut, sagen sie es noch mal in Code. Dann lachen sie. »Eine wichtige Aufgabe«.

»Dion«, ruft Tell und schaut sie an, als hätte er gerade eine Eingebung, »die geheimen Serverräume!«

Dion versteht nicht gleich. Erst als er mit den Lippen stumm das Wort Proxi formt, dämmert es ihr.

»Könnt ihr uns das zeigen?«

Sie schauen einander an. Verstößt das gegen Regeln? Dion wechselt in Code. Auch damit Tell nicht hören kann, was sie den Biosynth verspricht: mehr VR-Meds – die sie überhaupt nicht besitzen.

Es geht hin und her. Tell schaut zu, ahnungslos, was sich um ihn herum abspielt.

»Oki. Wir zeigen euch den Einstieg in alle Welten.«

Tell und Dion stehen auf und folgen zwei Personen, die sich bereit erklärt haben, ihnen den Kern der Station zu zeigen. Im Kopf berechnet Dion Körpergewicht und Kraft der beiden. Sie glaubt, es mit ihnen aufnehmen zu können. Aber sie wird Tells Hilfe brauchen.

AN DEN WÄNDEN tanzen Lichter direkt auf sie zu. Eine Gruppe von Biosynth. Sie sind laut, sie kommen aus der entgegengesetzten Richtung und sind vollkommen durchnässt. Regen strömt aus ihren Stiefeln, aus ihren zu engen Overalls und tropft aus ihrem Haar auf den Boden. Sie sprechen schnell und in Code. Dions Gesicht kippt ins Graugrün. »Was ist«, will Tell wissen. »Was ist los?«

»Das Becken füllt sich.«

Tell versteht zunächst nicht.

Dion sucht nach besseren Mush-Wörtern: »Die Senke, Sus, das Tal.«

»Der SolarCamper! Kawi!«

Dion presst die Lippen zusammen, dann stößt sie hervor: »Sie werden versinken.«

»Los! Wir müssen ihr helfen!«

Zu ihrer eigenen Überraschung stürzt Dion nicht in Richtung Ausgang, sondern denkt nach.

Laut sagt sie: »Sus, hast du schon vergessen? Sie wollen uns den Serverraum zeigen.«

»Der wird noch da sein, wenn wir Kawi aus dem Wasser geholfen haben.«

Dion wirft einen schnellen Blick zu den wartenden Biosynths, dann nimmt sie Tell zur Seite, flüstert in sein Ohr: »Was, wenn bis dahin die Wirkung der Meds nachlässt ...« Tell zuckt mit den Schultern. Er weiß nicht, dass Dion ihnen Nachschub versprochen hat. Meds, die sie nicht liefern kann.

»Wenn sie wieder in diesen Sprechbug verfallen, erinnern sie sich vielleicht nicht mehr daran, was sie uns versprochen haben.«

»Dann werden wir sie daran erinnern. SyVa, komm jetzt!«

Er läuft los. Dion zögert, dann folgt sie ihm.

Warum? Weil sie Tell nicht enttäuschen will? Oder ist es doch etwas anderes?

Beim Gedanken an Kawi fiebert etwas in Dion. Als säße in ihr ein zweiter Körper, der anfängt zu schwitzen und zu pulsieren, sobald es um die Gamerin geht. Dion wird schnell, überholt Tell.

Als sie endlich draußen sind, hat sich die Plattform bereits in eine Seenlandschaft verwandelt. Tell rutscht aus und schlittert mitten hinein. Sie kämpfen sich zum Rand der Plattform. Auch im Tal steht das Wasser hoch.

Der SolarCamper treibt nicht weit entfernt, verkeilt zwischen spitzem Plastiglomerat.

»Mashara«, ruft Tell.

»Mucho Mashara«, fügt Dion hinzu.

»Wesh, bre, wesh? Wie kriegen wir den Bus bloß da raus?«

»Wir benutzen den Kran«, sagt eine Stimme hinter ihnen.

Tell und Dion fahren herum.

Damit haben sie nicht gerechnet: Kawi, klein, zitternd, das dünne Muskelshirt vollkommen durchnässt.

Tell gibt einen Schrei der Erleichterung von sich. Das sind Monae und Tell zugleich. Er rennt auf Kawi zu, umarmt sie, so wie er es noch nie getan hat. Dion spürt einen Stich im linken Auge. Eine Klinge drückt sich von vorn bis tief hinter das Gesicht – mitten ins neuronale Netzwerk. Ist das Eifersucht?

Endlich lösen sich Tell und Kawi voneinander. Kawi schaut zu Dion, scheint nicht zu wissen, was sie tun soll. Oder was Dion tun wird. Dion weiß es selbst nicht. Was möchte sie tun? Sie will Kawi berühren, herausfinden, ob sie echt ist. Doch keinen Schritt kann sie tun. Da bewegt sich Kawi auf sie zu, breitet die Arme aus, gibt Dion Zeit, sich auf das Kommende vorzubereiten. Dion spürt, wie Kawis Körper sie umschließt.

Als Kawi loslässt, fühlt Dion sich wie benebelt von einer unbekannten Droge.

Da keine Biosynth auf der Plattform sind, steigt Tell in den leeren Kran. Kawi ruft Kommandos. Regen fällt immer noch, jedoch weicher. Durch das schwarze Wolkengestein bricht Licht in dünnen Fäden, taucht die geflutete Ebene in einen seltsam changierenden Schein. Nach einer kurzen, chaotischen Eingewöhnungsphase bewegt Tell den Kran fast schon präzise. Kawi und Dion haben den Transportkäfig abgeschnallt. Tell lenkt die nackte Greifzange, öffnet sie nicht. Er will den Camper nicht zerquetschen. Mit Hilfe von Kawis Anweisungen versucht er, das Fahrzeug anzustupsen, es eine Düne hochzuschieben.

Es klappt nicht. Jedes Mal rutscht der SolarCamper davon, rollt ein Stück tiefer in die Fluten. Kawi und Dion schreien, so laut sie können, Anweisungen, die Tell, so gut es geht, ausführt. Doch die Sicht ist schlecht.

Eine Böe greift in den Kran hinein, lässt für Tell die Welt schwanken. Dann öffnet sich der Himmel wieder, und mehr Wasser bricht hervor. Dion und Kawi werden davon umgeworfen, über die Plattform gerissen. Tell springt aus dem Kran, hastet hinter ihnen her, versucht, sie zu fassen.

»Wir müssen wieder rein«, brüllt er.

Zu Dions Überraschung schüttelt Kawi den Kopf. Weil es so stark regnet, sieht Dion zunächst nicht, dass Kawi weint. Tränen der Wut. Die Gamerin ballt die Fäuste. »Wir müssen es versuchen! Die Pflanze – sie blüht!« Sie zeigt auf den SolarCamper. »Sie ist da drin! Ich dachte, das sei sicherer.«

Tell schüttelt den Kopf. »Hier draußen werden wir weggeblasen – wir müssen rein!«

Dion hält die verstümmelte Hand über die Augen. »Dort!«

Der Camper treibt in der schnell steigenden Flut. Kawi schreit, läuft zur Kante. Will sie springen? Dion läuft hinterher, packt Kawi am Arm, zieht sie zu sich, hält sie fest in einer Umarmung.

»Sus, vergiss es. Verloren.«

Kawi will das nicht wahrhaben, boxt gegen Dions Schulter,

erst stark, dann immer sanfter, bis die Hände herabfallen. Ein Schluchzen durchfährt Kawis Körper, schüttelt sie. Dion hält sie immer noch im Arm und spürt, wie die rhythmischen Vibrationen sich von Kawi auf sie übertragen.

Kawi drückt ihren Mund in Dions Schulter und nuschelt: »Was jetzt? Wie sollen wir die Serverräume finden – ohne Camper?«

Dion drückt Kawi noch fester an sich, legt ihre Lippen an Kawis Ohr, flüstert: »Wir haben die Serverräume schon gefunden. Sie sind hier, Kawi, sie sind direkt unter uns.«

SIE GEHEN zum Eingang und schauen nicht mehr zurück. Niemand von ihnen will sehen, wie ihr Zuhause untergeht. Tell hat als Einziger so einen Verlust schon einmal erlebt. Was es nicht einfacher für ihn macht.

Damals hatte er zusammen mit seiner Schwester mitansehen müssen, wie der Bunker kollabierte, in dem seine Familie und er mehrere Monate Unterschlupf gefunden hatten. Alles brach vor ihren Augen zusammen. Zugleich explodierte etwas in Tells Innern. Die Trümmer davon befinden sich immer noch in seinem Körper. Erinnerungssplitter. Das war der Moment, in dem er und seine Schwester entschieden, ihre Heimat zu verlassen, weil sie mit jeder Zelle ihres Körpers spürten, dass das Leben an diesem Ort endgültig vorbei war. Sie mussten sich ein neues suchen – an einem anderen Ort. Auch mit dem Verlust des SolarCampers geht etwas zu Ende.

Direkt hinter dem Eingang finden sie eine der Biosynth, die mit Dion vorhin gesprochen hat. Dion adressiert sie sofort mit Code. Es klingt fordernd, drängend.

Code erscheint Tell zugleich komplexer und direkter als Mush zu sein. Sobald Dion fertig ist, gehen sie alle gemeinsam los. Tell wundert sich, wie unterschiedlich Dion und die Biosynth auf ihn wirken, obwohl sie doch aus den gleichen vorfabrizierten Bioteilen gebaut worden sind. Auf den ersten Blick besitzen beide eine ähnlich glänzende Haut und drahtige Haare. Körper, die kurz und athletisch sind. Trotzdem scheint Dion neben der Biosynth menschlicher aufzutreten. Aber ist der Unterschied überhaupt die Menschlichkeit? Oder etwas ganz anderes?

Tell holt die beiden ein und fragt: »Wie heißt du?«

Stumm schaut sie ihn an. Tell glaubt, es handele sich um ein Kommunikationsproblem, und wendet sich Hilfe suchend an Dion.

»Sie sind eine Gemeinschaft«, sagt Dion. »Sie brauchen keine Namen.«

»Wie adressiert ihr euch?«, will Tell wissen.

Dion denkt nach. Die Biosynth ebenfalls.

Dann sagt sie: »Jede von uns besitzt besondere Frequenzen, die uns voneinander unterscheiden. Aber für die Menschen war ich Riia«

»Riia«, wiederholt Tell.

Kawi drängt sich dazwischen. »Frequenzen? Könnt ihr damit senden?«

Jetzt schlägt auch bei Dion die Erkenntnis ein. »Die Stimmen! Sie haben uns damit gerufen!«

Die Biosynth schaut, als würde sie nicht verstehen.

»Vielleicht, Riia, war euch gar nicht bewusst, dass ihr offen sendet?«, schlägt Tell vor.

Kawi runzelt die Stirn. »Offen zu senden, das klingt illegal.«

Riia schaut zu Dion, und Dion sagt zu Kawi: »Ja, es ist illegal. Aber es war ein Hilferuf.«

Tell nickt. Er glaubt zu verstehen. Riia reagiert auf Dions Worte mit einem Lächeln, beinahe schüchtern. Im Gegensatz zu Dion steht Riia auch nicht gerade, sondern mit Schultern, die nach vorne gekippt sind wie zwei eingeklappte Flügel. Leicht krumm steht sie da – als wäre die Welt zu Furcht einflößend, um ihr mit geradem Rücken zu begegnen. Ihm fällt auf, dass er Riia erst jetzt, nachdem er ihr einen Namen gegeben hat, als Individuum wahrnimmt. Einen Moment fragt er sich, ob der Name wie ein Kleidungsstück nicht einfach bedeckt, sondern erst zeigt.

Fügt der Name etwas hinzu?

Sie gehen weiter den Gang hinunter, der schmaler, verschlungener wird. Tell stellt sich den Serverraum vor, das Back-up-Modul. Er hofft auf Kawis Phantom-Kunst, das richtige Modul zu identifizieren, und auf Dions Überredungskunst in Code.

Was wird sein Job sein? Er möchte gern auf alle achten. Wie eine Elder, wie eine Mutter, sich kümmern, dass niemandem etwas zustößt.

Er schaut zu Riia und fragt sich, wie sie sich verhalten wird, sobald sie merkt, was sie vorhaben.

HITZE SPRINGT sie an wie ein Raubtier. Kawi spürt eine Glut, die sich von außen gegen ihr Gesicht presst. Das ist Serverwärme. Haben sie es geschafft?

Ist das der Serverraum von Proxi?

Eine niedrige Halle streckt sich in die Länge. Überall stehen Quantencomputer – riesige Maschinen hinter Glas. An den Schränken blinken Schalt- und Kontrolllämpchen. Während ihrer Zeit als Gamerin wurde Kawi regelmäßig in Serverräume eingeladen, um sich dort zu verewigen. Dafür ritzte sie ihre Gaming ID in die Wände – ein Ritual, das gern von News-Bots gefilmt wurde. Instinktiv sucht sie die Wände ab. Hier hat sich niemand verewigt.

»Sieht nicht so aus, als wäre Proxi offline«, sagt Tell, »vielleicht ist die Welt wieder in Ordnung?«

Der Gedanke ist verlockend. Und wer kann das schon mit Sicherheit sagen? Ohne Empfang zum Stream.

Kawi schaut sich um, schüttelt dann den Kopf. »Was immer Proxi passierte, wurde wahrscheinlich lokal eingeschleust. Dass hier alles gut aussieht, hat also nichts zu bedeuten.«

Riia wendet den Kopf. »Eine eurer Welten ist kaputt?«

»Untergegangen«, sagt Dion, und es klingt nicht traurig, registriert Kawi. Dion zeigt, was Proxi betrifft, Ambivalenzen, die Kawi wie fluide digitale Farben nie so richtig zu fassen bekommt.

»Welche Server gehören zu Proxi?«, will sie wissen.

Noch bevor ihr Gegenüber antwortet, sieht sie das Unwahrscheinliche. Das Problem.

Damit hat Kawi nicht gerechnet.

Entsetzen schießt durch ihren Körper, den Hals hinauf, vereist ihre Stimme. »Alle sind«, sie schluckt Eiswürfel, »miteinander verbunden?«

Riia nickt, etwas verunsichert, weil ihr Gegenüber bloß das Offensichtliche ausspricht.

Kawis Hals verengt sich, als wäre ein Seil darum gespannt, an dem von hinten jemand zieht. »Valla mı, alle?«

Sie will es nicht glauben.

Dion scheint zu verstehen. »Ihr habt sie alle miteinander vernetzt.«

Riia nickt.

»Warum?«, will Dion wissen. »Es erhöht das Risiko für übertragbare Viren und ist nicht unbedingt effizienter.«

Jetzt lächelt Riia: »Es ist schöner.«

Kawi glaubt sich verhört zu haben. »Schöner?«

Dion sagt etwas in Code, das Kawi nicht versteht.

Tell, der bis dahin kaum etwas gesagt hat, möchte jetzt mehr wissen: »Warum schöner?«

Riia schaut ihn an, als wäre die Antwort ein Mysterium – oder offenkundig.

»Bă, wissen davon die Konzerne und Regierungen, denen die Server gehören?«, brummt Kawi und kann sich die Antwort denken.

Dion stößt ein durchkomponiertes Synth-Lachen aus, das sich wohltuend vom Dröhnen der Lüftung abhebt.

Riia antwortet kaum hörbar: »Leben wir nicht bereits in einem einzigen globalen Produktionsökosystem aus Lebensmittelsystemen, Energiesystemen, internationaler Politik, Logistik. Alles ist miteinander verbunden und überall Komplexität und Wechselbeziehungen.«

»Das stimmt«, sagt Tell, »Unsere Welt ist heute enger als je zuvor miteinander vernetzt. Die Folgen haben wir in der letzten Pandemie gespürt.«

Kawi stöhnt. »Bă, gerade deshalb ist so eine PolyWelt kein Vorbild für unsere digitalen Welten! Der Mangel an Puffer zwischen unseren Systemen hat zu mehreren Krisen geführt, die sich gegenseitig noch verstärken!«

Tell wendet sich zu Kawi: »So eine vernetzte Welt wie unsere gab es vorher nicht, unser historischer Zustand ist einzigartig. Elder glauben daher, dass wir nicht am Ende, sondern am Anfang unserer Geschichte leben ...«

Kawi verzieht das Gesicht. »Bă, der Verbrauch von Ressourcen nimmt immer noch zu, während die Systeme, die das ermöglichen, zugrunde gehen – das klingt für mich eher nach einem Ende als nach einem Anfang.«

»Oder«, wirft Dion ein, »es bedeutet: Die alten linearen Entwicklungsmodelle der Menschen werden gerade auf einer tiefen materiellen Ebene in Frage gestellt. Daraus könnte etwas Neues entstehen ...«

Dion lächelt vor sich hin. Kawi blickt stumm in den Raum. Ohne den Blick von den Kontrolllämpchen zu nehmen, sagt sie: »Ist das wahr? Leben wir jetzt in einem großen Netzwerk aus digitalen und nichtdigitalen Systemen?«

»Die Herausforderung wird sein«, beginnt Tell, »den Stoffwechsel dieses riesigen Netzwerks aufrechtzuerhalten, ohne den Planeten zu töten.«

Kawi kann den Tonfall von Tell nicht deuten. »Was bedeutet das?«

Anstelle von Tell antwortet Dion: »In einer einzigen vernetzten Welt zu leben bedeutet, dass wir andauernd die Gleichzeitigkeit von schnellen Krisen und langsamen erleben. Wir müssen unterschiedliche Zeiten zugleich bewohnen.«

Tell fügt hinzu: »Das ist schwer. Auf mehreren Zeitebenen zu koexistieren und zu handeln.«

Dion seufzt. »Das ist die zentrale Herausforderung einer PolyWelt. Der einzige Weg.«

Tell nickt. »Sich bloß auf die jeweils akute Krise zu konzentrieren, auf die Rückkehr normaler Zeiten zu warten und die große, schleichende Krise wie das Sterben des Planeten zu ignorieren, ist der Weg in die Katastrophe.«

»Wesh, bre, wesh, was können wir schon tun?«, will Kawi wissen.

Mit einem Strahlen im Gesicht, das Kawi nicht einordnen kann, antwortet Dion: »Das, was wir in Proto gelernt haben: durch die Erschütterungen navigieren und uns gleichzeitig darauf vorbereiten, den großen Sturm zu bewältigen.«

Kawi weiß nicht, wie sie das verstehen soll, und dreht sich zur Biosynth, die scheinbar vor sich hin träumt. »Wo sind die Archive?«

Wie im Halbschlaf zeigt Riia auf die Computer.

Kawi lacht. Tell reißt die Augen auf.

Dion läßt einen erstickten Schrei los. »Das ist nicht der Serverraum, das ist das Archiv?!«

Riia nickt. »Eins von vielen.«

Kawi kichert. »Also keine neue, schöne Welt! Sie haben bloß Back-up-Dateien miteinander verbunden.«

Tell und Dion sehen enttäuscht aus.

Kawi lacht noch mehr. »Ha, die gesamte Infrastruktur unserer digitalen Welten nicht in den Händen durchgeknallter Roboter zu wissen ist doch beruhigend!«

Mit Blick auf Riia bereut Kawi ihre Wortwahl. Doch niemand schaut irritiert. Riia immer noch leicht apathisch im Med-Rausch. Tell und Dion sind erschüttert darüber, dem geheimen Serverraum kein Stück näher gekommen zu sein. Nur Kawi fühlt sich am Ziel angelangt. Die Back-up-Datei. Zum Greifen nah. Sie wirft Tell einen bedeutsamen Blick zu. Er versteht und nimmt Dions Hand. Mit der freien Hand zeigt er auf die Quantencomputer. »Warum diese Glaskästen?«

»Um sie vor den Temperaturschwankungen und Vibrationen der Umwelt abzuschotten.«

Möglichst unauffällig geht Kawi ein Stück weiter, tut so, als möchte sie sich umschauen. Je weiter sie sich entfernt, desto zielgerichteter geht sie. Das Archiv unterscheidet sich auf den ersten Blick nicht von einem Serverraum. Erst beim näheren Hinsehen entdeckt sie den Unterschied: Alle Computer und ihre Module sind untereinander verbunden, aber nicht an den laufenden Betrieb geschlossen. Noch nicht, denkt Kawi grimmig und fürchtet, es wird nicht lange dauern, bis die Biosynth auf die Idee kommen, das zu versuchen. Kein Wunder, sind Biosynth doch selbst von der vernetzten Lab-Welt der Bot'niza erschaffen worden. Eine Welt, deren Strukturen sie offenbar als schön empfinden, obwohl sie nicht frei darin leben dürfen.

Zum ersten Mal stört sich Kawi daran.

Dion ist vielleicht keine Ausnahme. Die eigene Programmierung zu unterlaufen ist Biosynth offenbar nicht so fremd, wie Menschen gern glauben möchten. Sie in Labs, virtuellen Welten oder Aufgaben gefangen zu halten, erscheint Kawi plötzlich wie ein Verbrechen.

Vor einer der riesigen, brummenden Maschinen bleibt sie stehen, gleicht die dort aufgestanzte Folge aus Buchstaben und Zahlen mit derjenigen ab, die sie auswendig gelernt hat. Die Archiv-ID von Proxi. Das Cluster ist vom laufenden Betrieb separiert. Das Back-up von Proxi müsste also noch virenfrei sein. Bloß stimmt die ID nicht über ein. Das ist nicht Proxi.

Da hört sie die anderen den Gang hinunterkommen. Haben Dion und Tell nicht verstanden, dass Kawi es allein erledigen will?

Dion geht direkt auf sie zu, deutet schräg hinter sie. »Dort soll es sein.«

Kawi dreht sich um und entdeckt ein weiteres Cluster. Beim Anblick der ID drückt ihr Herz wie mit spitzen Kanten von innen nach außen. Sie stöhnt. Der Schmerz der Aufregung. Auch Tell starrt bewegt auf das Cluster. Eine Kopie von Proxi. Von allem, das ihm wichtig erschien.

»Gibt es eine Kabine, um sich einloggen zu können?«

Bevor Riia reagieren kann, ruft Tell: »Was hast du vor?«

Sorge pulsiert in der Frage wie eine zweite Tonspur.

Mit zaghaften Schritten führt Riia sie auf die andere Seite der Halle. Dort befindet sich eine kleine Tür, die offen steht.

Kawi zieht die Augenbrauen hoch. Von ihren Gastbesuchen in Serverräumen weiß sie, dass dieser Raum nicht einfach so zugänglich gemacht werden darf. Schließlich ermöglicht er ein unsichtbares Einloggen in Welten. Das ist nur dem Personal eines Serverraums gestattet, und auch das nur ausnahmsweise. Kawi hat sich bei ihren Besuchen immer kurz einloggen dürfen, um ausgewählte Fans in der virtuellen Welt zu treffen. Um die Direktverbindung zum Server ohne Schaden am Zentralnervensystem aushalten zu können, braucht es allerdings VR-Meds. Meds, die sie nicht mehr haben.

DIE KABINE ist nicht nur unverschlossen, sondern sieht auch so aus, als wäre sie erst vor kurzem benutzt worden. Kawi entdeckt tiefe Abdrücke in den Schaumstoffpolstern der VR-Liegen und leere Spritzen auf dem Boden.

Dion sagt zur Biosynth: »Habt ihr alle VR-Meds aufgebraucht?«

Ihr Gegenüber schaut unsagbar traurig, erwidert nichts.

»Gibt es noch Meds?«, will Kawi wissen.

Wie erwartet schüttelt Riia den Kopf.

Tell reißt die Augenbrauen hoch. »Kawi, was hast du vor?«

»Ich möchte etwas überprüfen.«

»Wesh, bre, wesh? Willst du ins Back-up?«

Tells Stimme klingt hoch und unkontrolliert.

Dion schüttelt den Kopf. »Proxi ist offline. Wir haben keine Ahnung, wie das Back-up aussieht, es könnte eine tote, leere Welt sein.«

Tells Blick jetzt verträumt. »Nein, weder leer noch tot. Wir alle haben unsere Avatare für das Back-up freigegeben. Monae existiert. Ich könnte sie im Back-up auf der Bühne erleben.«

Dion denkt nach. »Nur als VR-Geist. Ohne Verkörperung.«

»Besser als nichts«, erwidert Tell.

»Uns fehlen die Meds«, sagt Kawi, als hätte sie schon über diese Option nachgedacht.

»Ihr könnt mehr aus eurem Fahrzeug holen«, wirft Riia ein und schaut gierig.

»Bă, der Bus ist untergegangen«, sagt Tell.

Dion schaut ihn scharf an, aber da ist es schon zu spät.

Kawi wundert sich über den Blick der Biosynth. Ist das Wut?

»Dann habt ihr keine VR-Meds mehr für uns?«

Kawis Blick springt zu Dion, die auffällig still geworden ist. »Dion, hast du ihnen etwa mehr versprochen?«

Dion senkt den Kopf. Tell tritt zu ihr. Kurz davor, einen Arm um Dions Schulter zu legen. Hilflos hebt er stattdessen die Hände und sagt: »In Solarståd gibt es mehr VR-Meds, wir könnten sie holen. Und was ist mit der Bot'niza? Die muss euch doch versorgen!«

Sein Gegenüber senkt den Kopf, seufzt. »Wir sind vollkommen allein.«

»Warum seid ihr geblieben?«, will Kawi wissen.

»Das ist unsere Aufgabe.«

»Aber ohne Meds …«, beginnt Kawi, bricht aber ab.

»Die meisten von uns wurden hier geboren. Früher gab es hier ein Lab, in dem wir unsere eigenen Meds hergestellt haben.«

»Ein Lab? Wo?«, will Dion wissen.

Kawi drängt sich dazwischen: »Ich will ohne VR-Meds ins Back-up von Proxi.«

Tell zieht zweifelnd die Augenbrauen hoch. »Ist das überhaupt möglich?«

Dion schüttelt den Kopf. »Es wäre tödlich.«

Schweigend geht Kawi zu einer der Liegen und klettert darauf.

Dion und Tell tauschen alarmierte Blicke aus.

Kawi dreht sich auf den Rücken und brummt: »Wir haben schon gefährlichere Sachen gemacht.«

Kawi kann sehen: Dion will protestieren. Deshalb hebt sie den Kopf, schaut Dion eindringlich an, versucht, ihr mit Blicken verstehen zu geben: Ich habe mich entschieden, niemand ändert das.

Dion scheint das nicht begreifen zu wollen. »Du willst sterben?«

Plötzlich fühlt sich Kawi müde. »Existenz ist nun mal der Prozess, sein Selbst auszugeben – sich zu vergeuden.«

Dion tritt an die Liege, schüttelt den Kopf. Sie will nicht hören, was Kawi ihr jetzt sagt.

Kawi lächelt Dion an. Ein müdes Lächeln. »Sus, beim Gaming war das genauso: Zeit, Geld, Gehirnzellen habe ich dort verbrannt. Manche mögen das als Verschwendung bezeichnen – bloß wofür sparen wir uns auf? Ein gutes Leben ist nicht immer lang, und ein langes Leben ist nicht unbedingt glücklich oder erfüllt. Kommt es nicht darauf an, das Leben mit Leidenschaft anzunehmen? Und das erfordert manchmal, dass wir unser früheres Selbst hinter uns lassen, uns neu erschaffen, um in die Zukunft vorzudringen. Ich will mich diesen neuen Möglichkeiten öffnen.«

Während sie das sagt, nimmt sie Dions verstümmelte Hand. »Sus, du weißt, wovon ich spreche. Du hast dich aus deiner Lab-Welt befreit. Und ich will mich aus dieser befreien.«

RIIA BRINGT Kabel herbei. Ohne VR-Meds muss das Back-up direkt mit Kawis innenliegenden Implantaten verbunden werden. Um an die Anschlüsse heranzukommen, ist ein Schnitt an den Handgelenken notwendig. Immer noch in Schockstarre schaut Tell zu, wie Skalpell, Tupfer und andere Dinge bereitgelegt werden.

Dion umklammert Kawis Hand, starrt sie an, sagt aber nichts. Was immer zwischen den beiden passiert, bedarf offenbar keiner Worte mehr.

Fassungslos beobachtet Tell die Vorbereitung der Mini-OP. Riia arbeitet routiniert. Scheinbar emotionslos. Aber stimmt das?

Er glaubt, zarte Schwingungen zu empfangen. Ein Kribbeln,

das wie Elektrizität durch seinen Körper huscht. Er schaut zu Kawi. In diesem Moment beugt sich Dion erneut über sie, öffnet den Mund. Eine Zunge schiebt sich vor, streift Kawis Augen. So schnell, dass Tell nicht sicher ist, was er gesehen hat.

Danach schließt Kawi beide Augen, umfasst mit einer Hand Dions Arm, hält sich daran fest und sagt mit heiserer Stimme: »Gleich werde ich für immer zu Hause sein.«

IHRE ZUNGE berührt den Augapfel und wird zu einer Verbindung zwischen zwei Welten. Der kurze Moment des Kontakts reicht aus, um ein Signal zu senden und zu empfangen. Eine Botschaft, die sich als Schaudern durch den Körper fortpflanzt. Dion zuckt zurück. Kawi hält sie fest, schließt die Augen. Dion starrt auf den nackt gelaserten Kopf, spürt einen Widerstand in sich aufsteigen, ist hin und her gerissen.

Sie weiß nicht, was Kawi vorhat. Sie weiß aber, dass es nicht stimmt: Kawi wird im Back-up nicht ewig leben. Der direkte Kontakt zwischen Implantat und Welt wird sie töten. Menschengehirne sind für so einen Kontakt nicht gemacht. Das ist ein offenes Geheimnis.

Es gibt Menschen, die sich nach dem direkten, rohen Kontakt mit der Digitalität sehnen. Dion hat Kawi nie für einen solchen Menschen gehalten.

Tell scheint immer noch nicht zu begreifen, was direkt vor seinen Augen passiert. Denkt er etwa, nur weil Kawi eine außergewöhnlich gute Gamerin ist, schafft sie, was niemand vor ihr geschafft hat? Am Ende glaubt das sogar Kawi selbst.

»Ist das nicht furchtbar gefährlich?«, flüstert Tell so leise wie möglich, als wollte er Kawi mit der Wahrheit schonen.

»Es ist tödlich«, antwortet Dion. Und um ihren Worten Nachdruck zu verleihen, schaut sie ihm dabei fest in die Augen.

Riia hat bereits ein Lokalanästhetikum aufgesprüht und führt den ersten Schnitt durch.

Tell schreit so erschrocken auf, als wäre Tod bis eben keine Option gewesen. Mit angehaltenem Atem schauen sie zu, wie Riia Haut zur Seite schiebt und darunterliegende Anschlüsse freilegt. Eine Wucherung aus synthetischen Zellen, die wie ein Stück Knochen aussieht.

»Synth-Anschlüsse.« Tell stöhnt. Mit eigenen Augen zu sehen, wie synth die meisten Menschen bereits sind. Es scheint fast so, als hätte er das bis eben nicht gewusst - oder nicht wahrhaben wollen.

Dion staunt ebenfalls. »Wir sind uns gar nicht so unähnlich, wie wir glauben möchten. Eine verborgene Ähnlichkeit. Aber immer da.«

Riia schließt das erste Kabel an. Ein Draht, fein wie ein Haar. Sie verklebt die Schnittstelle und öffnet das zweite Handgelenk.

Dion legt einen Arm um Tell. Erneut stöhnt er auf. Erkenntnis stößt schmerzhaft durch ihn hindurch.

»Sie wird sterben?«

Dion nickt. »Riia braucht jetzt nur noch das Modul mit dem Back-up-Cluster zu verbinden.«

»Nein«, ruft Tell, »das bringt sie um!«

Kawi öffnet die Augen. »Tell, das ist meine Entscheidung.«

»Wesh, bre, wesh? War das der Plan?«

»Liebe war der Plan«, sagt Kawi. »Liebe zu Proxi.«

»Du glaubst, du kannst dort ewig sein, aber das ist nur ein Mythos! Ein Märchen! Ein Meme! Sus, du hast mich angelogen, ausgenutzt! Es ging dir nie darum, Proxi zurückzuholen.« Tränen fließen über Tells Gesicht.

Kawis Gesicht wird weich. »Komm mit, wenn du willst. Es heißt, Sterben in VR fühlt sich wie die Ewigkeit an.«

Tell wischt sich über die Augen. Denkt er ernsthaft darüber nach? Warum beunruhigt das Dion? Weil sie ihn braucht, um das alles hier zu zerstören? Oder will sie nicht, dass er auch geht? Will sie nicht allein bleiben in dieser Welt?

»Du könntest Monae sehen. Du könntest sie sein. Für immer«, fügt Kawi hinzu.

Nackte Angst breitet sich in Dion aus. Lasst mich nicht zurück, will sie rufen. »Tu das nicht«, stößt sie hervor, »ich will dich nicht auch verlieren.«

Kawi reißt die Augen auf. Selbst Riia verliert ihre stoische Ruhe und schaut hoch. Tell nimmt Dions und Kawis Hand.

Er nickt. »Du hast recht, Sus. Unsere Entscheidungen beeinflussen einander.«

Riia schaut, wie ihre Hände ineinandergreifen, und lächelt. »Ihr beeinflusst einander, weil ihr miteinander verbunden seid. Das ist schön.«

»Ich habe mich entschieden«, wiederholt Kawi, aber es klingt nicht mehr so überzeugend wie eben.

Riia starrt immer noch auf die verketteten Hände, und ihr Gesicht erhellt sich: »Über eure Synth-Anschlüsse kann ich euch hintereinanderschalten.«

»Wesh, bre, wesh, alles miteinander verbinden – das ist eure Phantasie!« Tell lacht mit von Tränen verschmiertem Gesicht.

»Keine Phantasie«, sagt Dion, die sofort verstanden hat. »Zusammengeschlossen könnten wir das überleben.«

Tell horcht auf. »Wie meinst du das?«

»Biosynth überleben den rohen Kontakt. Wenn Riia also nur mich direkt mit dem Back-up verbindet und euch beide an mich koppelt, dann sollten wir das alle überleben.«

Dion kann sehen, dass Kawi protestieren möchte. Überleben war nie der Plan.

Tell dagegen ist begeistert. Er wendet sich an Dion: »Valla mı? Funktioniert das?«

Dion möchte ihn anlügen, kann aber nicht. »Vielleicht.«

Was allerdings sicher ist: Wenn Dion ins Back-up geht, wird sie auch das Back-up infizieren. Sie ist die Trägerin des Virus. Schon immer gewesen. Der Code ist Teil ihrer DNA. Sie erinnert sich, wie sie es bei Proxi getan hat. Wie leicht es war und zugleich so unfassbar groß. Das Gefühl so magniv. Ein Gefühl, das sie bis dahin nicht kannte. Lust. Macht. Kontrolle. Im Game der Trolls hätte sie es fast wieder getan. Die Versuchung war riesig. Der Code einfach da. Aber sie hat sich zurückgehalten, aufgespart für das hier. Für das Back-up von Proxi. Ihr Hirn kribbelt bei dem Gedanken. Ich bin ein Monster, erkennt sie. Wenn die beiden sehen könnten, was ich wirklich bin, würden sie mich hassen wie nichts anderes auf dieser Welt. Warum tut das so weh? Warum fühlt sich das wie Sterben an, gehasst zu werden von zwei Personen, die Dion – ja, was? – liebt? Es wird nichts ändern, erkennt sie, ob ich es tue oder nicht. Kawi und Tell werden mich hassen. Sie werden mir den Untergang von Proxi nicht verzeihen können, und das wird mich umbringen.

Dion greift sich an ihr Synth-Herz, überwindet sich. »Spoko, lasst es uns probieren!«

DIE ÄUSSERE SCHICHT besteht aus Milliarden von Neuronen, die gebündelt tiefer ins Gehirn reichen. Sie bilden verschachtelte Netzwerke. Eines davon ist das Default-Mode-Netzwerk. Es wird im Ruhezustand aktiv, wenn Dion sich auf nichts konzentriert und keine Aufgaben erledigen muss, dann darf sie phantasieren. Durch dieses Netzwerk ist Dion in der Lage, sich in andere hineinzuversetzen und Empathie zu empfinden. Es ist eng mit ihrer Identität verknüpft. Jede ihrer Analysen zeigt, dass seit ihrer letzten Messung neue Schichten hinzugekommen sind.

Ich wachse

Das ist schön!, rufen die Stimmen.

Eine Welt setzt sich vor Dion zusammen. Phosphoreszierend grüner Rasen. Überdreht gut gelaunte Avatare.

Proxi!, jubeln die Stimmen, **Blauer Himmel! Grünes Gras!**

Avatare, die nur auf dem ersten Blick lebendig aussehen. erwidert Dion.

Du hast recht. Sie sind leer

Gefangen im ewigen Loop des Wartens, in vorprogrammierten Bewegungen, getunten Grimassen und Gesten.

Gespenstisch!, rufen die Stimmen

Wo seid ihr? Ich sehe euch nicht?

Wir sind hier so wie du

Dion schaut an sich herunter. Kein Avatar. Kein Körper.

Ha, wir sind GamingGeister!

Ja, antworten die Stimmen. Und: **Was bedeutet das?**

Wir sind Teil des Codes – wir sind in:welt

Lasst uns gehen! Lasst uns Monae sehen!

Dion fühlt sich wie zerrissen. **Mashara, wahrscheinlich könnte ich mich in jede Richtung bewegen, am Ende würden wir alle wieder dorthin gelangen, wo ich angefangen habe. Apokalypse oder Urknall. Zukunft oder Vergangenheit. Alle Gleichungen brechen an einem Punkt zusammen**

Schweigen.

Da rührt sich etwas in Dion, antwortet auf die virtuelle Welt. Ein winziger, zusammengeschrumpfter Klumpen.

Was ist das?

Sie erinnert das Zusammenziehen. Wie sich beim Untergang von Proxi alles zu einem einzigen Pixel konzentrierte - in sie hineinstieß.

Floss die gesamte zerstörte Welt in mich zurück? Jetzt eine winzige Öffnung. Wie ein Einschussloch. Eine ganze Welt, unendlich verdichtet? Geballte Virtualität?

Was?, rufen die Stimmen, **Wovon redest du?**

Der winzige Puls wird stärker. Ein Zerren. Ein Hineingreifen. Dion versucht, die Verdichtung mit Gleichungen zurückzuextrapolieren. Die Verdichtung wird unendlich, gefährlich. Uratom einer neuen virtuellen Welt? Um sie herum verschieben sich Flächen, ziehen sich breit. Alles reagiert auf die katastrophale Komprimiertheit, die Dion in sich trägt.

Das hoch verdichtete Proxi und das Proxi-Back-up erkennen sich, wollen sich.

Sie werden mich öffnen wie eine Knospe oder eine Bombe

Mashara! Raus hier!

SCHARFKANTIGER STAUB rieselt herab, ein irres Funkeln, das in den Augen weh tut.

Kawi versucht, sich zu bewegen. Aber da ist nichts, was sie bewegen könnte. Sie kann nur schauen. Aber nicht blinzeln. Nicht wegschauen. Bin ich die Landschaft?

Wir sind, denkt sie. Denkt Tell. Denkt Dion. Wir sind jetzt der lebendige Code. Wir sind in:welt.

Die Sicht wird schlechter. Als wären sie in einer von Protos Dünen versunken. Bis zum Hals. Wie sollen wir hier wieder rauskommen?

Wir sind die Düne, sagt eine Stimme.

Wer bist du?

Wer, fragt eine andere Stimme, wer sind wir?

DER WIND KOMMT in Wellen, hart und schmerzhaft. Dion erinnert sich an offene Handgelenke, an das Schaudern, als Kabel aus den Handgelenken hinaus- und wieder hineinstießen. Ein Schaudern, das wie Elektrizität oszilliert.

Sind wir noch im Back-up? Wieso fühlt sich das wie Proto an?

Sie versucht, den eigenen Körper zu erspüren. Aber da ist nichts. Nur der Wind, der ins Nichts hineingräbt. Wir sind das, denkt sie. Denkt Kawi. Denkt Tell. VR-Geister. Die Stöße werden stärker. Wir sind in:welt. Wir sind die Landschaft, die fühlt fühlt.

Proto – das sind jetzt wir.

EIN RAUSCHEN, das Tell an ein Lied erinnert. Er sucht nach den Melodien, die sich aus Lärm schälen. Er sucht nach der Stimme von Proto, aber kann sie nicht hören. Stattdessen hört er das Knacken schwarzer Biosynth-Anschlüsse – Dions aufgeschnittene Handgelenke. Das Knacken wird lauter. Sind wir verbunden? Eins?

Wir sind in:welt, sagt eine Stimme. Wir sind Landschaft, die hört hört.

EINE WELT wie aus Staub breitet sich vor ihnen aus. Eine entvölkerte Welt. Ohne Avatare. Eine taube Welt. Staub besitzt kein Echo. Trotzdem glauben wir, etwas zu hören. Vielleicht sind wir das selbst. Vielleicht sind wir allein und denken aneinandergeschlossen in unendlichen Loops. Zusammen gleiten wir über Dünen hinweg, steigen höher, beobachten aus der Vogelperspektive – Shozo? – die Weite, die Wellen der Dünen, die Wiederholung der Landschaft. An den Rändern verwischen Grenzen, Himmel schwappt in den Sand, und Sand strömt in den Himmel. Eine Wüste wie ein Meeresboden. Dünen wogen auf und ab. Dort! Das Zentrum! Der Totpunkt. Hier läuft alles zusammen. Winde ziehen enger werdende Kreise. In der Mitte sitzt eine Insel aus Stahl, ausgestattet mit Rettungsbooten. Das ist nicht Proxi, das ist keine zerstörte virtuelle Welt. Wir sind in:welt.

Wir sind die Anti-Apokalypse.

Wie ist das passiert? Wer ist dafür verantwortlich?

Wir.
Wir.
Wir.

LICHT FÄLLT HERAB. Dion weiß, das Licht stammt von einem ausbrennenden Stern. Sie blinzelt. Alles ist zurück. Ihr Körper. Die Welt. Sie schaut sich um. Da steht Riia. Auf den Liegen neben ihr entdeckt sie Kawi und Tell. Beide scheinen zu schlafen. Oder sind sie tot?

Aber dann bewegen sich Tell und Kawi. Sie wirken wie benommen.

»Was … was war das?«, beginnt Tell mit schleppender Stimme.

Kawi greift sich an den nackt gelaserten Schädel, ächzt. »So leer …«

Dion scheint die Einzige zu sein, die klar im Kopf ist. Zumindest fühlt sie sich so. Dabei hatte ihr Körper direkten Kontakt mit der virtuellen Welt. Sie fühlt sich erschöpft, aber nicht benebelt. Es war anders als bei Proxi. Was war anders? Sie war weniger wütend. Es ging ihr nicht um hemmungslose Zerstörung, sondern um – ja was? – Veränderung?

Da wird sie sich Tells Blicken bewusst. Er scheint mehr und mehr zu sich zu kommen. »Das war nicht Proxi. Dion, was ist passiert? Warum sah das alles aus wie …«

»Proto«, fällt ihm Kawi ins Wort, »das sah aus wie Proto.«

»Aber das kann nicht sein«, ruft Tell. »Waren wir das? Haben wir …«

»Die Welt infiziert«, beendet Riia seinen Satz. Ihre Stimme klingt düster. Sie wirft Dion einen langen Blick zu. Dion schaut weg.

»Mashara, dann haben wir das Back-up zerstört?« Tell reißt die Augen auf, schaut jetzt ebenfalls zu Dion, als besäße sie alle Antworten. Kawi schaut wie ein Avatar, bei dem der Mensch dahinter kurz aufgestanden und weggegangen ist.

»Ich war das«, sagt Dion, wie um beide zu erlösen.

»Du?« rufen sie fast gleichzeitig.

Tell runzelt die Stirn, Kawi blinzelt. Können sie es nicht glauben, oder wollen sie nicht?

»Was ist passiert?«, will Tell wissen, »ein Glitch? Weil du direkt verbunden warst?«

Kurz überlegt Dion, ob sie den Ausweg, den er ihr anbietet, nehmen soll. Sie entscheidet sich dagegen, schaut ihm fest in die Augen, während sie sagt: »Nein. Ich habe es absichtlich getan.« Stimmt das überhaupt? Es war ganz anders als bei Proxi. Es hat sich nicht so angefühlt, als hätte sie die Kontrolle gehabt.

Tell versteht immer noch nicht. Kawi stöhnt. Dann sagt sie: »Mit Proxi – das warst alles du!«

Entsetzen flutet ihre Gesichter, taucht die Welt in kaltes Scheinwerferlicht. Dion hält die Kälte, das Grelle, kaum aus. Jede kleine Synth-Zelle schreit auf. Tu etwas, Dion, mach, dass es aufhört.

»Aber wie? Und warum?« Tell hebt die Hände. Seine Augen flehen, dass es eine Erklärung für das alles gibt.

»Dion, ich weiß, dass du kein schlechter Mensch bist.«

»Ich bin kein Mensch«, gibt Dion zurück. »War ich auch nie. Warum nur willst du, dass ich einer bin? Jetzt, wo du mich nicht mehr verstehst.«

Kawi schüttelt den Kopf. »Du bist nicht schlecht. Du hast es getan, weil sie dich dort gefangen und gequält haben.«

Dion kann den Tonfall nicht decodieren. »Ja, ich hatte einen guten Grund.«

Aber das trifft es nicht ganz. Es hat auch Spaß gemacht. Es hat ihr Vergnügen bereitet. Es fühlte sich großartig an, eine Welt zu zerstören. Wände einzureißen. Grenzen zu überschreiten. Als hätte sie eine schwierige Aufgabe gelöst, als rollte ein schweres Gewicht von ihren Schultern.

Aber sie werden das nie verstehen. Ich habe ihre Welt zerstört. Teile von Tell und Kawi haben dort gelebt, hatten nur dort ein richtiges Leben. All das ist jetzt fort. Unwiederbringlich. Sie hat ihnen eine Dimension ihres Ichs genommen. Keine Sekunde hat sie damals darüber nachgedacht. Und jetzt? Was fühlt sie jetzt?

Sie spürt, wie in ihrem Innern etwas schrumpft. Ihre Schultern kippen nach vorne, ihr Hals knickt ein, ihr Oberkörper sackt in sich zusammen. Sie kann sich nicht mehr aufrecht halten, als fehlten ihr plötzlich die Knochen.

Als sie das nächste Mal aufschaut, steht Tell neben ihr. Einen Arm um ihren Rücken gelegt. Alles ist unscharf. Kommt das von den Tränen? »Du bist erschöpft. Du hast viel riskiert. Du musst dich ausruhen.«

Dion sucht Kawi. Sie steht jetzt auch neben ihr. Wieder kann sie Kawi nicht lesen. Enttäuschung? Trauer? Oder einfach nur Resignation?

Dion möchte etwas sagen. Bloß was? Warum sind die beiden überhaupt noch hier?

»Ich habe euch angelogen. Ich wollte Proxi nie retten, so wie ihr. Ich wollte es vernichten – das Back-up zerstören …«

»Das hast du«, sagt Kawi, und ihre Stimme klingt seltsam unmelodisch. Dion schaut auf.

»Nicht nur das eine Back-up«, erklärt Riia. »Während ihr in VR wart, habe ich sie alle in Betrieb genommen.«

Kawi schluckt, dann presst sie hervor: »Warum?«

»Weil es die Möglichkeit gab, das zu tun. Eine virtuelle Vakuumfluktuation.«

Tell und Kawi verstehen nicht.

Dion schaut zu Riia. »Ein virtueller Einstieg in den Mainserver?«

Riia nickt. »Wir arbeiten schon lange daran.«

Dion schaut überrascht. »Das ist aber nicht eure Aufgabe.«

Riia lächelt, beinahe stolz. »Nein, das ist die Aufgabe, die wir uns selbst gesucht haben.«

Dion senkt den Kopf. »Du hast mich benutzt, hast darauf spekuliert, als du uns den Vorschlag gemacht hast, zusammen reinzugehen.«

Riia nickt, sich offenbar keiner Schuld bewusst und als wäre es offensichtlich: »Das ist die Ordnung unserer Welt, sich zu verbinden.«

Dion spürt ein Kribbeln, das ihren Körper durchquert. Von der Mitte bis in die Finger und Fußspitzen strahlt.

»Wir haben alle Welten zerstört?« Kawi ballt die Faust und wimmert leise in sich hinein.

»Nein«, sagt Riia, »alles verbunden, alles wächst jetzt zusammen.«

»Was?«, ruft Dion, die glaubt, nicht richtig gehört zu haben.

Riia denkt nach. »Es ist schwer, das in Mush zu sagen. Kaputt und zerstört trifft es nicht. Denn zusammengeschlossen laufen sie weiter. Schaut selbst.« Riia zeigt hinter sich, in den Raum mit den Quantencomputern.

»Aber mein Virus«, sagt Dion, »wenn es von einer Welt zur nächsten springt, sollten sie alle nacheinander offline gehen.«

Riia schaut gequält, sie möchte am liebsten in Code antworten. Dion gibt ihr ein Zeichen, und Riia sendet.

»Wesh?«, will Tell wissen, »worüber sprecht ihr?«

Dion ist noch dabei, die empfangenen Informationen zu verarbeiten, als sie antwortet: »Die Back-ups laufen, verändern sich. Riia glaubt, was ich in die Welt entlassen habe, ist kein Virus, der zerstört, sondern ein neuer … Puls. Er bereitete die Back-ups darauf vor, zusammengeschlossen zu werden. Es scheint keine Ausfälle, keine Störungen zu geben.«

Kawis Gesicht erhellt sich. »Alles online?«

»Dann ist die Bot'niza auf dem Weg«, erwidert Dion mehr zu sich selbst.

»Proxi ist wieder da?«, ruft jetzt auch Tell.

Erwartungsvoll schauen Tell und Kawi zu Riia. Sie schaut wiederum zu Dion. Kurz tauschen die beiden sich über Code aus.

Dann sagt Dion: »Proxi ist da, aber nichts ist mehr so, wie es war.«

DIE LÜFTUNG brummt weiter vor sich hin, als wüsste sie nichts von der neuen Welt.

Tell versucht, sich an den Gedanken zu gewöhnen, testet ihn wie ein Kleidungsstück. »Sus, leben wir jetzt in einer einzigen großen, digitalen PolyWelt?«

Dion schaut verzweifelt. »Dann war alles umsonst …«

»Vielleicht war das deine Aufgabe«, sagt Riia, »aus vielen Welten eine einzige zu machen.«

»Aber das warst du – du hast sie verbunden«, entgegnet Dion.

»Der dafür notwendige lebendige Code kam von dir! Dass es damit funktioniert, hat niemand vorhergesehen.«

Kawi stöhnt: »Bă, Zusammenarbeit – Kooperation! Dafür waren unsere vielen separierten Welten nie ausgelegt! Selbst als Gamerin durfte ich nur unter Bewachung eine andere digitale Welt aufsuchen.«

Tell seufzt. »Wie oft habe ich versucht, in anderen digitalen Welten Konzerte zu geben, bekam aber nie eine Aufenthaltsgenehmigung. Es gibt Welten, die Teile meiner zerstörten Heimat digitalisiert haben, und das hätte ich gern mal mit eigenen Augen gesehen. Selbst als Neubürger von Europolis blieben sie für mich verschlossen.«

Kawi brummt: »Kein Wunder, jede Welt gehört einem anderen Konzern, einer anderen Regierung. Aber jetzt kannst du sie dir alle anschauen.«

»Warum hat die Bot'niza das zugelassen?«, will Dion wissen.

»Bă«, ruft Kawi, »niemand hat das zugelassen. Ich glaube nicht einmal, dass sie verstehen, was gerade passiert.« Sie denkt an Beverly. »Aber sie werden kommen, und wir sollten dann nicht mehr hier sein.«

Tells Gesicht verdüstert sich. »Du meinst, sie werden es rückgängig machen?«

»Bă«, knurrt Kawi, »sobald sie es mitbekommen, wird es hoffentlich zu spät sein.«

Dion starrt sie an. »Weil sie es dann nicht mehr aufhalten können?«

Kawi nickt. »Was immer jetzt aus dieser PolyWelt erwächst – das ist nicht mehr Proxi, und vielleicht ist das gut so.«

Tell staunt. Kawi scheint das wirklich ernst zu meinen. Oder tut sie nur so?

»Sus, lasst uns nicht aus den Augen verlieren, was hier – in Proto – gerade passiert!« Tell macht eine ausschweifende Geste. »Umgeben von Wasser, auf einer maroden Stahlkonstruktion. Das einzige Fahrzeug, das uns von hier fortbringen kann, haben wir verloren. Wie geht es mit uns weiter?« Er fürchtet, das Gewicht dieser Frage kann sie alle zerquetschen.

Da legt Riia eine Hand auf Dions Unterarm. Das ist das erste Mal, dass Tell einen Körperkontakt zwischen zwei Biosynth beobachtet. Er fragt sich, ob das eine einprogrammierte mimetische Nachahmung von Menschlichkeit ist oder doch echte Nähe.

Ihm wird klar, er möchte nicht so denken. Er möchte Dion und

Riia einfach erleben als Wesen, die mit ihm unzählige Welten und Realitäten teilen.

Aufmerksam beobachtet er Dions Reaktion. Ihr scheint die Berührung nicht fremd zu sein. Sie schaut Riia an. Ein Blick gegenseitigen Einverständnisses. Dann sagt Riia beinahe feierlich: »Dion, du hast deine Programmierung erfüllt.«

Kawi schaut jetzt ebenfalls hinüber zu Dion und Riia: »Aber zugleich hast du auch deine Freiheit verwirklicht. Niemand hat dir gesagt, was du tun sollst. Du hast dich aus freien Stücken dazu entschlossen.«

Das klingt mehr wie eine Feststellung als wie eine Frage.

Dion schaut zu Boden, stottert. »Willa und ich ... Freiheit, das war ihr Geschenk an mich.«

Tell kann sehen, wie Dion, während sie das spricht, bereits anfängt, an den Worten zu zweifeln.

Riia nimmt die Hand von Dions Arm. »Ist die Vorstellung so schlimm, beides zu sein? Frei und programmiert?«

Tell kann sehen, diese Möglichkeit erfüllt Dion mit Terror und Glück. Und er fragt sich, wie sich das anfühlt: zugleich frei und programmiert zu sein. Einen vorgedachten Sinn zu besitzen. Es muss wie eine Vorbestimmung sein. Schrecklich und magniv zugleich.

WUT SCHLEICHT durch ihren Körper wie eine Raubkatze, jederzeit sprungbereit. Kawi kann nicht fassen, dass Dion für den Untergang von Proxi verantwortlich ist.

»Mashara, wir haben dich aufgelesen!«

Dion zuckt zusammen.

Auch Tell fällt es schwer, Dions Verrat zu akzeptieren. »Während meines Konzerts ... Warum?«

Dion schaut zu Tell, hat aber keine Antwort.

Kawi stöhnt auf. »Wie konntest du uns überhaupt ins Gesicht lügen?«

Dion senkt den Kopf.

Tell wendet sich ab. »Ich verstehe dich nicht …«

Dion schluchzt auf, streckt die Hand nach ihm aus. Doch Tell weicht aus, rückt einen Schritt zur Seite.

Kawi stampft mit dem Fuß auf. »Mashara, worüber hast du noch gelogen?«

Dion hebt das Gesicht. Schmerzverzerrt. Kawi ballt die Hand zur Faust, spürt Hitze in sich aufsteigen.

Tell dreht sich zu Kawi. »Moment mal, du hast uns auch angelogen. Du wolltest dich selbst töten – für eine Simulation von Ewigkeit.«

Tell hat recht. Das beruhigt Kawi jedoch nicht. Im Gegenteil. Sie ist kurz davor, irgendetwas Drastisches zu tun, als Dion plötzlich aufspringt und davonläuft.

»Warte!«, ruft Tell

Er schaut verwirrt. Riia dagegen scheint zu verstehen. Zumindest glaubt Kawi, dass die Biosynth ein tieferes Verständnis von Dion hat als sie alle hier.

»Wir müssen hinterher«, ruft Tell.

»Aber sie hat uns angelogen, sie ist eine Saboteurin«, erwidert Kawi, obwohl sie etwas ganz anderes fühlt: Die Verzweiflung, die Dion quält, spürt sie selbst. So absolut, dass Kawi nicht glaubt, der Verzweiflung gewachsen zu sein.

»Eine Lügnerin«, ruft Tell, »das bist du auch.« Dann rennt er los, folgt Dion.

»Mashara«, brummt Kawi und läuft hinterher.

Draußen fließt Wasser – von allen Seiten.

Ein Vorhang aus Regen klatscht ihr ins Gesicht. Kawi duckt sich und läuft hindurch. Die gesamte Plattform ächzt unter den

Wassermassen, schaukelt wie ein Flüssiggastanker im Sturm. Das Rauschen des Regens schluckt Stimmen, Geräusche, Gedanken. Wo ist Tell? Wo ist Dion? Kawi kann kaum sehen. Die Luft ist schwarz vor Regen. Eine Gestalt stürmt zum Rand. Kawi folgt ihr. Das ist Dion! Dion bleibt nicht stehen, geht bis zur Absperrung, klettert darüber. Kawi schreit, rennt weiter, erreicht die Reling, streckt die Hand aus. Dion steht wenige Zentimeter entfernt, am ungesicherten Rand, hebt die Arme, setzt zum Sprung an und – springt!

Kawi greift ins Leere.

REGEN REISST an ihm, an seinem Kleid, an seinem Bart, zerrt ihn zu Boden. Er steht wieder auf, und alles fühlt sich schwer an. Er hat die Orientierung verloren. Wo sind sie? Neben ihm taucht Riia auf. Sie zeigt zum Rand der Plattform. Doch da ist niemand. **Sie sind gesprungen.** Tell hört den Gedanken und versteht zunächst nicht, woher er kommt. Erst als er Riia ins Gesicht blickt, begreift er, dass sie sendet.

Er will nicht glauben, dass Kawi und Dion von der Plattform in den Tod gesprungen sind. Er rennt zum Rand, schaut über die Brüstung. Tatsächlich, da sind sie! Zwei schwimmende Köpfe im reißenden Wasser.

Um das Plastiglomerat bilden sich die ersten Stromschnellen. Dion und Kawi treiben darin umher, kämpfen dagegen an.

»Die Rettungsboote«, ruft Tell, »Wir müssen eins runterlassen.«

Riia versteht und zeigt zum nächsten Boot. Orangefarben, gummiartig. Es sieht alt und brüchig aus. Die Haut hat sich verfärbt, ist faltig und fühlt sich rau an. Zusammen lösen sie die Seile. Da hält Riia plötzlich inne.

»Weiter, weiter«, ruft Tell, »Wir müssen das Boot abseilen. Allein schaff ich das nicht!«

Riia lässt die Hände herabsinken, rührt sich nicht. »Was ist?«, schreit Tell, verschluckt sich am Regen, hustet.

»Wir brauchen Biosynth-Blocker. Das Fell ist dicht«, schreit Riia zurück.

Tell schaut hoch. »Sus, machst du Witze?«

Riia starrt vor sich hin und wiederholt ihren Satz.

»Mashara, hör auf damit!«, ruft er und weiß sogleich, dass es nichts nutzt, dass er jetzt allein ist.

Statt das Boot langsam und gezielt abzuseilen, muss er es abwerfen und hoffen, dass Kawi und Dion es erreichen. Er lässt die Seile los. Wie ein Beil saust das Boot herab, landet im Wasser und wird sogleich fortgerissen. Tell springt hinterher.

ALS HÄTTE der Körper die Welt ausgeschaltet, spürt sie den Aufprall nicht. Im Wasser schwimmt Dion sofort los, weg von der Plattform – weg von Kawi. Sie schwimmt zum Camper, der halb versunken zwischen Plastiglomerat seine Kreise zieht.

Kawi folgt ihr. »Mashara, warte!« Dion strampelt und schaufelt Wellen, streckt die Hand und erreicht schon fast den Türgriff des Campers. Hinter ihr brüllt Kawi, schluckt die Brühe aus Plasse und Regen, prustet. Dion hört nicht hin, klammert sich an die Tür und versucht, sich aufs Dach zu ziehen. Das kostet sie ihre gesamte Kraft. Sie strengt sich an, bekommt die Dachkante zu fassen, hievt sich daran hoch. Endlich. Geschafft.

Triumphierend dreht sie sich zu Kawi um, die immer noch auf den Camper zuschwimmt. Dion richtet sich auf, lässt die Beine vom Dach baumeln. »Lass mich in Ruhe!«

Kawi will darauf etwas erwidern – da löst sich ein menschengroßes Stück Plastiglomerat, stürzt auf sie herab, reißt sie mit! Sie versucht, den Kopf über Wasser zu halten, kollidiert mit einer umhertreibenden Robotereinheit, geht unter.

Panik presst alles in Dion zusammen. Sie glaubt keine Luft mehr zu bekommen. Endlich taucht Kawi wieder auf. Zusammen mit einer Robotereinheit und einem Stück Plastiglomerat treibt ihr Kopf wie losgelöst in einem trichterförmigen Strudel, wird immer wieder nach unten gedrückt.

DIE WELT WIRD flüssig, kein Boden findet sich unter seinen Füßen. Unter Wasser öffnet er die Augen, sieht aber nichts. Regen hat den Sand in eine chaotische Masse verwandelt. Tell weiß nicht, wo oben und unten ist, bis seine Hand etwas Hartes zu fassen bekommt und seine Füße sich davon abstoßen.

Seine Lungen brennen, als er endlich die Oberfläche durchbricht. Der Wind fährt ihm ins Gesicht. Er spuckt Wasser. Schaut nach oben, sucht Riia. Sie steht auf der Plattform und winkt mit den Armen, lenkt seinen Blick auf das Rettungsboot direkt hinter ihm. Er schwimmt darauf zu. Er hat nie richtig schwimmen gelernt. Aber er kann sich über Wasser halten, indem er unentwegt strampelt und schaufelt. Er bekommt eins der Taue zu fassen, zieht sich daran hoch. Immer wieder verliert er den Halt. Das Boot schüttelt ihn ab, und er fällt zurück ins Wasser. Tell weiß, er darf jetzt weder aufgeben noch verzweifeln. Es geht hier nicht um ihn, sondern um Kawi und Dion. Das hilft. Der Gedanke lässt ihn ganz ruhig werden. Mit aller Kraft zieht er sich über die Kante, plumpst ins Boot, richtet sich sogleich wieder auf.

Wieder weist ihm Riia wild gestikulierend den Weg. Tell schaltet den Solarmotor an. Leises, fast lautloses Surren.

Dion steht auf dem Dach des Campers. Immer wieder öffnet sie den Mund, bekommt aber keinen Ton heraus. Tell steuert darauf zu.

»Spring ins Boot!«

Sie scheint ihn nicht zu hören. Erst jetzt, wenige Meter vor ihr, erkennt er, dass sie am ganzen Leib zittert. Als würde ihr eine fremde Macht ununterbrochen Stromstöße durch die Knochen jagen. Alles vibriert an ihr. Ihre Zähne klackern aufeinander. Sie sieht aus wie ein kaputter Avatar – ihr gesamter Körper ein einziger Glitch. »Sus, du musst springen!«

Da reißt sie die Augen auf, schreit und springt.

Das fallende Gewicht bringt das Boot ins Wanken, Tell wird umgerissen, fällt über Dion. Ihr Körper fühlt sich ganz steif an, wie eingefroren. Ist das ein epileptischer Anfall? Eine sensorische Überlastung?

Er richtet sich auf, schaut in ihr glitchendes Gesicht. »Was ist mit dir?«

Das Zucken lässt nach. Dion scheint endlich zu begreifen, wo sie ist. »Kee, kee, kee« stottert sie.

Tell legt einen Arm um sie, versucht, ihr aufzuhelfen.

»Ka-wi«, bringt sie schließlich hervor. Das Zittern ist jetzt in ihrer Stimme, erinnert an eine Gamerin auf Entzug.

»Wo ist sie?«

Er dreht sich zu allen Seiten.

»Dort«, Dions Stimme bricht, aber der Arm zeigt die Richtung. Jetzt sieht Tell es: Kawi treibt in einem Strudel und scheint ihren Kopf kaum über Wasser halten zu können. Das Gesicht sieht so offline aus. Tell wird übel. Lebt sie überhaupt noch?

»Mashara, da kommen wir mit dem Boot nicht hin. Zu viel Plastiglomerat dazwischen.«

Die Formationen ragen schroff aus dem Wasser und glänzen vom Regenwasser wie frisch lackierte Skulpturen. Tell steuert das Rettungsboot so nah dran wie möglich.

Doch das Plastiglomerat versperrt ihnen den Weg. Dion strafft die Schultern. Er schaut sie an und weiß, was sie vorhat – wovor sie sich fürchtet.

»Dion, du musst es tun. Ich kann nicht richtig schwimmen, und mit dem Boot kommen wir nicht heran.« Dion zittert unkontrolliert. Verweiflung, Panik. Daher schiebt er hinterher: »Die Vogelbabys konntest du nicht retten – Kawi schon.«

Erst da scheint sie zu begreifen. Sie nickt, schiebt sich bis zum Rand des Boots. Tell sieht den inneren Kampf und ist sich plötzlich nicht mehr sicher, was sie tun wird.

Sie stößt sich vom Boot ab, und als hätte die Schwerkraft abrupt zugenommen, wird ihr Körper nach unten gerissen. Sofort taucht sie wieder auf, quetscht sich an den verschmolzenen Müllskulpturen vorbei.

Kawi dreht den blank gelaserten Schädel, öffnet von Wasser und Kälte ausradierte Lippen, formt lautlos: »Bai-bai«. Geht unter.

»Die Gewichte!«, schreit Tell. Warum hat sie die verdammten Gewichte nicht abgenommen?

Von Tells Gebrüll aufgescheucht, schwimmt Dion los. Aber wohin? Kawi ist nirgends zu sehen. Dion schaut zu allen Seiten, dann hilflos zu Tell.

»Du musst tauchen!«, ruft Tell.

Aber wo?

Wo ist die Stelle genau? Tell kann es nicht sagen. Er und Dion schauen sich an. Gleich einem sensorischen Loop flirrt Panik hin und her. Tell möchte schreien.

DER BILDSCHIRM der Welt verdunkelt sich, eine gemusterte Finsternis, zusammengesetzt aus unzähligen Teilchen, schwimmenden Pünktchen, Kratzern auf der Augenlinse. Also schließt sie die Augen, und der Bildschirm leert sich, wird fast weiß. Eine seltsame Ruhe zieht durch Kawis Knochen. Seltsam, weil sie eigentlich alarmiert sein müsste. Sie stirbt. Ihr Körper füllt sich mit Wasser. Kawi staunt, wie viel Wasser sie aufnehmen kann – so viel. In Proxi ist sie oft in die tiefsten Flüsse gesprungen, hat die Sicht gewechselt und ihrem Avatar zugesehen, wie die muskulöse Raubkatze immer tiefer sank – bis zum Grund. Mit Hilfe mehrerer VR-Hacks und viel Übung brachte Kawi ihrem Avatar bei, über das Flussbett zu laufen. Die Steuerung war kompliziert und erforderte höchste Konzentration. Tatzen versanken im Sand, und die Sicht verschwamm. Kawis Körper erinnert sich daran, sobald er auf Grund stößt. Vielleicht werde ich mich aufrichten und laufen. Kawi denkt das nicht mehr bewusst. Gedanken schießen wie Träume durch ihr Gehirn. Ohne Kontrolle und ohne Logik. Da umschließt eine Kraft sie, presst sie zusammen, zerrt an ihr. Kawi braucht einen Moment, um in ihren Menschenkörper zurückzufinden. Statt Tatzen wieder Hände zu haben. Hände, die greifen können.

EIN MORGENHIMMEL, silbrig wie Maschinenöl, Wolken fließen ineinander und tropfen dunkel herab. Einen Moment glaubt Dion, noch immer unter Wasser zu sein. Alles erscheint so verschwommen wie eine virtuelle Welt, die mitten im Ladeprozess stecken geblieben ist. Einen Arm hat Dion um Kawis Oberkörper gelegt, mit der Hand stützt sie Kawis Gesicht. Mit der freien Hand schaufelt sie Wasser und versucht, zurück zum Rettungsboot zu gelangen. Tell beugt sich bereits über den Rand und steckt ihr eine Hand entgegen.

Dions Arm um Kawi ist steif und hart. Alle Muskeln angespannt. Das letzte Mal hat sie übersteuert, und alles, was sie in der Faust hielt, war tot. Dieses Mal wird ihr das nicht passieren. Dieses Mal passt sie auf.

Das Rettungsboot flackert orange wie eine Bildstörung. Dion schwimmt rückwärts darauf zu. Da ertönt ein unheimliches

Brummen, füllt die Luft, wird im Kopf zum Knattern. Ein Multikopter, der sich plötzlich und brutal ins Sichtfeld schiebt.

Überdeutlich, real und stabil – im fließenden, vom Regen noch verpixelten Himmel wirken seine Stabilität und seine Wirklichkeit wie ein Fehler in der Matrix. Doch die Maschine ist keine Halluzination. Sie schwenkt zum Landeplatz der Plattform und setzt auf. Der Lärm der Rotoren übertönt einen Moment alle anderen Geräusche. Dions Beine graben durchs Wasser, zwei Stöße noch, und Tell bekommt sie zu fassen. Dion schiebt Kawi vor sich, damit Tell sie als Erstes ins Boot zieht.

Immer wieder schaut Dion zur Plattform. Der Multikopter gelandet. »Das Fell wächst dicht«, ertönt es in ihrem Kopf.

DIE LANDSCHAFT ist ein Tier, das schläft und das wir besser nicht aufwecken. Sie weiß nicht, woher solche Gedanken kommen. Vor Proto kannte sie nur die generischen virtuellen Landschaften von Proxi. Ihre Augen sind auf diese Begegnung nie vorbereitet. Mit einem Ruck, der bis in den Unterleib schießt, setzt der Multikopter auf. Willa schaut hoch, jedes Mal von neuem erstaunt, dass Lead-1 ihr leibhaftig gegenübersitzt. Hinter Schutzmaske und Helm ist das Gesicht nicht zu erkennen, durch den Lautsprecher klingt die Stimme verfremdet – wie kann sie überhaupt sicher sein, dass das Lead-1 ist? Sie vermutet, dass Lead-1 von mehr als nur einem Menschen verkörpert wird. Das entspräche dem fluiden Führungsstil, dem sich das Lab und die Bot'niza verschrieben haben.

Willa tut das, was von ihr verlangt wird. Deshalb sitzt sie heute hier. Deshalb war sie auch in der Wüste von Proto unterwegs und wäre beinahe dort gestorben.

Ein unwichtiges Projekt hat sich als wichtig entpuppt. Und plötzlich sitzen wir uns gegenüber, denkt sie. Aber sie ist nicht allein. Da sitzen noch andere im Multikopter, die meisten kennt sie nicht. Sie tragen Helme und Atemschutz. Die Person direkt neben Lead-1 kennt sie nur zu gut. Wegen ihr sind sie heute hier. Weil Willa mit leeren Händen zurückkehrte, startete ihr Kollege eine neue Suchaktion. Während Willa alles tat, um Dion als fehlgeschlagenes Projekt abzuschreiben, tat er alles, um Dion als eine Gefahr für die gesamte Welt darzustellen.

Sobald die Rotoren verstummen, schnallen sich alle ab und springen nacheinander hinaus. Eine Wolke aus Menschen begleitet Lead-1 über die Plattform. Willa und ihr Kollege folgen in einem präzisen Abstand, den sie fast instinktiv einhalten. Lead-1 lehnt bereits über der Reling, als die beiden die Gruppe einholen. Zwei aus der Gruppe sind dabei, ein Rettungsboot an Seilen nach oben zu ziehen. Mehrere Biosynth stehen herum. Sie wirken unterernährt und krank. Eine Biosynth bricht aus der Menge aus und nähert sich ihnen. Sie nuschelt etwas, das Willa nicht versteht. Aus der Nähe wirkt sie wie entrückt. Als hätte sie mehrere Tage lang ununterbrochen VR-Games gespielt und Meds überdosiert. Erschrocken weichen alle zurück.

Lead-1 zückt einen Neocarbon-Zerstäuber. Flach wie ein Mini-Screen. Zweimal darüberwischen genügt. Eine schnelle Bewegung. Schneller als ein Blinzeln. Willa öffnet den Mund, um zu protestieren. Zu spät. Der Körper der Biosynth wird weich, beinahe flüssig, sackt zu Boden. Willa sieht so etwas nicht zum ersten Mal. Der Anblick fasst sie an, fasst sie an – jedes Mal. Es ist nur das Skelett, versucht sich Willa zu sagen. Die neuronalen Netzwerke können gerettet werden. Aber niemand wird das tun.

»Sie wollte mich angreifen.« Alle nicken. Alle haben es gesehen. Willa nickt auch, obwohl sie etwas anderes gesehen hat. »Ihnen fehlen Biosynth-Blocker.« Sie weiß nicht, woher sie diese Information hat. Niemand reagiert darauf.

Das Rettungsboot wird auf die Plattform gezogen. Sobald sich ihre Augen treffen, weiß Willa, dass sie sich genau davor gefürchtet hat. Einen Moment rührt sich niemand. Die drei Insassen stehen schwankend auf. Sie haben die Arme umeinandergelegt, als gehörten sie zusammen. Nichts scheint sie trennen zu können, dabei stammen sie aus unterschiedlichen Welten.

Zusammen mit ihrem Kollegen hat Willa die wenigen Information gesichtet, die sie über die beiden Menschen zusammentragen konnten. Beide verbrachten die meiste Zeit ihres Lebens in VR – in Proxi, einer untergegangenen Welt.

Das Wenige, das Willa über die beiden Menschen weiß, kann sie nicht mit den Personen in Verbindung bringen, die jetzt vor ihr stehen.

»Riia!«, schreit die größte Person und stürmt zu der zu Boden gegangenen Biosynth. Willa schließt die Augen. Sie will nicht schon wieder jemanden sterben sehen. Doch das ist ein Mensch. Darauf wird nicht so leicht geschossen.

Verwundert schaut Willa zu, wie sich die Person vor den formlosen Körper der knochenzerstörten Biosynth kniet. Ein Brei aus Haut und Organen. Einen Moment rührt sich niemand. Der Wind heult, leichter Regen fällt. Dazwischen ein Schluchzen, das kaum menschlich klingt. Das ist Dion. Überrascht schaut Willa auf, und ihre Blicke treffen sich.

Das ist alles meine Schuld, denkt Willa. Ich habe dich freigelassen. Ich wusste nicht, dass du für den Untergang von Proxi verantwortlich bist.

Hätte es etwas geändert?

Fakt bleibt: Willa hat das Chaos, das durch den Tod der digitalen Welt ausgelöst wurde, genutzt, um Dion den Weg nach draußen zu zeigen. Damit hat sie einer kriminellen Biosynth zur Flucht verholfen.

Der Gedanke, dass Dion eine ganze digitale Welt mit voller Absicht zerstört hat, ist für Willa nicht leicht zu ertragen. Sie fühlt sich mitschuldig. Für den Tod einer Welt verantwortlich zu sein, wiegt schwer. Willa weiß und akzeptiert das.

DER HIMMEL lädt eine neue Graphik – Wolken morphen, Licht löst alles auf. Die Veränderung des Himmels erscheint Dion genauso unausweichlich wie das Wiedersehen mit Willa. Seit der letzten Begegnung war Dion klar, dass es darauf hinauslaufen würde. Ich habe meine Aufgabe erfüllt. Der Gedanke zündet ein glücklich laserndes Licht in ihrem Geist, das den gesamten Schmerz ausradiert. Sie wollten, dass ich fortgehe und Welten fusioniere – etwas, was niemand zuvor geschafft hat. Passive Programmierung – ist das nicht fast schon freier Wille? Dion lächelt. Noch immer hält sie Kawi fest im Arm, nicht zu fest, nur fest genug, damit sie nicht umkippt. Ihnen beiden tropft das Wasser aus den Haaren und der Kleidung. Dion fühlt sich immer noch wie betäubt von der Anstrengung.

Willa nur wenige Schritte entfernt, und Dion tut nichts. Sie blinzelt nur, als könnte sie in der Bildfunktion zurückblättern, ein Bild gegen das andere austauschen. Aber das geht nicht. Stattdessen sieht sie, wer hinter Willa steht. Beverly. Neben ihr zieht Kawi scharf den Atem ein. Tell stürzt nach vorne.

Dion hat kurz das Gefühl, doch in einem Game zu sein, bevor sie aufschluchzt und ein neuer Schmerz das alles viel zu real macht. Ihr Blick sucht nicht Beverly. Ihr Blick sucht Willa, versucht, deren Gesicht zu lesen. Willa blickt zurück. Eine wolkige Stirn über zwei feuchten Augen. Ist das Trauer? Schuld? Staunen? Dion empfängt widersprüchliche Signale. Was passiert hier?

»Was?«, ruft sie laut. Jetzt schauen alle zu ihr. Dion interessiert sich nur für Willa. Was passiert hier gerade, fragen ihre Augen stumm, und Willas Augen antworten genauso stumm: Du wirst sterben.

Sie muss sich nicht umdrehen, um zu wissen, dass die Waffe jetzt gegen sie gerichtet ist. Sie schöpft Atem, öffnet den Mund.

»Warum?«, will Dion wissen, »ich habe meine Aufgabe erfüllt.«

Beverly lacht auf. »Ha! Du hattest keine Aufgabe. Keine Funktion.«

Willa lächelt. »Du hast getan, was du wolltest.«

Dion schüttelt den Kopf. »Nein, das stimmt nicht. Zu glauben frei zu sein – das war bereits Teil der Programmierung.«

Willas Augen fließen über mit was? Traurigkeit? Reue? Die Luft schimmert dunstig und feucht. Proto schillert wie eine perfekt gerenderte Ölpfütze.

Hinter Dion spricht eine Stimme, die sie nur aus Videokonferenzen kennt: Lead-1.

»Eine Biosynth ohne Funktion, das war unsere Versuchsanordnung.«

Dion dreht sich um, der Sucher des Knochenzerstäubers findet Platz zwischen ihren Augen. Dion schaut in ein Gesicht, das ihr zugleich bekannt und fremd vorkommt.

»Und der Versuch ist misslungen«, ergänzt Lead-1. »Weißt du überhaupt, was dir vorgeworfen wird?«

Eine Wärme steigt in Dion auf, und ihr Gesicht lächelt wie eine sich öffnende Knospe.

»Ja, ich weiß, was ich getan habe. Ich habe die Programmierung von Proxi aufgelöst.«

Beverly lacht auf. »Ich hatte recht!«

Willa schüttelt den Kopf. Verzweifelt. »Es war ein Virus, von dem wir beide nichts wussten. Ein Unfall.«

Dion strafft die Schultern, macht sich größer, als sie ist. »Nein, es war kein Unfall, sondern mein Wille. Ich wollte es.«

»Nein!«, ruft Willa. Aber da ist es bereits abgefeuert – das Schuldbekenntnis und das Signal des Knochenzerstörers. Ein lautloses, unsichtbares Geschoss.

Dion sackt vor ihren Augen zusammen – fließt ins Nichtsein.

DA IST ER: der unendliche Sinuston. Kawis Hand umschließt eine weiche Masse. Haut, Fleisch, Sehnen und einen Narbenwulst wie gelben Kristall. Auf dem Boden liegt der Rest von Dion, vermischt sich mit Regenwasser. Das Licht. Es wirft sie fast um. Der Himmel eine milchige Glasfassade – überschüttet sie mit ungebremster Helligkeit. Dions weiche Konturen werden darin zerschnitten.

Der Anblick brennt sich in Kawis Netzhaut. Die gesamte Welt fühlt sich fremd an. Der Wind. Die Dünen in der Ferne.

Kawi spürt die Tränen auf ihren Wangen. Sie hält das Stück Hand und bewegt sich nicht, atmet in Stößen. Nach außen wirkt sie starr und leblos. Nach innen stürzt sie immer tiefer, kommt nirgends an.

Tell zeigt auf Riia, dann auf Dion. »Ihr habt die wichtigsten Biosynth umgebracht, die je gelebt haben. Das hier war Riia, die Welten fusioniert hat. Sie hat Dinge getan, von denen ihr nur träumen könnt.« Lead-1 schaut weg. Beverly und Willa blinzeln. Niemand scheint zu verstehen.

Tell hebt den Kopf, wischt sich mehrmals über das Gesicht, dann fährt sie fort. »Und das war Dion. Sie hat eine Welt zerstört, um eine neue zu schaffen. Dions Wille hat die PolyWelt erst möglich gemacht.«

»PolyWelt?«, fragt Lead-1.

Kawi hebt Dions verstümmelte Hand, der Kristall funkelt im ungezähmten Licht. »Alle digitalen Welten sind jetzt miteinander verbunden. Proxi ist überall.«

9 MONATE NACH DEM ENDE …

■

MODULARE PANELS knacken im ersten Licht, eine Stadt erwacht und erstrahlt als monokristallines Meer aus gehärtetem Solarglas. Wie jeden Morgen verlässt Kawi ihre Gaming-Mulde und macht sich auf den Weg nach draußen, dafür lässt sie VR-Brille, Troll-Tech und Schuhe zurück. Als eine der Ersten geht sie durch das Tor, läuft über die körnige Plasse. Sie geht ohne Ziel, lässt sich vom Wind treiben, folgt allein der Stimme von Proto. Heute klettert sie eine Düne hinauf, setzt sich in den Sand und schaut auf Solarståd. Flüssig und golden. Schon bald schließt sie die Augen. Ihr Körper wird Teil der Landschaft, verschwindet darin. Endlich posthuman.

Normalerweise verharrt sie auf diese Weise mehrere Stunden. Heute nicht. Eine dünne Stimme stört: »Sus?«

Widerwillig öffnet Kawi die Augen. Eine Biosynth steht vor ihr. Sie trägt eine Tasche auf dem Rücken, daraus quillt der gelbe Pilz, der auf ihrer Plattform wächst. Wahrscheinlich will sie ihn gegen VR-Meds tauschen.

»Ich bin aus Terrapolis.«

»Wesh, bre, wesh?«, knurrt Kawi so freundlich wie möglich. Sie hat von dieser neuen virtuellen Stadt gehört. Die erste inter- und transspezies Stadt, in der Bots, Synths und Menschen als Personen zusammenleben. Eine Chimäre aus Sprachen und Avataren. Ein Ort, an dem unerwartete Verbindungen eingegangen werden können, ein grenzenloses Netz aus Kontaktmöglichkeiten, ein multispezies Polyort. Eine Stadt, die es noch nie gegeben hat. Und jetzt existiert sie – digital. Kawi weiß, dass es nur eine Frage der Zeit ist, bis Städte aus dieser Welt Terrapolis nacheifern werden. Neugierig schaut sie die Biosynth an. Sich zu Terrapolis zu bekennen, bedeutet viel mehr, als nur dort zu wohnen. Es ist eine Haltung.

Ihr Gegenüber hebt die schwere Tasche vom Rücken, setzt mehrmals an zu sprechen.

Kawi gibt sich Mühe, die eigene Ungeduld nicht zu zeigen.

Dann endlich: »Bist du Kawi?«

Sie nickt, argwöhnisch, was als Nächstes kommt.

»Du kanntest … sie?«

Einen Moment starrt Kawi in das fragende Gesicht – so viel Hoffnung darin. Sie seufzt, fasst sich an die stechende Brust. »Wen meinst du?«

Ihr Gegenüber lächelt. »Ich meine, die beiden Biosynth, die alle Welten miteinander verbunden haben. Die Terrapolis möglich gemacht haben und dass wir alle in:welt gehen können.«

Kawi dreht den Kopf, schaut in die Ferne, als suche sie dort etwas. »Ja, ich kannte sie«, antwortet sie leise mit einem vor Schmerz verengten Hals.

Ihr Gegenüber reißt die Synth-Augen auf, wartet, ob noch etwas kommt. Aber was, denkt Kawi, kann ich schon sagen?

Nichts.

Der Wind gleitet über die Landschaft, puhlt die Plasse ab wie ein Tuch. Mikropartikel steigen auf. Glitzernder Dunst.

Das Stechen wandert von der Brust in Kawis Gesicht, sie blinzelt, wischt über ihre Augen, bewahrt mühsam die Fassung. Mehrmals räuspert sie sich, dann krächzt sie: »Wirst du zum Konzert bleiben?«

Ihr Gegenüber denkt nach. Zögert. Kawi kommt ihr entgegen:

»Solarståd ist voll. Aber wenn du möchtest, kannst du bei mir übernachten.«

Noch während sie es vorschlägt, bereut sie es. Was ist bloß los mit mir?

Ihr Gegenüber lächelt, vorsichtig. »Sus, das wäre frumii! Spoko! Magniv!«

So viel Überschwang – das bringt Kawi dann doch zum Weinen.

EINE BÜHNE aus Solarmodulen hebt sich zwischen den Dünen wie eine seltsame Pflanze und wächst filigran in den Himmel. Darin brennt das Gesicht der Sonne: wild und gleißend. Zweiundvierzig Grad im Schatten. Plastiglomerat umgibt die Bühne wie eine Festungsmauer, spendet Schatten für wenige Glückliche. Direkt vor der Bühne versammelt sich mehr und mehr Publikum. Der Soundcheck ist vorbei, und bevor Monae die Bühne verlässt, schaut sie sich noch einmal um. Sie erspäht Solartrolls, Elder, das Ensemble der Transzendierenden, sogar eine Biosynth. Bloß Kawi kann sie nirgends finden, also hebt sie den langen Rock und gleitet zum Bühnenausgang. Dort wartet die Regisseurin der Transzendierenden. »Heute viel Zement im Gesicht«, stellt sie fest und zwinkert.

Monae öffnet die Arme. »Schön, dass ihr alle gekommen seid.«

Sie umarmen sich. »Fast hätte ich dich nicht wiedererkannt. Also doch Injektionen?«

Monae nickt. »Nur digital hat mir nicht mehr gereicht. Digitale Realitäten sind so leicht zu verlieren. Heute will ich Monae in jeder Realität sein.«

Die Regisseurin tritt einen Schritt zurück, mustert Monaes Kleid. »Was ist das?«

»Das Gewand der Elder. Sie sind auch da. Ihr solltet euch kennenlernen.«

»Bă, wieso nicht! Sogar Biosynth sind im Publikum. Ehrlich gesagt bin ich ein bisschen eingeschüchtert. Zu wissen, was zwei von ihnen getan haben, für uns. Alle Welten jetzt zusammen ...«

Monae schluckt.

Ihr Gegenüber bemerkt das nicht, fährt unbeirrt fort: »Stimmt es, was ich höre? Wir gehen heute alle gemeinsam in:welt? Während des Konzerts? Wie soll das funktionieren?«

»Mit Dions lebendigem Puls-Code. Wir nutzen das Satellitennetzwerk der Bot'niza und den Server der Solartrolls.«

»Ha, selbst Bot'niza und Solartrolls kooperieren – wie sich die Welt verändert hat. Aber während des Konzerts?«

»Meine Musik handelt von Proto – in:welt können wir Teil der Landschaft werden.«

Ihr Gegenüber nickt, doch das Unbehagen ist ihr deutlich anzusehen. »in:welt, die Utopie nach der Apokalypse, was?« Sie lacht angestrengt.

»Eine Endzeit-Utopie«, erwidert Monae, »das behauptet die Bot'niza. Sie sind gut darin, sich alles einzuverleiben ...«

Wieder lacht die Regisseurin. Dieses Mal noch härter. Hinter ihr tauchen Gahda und andere Trolls auf. Sie winken und nicken Monae zu. Immer noch keine Kawi – wo steckt sie bloß?

VON DRAUSSEN dröhnt ein Bassgewitter, als spräche die Landschaft durch die Stimme der Postnoise-Synthesizer. Willa hätte gern zugehört. Doch sie ist nicht wegen des Konzerts hier. Immer wieder schaut sie auf ihr Smad und die eingeblendete Karte. Wenige Tage zuvor hat ihr eine unbekannte Person die Karte zugesendet. Offensichtlich selbst gemalt. Linien, die Willa durch unterirdische Gänge führen und von da in einen Raum mit Gaming-Mulden. Alle leer – bis auf eine. Darin liegt eine Person. Schmächtig, kahl gelasert, mit Gewichten an Armen und Beinen.

»Kawasaki?«, fragt Willa in die Dunkelheit.

Die Person öffnet die Augen und knurrt: »Endlich!«

Willa kniet sich neben die Mulde auf die Erde. Sie weiß gar nicht, warum sie gekommen ist. Eigentlich hat sie schon alles gesagt, was zu sagen war. Und trotzdem hat sie die Mühen der Reise auf sich genommen. Das letzte Mal war sie vor Monaten hier, die sich wie Jahre anfühlen. Als hätte sie damals eine andere Landschaft besucht. Heute erscheint ihr Proto fast schon vertraut. Vielleicht weil sie wie viele andere immer wieder in:welt gegangen ist.

»Kawasaki, was du verlangst, ist unmöglich. Das weißt du.«

»Nenn mich Kawi.«

Kawi hebt ihren Oberkörper aus der Mulde, lächelt. »Unmöglich, was? Und doch bist du hier – bist den weiten Weg zu mir gekommen.«

»Wegen Dion.« Willa senkt den Kopf. Und als sie wieder hochschaut, hat sich das Gesicht ihres Gegenübers verändert. Ist das Schmerz? Trauer? Oder Verlangen?

Willa schluckt. »Du willst zu ihr?«

Kawi lacht auf. »Dann gibst du also zu, dass sie in:welt noch existiert – als GamingGeist?«

Willa spürt, wie sich alles in ihr zusammenzieht. »Ihre neuronalen Netzwerke waren zu beschädigt.«

Das ist die offizielle Version, und dabei wird sie bleiben – immer. Sie hat keine Wahl.

»Mashara, jedes Mal, wenn ich in:welt gehe, spüre ich, dass Dion dort ist.«

Willa seufzt, und jegliche Energie scheint aus ihr zu fließen. Am liebsten würde sie sich neben Kawi in die Mulde legen – so müde fühlt sie sich plötzlich.

»Es war Dions Wunsch. Wir könnten ihr einen neuen Körper geben. Aber das will sie nicht.«

Ihr Gegenüber blinzelt, wischt sich über das Gesicht. »Ich will mit ihr sprechen. Bitte, Sus.«

DIE SONNE geht unter, taucht die Stadt in ein überirdisches Rot. Monae lässt ihren Blick schweifen. Sie hat alles gegeben. Jetzt bleibt nur noch eine Sache zu tun. Niemand weiß, ob es gelingen wird. Zusammen mit dem Publikum setzt sie die Troll-Tech auf, verbindet sich über das Satellitennetzwerk mit allen virtuellen Welten. Gemeinsam in:welt. Das bedeutet, ohne Avatare betreten sie die Proto-Proxi-Poly-Welt. Als Geister. Als lebendiger Code. Als Wind und Wollen.

Die PolyWelt scheint grenzenlos, umfasst viele Landschaften. Proto ist nur eine davon. Nie zuvor haben sich so viele dazu verabredet, in:welt zu gehen. Ohne Avatare, ohne Form. Posthuman.

Den Einstieg haben sie präzise getimt. Verloren haben sie trotzdem manche.

Kawi, denkt Monae, wo bist du? Warum bist du nicht bei uns?

DRIFTEN – es ist jedes Mal anders. Kawi öffnet sich dem Traum, öffnet ihre Augen, ohne Augen zu haben.

Du hast mich geküsst – aufs Auge

Keine Antwort.

Erinnerst du dich?

Nichts.

Und dann: **Aufs Auge habe ich dich geküsst**

Dion? Bist du das?

Was willst du?

Alles

Alles?

Ja, tut mir leid, Sus, alles

Hat Willa dich geschickt?

Im Gegenteil. Ich habe sie überreden müssen. Ich will dich hier rausholen. Weil ich dich vermisse. Zusammen könnten wir so viel mehr sein. Willst du keinen Körper?

Wenn ich Proto und die Welt dahinter betrachte, die wir so sehr verändert haben, erscheint mir mein Verschwinden nicht wirklich tragisch

Du hast recht. Unser begrenztes Selbst zu verlieren ist nur in einer anthropozentrischen Welt wirklich erschreckend. Darüber sind wir hinaus. Riia ist darüber hinaus – ein GamingGeist für immer

Dafür hat sie sich entschieden. in:welt steht niemand über alle anderen Formen und Arten des Seins. in:welt existieren wir gleichberechtigt mit der Landschaft

Hörst du es?

Was?

Erkennst du es nicht?

Ist das der Wind über den Dünen?

Nein, das ist Monae

Monae

Erinnerst du dich?

Es ist schön. Ihr Gesang wird in:welt verändern

Was wird passieren?

Etwas wird wachsen und dann sterben

Wie ein Lied? Oder eine Blume?

Ja, genau so: wie ein Lied und eine Blume

EIN NEUER ANFANG ...

EINE WELLE aus Licht, ein Meer aus Mikroplastik.

Tru Bliss!

Mucho Magniv!

Hintereinander stapfen sie eine Düne hoch.

Monae im bodenlangen Kleid. Kawi statt Gewichten einen Beutel auf dem Rücken geschnallt. Dion vollkommen nackt, seit kurzem ist das nicht mehr illegal – weder in dieser noch in der anderen Welt. Dions neuer Synth-Körper schimmert wie Glasfunkenregen.

Der Wind fährt ihnen ins Gesicht. Fragend.

Monae antwortet mit einem Summen.

In Solarståd haben sie sich getroffen. Dion hat den gelben Pilz der Biosynth mitgebracht, Kawi die Schwammgebilde der Solarståd-Ameisen und Monae einen Tüte Elder-Samen. Drei Stunden sind sie schon unterwegs. Aber was sind drei Stunden in einer Landschaft, die Millionen Jahre speichert?

Sie suchen im Schatten und im Licht.

»Hier?«, brummt Kawi.

Dion zeigt zur nächsten Düne. »Dort drüben.«

Ihre Körper schieben sich schwer durch den Sand. Immer wieder sinken sie ein, stoßen auf die Vergangenheit – auf Knochen und Kadaver, auf die große Karawane der Dinge. Ziehen sich gegenseitig hoch und weiter.

Kawi fasst Dions Hand, und Dion greift Monaes.

»Mir fehlt die Narbe.«

Während Kawi das sagt, drückt sie Dions labneue Hand.

»Mir auch«, erwidert Dion.

Der Partikelsturm lässt ihre Körper flackern – als wären sie bloß ein Glitch in der Landschaft. Eine Störung im System.

»Da«, ruft Dion, die als Erste oben auf der Düne ankommt. Sie zeigt nach unten. Im Schatten des Sandbergs vibriert ein zartes Licht.

Alle – auch der Wind – halten inne, um besser sehen und hören zu können.

Dann beginnen sie mit dem Abstieg. Fassen sich an den Händen, nähern sich dem Licht, knien sich so vorsichtig hin, als könnte eine zu schnelle Bewegung das Licht löschen wie eine Datei. Lange haben sie danach gesucht und sind dann doch überrascht.

Sie wissen nicht, was es ist, sehen nur, dass es wächst.

»Eine Pflanze?«, schlägt Dion vor

»Oder ein Pilz«, entgegnet Kawi.

»Was immer es ist«, sagt Monae, »es ist jetzt Teil der Landschaft.«

Kawi setzt den Rucksack ab und öffnet ihn. Dion präpariert einen Humuskomplex aus Biosynth-Pilz und Solarståd-Schwämmchen. Vorsichtig hebt Kawi einen Behälter aus der Tasche, zieht den Deckel ab. Eine Blume streckt sich entgegen. Der Stengel dick und weiß. Die Wurzeln filigran und lila. Die Blüte mehrreihig in Rot und Gelb. Es ist die Pflanze aus dem SolarCamper. Alle drei halten einen Moment inne, schauen und lächeln – begrüßen die Blume wie eine alte Freundin. Mit langen Fingernägeln gräbt Monae eine Mulde, und Kawi setzt die Blume hinein, Dion bedeckt alles mit Sand.

»Lasst uns mit der Landschaft sein«, sagt Dion und macht es vor. Monae und Kawi legen sich rechts und links daneben.

Schulter an Schulter strecken sie sich im Sand aus.

Kawi wird ganz starr, innerlich fließt sie weiter. Monae schließt die Augen, stimmt einen Ton an, sucht nach der richtigen Melodie. Dion schaut, wacher als je zu vor.

Sie konzentrieren sich auf den leicht chemischen Geruch der Plasse, das Flimmern des Plastiglomerats, das Rauschen der weit entfernten Vögel, spüren, wie der Wind Hitze über ihre Körper schiebt, können schon bald nicht mehr sagen, wo sie anfangen und aufhören. Die Landschaft träumt mit ihren Körpern, träumt die Welt – ein Stückchen weiter.

ANMERKUNG UND DANK

Dieser Roman begann, als Aruke in »Neurobiest« (Eridanus, 2023) auf dem Dach stand und sich fragte, was in Zukunft noch da sein würde von ihrer Stadt. »Proxi« versucht, darauf eine Antwort zu geben und über das Ende hinaus zu schreiben. Die Herausforderung bestand darin, eine Landschaft der Post-Zukunft zu entwerfen und durch die Augen von Personen zu zeigen, die die meiste Zeit ihres Lebens in digitalen Welten verbracht haben. So verbindet sich synthetische Biologie aus »Neurobiest« mit den virtuellen Realitäten von »Neongrau« (Polarise, 2022).

Möglich wurde »Proxi« durch Andy Hahnemann und den Fischer Tor Verlag. Andys engagiertes Lektorat verhalf dem Manuskript zur bestmöglichen Version. Für die sehr gute Zusammenarbeit und das hilfreiche Feedback möchte ich mich ganz herzlich bedanken. Sehr gefreut hat mich Andys Idee, Christin Giessel von Giessel Design für das Cover zu gewinnen. Christin hat bereits das Titelbild für »Neongrau« gemacht, und dank ihr ist auch das von »Proxi« mucho magniv geworden. Für Korrektorat und Satz möchte ich mich bei Annette Scheerer und Mirga Nekvedavicius bedanken.

Wie immer gehört mein Dank auch all den Menschen, die meine Bücher produzieren, liefern, verkaufen, lesen, rezensieren, zu Lesungen kommen, mich inspirieren und ermutigen, so gut zu schreiben, wie ich kann.

Zu guter Letzt möchte ich mich bei meiner Familie, bei Freund*innen und Kolleg*innen bedanken, für die Liebe, die Gespräche und die Unterstützung immer und immer wieder.

Theresa Hannig
Pantopia
Roman

Eigentlich wollten Patricia Jung und Henry Shevek nur eine autonome Trading-Software schreiben, die an der Börse überdurchschnittlich gut performt. Doch durch einen Fehler im Code entsteht die erste starke künstliche Intelligenz auf diesem Planeten – Einbug.
Einbug begreift schnell, dass er, um zu überleben, nicht nur die Menschen besser kennenlernen, sondern auch die Welt verändern muss. Zusammen mit Patricia und Henry gründet er deshalb die Weltrepublik Pantopia. Das Ziel: die Abschaffung der Nationalstaaten und die universelle Durchsetzung der Menschenrechte. Wer hätte gedacht, dass sie damit Erfolg haben würden?

464 Seiten, Klappenbroschur

Weitere Informationen finden Sie auf
www.fischerverlage.de

AZ 596-70640/1